A Felicidade Mora ao Lado

Da Autora:

Para Minhas Filhas

Juntos na Solidão

Sombras de Grace

O Lugar de uma Mulher

Três Desejos

A Estrada do Mar

Uma Mulher Traída

O Lago da Paixão

Mais que Amigos

De Repente

Uma Mulher Misteriosa

Pelo Amor de Pete

O Vinhedo

Ousadia de Verão

Paixões Perigosas

A Vizinha

A Felicidade Mora ao Lado

Barbara Delinsky

A Felicidade Mora ao Lado

Tradução

Ana Beatriz Manier

Título original: *Within Reach*

Capa: Leonardo Carvalho

Editoração: DFL

2008
Impresso no Brasil
Printed in Brazil

CIP-Brasil. Catalogação na fonte
Sindicato Nacional dos Editores de Livros – RJ

D395f Delinsky, Barbara
A felicidade mora ao lado/Barbara Delinsky; tradução Ana Beatriz Manier. — Rio de Janeiro: Bertrand Brasil, 2008.
462p.

Tradução de: Within reach
ISBN 978-85-286-1349-0

1. Romance americano. I. Manier, Ana Beatriz. II. Título.

CDD – 813
08-3642 CDU – 821.111 (73)-3

EDITORA BERTRAND BRASIL LTDA.
Rua Argentina, 171 — 1º andar — São Cristóvão
20921-380 — Rio de Janeiro — RJ
Tel.: (0xx21) 2585-2070 — Fax: (0xx21) 2585-2087

Um

Há um minuto, nada havia à sua frente a não ser uma nuvem espessa de névoa; no minuto seguinte, lá estava ela, materializada a partir da neblina. Atônito, Michael Buchanan parou de súbito. Não esperava encontrar alguém na praia em uma época tão inóspita do ano, menos ainda um vulto tão instigador quanto aquele logo adiante.

Ela era a imagem da solidão, com o vento de março ajustando-lhe a longa saia às pernas e as mechas soltas dos cabelos açoitando-lhe o rosto. Enquanto a observava, ela apertou as mãos embolsadas contra o corpo, enrolando-se ainda mais no casacão avantajado que vestia.

Michael deu vários passos em sua direção e, ainda despercebido, ficou a contemplá-la por um bom tempo. Ela era adorável. Tinha a pele aveludada e um perfil delicadamente esculpido; era jovem na medida certa, madura na medida certa, perfeita. E era graciosa. Nem mesmo as dobras protetoras de suas roupas, cujos tons verde-musgo e ameixa, esmaecidos pela névoa e em belo contraste com sua pele clara e com os cabelos louros que escapavam pela borda de seu moderno *cloche* de lã podiam esconder tal fato.

Em sua solitude, era régia; pelo menos, assim fantasiou ele ao analisá-la, fascinado. Suportava o peso do mundo em seus ombros, enquanto, ao mesmo tempo, permanecia à parte, isolada das massas. Até mesmo a neblina mantinha distância dela, como se em total reverência.

Régia... estóica... corajosa... cada um desses pensamentos chegou-lhe à mente através da névoa, então um outro: vulnerável. Com o corpo protegido contra o frio, ela tremia de vez em quando, mas não se movia, fosse para sair em busca de calor, fosse para se esquivar da ameaça das ondas impetuosas. Havia se tornado vítima do mar, percebeu ele, sentindo uma afinidade ainda maior com ela. Imaginou quem seria aquela mulher ali sozinha, altiva, porém subjugada, buscando força dentro de si. Levado por uma curiosidade que excedia o puro instinto sexual, levantou a gola do casaco e foi se aproximando lentamente.

Com os olhos baixos, ela não o viu a princípio. Temendo intrometer-se em quaisquer sentimentos que a estivessem dominando, Michael deteve-se, mas, tomado por uma necessidade interna, logo voltou a andar. Quando tornou a parar, a alguns metros de distância, ela levantou bruscamente a cabeça e, dando um rápido passo para trás, levou a mão ao coração.

— Você me assustou! — Sua voz soou pouco mais alto do que um sussurro cansado acima do estrondo das ondas.

Michael inspirou bruscamente quando se pegou olhando para os olhos violeta mais deslumbrantes que já havia visto em toda a sua vida e demorou um minuto para conseguir se expressar.

— Desculpe. Não era a minha intenção. É que você parecia tão só.

Por um momento, achou que ela iria chorar: seus olhos se arregalaram e se encheram de lágrimas. Foi quando ele viu a expressão de tristeza que o medo momentaneamente ofuscara e imaginou que pensamentos sombrios a afligiam tanto. Então eles sumiram — o tormento, as lágrimas —, sendo substituídos por uma calma que lhe sugeriu ter apenas imaginado tamanha aflição.

— A culpa foi minha — disse ela, em uma voz cujo tremor poderia muito bem ser atribuído ao vento. — Eu estava a quilômetros de distância. — Ofereceu-lhe um meio-sorriso encabulado como forma de desculpa, e ele sentiu algo novo e especial brotar com força dentro de si.

— Em algum lugar exótico, espero.

— Exótico? Não. Não exatamente.

— Fascinante, pelo menos?

Ela analisou-lhe o rosto, negando rapidamente com a cabeça, quase como se tomada de culpa por sua confissão.

— Seu segredo está a salvo comigo — brincou ele, com um ar de cumplicidade que acabou em um sorriso —, contanto que você esteja de volta agora.

— Estou. — Seu murmúrio foi levado pelo vento, mas ela continuou a olhá-lo com atenção. Quando finalmente voltou a falar, parecia confusa: — Nem sei bem o que aconteceu. Em um minuto eu estava aqui, e de repente...

— O mar tem essa capacidade. De transportar as pessoas para outro lugar. — Enfiando as mãos nos bolsos, desviou os olhos dos dela e ficou contemplando as ondas. — Aliás, ele é bem dissimulado. Primeiro, somos atraídos pela sensação de liberdade de sua vastidão, pelo ar fresco e salgado. Logo em seguida, sem que a gente dê conta, nosso pulso já se ajustou ao ritmo das ondas. — Tornou a olhar para ela e sentiu-se tão cativado por sua total atenção que sua voz engrossou: — Algumas pessoas dizem que ele tem um efeito hipnótico, como quando olhamos para uma fogueira bruxuleando. — Limpou a garganta. — Acho que é um pouco mais do que isso. Sem mais nem menos, somos capturados, ficamos vulneráveis, expostos. A natureza aqui é agreste, absolutamente pura, e exige o mesmo daqueles que nela ousam se intrometer. — Sua voz baixou de tom quando analisou as feições delicadas à sua frente. — Tornar-se vítima do mar significa despir a alma. Isso pode ser doloroso.

Por um momento, eles apenas se entreolharam.

— Eu nunca tinha pensado nisso dessa forma — ela acabou dizendo.

— Nem eu, até o dia em que isso já tinha acontecido tantas vezes que não deu mais para ignorar.

— E você sentiu a dor? — perguntou ela, com uma voz fraca e espantada.

— Muitas vezes. Por quê? Não deveria?

— Não sei. Você parece tão forte.

Jogando a cabeça para trás, Michael respirou fundo.

— Gosto de pensar que sou forte, mas isso não quer dizer que eu não sofra. Acho que a força vem do fato de enfrentarmos a dor, de lidarmos com ela. Ou fazemos isso, ou nos desintegramos. A dor é inerente ao ser humano.

A expressão dela ficou ainda mais séria, e sua voz, suave com um toque de melancolia:

— Às vezes fico pensando. É como se... como se... — Quando seu olhar cruzou rapidamente com o dele, desviando-se em seguida, ele sutilmente a persuadiu a continuar:

— Fale.

Ela hesitou por mais alguns instantes, demonstrando um certo desespero na voz.

— É como se algumas pessoas fossem imunes à dor.

— Imunes à dor? Não. — Ele refletiu. — Duvido. Há aqueles que preferem negá-la. Aqueles que nunca se desesperariam se ficassem sozinhos num quarto, nem mesmo numa praia deserta. — Piscou. — Só uma pessoa muito corajosa se expõe assim.

Ela deu um sorriso enviesado.

— Ou muito corajosa ou muito tola. — Olhou-o, cautelosa. — Me diga uma coisa: depois disso... depois que despimos a alma, o que acontece?

— Vamos para casa chorar.

— Estou falando sério. O mar dá alguma resposta?

— Às vezes. Uma vez eu estava aqui, todo angustiado, e apareceu uma garrafa boiando com uma mensagem dentro... — Foi interrompido pela tomada de fôlego ruidosa dela. Como ela prendeu a respiração, sem nada dizer, ele a incitou a falar:

— O que foi?

Ela expirou, devagar.

— Seu nome. Quero lhe dar uma resposta, mas não sei o seu nome. — Em seguida, murmurou mais para si mesma do que para ele: — Não é estranho?

Michael entendeu. Sentia uma forte familiaridade com aquela mulher. Se acreditasse em reencarnação, poderia suspeitar que a tinha conhecido em outra vida. Agradecido, se fosse mesmo este o caso, se estivesse tendo uma segunda chance, estendeu a mão para cumprimentá-la.

— Michael Buchanan. — Sem tirar os olhos dela, indicou com a cabeça a direção de onde tinha vindo. — Moro ali, do outro lado da praia. — Levantando uma sobrancelha, perguntou: — E você?

Ela hesitou por um momento, antes de, cheia de cautela, lhe dar a mão.

— Danica. Danica Lindsay. — Da mesma forma que ele, gesticulou com a cabeça, embora na direção oposta. — Aquela é a minha casa.

Por instinto, Michael esticou a outra mão para prender a dela entre suas palmas. Quando Danica baixou rapidamente o olhar, chamando-lhe a atenção para o seu gesto, ele ficou tão surpreso quanto ela.

— Seus dedos estão frios — explicou-lhe. Embora a resposta tivesse saído de improviso, era coerente. Esfregou a mão dela entre as suas, para a frente e para trás, estimulando-lhe a circulação e a sua própria. Seus dedos eram finos, maleáveis, do tamanho certo.

Ela ficou ruborizada.

— Eu não esperava que ainda fosse inverno aqui. Está muito mais quente em casa.

— Em casa?

— Em Boston.

— Ah, Boston — ele prolongou as vogais —, o berço da liberdade.

— É o que dizem.

— Você não parece convencida.

Ela encolheu os ombros e olhou para a água, ao mesmo tempo que retirou a mão dentre as dele e a pôs de volta no bolso do casaco. Ele estava certo com relação ao mar, percebeu, que conseguira vê-la além das aparências, fazendo com que olhasse para coisas que preferiria ter ignorado. E, sim, estava certo também com relação a outra coisa: algumas pessoas simplesmente se recusavam a reconhecer a presença da dor, razão pela qual ela estava ali, sozinha, naquele dia. Era livre? Apenas no mais literal dos sentidos.

— Acho que liberdade é um conceito relativo — comentou, mas, antes que Michael tivesse a chance de continuar com o assunto, ela levantou o rosto e ofereceu-lhe um sorriso brejeiro. — Então você é meu vizinho. Bem que a sra. Sylvester me avisou que eu encontraria algumas pessoas muito importantes por aqui.

Analisou o homem à sua frente. Ele vestia um casaco de pele de carneiro, calças surradas de algodão grosso e botas de caminhada com os cadarços desamarrados. Era alto — Danica calculou que medisse algo em torno de um metro e noventa em comparação aos seus respeitáveis um metro e setenta e seis — e exibia o início de uma barba por fazer que lhe teria conferido um ar um tanto malandro, não fosse a extrema suavidade de seus traços. Tinha também cabelos rebeldes, saudáveis [ou cheios de vida], de um louro parecido com o seu. Louro sujo, como costumavam dizer, o que sempre a incomodou quando criança, já que lavava os cabelos todas as noites.

— Você não parece importante — provocou ela.

Ele torceu os lábios.

— Como um homem importante deve parecer?

— Bem, ele deve usar terno completo e sapatos de bico fino...

— Na praia?

— Não. Tudo bem. Imagine então calças de flanela, um suéter de grife e mocassins, talvez um sobretudo de cashmere, num tempo como este. Está sempre com a aparência de quem acabou de fazer a barba... — Demorou-se na escolha das palavras, com um ar zombeteiro. — ... E com o cabelo sempre penteadinho.

— Neste vento? Só se usar laquê.

Ela sorriu.

— Dizem que eles usam mesmo.

— Desculpe, não me encaixo neste modelo; mas então — ralhou — quer dizer que você já tinha reparado nisso desde o início? Que sou um joão-ninguém?

— Ah, não. Isso quer dizer que você é bem diferente do normal e, sendo assim, com certeza, alguém importante. — Nunca falara com tanta sinceridade. No momento, estava farta de ternos completos, sapatos de bico fino, calças de flanela, casacos de cashmere e laquê.

— Ahhhh. Que alívio! — Disse em seguida: — Você estava se referindo à sra. Sylvester, a Judy, a corretora? — Quando ela confirmou, ele se mostrou mais animado: — Acho então que você andou visitando a casa dos Duncan. Vai me dizer que eles venderam a casa? — Mais uma vez ela confirmou. — E você comprou a casa deles? — Outra confirmação. — Isso é ótimo!

— Não tenho mais tanta certeza agora — queixou-se. — Há um mês que estou com pedreiros na casa. Estou começando a achar que eles não vão acabar nunca.

— Me fale sobre a obra — pediu Michael, pensativo, lembrando-se muito bem de todo o trabalho que tivera com a sua própria, ao longo dos anos. — Telhado novo, sistema de aquecimento novo, vidros térmicos...

— Sem falar na revisão total de todo o encanamento. — Suspirou, mas havia uma expressão de prazer em seu rosto. Tinha gostado de acompanhar cada etapa do trabalho. Tivera algo no que pensar, algo a desejar. — E isso foi antes de nem sequer discutirmos a decoração. Mas eu adoro a casa. Vai ficar maravilhosa depois de pronta. — Seus olhos percorreram a vastidão do mar, agora mais visível com a lenta elevação da neblina. — Com uma vista dessas, não há como errar.

— É de viciar, não é?

— Hum-hum. — Puxou o casaco para mais perto do corpo, tinha ciência do frio, mas não estava com a menor vontade de voltar para casa agora. Engraçado, a última coisa que poderia imaginar, momentos atrás, é que gostaria de companhia, mas Michael Buchanan era simpático. — Há quanto tempo você tem casa aqui?

— Há quase dez anos.

Ela levantou uma sobrancelha.

— É um bocado de tempo.

— É mais a regra do que a exceção. Kennebunkport tem seus freqüentadores fiéis. Até mesmo o grande movimento do verão é, na sua maioria, causado por pessoas que retornam após uma primeira visita.

Danica pensou um minuto sobre o assunto. Aquilo estava de acordo com o que a corretora lhe dissera sobre a população ser quase sempre a mesma.

— A Judy me disse que o lugar é tranqüilo, que as pessoas são muito caseiras. Deve ser por isso que você não soube da mudança dos Duncan.

— Na verdade, eu estava fora.

Ela fez uma careta.

— Estupidez a minha. Você deve ter outra casa.

— Não. Está é a minha única moradia. Fiquei fora desde novembro e só voltei na semana passada. Nunca fui muito próximo dos Duncan. Freqüentávamos lugares diferentes. — O fato era que os Duncan mal toleravam a presença de um Buchanan por perto, mas Michael não lhe contaria isso. Nem sabia ainda quem ela era. Seu nome não lhe parecera familiar, mas, com certeza, era uma mulher de posses. Ele fazia uma idéia do quanto ela devia ter pago pela casa. Torceu para que a família dela, de alguma forma, tivesse conseguido ficar longe da dele. Pessoas poderosas, "importantes", para usar o termo que ela usara, eram alvos naturais da mídia, e a família dele era, sem sombra de dúvida, a mídia. — Eu sabia que eles acabariam vendendo a casa mais cedo ou mais tarde. Só achei que demorariam mais.

— Felizmente, não. — Danica considerara um golpe de sorte haver uma casa como aquela disponível no mercado para que pudesse ver. Achara também que ela fora o prenúncio de coisas boas. Depois de pronta, a casa seria um paraíso, repetindo as palavras de sua arquiteta. A palavra que preferia era *salvação,* mas isso ainda estava por acontecer.

Teve um sobressalto quando sentiu o calor dos dedos que tiravam uns fios de cabelo de sua boca, dirigindo rapidamente os olhos para os de Michael.

— Seu rosto está ficando queimado por causa do vento — explicou ele, esperando ter arrumado uma desculpa para poder ficar contemplando seus lábios. Tentou chegar a alguma conclusão sobre o que via em seus olhos, mas não tinha certeza se o que queria imaginar como desejo na verdade não passava de admiração. Seus olhos eram arredondados, e seus cílios, compridos e escuros. Estes eram o único indício de que ela usava maquiagem, tamanha destreza e leveza com que fora aplicada.

Mais uma vez voltou a atenção para sua boca. Quase ao mesmo tempo, ela desviou o olhar, deixando-o ansioso. Estava recuando. Mas ele não poderia deixá-la ir assim tão rápido, não quando finalmente a encontrara. Como medida de segurança, pôs as mãos nos bolsos.

— Está muito frio aqui fora. Que tal tomarmos uma bebida quente na minha casa?

Chocolate quente, como seus olhos, pensou ela. Ele era um homem muito bonito.

Ela negou um pouco rápido demais:

— Obrigada, mas é melhor não. Vou para casa daqui a algumas horas e preciso organizar algumas coisas antes de partir.

— Quando você volta?

— No mês que vem.

— Não vai voltar antes? — perguntou ele com um pesar tão pueril que a fez rir. Era muito bom se sentir querida. Muito bom e novo.

— Acho que não.

— O que há de tão importante à sua espera em Boston?

— Ah... — Revirou os olhos. — ... Muitas coisas.

— Você trabalha fora?

— Não no sentido exato da palavra.

— Então em que sentido?

Danica pensou por um minuto, tentando descobrir o que *fazia* de fato, ou, mais precisamente, como explicar isso para um homem que gostaria de impressionar. Ocorreu-lhe como inacreditável que jamais se vira em tal situação, mas sempre vivera e respirara em círculos exclusivos da sociedade. O anonimato era algo que jamais conhecera. Bem que estava gostando disso agora, apesar da ânsia de mentir e dizer que era pediatra ou qualquer outra coisa igualmente impressionante.

Mas Michael estava esperando a verdade. Ele parecia ser esse tipo de pessoa, diferente de tantas outras que ela conhecia. Ele olhava nos olhos e isso dizia muito.

— O que faço? — repetiu, por fim, e tornou a repetir, mas com uma mudança estratégica: — O que *você* faz?

Ele cedeu com um sorriso cordato.

— Sou escritor.

— Oh, nossa.

— Hum-hum. Nada ameaçador. Escrevo sobre o passado. Me chamam de historiador.

— Chamam? Do que você se chama?

Ele encolheu os ombros, com um brilho maroto nos olhos.

— Escritor.

— Por que não historiador?

— Soa pretensioso demais e eu não sou assim.

Dava para ver que não era. Dava para ver também que ele sentia quase tanto frio quanto ela.

— O que você está olhando? — perguntou ele.

— As suas orelhas. Estão ficando vermelhas. — Embora seus cabelos mais para compridos estivessem bem presos atrás das orelhas, o vento estava fazendo uma festa.

— Está bem. Com as minhas orelhas vermelhas e os seus lábios azulados eu diria que estamos enriquecendo o cenário. Vamos lá, e quanto à bebida?

Ela também estava sorrindo agora.

— Não posso. Não posso mesmo.

— A lareira está acesa, iria te aquecer. A sua casa deve estar parecendo um iglu de tão fria.

— Hummm, quase isso. — Com pedreiros entrando e saindo o tempo todo, parecia haver uma corrente contínua de ar. — Mas o aquecimento do meu carro funciona bem e preciso voltar para Boston antes do anoitecer.

— Senão o seu carro vira abóbora, acertei?

— É por aí.

— Então é melhor você ir. Eu não gostaria de te ver parada na estrada ou qualquer coisa parecida. — Apoiou-se sobre o outro pé e pigarreou. — Bem, então eu te vejo quando você voltar no mês que vem.

— Você vai estar aqui?

— Acho que sim.

Ela acenou com a cabeça e deu um passo para trás.

— Talvez esteja mais quente.

Ele concordou, mas não se moveu.

— A praia fica bonita em abril.

Ela deu outro passo.

— Com certeza. Bem, cuide-se, Michael.

— Você também, Danica. — Elevou a mão em um aceno brincalhão, tão logo ela deu o terceiro passo. — Que a fada madrinha esteja com você.

Ela riu e balançou a cabeça como que para censurá-lo pela brincadeira, quando então percebeu que estava adorando. E adorou mais ainda quando ele piscou. Mas precisava partir. Precisava.

Michael a observou virar as costas e dar vários passos arrastados pela areia, a caminho de casa. Quando ela virou para trás para lhe acenar e lançar um largo sorriso, ele imaginou se realmente existia o que se chamava amor à primeira vista. Foi então que uma lufada de vento varreu a areia e ela tirou a mão do bolso para manter o cloche na cabeça.

A última coisa que ele viu, assim que ela desapareceu na névoa, foi a aliança grossa e dourada no dedo anular da mão esquerda.

Dois

Dias depois, Danica estava sentada na beira da cama king-size que dividia com o marido, observando-o fazer as malas.

— Há alguma coisa que eu possa fazer? — perguntou, embora já soubesse a resposta. Era sempre a mesma. Blake fora solteiro por mais de trinta e cinco anos. Ou ele mesmo fazia as malas ou pedia à sra. Hannah, a governanta da casa, para fazê-las. Danica sabia que devia se sentir agradecida; Blake a mimava, solicitando dela apenas as obrigações sociais agradáveis típicas da esposa de um homem em sua posição. Muitas mulheres seriam capazes de dar a vida para estar em seu lugar. Ainda assim, mais do que privilegiada ou protegida, ela se sentia inútil.

— Acho que está tudo sob controle. — Ele não ergueu os olhos, concentrando-se apenas em colocar os sapatos sociais no ângulo certo, no fundo da mala.

— Você vai com Harlan? — Harlan Magnusson era o diretor da Divisão de Computadores da Eastbridge Electronics, empresa de Blake. Jovem, brilhante e agressivo, quase sempre o acompanhava nas viagens a negócios. Até onde Danica percebia, a agressividade de Harlan junto com o sólido talento empresarial de Blake era uma combinação e tanto.

— Hum-hum.

— Quanto tempo vai ficar fora?

— Não mais que três dias. Volto a tempo para o coquetel de sexta à noite.

— Que bom. Os Donaldson jamais nos perdoariam se deixássemos de ir. — Sem se dar conta, Danica acariciava a borda emborrachada da mala. Tinham-na comprado como parte de um jogo, quatro anos antes, ao viajarem para a Itália. Lembrou-se daquela viagem com um sorriso. Blake fora a negócios a Florença, mas, ao saírem de lá, simplesmente relaxaram passando vários dias em Milão, a caminho da *villa* que tinham alugado à margem do Lago Como. Muito tempo parecia ter se passado desde que haviam tirado férias como aquelas. Ou melhor, corrigiu-se, muito tempo parecia ter se passado desde que haviam se *divertido* como daquela vez. Dando um suspiro, olhou para a mala. Apesar de todo o uso, e Blake a usava muito, ela parecia estar envelhecendo com mais classe que seu casamento. — Eu gostaria que você não tivesse que ir.

Tirando cuecas e meias de uma gaveta, Blake virou-se para a cama.

— Você sabe que preciso ir.

Danica gostaria de acreditar que sentira um tom de tristeza em sua voz, mas não tinha tanta certeza, o que parecia ser um problema rotineiro ultimamente. Não conseguia entender o marido; talvez nunca tivesse sido capaz de entendê-lo de verdade, apenas se iludira que sim.

— Você viaja tanto! Tento me convencer de que é necessário, mas às vezes não adianta. Por que não pensa melhor e me deixa ir junto?

Ele se empertigou e disse baixinho:

— Preciso mesmo ir sozinho desta vez, Danica. Com exceção de um único jantar amanhã à noite, vou trabalhar o tempo inteiro.

— Eu sei. Mas tudo aqui fica tão quieto quando você está fora.

Ao dizer tais palavras, percebeu que não era a quietude que a incomodava, mas o fato de se sentir viúva. Viúva aos vinte e oito anos.

Afastando o pensamento, observou-o enrolar e pôr, com todo o cuidado, dois cintos de couro dentro da mala. Erguendo lentamente o olhar até o rosto do marido, pegou-se encantada, mais uma vez, pela enésima vez, com sua beleza. A primeira vez que se sentira tão encantada assim fora aos dezenove anos, quando trabalhava em uma campanha de arrecadação de fundos para o pai. Blake Lindsay era muito bonito naquela época, alto, moreno e vestia-se impecavelmente. Hoje, nove anos depois, não estava menos belo. Parecia que os anos mal o haviam tocado. Aos quarenta e três anos, seu corpo era firme e definido, mas também ele acreditava nos benefícios dos exercícios físicos: corria regularmente, jogava squash alguns dias por semana e controlava o peso. Que tinha orgulho de sua aparência, isso ficara claro para Danica desde o início. Infelizmente, entre exercícios físicos e trabalho, ele parecia ter pouco tempo para outras coisas, que dirá para ela.

— Você tem várias coisas com o que se ocupar, não tem? — Virando-se rapidamente, entrou no closet, escolheu várias gravatas dentre as que estavam penduradas no cabide e aproximou-se da janela para analisar as possibilidades à luz do dia.

— Ah, tenho. Haverá uma reunião do conselho, amanhã, no hospital, e um compromisso na gráfica, na quinta-feira, para encomendar os convites.

— O planejamento para a festa está indo bem? — Ele parecia distraído, percebeu ela, o que não era nenhuma novidade, uma vez que estava encarando a tarefa monumental de escolher entre duas gravatas, azul e cinza, cujas listras variavam um infinitésimo na largura. Não conseguia entender como ele poderia escolher uma ou outra, e menos ainda por que tinha duas gravatas tão parecidas, mas talvez ele sentisse o mesmo com relação às blusas, meias-calças ou cintos dela.

— O bufê já está contratado. Assim como o florista. E eu também já reservei os músicos de câmara, do conservatório. Por enquanto é só, até os convites ficarem prontos. Você já decidiu se vai ou não convidar o pessoal da SpanTech?

Após finalmente se decidir entre as duas gravatas, Blake pôs a não escolhida de volta no closet e voltou para dispor cuidadosamente as outras na mala.

— SpanTech? Humm... ainda não sei. — Coçou o lábio superior e foi para o banheiro. Ao voltar para o quarto, trouxe uma frasqueira com seus itens de perfumaria e, após encaixá-la no espaço que lhe reservara, voltou ao closet para pegar as camisas.

— Não teria problema, Blake. Mais dez ou doze pessoas não vão fazer muita diferença, se avisarmos o pessoal do bufê a tempo. E, com certeza, não vai me dar mais trabalho, se você achar que vale a pena convidá-los. — Ela sabia que Blake andara negociando a vinda da SpanTech, notável por sua pesquisa em microeletrônica, como uma divisão da Eastbridge.

Ele abriu um sorriso cintilante que lhe iluminou o rosto e logo se dissipou.

— Preciso pensar mais um pouquinho sobre o assunto, está bem?

Ela concordou. Quando o silêncio se instalou entre eles, Danica procurou algo mais para dizer:

— Eu falei que a Reggie Nichols telefonou?

— Ela está aqui?

— Hum-hum. Acho que está saindo com alguém.

— Ela não vai jogar o circuito?

Durante mais de uma década, Reggie Nichols estivera entre as melhores jogadoras de tênis. Ela e Danica tinham ficado amigas desde a época de tenista de Danica, quando as duas treinavam com o mesmo técnico.

— Claro que vai. Acho apenas que precisa dar uma parada. Pelo que falou ao telefone, as coisas andam difíceis. Todos os anos aparecem rostos mais jovens. Acho que isso a está deixando para baixo... Pelo amor de Deus, Blake, você está levando seis camisas. — Após vê-lo colocá-las nas malas, uma a uma, engomadas e dobradas com um papelão nas costas, não pôde resistir à brincadeira: — Tem certeza de que são suficientes?

— Prefiro levar a mais, por via das dúvidas — respondeu com sinceridade, o que Danica achou ainda mais engraçado, já que Blake

Lindsay nunca respingava nada nelas, raramente transpirava e quase não amassava as roupas.

— Bem... — estava sorrindo —, a Reggie e eu vamos almoçar no sábado, a não ser que você queira fazer alguma coisa, porque, se for o caso, eu cancelo.

Blake tinha finalmente acabado de arrumar as camisas e passava agora para o porta-ternos.

— Não, não. Não faça isso. Vou estar no clube.

Era sempre lá ou no trabalho; portanto, Danica não tinha dúvidas de que podia marcar, sem problemas, o almoço com Reggie. Até pouco tempo, passava os sábados em casa, esperando por Blake. Talvez, com o passar dos anos, estivesse ficando mais sábia. Ou talvez não. Mais de uma vez lhe ocorrera que, embora o tivesse convencido a comprar a casa em Kennebunkport como um refúgio para os dois, levá-lo para lá seria uma outra batalha. A semana anterior fora um exemplo típico. Ele lhe prometera que tiraria o dia de folga para levá-la de carro até lá, mas logo se viu envolvido em uma série de emergências de última hora que exigiram sua atenção. Ela não entendia bem por que um homem, que administrava a própria empresa, não podia ter subordinados para fazerem o trabalho.

— Algum problema, Pook? — perguntou, carinhoso.

Ela levantou a cabeça.

— Hã?

Blake lhe lançou aquele mesmo sorriso efêmero, enquanto enfiava alguns cabides pela abertura superior do porta-ternos.

— Você parece estar com raiva.

Ela percebeu que estava sim, mas, como a última coisa que queria era parecer uma daquelas esposas rabugentas, tentou relaxar, respondendo com estudada calma:

— Problema nenhum. Estava apenas pensando no Maine.

— Mais alguma notícia da arquiteta?

— Ela ligou ontem à tarde dizendo que os armários estão prontos para serem instalados. — Eles haviam sido especialmente encomendados em carvalho branco, madeira pela qual Danica se apaixonara, mas que lhe rendera dias de discussão, uma vez que seu uso desencadeara um efeito dominó — como a troca das bancadas, do forro e do piso, todos agora em fase de substituição. Mas Blake lhe dissera para seguir em frente, e ela assim o fizera. — Quando fui lá na semana passada, a cozinha estava completamente vazia.

Blake pôs o porta-ternos em cima da cama, alisou a lapela do smoking que arrumara por último e puxou o zíper para fechá-lo.

Tomando fôlego, Danica elaborou, cautelosa:

— Assim que os armários estiverem no lugar, vamos ligar a geladeira e o fogão. Pelo menos, teremos o que comer e beber. Quer dizer, a casa não vai estar exatamente habitável até maio ou junho, mas estamos chegando lá. Eu estava pensando em voltar no mês que vem para ver como estão as coisas. Você vai comigo, não vai?

— Se eu puder.

— Você não voltou lá desde a primeira vez que visitamos a casa. Eu gostaria muito que você visse o que está sendo feito. E se alguma coisa não estiver do seu agrado...

Ele estava dobrando o porta-ternos e apertando suas alças.

— Você tem um gosto excelente. — Estava com o sorriso ligado. — Vou gostar.

— Mas eu quero que você *veja*, Blake. A idéia é que essa casa fosse um projeto a dois, um lugar onde pudéssemos ficar sozinhos.

Blake deu uma última olhada pelo quarto.

— Tudo à sua hora. Quando ela estiver pronta, vamos passar o tempo que você quiser lá. As coisas ainda devem estar muito no início por enquanto. A arquiteta falou alguma coisa sobre aqueles armários de cozinha que você queria?

Danica chegou a abrir a boca para reclamar, mas fechou-a em seguida. Ele não a ouvira. Isso era tudo. Estava com a cabeça em outras coisas.

— Semana que vem. Estarão no lugar na semana que vem — murmurou, levantando-se da cama e indo na direção da porta. — Vou chamar o Marcus para pegar as malas — gritou por cima do ombro, ao começar a descer as escadas. Mas Blake logo apareceu ao seu lado, pousando a mão em sua cintura. A escada rangeu conforme foram descendo; seus passos quase nunca combinavam.

— Não se esqueça de confirmar a nossa presença com os Hagendorf, está bem? — pediu ele. Ela praticamente podia vê-lo percorrendo mentalmente a lista intitulada "Lembrar Danica", que vinha logo após da "O que colocar na mala" e antes da "Nomes (e nome das esposas) dos sócios em Kansas City", para onde estava indo naquela semana.

— Já confirmei — respondeu, sem alterar a voz. "A paciência é uma virtude"; assim estava escrito na etiqueta do saquinho de chá que tomara naquela manhã.

— E o baile beneficente no instituto?

— Estão à nossa espera.

— Ótimo. Você poderia ligar para o Feeno e ver se o meu smoking novo está pronto? Se estiver, peça ao Marcus para buscá-lo. — Contornaram o patamar do segundo pavimento rumo ao primeiro. Blake tirou a mão de sua cintura. Danica deslizou a dela pelo corrimão de mogno polido. — Ah, e o Bert Hammer falou alguma coisa sobre você trabalhar no comitê de nomeação.

— Para o instituto?

— Estão precisando de gente nova por lá. Você se interessa?

— Claro. Você sabe que adoro arte.

Blake riu baixinho, mais o pai indulgente do que o marido interessado.

— Acho que isso teria muito pouco a ver com arte e mais com ficar sentada à mesa, discutindo nomes dos cidadãos mais populares e promissores de Boston. Eles sabem que você faz parte da alta sociedade e ficariam pedindo sua opinião.

Danica deu um meio sorriso.

— Não tem importância. É bom me sentir útil. Além do mais, conheço três mulheres que dariam o braço direito para fazer parte do comitê; duas delas seriam ótimas.

— A terceira não?

— Hum... a Marion White?

— Ah. — Blake pigarreou e tentou prender o riso. — É, acho que você tem razão. — Chegaram ao primeiro andar, onde Marcus Hannah os esperava. — As malas estão ao lado da cama — Blake o instruiu, conferindo à voz um tom de leve autoridade. — Estarei na biblioteca quando você acabar.

Marcus assentiu e subiu as escadas ao mesmo tempo que Blake se retirou, deixando Danica sozinha em frente à porta de entrada. Ela estava se dirigindo lentamente para a biblioteca, mas, ao ouvir o marido falando no telefone, reconsiderou e refugiou-se na sala de tevê.

Magoava-a o fato de que ele estivesse ligando para o escritório, de onde saíra há não mais do que noventa minutos, quando deveria estar conversando com ela. Afinal de contas, ficaria três dias fora e, embora Danica soubesse que ele lhe telefonaria uma ou duas vezes durante esse período, sabia também que ligaria muito mais para o escritório. Gostaria de poder lhe dizer que trabalhava demais, mas ele parecia extremamente saudável e muito feliz com a vida que levava. Se vivia ocupado, era por opção. Talvez fosse isso o que mais a magoava: ele o fazia por opção.

Ao ouvir um barulho no hall, Danica ergueu os olhos e viu Marcus, carregado de malas, saindo pela área rumo ao pátio onde estava estacionado o carro. Neste mesmo momento, Blake saiu da biblioteca, pôs a pasta no chão, ao lado do armário, e esticou o braço para pegar seu sobretudo. Quando ia pegar novamente a pasta, Danica apareceu ao seu lado.

— Comporte-se enquanto eu estiver fora — disse ele, com um sorriso radiante, inclinando-se para beijá-la no rosto. Por um momento, ela se sentiu tentada a passar os braços por seu pescoço e prendê-lo ali, mas sabia que isso seria um ato de desespero. Blake não se deixaria abalar por uma expressão de sentimentalismo, assim como seu pai também não. Eles eram muito parecidos, aqueles dois, muito parecidos. Aborrecida com tal pensamento, enfiou as mãos nos bolsos da saia e esboçou um sorriso no rosto. Um que seu pai teria aprovado.

— Vou me comportar. — Acompanhou Blake até a porta dos fundos, observando-o atravessar o pátio de pedras arredondadas e sentar-se no banco de trás da Mercedes. Aquela era uma cena que se tornara muito familiar para ela, assim como a tristeza que a acompanhava. Mas ela percebia que aquela tristeza tivera sua essência alterada ao longo dos anos. Não era tanto sua partida que a afetava agora, pois também o via muito pouco em casa. Estava mais para uma tristeza generalizada, que tinha a ver com o amor, com a felicidade e com o comprometimento.

Blake levantou a cabeça uma vez para sorrir enquanto Marcus manobrava o carro. Ela acenou em resposta, mas ele já a baixava. Estava abrindo a pasta, ela sabia. Suspeitou que sua mente já estivesse a quilômetros de distância quando o carro sumiu de vista.

— Ahhh, sra. Lindsay. A sra. Marshall já está à mesa. Se a senhora puder me acompanhar...

Quase sem fôlego, Danica sorriu.

— Obrigada, Jules. — Ela era uma figura graciosa, deslizando atrás do maître, os cabelos louros, encantadoramente esvoaçantes; o casaco de pele de raposa prateada, até a altura dos joelhos, ondulando suavemente enquanto ela se deixava conduzir até a mesa de canto que o Ritz sempre lhe reservava quando ela telefonava.

— Mãe! — Abaixou-se para pressionar o rosto no da mulher cujos olhos se iluminaram com sua aproximação. — Desculpe! Fiz você esperar muito?

— Não mais do que um ou dois minutos, querida. Como vai? Você está maravilhosa! Seu rosto está tão rosado! — Eleanor Marshall franziu as sobrancelhas para sua única filha. — Você não veio *andando* até aqui, veio?

— Claro. Atravessei o Public Garden. Seria uma idiotice dirigir e, além do mais, adoro o ar fresco.

Eleanor olhou para a filha com ar de reprovação.

— Danica, o Marcus é *pago* para dirigir para você, idiotice ou não. O Public Garden não é o lugar mais seguro do mundo. — Fez uma pausa para pedir mais licor de cassis para o kir de Danica.

— Tudo bem, mãe. Estou aqui, sã e salva. E você também está ótima! Brincos novos?

— Foram um presente da família que nos hospedou no ano passado, no Brasil. São de topázio, meio chamativos para algumas ocasiões, mas achei que você gostaria deles.

— E gosto. Você sabe como usá-los. — Isso era uma das coisas que Eleanor sabia mesmo fazer. Embora longe de ser bela, vestia-se para explorar o que tinha de melhor. Aos cinqüenta e dois anos, era uma mulher elegante e atraente, embora poucas vezes fizesse as pessoas virarem o pescoço para olhá-la, a não ser quando acompanhada do marido. — É ético para o papai aceitar presentes como esse?

— Seu pai diz que sim — respondeu Eleanor, confiante. — Ele costuma saber essas coisas.

Danica teve suas dúvidas, mas nada disse. Não era sempre que a mãe aparecia sozinha para almoçar — não era *sempre* que tinha a mãe só para si — e não queria que nada estragasse aquele momento delas juntas. Sempre na ponte aérea entre Connecticut e Washington, sem falar nas inúmeras viagens que faziam por ano, seus pais não eram pessoas muito acessíveis.

— Estou tão feliz por você ter ligado! Foi como um presente. Falar ao telefone não é a mesma coisa. — Nunca fora, embora tivesse dúvidas se a mãe concordava. — Como está o papai? Você disse que ele estava indo para Vancouver?

— Ele foi ontem de manhã, pouco antes de eu ligar para você. Foi uma viagem de última hora; ele está substituindo um membro do comitê, que ficou doente. A propósito, ele mandou um beijo para você. Eu disse que vinha te ver quando ele me ligou ontem à noite.

— Você não quis ir com ele?

— Senti vontade de... — Eleanor respirou fundo e soltou o ar, com um sorriso encabulado — ... de ficar em casa. Deve ser a idade chegando. Quando seu pai está fora, as coisas ficam mais tranqüilas. Acho que preciso disso de vez em quando.

Estranho, pensou Danica, como a mãe gostava daquela tranqüilidade, enquanto ela a achava aterrorizante. Não que morresse de amores pela vida política agitada dos pais; esta era a *última* coisa que desejava, e, além disso, já vivia muito ocupada socialmente. Não, o que queria... o que queria era a agitação de um lar feliz. E o que a apavorava era a idéia de uma vida inteira preenchida pelo silêncio que, com muito mais freqüência do que deveria, se instalava na casa em Beacon Hill, onde morava com Blake.

Voltou a se concentrar na mãe, com uma pontinha de preocupação, e com razão.

— Você está bem, não está?

— Ah, claro que estou. Meus exames médicos estão ótimos. — Quatro anos antes, após receber o diagnóstico de câncer de útero, Eleanor se submetera a uma histerectomia. Com a cirurgia e o subseqüente tratamento radioterápico, parecia curada. — É que às vezes fico cansada de viajar tanto. E como o seu pai vai estar em reunião a maior parte do tempo...

Danica pensou em Blake e imaginou como a mãe fazia para evitar a frustração que ela própria sentia. Era difícil quando o trabalho do homem era a sua amante, como o de Blake parecia ser.

— O papai não se importa de ter que ir a essas reuniões, se importa?

— O que *você* acha? — Eleanor sorriu. — Ele adora. Na verdade, ele anda muito mais tranqüilo. Não tem que se candidatar para mais outros quatro anos. — William Marshall era senador sênior de Connecticut, há vinte e um anos no Congresso americano. — Está tão ativo como sempre foi, mas a pressão não é tão forte. Quando é ele que está para se reeleger, aí é uma questão de vida ou morte.

Falou com a maior naturalidade, e Danica entendeu por quê, pois sabia que, para o pai, vencer *era* uma questão de vida ou morte. O que não entendia era como a mãe podia agüentar aquilo, mas Eleanor parecia mais do que acostumada àquela forma de pensar.

Mas Danica não. Mais de uma vez, ao longo dos anos, sentira vontade de se rebelar. De início, não tivera coragem; depois, vira a futilidade de tal ato. Teria sido uma batalha perdida e, simplesmente, não podia lidar com mais uma perda. Mais do que qualquer outra coisa, queria a aprovação do pai e, para merecê-la, tinha de seguir suas regras.

— Fazer campanha para outra pessoa — continuou Eleanor, alheia aos pensamentos de Danica —, bem, isso é mais fácil. A propósito, ele vai apoiar o Claveling. Você está sabendo, não está?

Danica sabia que o pai ficara dividido entre dois homens, ambos pré-candidatos à Presidência, indicados por seu partido. Após o resultado das eleições primárias, parecia que Claveling seria o candidato com mais chances de vencer.

— Foi o que eu li. Está em todos os jornais.

Eleanor emitiu um som que Danica poderia ter interpretado como uma bufada, caso emitido por outra pessoa e em outro lugar. Mas a mãe era impecavelmente controlada, e o Ritz, excepcionalmente fino. Sendo assim, aquilo não fora bufada alguma. Fora um lamento nasal, conclui Danica, um lamento que refletia o mesmo desagrado contido que ela veio a expressar:

— Não fale em jornais comigo.

— Aconteceu alguma coisa?

— Ah, uma nota no jornal da cidade criticando o seu pai por causa de um discurso que ele fez na semana passada. Ele não se importou, mas *eu* sim. Os jornais estão sempre à procura de alguma coisa para atacar. Se não podem falar de sonegação de impostos ou de conflito de interesses, se atêm a coisas pequenas. Os poderosos são sempre o alvo. Se são ricos e famosos, pior ainda. É bom se lembrar disso, Danica.

— Eu? Eu não estou em evidência como você e o papai.

— Mas pode vir a estar. Afinal de contas, o Blake está junto com o seu pai no apoio ao Claveling.

Era a primeira vez que Danica ouvia aquilo e não sabia ao certo se ficava chocada, furiosa ou deprimida. O minuto que o garçom levou para lhes servir os drinques deu-lhe a chance de se recompor.

— Eu não sabia que isso já estava definido — conseguiu falar, por fim. Quando viu que o assunto era sério, ficou constrangida em admitir para a mãe que seu marido não se abrira com ela sobre um assunto tão importante. Blake devia saber que ela não ficaria empolgada. Devia saber que ansiava por outras coisas na vida, além de festas, comícios e entrevistas coletivas à imprensa.

— Já está. Eles ficaram horas discutindo o assunto no telefone.

— O papai e o Blake? — Mais uma vez não ficara sabendo, embora soubesse como os dois eram próximos. Já eram amigos muito antes de ela e Blake se casarem. O relacionamento deles sempre fora como o de dois contemporâneos, não como de sogro e genro.

— O seu marido tem contatos influentes no mundo dos negócios, minha querida — informou Eleanor, quase desnecessariamente, e com um toque de entusiasmo que só aumentou a decepção de Danica. — Ele é o tipo de homem que inspira confiança, o tipo que pode persuadir as pessoas a contribuírem para uma causa que valha a pena. Jason Claveling é uma causa que vale a pena. Se for nomeado pelo partido, será eleito.

— Tem certeza?

— Tenho. E não é nada mau estar do lado do presidente dos Estados Unidos.

Questões éticas à parte, Danica não tinha como discutir o assunto. A influência política fazia maravilhas, principalmente quando vinda de cima.

— Fico surpresa que o papai nunca tenha se candidatado.

— À Presidência? — Eleanor riu baixinho, tornando-se mais pensativa. — Não. Acho que o risco é muito grande. Ao longo dos anos o seu pai fez sua cota de inimigos. Isso acontece com qualquer um que tenha poder, e quem conhece o William sabe que às vezes ele é inflexível. E ele joga para ganhar. Precisa ter controle total de tudo, o que não é possível numa eleição nacional. Além do mais — animou-se —, ele adora ser um dos membros mais antigos do Senado.

Danica concordou, ainda tentando assimilar o iminente envolvimento político de Blake. Devia ter visto que isso aconteceria, mas não vira. E, sabe-se lá por que razões, ele achou melhor não informá-la.

— Bem — suspirou após ter pedido uma tigela de sopa de abobrinha e uma salada de siri —, quando começa o pandemônio?

— Acho que em breve. Você não parece muito animada com a idéia.

Danica fez um gesto de desdém.

— Já temos compromissos demais todas as noites. Isso quer dizer que teremos o dobro pela frente.

— Há outras coisas que você gostaria de fazer? — perguntou Eleanor, surpresa. Quando tinha a idade de Danica, vivia encantada com cada aspecto da incipiente carreira política do marido.

— Talvez sim. — Estava pensando em coisas inusitadas, como ir ao cinema, sair de carro com o marido para passar o dia em Provincetown ou em Kennebunkport. Infelizmente, a mãe chegou a outra conclusão.

— Querida — começou a falar, os olhos se arregalando de excitação —, você está...?

Danica sorriu.

— Não, mãe. Ainda não.

— Mas você gostaria.

— Já falamos sobre isso antes. Você *sabe* que sim.

— Algum problema?

— Claro que não!

— Não fique tão na defensiva, meu bem — disse a mãe, com a voz carinhosa. — Eu só queria saber. Afinal de contas, você está casada há oito anos...

— O que não é nada, se você parar para pensar como eu era jovem naquela época. Não acho que eu teria sido uma boa mãe aos vinte, vinte e um ou vinte e dois anos. Minha nossa, do jeito que você fala parece que estou correndo contra o tempo. Tenho só vinte e oito anos. Hoje em dia as mulheres têm filhos aos quarenta.

— Certo, mas, quando você estiver com quarenta, o Blake vai estar com cinqüenta e cinco, que é exatamente a idade do seu pai agora, e olhe só para *você*.

— O papai se casou jovem. É diferente. Se a primeira preocupação do Blake fosse a família, ele provavelmente teria se casado muito antes.

— Ainda assim, acho que ele não gostaria de esperar tanto. E, além do mais, pense no seu pai. Ele está pronto para ter um neto.

— Você já me disse isso antes — retrucou Danica, num tom seco. Não gostava daquela conversa, jamais gostara e nem gostaria. Queria muito ter um filho. Queria que Blake fosse pai, que William fosse avô, queria ela mesma ser mãe. Infelizmente, era mais fácil falar do que fazer acontecer.

— Você vai fazer isso por ele?

— Espero que sim.

— Tem certeza de que não há nenhum problema?

Se havia algum problema era o fato de Blake ou estar fora da cidade ou cansado, e não havia *como* Danica tocar nesse assunto com a mãe. Por pior que fosse o problema, não tinha intimidade suficiente com ela para isso.

— Tenho — disse, tentando mudar de assunto. — E quanto ao que eu gostaria de fazer, em vez de ir a campanhas políticas de arrecadação de fundos, eu preferiria estar no Maine com o Blake. Você precisa ver a casa. Está demais.

Conforme comiam, Danica inteirou a mãe sobre os detalhes da reforma da casa. Foi um assunto razoavelmente seguro até Eleanor trazer à baila o problema de ir e vir do Maine.

— Não gosto de você dirigindo sozinha para aqueles lados.

— O Blake irá comigo a partir de agora. Pelo menos — pensou alto —, ele disse que iria, mas, se a campanha do Claveling tomar muito do tempo dele...

— Deverá tomar. Você sabe. O que significa que você viajará sozinha.

Danica não estava muito animada com a idéia, mas sua falta de ânimo nada tinha a ver com a direção.

— Não é bem uma viagem... uma hora e meia aproximadamente, por causa do trânsito.

— Uma hora e meia dentro de um carrinho que pode, com muita facilidade, ser esmagado entre dois caminhões na auto-estrada. Quando o Blake não puder ir, o Marcus deverá ir levá-la.

— Que diabo o Marcus vai ficar fazendo lá enquanto eu estiver checando todos os detalhezinhos da casa?

— Ele pode esperar. É o trabalho dele. Melhor ainda, vai poder se familiarizar com o local e, assim, ficar mais à vontade quando for com a esposa para lá.

— Eles não vão para lá. — Quando a mãe parou no meio de uma garfada para olhar para a filha, Danica explicou: — A casa é para o Blake e eu. Uma escapada da cidade. Um lugar onde a gente vai poder ficar a sós. Não vejo necessidade de ter um empregado lá, que dirá dois. Podemos ir de carro para onde quisermos, e não vai ter nenhum trabalho pesado de limpeza, já que não vamos receber visitas.

— E quanto à comida?

— Eu sei cozinhar, mãe.

— Eu sei que você *sabe*, mas não seria mais fácil se a sra. Hannah cozinhasse?

Danica estava decidida. Cedera em muitas coisas na vida. Esta era uma de que estava determinada a não abrir mão.

— Não. A sra. Hannah e o marido vão cuidar das coisas em Boston, enquanto o Blake e eu estivermos no Maine. — Deu um sorriso enviesado para a mãe. — Nunca se sabe. Com um pouco de prática, pode ser que eu surja como uma concorrente a Julia Child.* O papai ia adorar. Vocês dois vão nos visitar quando a casa estiver pronta, não vão?

Antes que Eleanor tivesse chance de responder, uma amiga de Danica aproximou-se para cumprimentá-la rapidamente. Com toda a gentileza, Danica fez as apresentações e se recostou na cadeira, encantada com a habilidade da mãe para conversar. Era como se Eleanor se importasse de verdade com aquele novo conhecimento.

— E então? — perguntou Danica com a voz meiga quando as duas ficaram a sós de novo.

— Ela é adorável, querida. Vocês trabalham juntas no conselho do hospital?

---

* Famosa cozinheira americana que introduziu a culinária francesa nos Estados Unidos por meio dos seus livros de receitas e programas de TV. (N.T.)

— Trabalhamos. Mas não foi isso o que eu perguntei. Você e o papai vão nos visitar no Maine, não vão? — Isso significava muito para ela; tinha a esperança de impressionar os pais com a casa, com sua localização e suas próprias habilidades como anfitriã.

— Achei que vocês não iam receber visitas lá.

— Família é diferente.

Eleanor suspirou.

— É claro que vamos. Mas eu gostaria que você não dificultasse tanto as coisas. Ainda não gosto da idéia de você ir dirigindo para lá.

— Preste bem atenção ao que está dizendo, mãe — Danica a repreendeu. — Até parece que tenho dezesseis anos.

— Sei que não tem, mas me preocupo mesmo assim. Pelo menos você poderia ir na Mercedes. É maior e mais segura do que o cupê.

— Mas eu adoro o Audi e quase não tenho oportunidade de dirigir por aqui. Os motoristas daqui são terríveis. Perto de Boston, Kennebunkport é um sonho. Respirou fundo e baixou os olhos contemplando as pessoas andando apressadas ao longo da Arlington Street. — Dirigir sozinha na estrada dá uma sensação de liberdade.

— Agora você *parece* ter dezesseis anos. Embora não tenha sido louca por liberdade naquela época.

Danica ficou pensativa.

— Você nunca imaginou que eu podia fazer coisas escondido de você?

— Que tipo de coisas?

— Fumar. Beber. Ir a lugares que não deveria.

— Você sempre foi muito bem supervisionada.

— Não em todos os minutos. A supervisora do dormitório não sabia de tudo o que acontecia.

— Na faculdade, eu não podia esperar que...

— Não estou falando da faculdade. Estou falando do colégio interno. Mesmo antes de eu sair para morar na escola do Armand, já tinha muita coisa acontecendo.

— Danica, você tinha treze anos naquela época!

— Ainda assim, eu sabia de tudo o que acontecia. Algumas meninas levavam coisas escondido para o dormitório. Também saíam escondido, iam e voltavam, sem serem pegas. Vamos lá, mãe — repreendeu-a diante da expressão de espanto em seu rosto —, você devia saber que esse tipo de coisa acontecia.

— Acho que sim, mas... — balançou a cabeça devagar — ... mas você não fez nenhuma dessas coisas. — Havia, efetivamente, respondido à pergunta da filha.

Danica sorriu.

— Não. Eu era uma tremenda de uma covarde.

— Covarde? Não, não, querida. Você simplesmente estabeleceu padrões mais altos para si mesma.

— Você quer dizer que o papai estabeleceu padrões mais altos para mim. — Revirou os olhos. — Eu era tão inocente que, se tivesse tentado fazer alguma coisa, por mais inofensiva que fosse, certamente teria sido pega. E, se isso tivesse acontecido, o papai nunca teria me perdoado. — Seu sorriso desapareceu. — Já foi muito ruim ter abandonado o tênis. Ele não fala mais sobre isso hoje em dia, fala?

— Ele assiste às partidas sempre que pode. Você sabe que ele sempre adorou tênis. Mas não, ele não fica fantasiando que é você que está na quadra. Ele sabe aceitar as coisas quando não tem escolha.

Distraída, Danica empurrou uma garfada de carne de siri pelo prato.

— Sinto muito que não tenha dado certo. Ele teria ficado orgulhoso se eu tivesse conseguido chegar lá.

— *Você* sente muito que não tenha dado certo?

— Não com relação ao jogo. Eu simplesmente não tinha aquela determinação necessária para ser a número um, pelo menos não naquele esporte. E além do mais — suspirou — esse assunto está morto e enterrado. Talvez eu seja como o papai nesse aspecto, aceitei o fato de que nunca chegaria à quadra central em Wimbledon... Estranho falar assim, dez anos depois.

Nem tão estranho, percebeu, embora com tristeza. Havia muitas coisas que nunca havia discutido com a mãe porque Eleanor Marshall era, antes de qualquer outra coisa, a esposa de William Marshall. O fato de Eleanor ter tido uma filha — de *William* ter tido uma filha — sempre lhe parecera acidental.

— A propósito — continuou Eleanor —, eu soube que sua amiga, a Reggie, passou por um aperto no torneio Virginia Slims, em Nova York.

— Como você soube?

— Seu pai estava lendo uma reportagem sobre o jovem Aaron, humm, Aaron...

— Krickstein.

— Obrigada, querida. Bem, ele estava lendo essa reportagem quando outra manchete chamou a minha atenção. Você tem tido notícias dela ultimamente?

— Nós almoçamos juntas no sábado passado.

— É mesmo? Achei que ela estava indo para a Flórida, com os outros jogadores do torneio.

— Eles têm um tempo entre um torneio e outro, mãe. A Reggie estava visitando alguém aqui. Na verdade, ela estava pensando em não jogar na Flórida.

— Ela pode fazer isso? Não tem um compromisso firmado com os patrocinadores?

— Os compromissos vão só até certo ponto. Se o jogador se machuca, não joga. No caso da Reggie, ela está mentalmente esgotada. Mal terminou uma temporada e, em seguida, emendou em outra; ela precisa dar uma parada.

— Pelo que li, dá para entender. Ela ganhou por um triz. Esse tipo de coisa deve ser extenuante, tanto física *quanto* mentalmente. — Eleanor arqueou uma sobrancelha. — Talvez, enquanto estiver aqui, ela queira jogar com você.

— Ela tem outras coisas em mente.

— Mas tenho certeza de que adoraria jogar com você.

— Não estou jogando. Você sabe disso.

— Hummm, o que não me deixa nada satisfeita. Você era *boa*, querida. Não havia razão para desistir de tudo só porque não conseguiu ser a número um.

— Você está fazendo com que eu pareça uma adolescente.

— Bem, você não acha que está levando isso um pouco longe demais?

— Não.

— Querida, você era a quarta jogadora do país, deste *país*, quando tinha apenas dezesseis anos. Isso foi um feito que lhe exigiu um esforço considerável. E agora, nada. Quanto tempo faz desde a última vez que segurou uma raquete de tênis?

Danica olhou nos olhos da mãe.

— A última vez que segurei uma raquete de tênis foi em 2 de junho, um sábado, três dias antes do meu aniversário de dezoito anos.

— Está vendo? — exclamou Eleanor. — Faz dez anos! Isso não é um pouco demais?

— Não para mim. Eu estava farta do tênis.

— Você machucou o ombro.

— Foi muito mais do que isso — ela replicou com brandura. — Nós falamos sobre o assunto na época, mãe. O Armand e eu, você, o papai e o Armand. Eu não estava feliz. Não queria jogar. Meu ombro teria ficado bom para eu continuar, mas eu simplesmente não estava interessada. — Contou até cinco. Tinha certeza de que, se ela e a mãe tivessem a mesma conversa dali a uma semana ou um mês, Eleanor, mais uma vez, usaria aquela fratura no ombro como justificativa para o fim de sua carreira. Ser forçada a parar de competir por causa de uma fratura era, de alguma forma, aceitável; afinal de contas, fora um acidente. Desistir por conta própria, por falta de determinação, isso era inaceitável. — Por que essa conversa sobre o tênis, assim, de repente?

Eleanor suspirou.

— Por nada. O assunto surgiu por causa da Reggie. E porque de vez em quando penso nisso. Sinto muito, mas não consigo evitar. Ainda acredito que, se você tivesse insistido, poderia ter chegado ao topo *junto* com a Reggie. — Quando Danica abriu a boca para retrucar, a mãe continuou: — O tênis ganhou muita expressão na última década. As mulheres estão se saindo cada vez melhor e ganhando muito mais.

— Meu Deus, não preciso do dinheiro.

— É claro que não. Tudo bem. Esqueça as competições. E quanto a jogar por lazer? É um ótimo exercício.

Danica lançou-lhe um sorriso malicioso.

— Você está tentando me dizer alguma coisa?

— Não seja tola, querida. Você está tão magra quanto sempre foi. Estou apenas sugerindo que praticar exercícios é bom para a saúde.

— Eu pratico exercícios. Caminho sempre que posso.

— Estou falando de exercícios *organizados*.

— Faço balé três vezes por semana.

— Mas balé não é uma atividade social.

Finalmente Danica entendeu.

— Você está enganada quanto a isso também, mãe — sugeriu, com gentileza. — Conheci pessoas adoráveis, dançando. É verdade que talvez não sejam o mesmo tipo de pessoas com quem eu estaria jogando tênis no clube, mas são tão estimulantes, se não até mais, quanto elas. São diferentes. Gosto delas.

Se estava tentando defender um ponto de vista, a mensagem passou despercebida pela cabeça da mãe. Eleanor, evidentemente, considerava aquele assunto em particular de pouca importância.

— Bem, que assim seja. A propósito, você sabia que o irmão do Hiram Manley morreu?

Mais tarde, ao retornar pelo Public Garden, caminhando mais devagar desta vez, Danica pensou nas duas horas que tinha acabado de passar com a mãe. Ficara ansiosa para vê-la, como sempre. E, como sempre, a expectativa se revelara melhor do que a realidade. Gostaria que Eleanor fosse o tipo de mãe com quem pudesse abrir seu coração, sua alma, mas não era. Ela não entenderia. Em conseqüência, Danica sentiu a mesma frustração, a mesma solidão que sempre sentia no que dizia respeito aos pais.

Durante toda a sua vida nutrira esperanças de que isso mudasse. Quando era pequena e vivia sob os cuidados de babás, sonhava com o dia em que teria idade suficiente para viajar com os pais. Mas, quando tal idade chegou, foi enviada para o colégio interno, depois para morar e treinar na escola de tênis de Armand Arroah, e, por fim, para a faculdade. Ainda hoje, mulher adulta e casada com um grande amigo de seus pais, achava que aconchego familiar era algo difícil de se conseguir.

Parando no ponto mais alto da passarela sobre o lago, estava olhando para a água escura quando um movimento à margem lhe chamou a atenção. Um garotinho, a mãe ajoelhada a seu lado oferecia, com movimentos desajeitados, pedaços de pão para os pombos ali reunidos. De tempos em tempos, ele dava uma mordida no pão e oferecia outra à mãe. Ambos estavam agasalhados por causa do vento, que ondulava a água em marolas aleatórias. Nenhum dos dois parecia se importar com o frio.

Danica calculou que o menininho tivesse três anos e tentou lembrar-se das coisas que fazia naquela mesma idade. Não conseguiu. Mas fora para o maternal aos quatro anos, tinha vagas lembranças de lá. Aos cinco, fora matriculada em uma escola particular, exclusiva, no subúrbio de Hartford, e passava os verões em uma colônia de férias escolhida a dedo. Sua memória fazia pouca distinção entre os dois lugares. Havia grupos barulhentos de crianças em cada um deles e um certo tipo de organização. Brincava na casa de amigos e os levava para brincar na sua. Havia uma mistura de festas de aniversário, palhaços e shows de mágica, vestidos com babados e sapatos boneca.

Quanto a lembranças de eventos específicos, tinha muito poucas. Lembrava-se de ter ido ao Elizabeth Park para dar pipoca aos peixes. Agora, imaginava que espécie de peixe comia pipoca; na época, apenas exultara com o fato. Mas não fora a mãe que enfrentara o frio para partilhar de sua alegria, que reservara uma tarde para brincar sem pressa com a filha. Fora a empregada da casa.

Danica observou o garotinho atirar o último pedaço de pão aos pombos e depois bater com as mãos em seu casaco para neve. Momentos depois, quando a mãe o pegou em seus braços e o abraçou forte antes de começar a descer o caminho, ela sentiu uma pontada de inveja — inveja da criança que tinha uma mãe tão amorosa, inveja da mãe que tinha um filho tão carinhoso e encantador.

Seguindo na direção da Charles Street, jurou que, se tivesse um filho, as coisas seriam bem diferentes de como tinham sido com ela. O dinheiro não comprava a felicidade. Tampouco o poder. Não se importaria com quaisquer obrigações que precisasse cancelar. Passaria mais tempo com o seu filho.

Este mero pensamento lhe formou um nó na garganta. Tinha tanto amor para dar, tanto que às vezes achava que ia explodir.

Sentindo-se gelada quando entrou em casa, acomodou-se no sofá de couro da sala de tevê, enfiou as pernas debaixo de uma manta de lã e ficou olhando Marcus acender a lareira. Quando a sra. Hannah lhe trouxe uma xícara de chá, esperou-o ganhar cor erguendo a xícara para absorver seu calor. Somente quando retirou o saquinho e o colocou no pires foi que inspecionou a etiqueta.

"A felicidade é uma estação intermediária entre o muito e o muito pouco", leu a mensagem e sorriu, em triste assentimento.

Três

Danica fez a viagem para Kennebunkport em tempo recorde. Não que não houvesse tráfego, pois havia. Não que estivesse com pressa, pois não estava. Estava era furiosa. E, por mais que o seu bom senso lhe dissesse para dirigir devagar, encontrara uma satisfação perversa em apertar o pé no acelerador.

Até mesmo agora, após ter deixado a auto-estrada em Kittery para tomar a rota oceânica, ardia de raiva ao pensar em Blake. Repetidas vezes reproduzia as várias conversas que tinham tido sobre a viagem que deveriam estar fazendo juntos.

— Blake?

— Humm? — Ele se olhava no espelho, ajeitando o nó da gravata.

— Que tal irmos juntos para o Maine na quarta-feira?

Ele levantou o queixo e deu mais um puxão na gravata.

— Quarta que vem, humm, quarta que vem está bom.

— Ainda falta uma semana. Podemos ir na terça ou na quinta, se você preferir.

— Não. — Sorriu para a própria imagem no espelho. — Quarta-feira está bem.

No fim de semana seguinte, Danica fez a mesma pergunta:

— Blake?

— Humm? — Desta vez, estava absorto lendo o jornal de domingo.

— A quarta-feira ainda está de pé?

— Quarta-feira?

— Maine.

— Ah. — Ele virou ruidosamente a página. — Por mim, está tudo certo.

Na terça de manhã, incapaz de se conter, Danica tocou no assunto pela terceira vez:

— Blake? — Ele estava na biblioteca, fazendo uma rápida ligação telefônica antes de sair para trabalhar.

— Sim, Danica.

Sua leve impaciência não a fez esmorecer. Não era sempre que lhe pedia alguma coisa, e a ida deles ao Maine significava muito para ela.

— Estou contando com você amanhã.

— Eu sei — respondera sem alterar a voz, saindo logo em seguida.

No entanto, horas depois naquela mesma tarde, ligou do escritório avisando que teria de ir para Atlanta na manhã seguinte, em vez de para o Maine. Danica não discutiu, nem no momento em que ele lhe telefonou e nem depois, quando voltou em casa para levá-la a um jantar. Agiu como a típica esposa paciente e compreensiva até o momento em que ele lhe deu um beijo de despedida e acenou a caminho do aeroporto.

Mas, por dentro, ardia de raiva.

Agora, aproximando-se da casa na qual depositara tantas esperanças, finalmente sentiu a raiva passar. Em seu lugar ficara uma dor esmagadora, uma solidão extrema, uma sensação de perda. Tivera um sonho — durante anos e anos —, mas ele não parecia passível de se tornar realidade.

Deixando a estrada principal para entrar no caminho de carros curvilíneo, parou o Audi em frente à porta de entrada da casa. Ou sua noção de tempo era particularmente boa ou, ao desligar o carro, simplesmente cedeu à tensão que trazia consigo. Seus olhos logo se encheram de lágrimas e, incapaz de fazer qualquer outra coisa, apoiou os pulsos sobre o volante, abaixou a cabeça e chorou.

* * *

Michael Buchanan ficara discretamente de olho na casa dos Lindsay desde o dia em que vira Danica pela última vez. Ah, sim, sabia quem ela era agora. Um breve telefonema para a corretora lhe dera as identidades, não apenas do marido de Danica, mas também de seu pai. Um telefonema um pouco mais demorado para sua irmã, Cilla, que morava e trabalhava em Washington, lhe acrescentara mais um pouco. Outras coisas que veio a saber foram resultado de uma análise de microfilmes de jornais, no arquivo da biblioteca pública.

Danica Lindsay era, definitivamente, uma mulher proibida. Não apenas era casada, como também filha de um homem com quem seu pai jamais se entendera.

Ainda assim, ele não fora capaz de se livrar de sua imagem tão solitária na areia. Não fora capaz de esquecer o olhar assombrado que vira em seu rosto, antes de ela se controlar. A corretora, a irmã, os jornais, todos tinham lhe fornecido os dados biográficos. O que eles não tinham mencionado é se ela era feliz.

E ele se importava. Alguma coisa acontecera naquela manhã na praia, para a qual ele não podia virar as costas.

Tudo bem. Não poderia cortejá-la da forma como desejava, mas ela seria sua vizinha durante o período que escolhesse passar no Maine. E ele pretendia ser seu amigo.

Durante um tempo, tudo o que via quando passava em frente à sua casa eram caminhões e caminhonetes estacionados na entrada de carros. Ultimamente, no entanto, eles estavam vindo com menos freqüência. Naquele dia, nenhum deles aparecera por lá.

Mas havia um carro e, por puro instinto, ele sabia que era o dela. Combinava com ela... um Audi cupê prateado... chique, esportivo, embora discreto. Viu as lanternas vermelhas do freio se apagarem e sabia que ela estava no carro. Estacionando na entrada do caminho de carros, ficou observando, incapaz de ver muito mais do que uma sombra no banco do motorista. Quando a sombra pareceu encolher-se, Michael franziu a testa. Em seguida, levado mais pela estranheza do que pela preocupação, desceu de sua Blazer e seguiu o caminho a pé.

A claridade da manhã era sua aliada. A cada passo seu, a sombra no banco da frente do Audi ganhava mais cor e forma. Danica. Os pulsos apoiados no alto do volante. A cabeça loura inclinada sobre os braços. Os ombros trêmulos.

Apertou o passo, quase correndo nos últimos metros, então, com toda a delicadeza que seu coração acelerado permitia, bateu com dois dedos na janela.

Ela ergueu a cabeça, sobressaltada, e ele viu suas lágrimas.

Michael sentiu um aperto por dentro. Tentou abrir a porta, mas ela estava trancada, e Danica voltara a apoiar a cabeça sobre os braços. Estava apavorada. Não, envergonhada. Mas ele não queria que ela se escondesse. Não dele.

Mais uma vez, bateu de leve no vidro.

— Danica? Você está bem? — Ela levantou os ombros. Parecia estar tentando se controlar. Ou isso ou estava chorando ainda mais. Sem saber ao certo, Michael pediu, com um toque de desespero na voz: — Abra a porta, Danica.

Enxugando os olhos com uma das mãos, ela abriu a porta com a outra. Inspirando trêmula, recostou a cabeça no suporte do banco e fechou os olhos.

Michael abriu a porta em toda sua extensão e sentou-se sobre os calcanhares.

— O que aconteceu?

Ela apertou os olhos e franziu a testa, como se sentisse dor.

— Você está doente?

Ela sacudiu a cabeça e levantou a mão.

— Só preciso de um minuto.

Por instinto, Michael estendeu a mão para envolver as dela. Os dedos de Danica se fecharam em torno de seu polegar e o apertaram com força.

Quase num sussurro, ele falou:

— Acho que agora seria o momento de eu sacar um lenço impecavelmente dobrado do bolso e dá-lo para você. Pelo menos é isso o que faria um cavalheiro de verdade. — Enfiou a mão no bolso do casaco e, assim que puxou uma nota de supermercado amassada, soube que não adiantava continuar procurando. Nunca fora adepto de lenços impecavelmente dobrados. — Acho que não levo muito jeito para cavalheiro. Você tem uma caixinha de Kleenex?

Soltando-lhe a mão, Danica virou-se no banco para remexer na bolsa. Momentos depois, estava apertando um lencinho sob um olho e depois sob o outro.

— Desculpe — sussurrou.

— Não seja boba. Todos temos os nossos momentos. Tem alguma coisa aborrecendo você, só isso. — Ele deu uma olhada em volta. O carro dela era o único à vista e a casa parecia vazia. — Tem alguém que eu possa chamar? — Ela negou com a cabeça. — Você veio sozinha. — Novas lágrimas brotaram em seus olhos. — Ahhhh. Este é o problema, ou pelo menos parte dele?

Com a cabeça baixa, os olhos mais uma vez fechados, Danica pressionou um dedo entre as sobrancelhas e concordou. Quando se recompôs novamente, fungou e ergueu o olhar.

— Eu tinha mesmo esperança de que meu marido viesse comigo. No último momento, ele saiu apressado para Atlanta, a trabalho.

— Tenho certeza de que foi obrigado a ir — Michael tentou confortá-la. — Pelo que sei, ele é um homem importante. — Quando Danica ergueu os olhos, surpresa, ele sorriu. — Sei quem é o seu marido. E o seu pai. Você não estava planejando mantê-los em segredo para sempre, estava?

Ela respondeu ao seu gentil gracejo:

— Foi muito bom ser uma pessoa qualquer durante aquele pouco tempo em que conversamos.

Michael imaginou se ela se lembrava daquele "pouco tempo em que conversamos" com tanta clareza quanto ele. Ele passara algumas boas horas pensando no assunto.

— Você jamais seria uma pessoa qualquer.

— Você sabe o que quero dizer. Não a esposa de Blake Lindsay. Não a filha de William Marshall. Não é sempre que estou com pessoas que me vêem pelo que *sou*.

— Eu a verei.

De alguma forma, ela sabia disso. Olhando agora nos olhos de Michael Buchanan, sentiu o mesmo calor, a mesma luminosidade que sentira naquele primeiro dia na praia.

— Espero que sim — disse, abrindo um sorriso e, em seguida, fungando e baixando os olhos, acanhada. — Devo estar horrível.

— Você está maravilhosa. — Roçando o polegar de leve em seu rosto, ele lhe enxugou uma lágrima, pôs-se de pé e esticou a mão. — Venha. Está na hora de entrar. Foi para isso que você veio. Para ver a casa, não foi?

Ela lhe lançou um sorriso envergonhado.

— Está bem. — Dando-lhe a mão, aceitou a ajuda para sair do carro. — Minha arquiteta tem vindo aqui. Ela disse que está quase tudo pronto. — Pela primeira vez olhou em volta, levantou a cabeça e inspirou fundo o ar oceânico, sua respiração ainda levemente irregular por causa das lágrimas recentes. — Hummm. Que bom! Uma boa melhora desde a última vez.

— Está mais quente. E ensolarado. Sem neblina. — Michael lembrava-se da neblina e de como ela atribuíra um certo misticismo ao seu encontro com Danica. Ainda sentia a mesma coisa: algo parecido com o destino. Por mais que dissesse a si mesmo que era loucura, não conseguia se livrar desse sentimento.

Conforme foram seguindo pelo caminho de pedras até a porta, Danica admirou a paisagem em volta da casa. Pínus brancos se espalhavam pelo jardim, protegendo aglomerados de mirica e sumagre-da-virgínia. Embora ainda fosse muito cedo para qualquer um dos arbustos florescerem, os pequenos juníperos pareciam mais viçosos, nos primeiros estágios de rejuvenescimento.

Destrancando a porta, Danica entrou e foi andando devagar, de cômodo em cômodo, em uma admiração silenciosa do trabalho que já havia sido feito. Michael a seguiu, parando à porta de cada cômodo em que ela entrava.

A casa era quase idêntica à sua própria, o que não era de surpreender, visto que tinha sido projetada pela mesma arquiteta e construída pela mesma empreiteira há cerca de vinte anos. Ambas exibiam a mesma variação de estilo colonial, eram espaçosas e abertas, idealizadas para tirar partido da vista esplêndida do mar. As mudanças estruturais que Danica fizera — derrubando as paredes entre a cozinha, a sala de estar e o vestíbulo — tinham servido para reforçar ainda mais a sensação de liberdade e espaço.

— O que você achou? — perguntou ele, quando voltaram para a sala de estar.

— Nada mau — disse ela, mas um sorriso se espalhava por seu rosto. — Nada mau, mesmo. Na verdade, acho que está ótimo. É claro que ficará muito melhor depois de mobiliada, mas vou gostar ainda mais dela agora que a vi assim, como está.

Michael concordou:

— Para mim, só está faltando a mobília.

— Isso e alguns tapetes. Pensei em comprar alguns quadros e peças de cerâmica, cinzeiros e outros objetos decorativos por aqui. As paredes ficaram maravilhosas. Quando decidimos tirar o papel de parede, fiquei preocupada com o que encontraríamos por baixo, mas fizemos bem. — As paredes estavam pintadas com um bege suave, não só para combinar com o trabalho de marcenaria das portas e janelas, mas também com o assoalho, que tinha recebido novo acabamento. Animada agora, voltou para a cozinha. — Adorei. — Quando percebeu que Michael estava atrás dela, ofereceu-lhe um breve sorriso. — Fiquei na maior indecisão por causa destes armários, mas estou encantada com eles. — Analisou, um de cada vez, o acabamento de cerâmica no chão, as bancadas de fórmica, todas elas em branco-gelo, e o novo teto rebaixado, que dera um toque mais moderno à sala. — Perfeito. — Estava radiante. — Adorei!

Num ímpeto de otimismo, abriu a porta da geladeira. A luzinha interna acendeu; um ar gelado fluiu lá de dentro. Deixando a porta se fechar sozinha, foi testar o queimador do fogão. Funcionou.

Triunfante, virou-se para Michael.

— Acho que tenho tudo de que preciso! — Esfregando as mãos, voltou para o vestíbulo para ajustar o termostato e gerar um pouco de calor.

Ele a seguiu.

— Uau! Tudo de que precisa para quê?

— Agora que tenho uma casa habitável, acho que vou morar um tempo nela.

— Um tempo. Quanto tempo você está disposta a ficar aqui?

— O dia de hoje. — Quando ele riu, ela ficou mais pensativa. — Pensando melhor, não há razão para eu voltar correndo para Boston hoje à noite. O Blake está viajando. A sra. Hannah pode cancelar...

— Você não está planejando passar a noite *aqui*.

— Por que não?

— Meu Deus, Danica, a casa ainda é praticamente só uma casca!

Ela encolheu os ombros, gostando cada vez mais da idéia.

— Posso comprar tudo de que preciso para passar a noite. Tem lojas aqui, não tem?

— Claro, mas...

— Mais cedo ou mais tarde eu ia mesmo ter que comprar panelas e frigideiras. Também posso comprar sopa e chá, manteiga e ovos no supermercado. Não preciso de muita coisa.

Michael ficou em silêncio, observando-a enquanto ela se dirigia à janela, deslizava a mão pelo seu peitoril recém-pintado e se ajoelhava para tocar o assoalho encerado, cor de areia. Sua satisfação era contagiante — ou seria apenas o prazer que sentia em vê-la de novo? Sua animação era pura, revigorante, inocente à sua própria maneira.

— Humm... Danica?

Ela se virou com o mais iluminado dos sorrisos.

— Hã?

— Onde você vai dormir?

Por um minuto ela franziu a testa, mas só por um minuto.

— Humm. Eu não tinha pensado nisso.

— Você não pode se encolher no chão duro.

Por um lado, encolher-se no chão pareceu-lhe um pouco além do necessário. Por outro lado, com um pouco de criatividade...

— Que tal um colchão inflável e alguns cobertores, talvez até mesmo um saco de dormir...? É uma boa idéia. — Ergueu o olhar e viu Michael balançando a cabeça devagar. — Você acha que estou maluca.

— Não. Não. Só estou... espantado. Não poderia imaginar que você estava a fim de acampar.

— Você quer dizer que não poderia imaginar que sou do *tipo* que acampa — brincou, mas sem censura na voz, pois a maneira gentil de Michael não dava margem para isso. Além do mais, ele tinha razão. — Há sempre uma primeira vez para tudo — disse, a voz suave, o olhar repentinamente fixo no dele. Seus olhos castanhos eram muito expressivos, pensou. Eram iluminados, quentes, sinceros e a faziam se sentir muito especial. Estava precisando disso agora, principalmente quando se sentia supérflua em quase todos os outros aspectos de sua vida. Precisava ser valorizada, e Michael fazia isso. Feliz com sua aprovação, irradiou alegria.

— Danica? — sussurrou ele, engolindo em seco, sendo isso tudo o que podia fazer para não tomá-la nos braços quando ela o olhou daquela forma.

A voz dela soou um pouco mais alta do que o sussurro dele:

— Você fez a barba hoje. — Seu maxilar era quadrado, forte, macio agora onde ela se recordava de ter visto uma aspereza. — Da última vez que o vi, você não estava barbeado.

— Eu não estava esperando encontrar ninguém da última vez.

— Mas você não tinha como saber...

— Não. Eu não sabia que você vinha hoje. Estava de passagem, indo para a cidade, quando vi o seu carro. Mas sempre olho para ver quem está aqui. Fiquei imaginando quando você voltaria. — Estava falando com bastante tranqüilidade. Então engoliu em seco outra vez. — Isso incomoda você?

Como isso poderia incomodá-la, quando se sentia melhor do que semanas atrás?

— É muito bom saber que tenho alguém aqui.

— Então podemos ser amigos?

Ela abriu um sorriso.

— Pensei que já fôssemos amigos.

— Você quer?

— Muito.

— Que bom. — Ele parecia não conseguir tirar os olhos dela, mas percebeu que precisava fazer alguma coisa, se esperava se comportar. E precisava. Ela era uma mulher proibida... proibida... proibida. — Quer fazer compras?

— Compras?

— Panelas, frigideiras, saco de dormir e...

— Ah. Compras. Claro. Mas você não tem que...

— Sou seu amigo, não sou? Que tipo de amigo seria eu se te deixasse andar sozinha numa cidade estranha?

— Já estive aqui antes — ela o relembrou, mas ficou muito contente.

— *Estar* aqui não é o mesmo que *fazer compras* aqui. Venha. — Envolveu-lhe a mão com a sua e, antes que ela pudesse recusar, já estava se dirigindo à porta. — Há lojas e lojas. Sei exatamente onde encontrar tudo de que você precisa. Isso vai economizar tempo para nós dois.

— Para nós dois?

À porta, ele se virou.

— Se você recusar a minha ajuda, vou simplesmente passar o dia inteiro preocupado, achando que você foi roubada.

— Michael, não posso tomar o seu tempo dessa forma.

— Por que não? Não estou reclamando.

— E quanto ao seu trabalho? Você disse que era escritor.

— E sou. E uma das coisas boas de ser escritor é que sou dono do meu tempo. Eu estava mesmo indo à cidade. Agora, terei companhia.

Ela apertou ainda mais forte a mão dele quando ele a puxou.

— Tem certeza?

Ele sorriu.

— Tenho. Vamos. — Ele já havia começado a se virar, quando ela o deteve uma última vez:

— Michael? — Ele estava olhando para ela, uma sobrancelha arqueada como se preparado para argumentar novamente, caso ela resistisse à sua oferta. — Obrigada.

A sobrancelha abaixou-se e ele pareceu derreter.

— Pelo quê?

— Por ter parado. — Ela moveu a cabeça na direção de onde estava seu carro, mas o movimento saiu quase como um encolher de ombros e ela baixou os olhos. Não podia esquecer que havia menos de uma hora estava debruçada sobre o volante, chorando incontrolavelmente. Ainda doía pensar em Blake, mas não se sentia mais tão só. — Por ter me ajudado lá fora.

— Não fiz nada.

— Você estava aqui.

Ele pigarreou e analisou o movimento vagaroso de seu polegar sobre os dedos dela.

— Bem, vamos dizer então que estamos empatados.

— Empatados?

— Eu também estava me sentindo muito solitário. — Seu sorriso foi de uma honestidade pueril. — É bom ter uma amiga com quem matar aula.

Num impulso, Danica lhe deu o braço e o apertou com força. Estava em um lugar novo, com uma casa nova e um amigo novo. Se Blake tinha decidido não vir, isso era problema *dele*. *Ela* ia se divertir!

Saindo na caminhonete Blazer de Michael, que poderia mais facilmente acomodar as compras de Danica, os dois passaram as horas seguintes comprando as coisas de que ela precisaria se pretendesse passar a noite na casa.

— Tem certeza de que quer levar isso adiante? — perguntou ele, pelo canto da boca, enquanto ela tentava se decidir entre dois edredons particularmente bonitos, feitos à mão, que eles tinham encontrado em uma lojinha na Union Square. Michael estava com um braço esticado, a mão apoiada no balcão para onde Danica estava virada, e a outra enfiada no bolso. Seu corpo estava voltado para o dela, de uma forma que refletia a necessidade de proteção que ela inspirava.

— Parece sacrilégio colocar um desses edredons no chão. — Na verdade, ele não gostava da idéia de *ela* passar a noite dormindo no chão. Ou de passar a noite sozinha. Indo um pouco mais adiante, o que queria mesmo era que ela ficasse com ele, mas sabia que isso era impossível.

— Não, não. Vai ficar bom. Este é o tipo de coisa que vou poder usar no quarto de hóspedes assim que as camas chegarem. É muito melhor do que gastar dinheiro agora com um saco de dormir ou um monte de cobertores. Na verdade — pensou alto —, acho que vou comprar dois iguais de uma vez. E também algumas almofadas. Já que estamos aqui... — O tom de suas palavras foi baixando e ela lhe lançou um olhar de desculpas. — Você está entediado?

— Está brincando? É uma alegria te ver fazendo compras. Você está tão entusiasmada!

— Mas ainda...

— Ouça — disse ele, afetuosamente, pondo o braço em seus ombros —, já fiz compras com outras mulheres antes e jurei que jamais faria isso de novo. Elas pegam as coisas, devolvem, pegam outras, voltam para a primeira, vão embora da loja, voltam dois minutos depois porque mudaram de idéia, mas isso é diferente. Você está se divertindo, o que é contagiante. Pareço estar sofrendo?

Ele parecia, sem sombra de dúvida, maravilhoso. Sofrendo?

— Não. Mas me sinto culpada.

— Isso é problema *seu*. — Lançou-lhe um sorriso, apertou-lhe o ombro e, acenando com o dedo, chamou a vendedora que aguardava timidamente ao fundo e tentava se ocupar remexendo em outro edredom, ao mesmo tempo que procurava se manter acessível. — Você tem outros que façam jogo com um desses dois?

Acabou que só um dos edredons tinha par, mas, como era o que Danica tinha preferido, ela ficou entusiasmada. Após comprar seis almofadas que combinavam bem com os edredons — três para cada cama, quando o quarto de hóspedes estivesse mobiliado, e mais do que o suficiente para escolher para a noite —, eles seguiram em frente.

Michael não mentira ao afirmar que sabia onde encontrar o quê. Embora optasse por dar preferência às lojas da cidade sempre que possível — como fizera no caso dos edredons —, conhecia também lugares mais sortidos, onde se podiam encontrar artigos menos exclusivos, como panelas e frigideiras. E também conhecia o melhor lugar para almoçar, que, por acaso, era um restaurante pequeno, especializado em sopa de frutos do mar e saladas, na orla de Dock Square.

— Isso é muito mais do que eu esperava quando saí de Boston hoje de manhã — comentou Danica, sabendo que não chegara nem perto de expressar o que sentia. Quando saíra de Boston, não podia estar se sentindo pior. Agora, sentia-se claramente renovada.

Michael estava adorando vê-la feliz.

— Eu também. Estava esperando apenas mais um diazinho entediante.

— Não posso acreditar que os seus dias sejam entediantes. Você pode escrever. Pode escolher matar o trabalho. Pode ir e voltar quando bem entender.

Ele a viu franzir a testa.

— Qual o problema? — perguntou a ela.

— Estou aqui só sentindo inveja de você, da sua ausência de compromissos, quando isso é apenas uma suposição. Não perguntei se você é casado ou alguma coisa parecida. — Sua voz passou para um murmúrio de autocensura: — Tolice a minha.

— Não. Você não perguntou porque não precisava. Já sabe a resposta.

Ela o encarou por um bom tempo, então concordou devagar.

— Por que não se casou?

Ele encolheu os ombros.

— Nunca senti necessidade de me casar. Tive alguns relacionamentos intensos, mas, graças ao movimento feminista, nenhum deles acabou em casamento.

— Como assim?

Seu rosto ficou vermelho por alguns instantes, uma reação que aliviou o que poderia ter soado como machismo.

— A mulher liberada é menos propensa a exigir um compromisso.

— Você parece aliviado.

Ele pensou no assunto por um momento, escolhendo com cuidado as palavras seguintes:

— Não estou pronto para casar. Viajo muito, fazendo pesquisas e coisas assim, e gosto do que faço. Quando estou em casa, tenho meus livros para escrever e só Deus sabe como essa profissão é solitária. É claro que tenho amigos; portanto, quando me sinto sozinho, é só pegar o telefone. — Seu tom de voz diminuiu de volume, ficando mais triste. — Mas há momentos, momentos em que eu gostaria...

— Gostaria de quê?

Ele ficou brincando com o saleiro, girando-o no sentido horário, depois no sentido oposto.

— Há momentos em que eu gostaria de ter esposa e filhos, momentos em que minha casa é quieta demais, em que eu daria tudo para materializar uma família e tê-la aqui comigo, à noite. *Minha* família. Uma esposa que ficasse conversando à meia-voz comigo até tarde da noite. Filhos que se parecessem um pouco com cada um de nós, que fossem metade anjinhos, metade capetinhas, mas, no todo, adoráveis. — Fez uma pausa para tomar fôlego e coragem para erguer o olhar.

Danica mantinha o olhar fixo nele, os olhos arregalados e úmidos. Piscou uma vez e tentou sorrir, mas demorou um minuto para conseguir se controlar. Assustava-a o fato de ele partilhar os mesmos sonhos que ela.

— Consigo entender por que você é escritor — finalmente conseguiu falar. — Você se expressa bem.

— É, bem, não sei direito se gosto do que expresso às vezes.

— Seus pensamentos são bonitos.

— Não sei não. Eles são muito egoístas. Não sei se mereço uma família. Seria como gozar das vantagens de tê-la sem querer saber das desvantagens. Se quisesse ter filhos agora, eu deveria ter me comprometido antes.

Danica pensou no marido e em uma conversa similar que tivera com a mãe. Mas Michael parecia muito mais jovem do que ele, tanto em idade quanto em comportamento. Ele era espontâneo onde Blake era disciplinado, descontraído onde Blake era formal. Jamais se lembrava de ter visto os cabelos do marido caindo sobre a testa como os de Michael caíam agora.

— Às vezes as coisas não são simples assim. Você mesmo disse isso. Você queria viajar. E escrever. — Fez uma pausa. — Todos nós fazemos algumas escolhas em certos momentos da vida. Isso não quer dizer que nunca tenhamos dúvidas.

Michael sabia que ela estava falando por experiência própria. Sua voz traía tristeza e ela estava com aquela mesma expressão assombrada que ele vira em seus olhos na praia, um mês antes.

— Você tem?

— Tenho o quê?

— Tem dúvidas com relação às escolhas que fez?

Ela franziu o nariz e forçou um sorriso.

— Sou como qualquer outra pessoa. Tenho momentos em que tudo parece errado. — Estavam os dois se lembrando dos momentos que ela passara às lágrimas, naquela manhã, dentro do carro. — Mas — continuou, em um tom que lembrou Michael do estoicismo que detectara nela, naquele primeiro dia na praia — tenho muitíssimo mais coisas do que a maioria das pessoas.

Ele queria voltar, falar sobre o que lhe parecera tão errado antes, mas a garçonete escolheu aquele exato momento para trazer o almoço e, sentindo necessidade de ver Danica sorrir, ele redirecionou a conversa para assuntos mais leves envolvendo Kennebunkport. Mais tarde, porém, no supermercado, tentou matar sua curiosidade:

— Me fale das coisas que você tem, Danica.

— Tenho saquinhos de chá, meia dúzia de ovos, 250 ml de suco de laran...

— Não essas coisas — bronqueou. — Consigo *ver* o que está dentro do carrinho. — Estavam passeando tranqüilamente pelo corredor onde ficavam os artigos de papelaria, Michael guiando e Danica caminhando devagar ao seu lado. — Quando estávamos no restaurante, você falou que tinha mais coisas na vida do que a maioria das pessoas. Me diga o quê. Quero saber.

Ela estendeu o braço para pegar um rolo de papel-toalha na prateleira e o pôs no carrinho.

— Tenho o que todo mundo tem, só que em maior quantidade.

Ele percebeu um tom de modéstia em suas palavras.

— Uma bela casa?

— Você a viu.

— Não aqui — mais uma vez bronqueou; porém, mais uma vez no tom mais cordial possível. — Me fale sobre Boston.

Ela inspirou fundo e segurou uma das bordas do carrinho, conforme caminhavam.

— Moramos em Beacon Hill.

— Naqueles sobrados de vários andares?

— Hum-hum. Minha casa tem três andares, um belo caminho de carros e um pátio nos fundos. Dividimos o pátio com os nossos vizinhos.

— Uma única casa dessas em que entrei, lá em Hill, era estranha. A cozinha e a sala de estar...

— Ficavam no segundo andar, com os quartos no andar de cima e as áreas de lazer embaixo? — Ela riu diante da expressão no rosto de Michael, que dizia claramente que achava aquela disposição horrível. — É assim que é a nossa. Na verdade, é a disposição mais prática. Temos um bom espaço da frente para os fundos, de cima para baixo e praticamente nenhum para os lados. As escadas são íngremes e altas. Faz sentido ter a cozinha e a sala de estar no meio.

— Acho que sim. — Tinham parado no final do corredor, movendo-se apenas quando algum outro cliente precisava passar. — Mas ainda acho que deve ser difícil de se acostumar.

— Na verdade, não. Os quartos podem ser estreitos, mas são grandes. Recebemos visitas no primeiro e segundo andares. Enfim, a casa do meu pai em Washington não é muito diferente.

— Você viveu em Washington e não em Connecticut?

Ela negou com a cabeça, sem vontade de elaborar a resposta.

— Você tem cachorro? — perguntou ela.

— Como?

— Cachorro. Você tem um? — Apontou para a prateleira onde havia uma fileira de comida para cães, mas estava olhando para Michael com um olhar especulativo. — Consigo imaginar você correndo na praia com um setter irlandês logo atrás.

— Tive um — respondeu, pego de surpresa. — Ele morreu no ano passado. Achei que eu tinha te contado. — Ela negou. — É estranho. — Após um minuto, inspirou fundo. — Uma parte de mim quer ter outro. Todas as semanas procuro nos jornais. A outra parte ainda sofre com a morte do Hunter. Ele era uma beleza de cachorro.

— Quanto tempo você ficou com ele?

— Nove anos. Eu o comprei quando me mudei para cá. Aqui me pareceu um ótimo lugar para ter um cachorro.

— Compre outro — insistiu ela, repentinamente empolgada.

— Acho que é *você* que quer um.

A empolgação diminuiu.

— Quero, mas está fora de questão.

— Tenho certeza de que muitas pessoas em Beacon Hill têm cachorros, pelo menos para fins de proteção.

— Sempre as vejo na rua passeando com eles. Mas é cruel. Um cachorro precisa de espaço para correr.

— Você poderia ter um aqui.

— O Blake detesta cachorros — informou em voz baixa.

— Mas se o cachorro ficar aqui e ele ficar lá...

— Esta casa é para nós dois. — Ela deu uma risada, arrependida. — Se ele algum dia vier aqui. E, ainda assim, o cachorro teria de viver na cidade. Não estaremos o tempo todo aqui.

Eles foram andando na direção do caixa, Danica desejando que pudesse ficar lá o tempo todo, e Michael desejando que ela tivesse um cachorro e não um marido. Ambos sabiam que estavam sonhando, mas era divertido sonhar de vez em quando. E Danica sabia como estava se divertindo.

Mais tarde, depois de descarregarem as compras na casa dela, eles foram para a praia. Apesar do vento, estava agradável, o contrário daquele dia, um mês atrás. Embora ela estivesse com o mesmo casação elegante de então, ele agora estava aberto por cima de seu suéter verde-musgo macio e de suas calças de inverno branco-neve. Michael também estava mais à vontade com o tempo do que da vez anterior. Caminhavam devagar, parando ocasionalmente para contemplar os amontoados de algas marinhas trazidas pelas ondas, movendo-se em mútuo e tácito consentimento.

— Sobre o que você está escrevendo agora? — perguntou Danica, enfiando o cabelo atrás da orelha de forma que não lhe caísse no rosto quando olhasse para ele. Michael era alto e forte. Ela gostava disso.

— No momento? Um conto sobre os esportes profissionais na América. Um texto leve e que eu achei que gostaria de fazer.

— Não me parece tão leve assim — disse ela. Imaginou se ele sabia que já jogara tênis, se falaria alguma coisa sobre isso. Esperava que não. Não queria que seu passado se intrometesse. Não só naquele momento. — Você deve ter muitas pesquisas para fazer.

— Tenho, mas são pesquisas divertidas, principalmente as entrevistas. Conversei com alguns dos grandes jogadores dos velhos tempos. Hóquei, beisebol, boxe... e mais outros tantos. Eu precisava mudar o ritmo, depois do ano passado.

— Ano passado?

— No ano passado fiz uma análise de como a intolerância religiosa e racial está ligada à depressão econômica e à recessão.

— Difícil até de falar, mas fascinante. — E uma senhora mudança de tema. — O livro já foi lançado?

— Mês que vem.

Ela sorriu.

— Parabéns.

Ele retribuiu o sorriso.

— Obrigado.

Danica levou um minuto para assimilar as informações.

— Qual foi a sua teoria?

— Que a intolerância é alimentada pelas crises econômicas. Nada que as pessoas não saibam há anos, mas que poucas tiveram tempo para documentar.

— Você conseguiu?

— Foi fácil. A história fala de forma contundente. Nas épocas de estresse econômico as pessoas pensam somente em si mesmas. Culpam o outro pelos seus problemas, principalmente se este outro for alguém mais fraco ou menos capaz de se defender.

— Acho que até mesmo se esse alguém for mais forte. Há muitos grupos étnicos ou religiosos que são *superiores* num segmento ou no outro e, por causa disso, viraram alvos de fanáticos.

Michael sorriu animado. Sabia que ela era uma pessoa politizada.

— Discuto isso extensamente no livro. Vou te dar uma cópia assim que receber a minha.

— Posso comprá-lo.

— Não seja boba. Será um prazer.

Eles chegaram a um afloramento de rochas. Michael pulou para a primeira, estendeu o braço para Danica, que o seguiu prontamente. Quando chegaram ao topo, sentaram-se sobre pedras arredondadas.

— Quantos livros você escreveu?

— Quatro.

— Todos publicados? — Ele concordou. — Então não é mais novidade para você ter outro livro à venda nas prateleiras.

— Sempre é. Há sempre a empolgação e o orgulho. E o medo.

— De como será aceito?

— Com certeza. Como você pode ver, os livros que escrevo não são campeões de venda.

— São livros de não-ficção. Não dá para comparar duas coisas completamente díspares.

— Ainda assim, estamos falando de uma coisa completamente diferente. — Ele sorriu e acrescentou: — Desculpe. Esta idéia de novidade está no meu sangue.

— Como isso *foi* parar no seu sangue? Escrever, não foi o que você quis dizer? Você se especializou na faculdade? Sempre soube que queria ser escritor?

Michael ficou olhando para a areia e moveu uma das pernas compridas para o lado.

— Durante um tempo, achei que seria a última coisa que eu gostaria de fazer. Escrever é algo comum na minha família. Eu queria ser diferente.

— Dá para entender — disse ela. — Você tentou?

— Ah, claro. — Olhou para as próprias mãos. — Quando eu estava no segundo grau, trabalhava à tarde para um paisagista. Eu era um péssimo jardineiro, mas preparei um catálogo excelente para ele. Naquele mesmo ano, depois que acabei os estudos, saí de bicicleta pelo país; fiz de tudo para me sustentar, desde preparar pratos comerciais em restaurantes até consertar computadores; mas o dinheiro de verdade veio, meses depois, quando meu pai pegou as cartas que eu tinha mandado para casa e as publicou em série numa revista. — Apoiando os cotovelos nos joelhos, olhou novamente na direção do mar. — Quando entrei na faculdade, achei que tinha talento para direito e diplomacia, mas passei a maior parte do meu último ano colaborando com um dos meus professores na preparação de um livro sobre a Revolução Russa. Até mesmo o tempo que passei no Vietnã foi um fracasso; as coisas que me faziam seguir em frente eram os editoriais que eu mandava para casa.

Quando tornou a olhar para Danica, a frustração que ela vira em seu rosto tinha desaparecido.

— Tudo parecia apontar para a carreira de escritor. Até então eu só lutara contra isso.

— A sua família é controladora?

— Controladora? — Ele riu. — Essa é só uma forma de defini-la. Mas, espere. Estou sendo injusto. O meu pai é o único vilão de fato — sentenciou, embora estivesse sorrindo. — Todos os outros são normais.

— Quantos são?

— Quatro, mais minha mãe e meu pai.

Os olhos de Danica se iluminaram.

— Quatro filhos? Vocês devem ter se divertido um bocado quando crianças.

— Nós nos divertíamos graças à minha mãe. Ela é um espírito livre; e o que tem de tolerante, meu pai tem de autoritário. Ela o segurou o quanto pôde, pelo menos até nós termos idade suficiente para enfrentá-lo. Pobre mulher — refletiu, com ternura —, depois de todos os seus esforços para nos dar o que havia de melhor, todos *nós* acabamos envolvidos em algum tipo de carreira literária.

— Sério?

— O mais velho, o Brice, trabalha com o meu pai em Nova York. O mais novo, o Corey, edita a própria revista em Phillie. A Cilla tem uma coluna de variedades num dos jornais de Washington.

— Cilla?

— Priscilla. Minha irmã.

— Mais velha ou mais nova?

— Seis minutos mais velha.

— Gêmeos! Não acredito! Há *duas* pessoas como você no mundo?

Ele riu.

— Ela é mulher, o que quer dizer que somos gêmeos fraternos, e não mais parecidos do que irmão e irmã costumam ser. Ela é bem diferente de mim, mais extrovertida, mais agressiva, e adora a competição selvagem da redação de um jornal; eu seria considerado um caso perdido em questão de meses.

— Cada um com as suas habilidades. E já que você faz o que faz tão bem...

— Mas você não sabe se eu escrevo bem — ele a provocou, lançando-lhe um sorriso enviesado.

— Sei sim — garantiu, guiada por instinto. — E acho maravilhoso você fazer aquilo de que gosta. E ser tão bem-sucedido. Os outros Buchanan devem ter orgulho de você.

Michael hesitou por um momento, não por ter dúvidas quanto ao orgulho de sua família, mas por imaginar quando Danica começaria a ligar os fatos. A menção do nome Buchanan, a conversa sobre jornais e revistas...

— Michael?

— Humm?

O rosto de Danica era o retrato do despertar da consciência, uma vitrine de decepção e preocupação.

— Você não disse o que o seu pai faz, de verdade. — Sua voz ficou baixa de repente.

— Acho que você acabou de adivinhar.

Ela fechou os olhos e abaixou a cabeça; então, inesperadamente, jogou-a para trás e riu.

— Não acredito. — Seu olhar foi ao encontro do de Michael. — Não acredito! Você sabe o quanto o meu pai odeia o seu? — Mas ela estava rindo. Logo lhe ocorrera que aquela guerra não era sua.

Michael concordou:

— Faço idéia. Não sei dizer se os dois alguma vez chegaram a se encontrar, mas eu odiaria estar por perto quando isso acontecesse. Nossos jornais não têm sido muito cordiais com o seu pai ao longo dos anos.

— Meu pai não suscita cordialidade. — Ela sacudiu a cabeça desperta, atônita, tentando assimilar o que tinha acabado de saber. — As Organizações Buchanan. Inacreditável. — Então um pensamento lhe veio à mente e os nós de seus dedos ficaram brancos de tanto pressioná-los contra a pedra. Acreditara inteiramente em Michael; seria um choque descobrir que tinha perdido tal confiança. — Você sabia disso desde o início?

Mas ele já estava sacudindo a cabeça em negação. Tinha antecipado a apreensão dela e preparado sua defesa:

— Eu não fazia idéia de quem você era naquele primeiro dia. Foi só quando falei com a Judy que soube que você era filha do senador, e desde então tenho desejado fazer parte de outra família que não a minha. — Virou-se para ela. — Você poderia me odiar por causa de algumas coisas que os nossos jornais disseram sobre o seu pai, mas, por favor, acredite em mim quando digo que jamais apoiei esse tipo de ataque. Esta é uma das razões pelas quais nunca me saí bem no jornal. Fui sincero na praia, quando disse que meus livros não eram ameaçadores. Eu jamais faria alguma coisa para te magoar, Danica. Você sabe disso, não é?

Danica analisou-lhe o rosto, vendo as coisas que tinha visto durante todo o dia e outras mais. Era um belo rosto aquele, com olhos castanhos enternecedores e cabelos louros agitados pelo vento, e emanava calor, força e carinho. Também emanava desespero, assunto do qual ela entendia bem.

Ela concordou lentamente, pensando em como tivera sorte de encontrar um amigo que queria a amizade dela com a mesma intensidade com que ela queria a dele.

No dia seguinte, Danica voltou dirigindo sem pressa para Boston. Sentia-se relaxava e revigorada, livre da raiva que sentira na manhã anterior. Sabia que Blake estaria em casa naquela noite, que ela lhe contaria sobre a casa, sobre o que havia comprado, de como dormira no chão da sala de estar.

No entanto, não lhe contaria sobre Michael. Ainda não. Michael era um amigo seu, não um homem de negócios ou um político. Talvez estivesse experimentando uma certa rebeldia: afinal de contas, Blake ficara ocupado demais para viajar com ela; sendo assim, não tinha o direito de reclamar do que não vira. Além do mais, concluiu, tinha o direito de ter um amigo, principalmente um com quem era tão fácil conversar e conviver quanto Michael Buchanan. Se havia algo de impróprio em sua relação com um Buchanan, paciência. Admirava Michael. Gostava dele. E estava louca para vê-lo de novo quando retornasse ao Maine.

Quatro

Blake acompanhou Danica na próxima vez que ela foi para o norte.

— Ainda não acredito — implicou com o marido dentro do carro, na esperança de conseguir melhorar seu humor. Sabia que ele hesitara em fazer a viagem, mas acabara concordando por causa dela, e ela se sentia agradecida. Acreditava de verdade que após um tempo a sós com ele em um lugar afastado da agitação da cidade, ela e Blake conseguiriam reatiçar a chama que seu casamento tivera uma vez.

— Eu não devia estar aqui — afirmou ele, com a mesma serenidade que caracterizava cada movimento seu. — A minha mesa vai estar entulhada de papéis quando eu voltar.

— Só vamos ficar fora durante três dias — repreendeu-o, com carinho. — Além do mais, você deve isso a si mesmo. Está sempre trabalhando. Faz muito tempo desde que tirou um tempo para descansar.

— Um fim de semana teria sido melhor.

— Mas é impossível sair nos finais de semana, Blake. Ficamos ocupados durante os últimos seis, fora os que ainda vamos ficar em junho. Tudo por causa da agitação de jantares festivos que antecede o verão, isso sem falar da campanha de arrecadação de fundos que você está fazendo.

— Você não está mais chateada com isso, está?

— Não, não. — Aos poucos, bem aos poucos, Danica havia se acostumado com o apoio efetivo do marido a Jason Claveling. Não houvera briga. Ela e Blake nunca brigavam. Trocavam idéias. E, quando ele lançava mão da eloqüência que lhe era peculiar para defender um ponto de vista, ela não tinha a menor chance. Então, com o tempo, a mágoa simplesmente diminuiu e desapareceu, como sempre acontecia. Afinal de contas, ela queria mesmo ser uma boa esposa. — Consigo agüentar isso desde que você também consiga, mas você nunca se cansa dos tapinhas nas costas e dos apertos de mão?

Blake olhou-a de relance.

— Faz parte dos negócios. Você devia saber. O que o Bill responde quando você faz essa pergunta para ele?

— Nunca faço. Para ele, isso é natural. Desde que me entendo por gente, ele sempre esteve envolvido em um ou outro cargo político, e a mamãe, que é uma anfitriã inata, sempre aceitou. Quanto a você, bem, acho que eu não esperava que se envolvesse tanto.

— Eu já estava envolvido quando você me conheceu. Naquela época, eu arrecadava dinheiro para o seu pai.

— Durante muito tempo pensei nisso. Afinal de contas, você morava em Massachusetts enquanto o papai era senador por Connecticut.

— O Bill era um amigo. Acontece que eu aprovava as posições dele no Senado, principalmente aquelas que diziam respeito aos grandes negócios.

— Você estava comprando uma apólice de seguros.

Seus lábios se contraíram diante da sutileza do sarcasmo dela.

— É o que faço todos os dias da semana. No caso do Bill, foi fácil. Eu gostava dele como pessoa. E gostava de você. Com o Claveling são só negócios o tempo todo.

Dirigiram em silêncio por um tempo, antes de Danica falar novamente:

— Se o Claveling for eleito, o que isso vai significar para você?

A resposta de Blake estava na ponta da língua, dando a entender por onde andavam seus pensamentos:

— Cotas de importação. Acordos comerciais favoráveis. Redução de impostos. Quem sabe, uma indicação para o gabinete.

Danica viu seu sorriso quando lhe lançou um rápido olhar.

— Muito en-gra-ça-do — murmurou e recostou-se no banco enquanto a Mercedes atravessava o Rio Piscataqua e entrava no Maine.

De acordo com sua opinião tendenciosa, a casa estava uma maravilha. Como Blake insistira para que ela deixasse a arquiteta supervisionar toda a entrega da mobília — e como ela não conseguira deixar Boston para fazê-lo por conta própria —, estava vendo o produto final, pela primeira vez, ao lado do marido.

Ele parecia aprovar, embora Danica não soubesse ao certo se estava apenas querendo agradar a ela. Ele foi de cômodo em cômodo, as mãos enfiadas até o fundo dos bolsos das calças, balançando ocasionalmente a cabeça.

— E então? — perguntou ela, por fim. Sua empolgação era contida apenas pelo suspense de não saber o que ele estava achando.

— Está muito bonito.

Proferiu as palavras sem emoção. Os ombros de Danica despencaram.

— Você não gostou — murmurou.

— Gostei. Está perfeito. Você fez um trabalho maravilhoso, Pook. — Lançou-lhe um largo sorriso e virou-se. — Vou pegar as bolsas.

Com muita presteza, dado o fato de terem levado roupas para apenas dois dias, e somente roupas informais, Blake desfez as bolsas enquanto Danica dava uma volta pela casa, então duas e depois três voltas. Determinada a ignorar a indiferença evidente do marido, examinou com entusiasmo cada peça da mobília que fora entregue. Aquela casa era o oposto da de Beacon Hill, que, por ter tido sua estrutura mantida, fora decorada em um estilo mais clássico. Na casa no Maine, clarabóias recém-instaladas iluminavam os sofás modulados, as mesinhas de centro giratórias e os painéis feitos sob encomenda. A sensação era de espaço e amplitude, exatamente o que Danica queria.

Blake retornou do quarto e se pôs a circular pela sala de estar. Não tocou em nada, apenas ficou andando.

Ela esfregou as mãos.

— O que você gostaria de fazer?

Ele encolheu os ombros e olhou para o deque.

— Andar um pouco lá fora.

Ele ficou mais de dez minutos parado no deque, olhando para as ondas. Quando Danica se cansou de esperar, aproximou-se, ficando a alguns centímetros dele.

— Bonito, não? — comentou com um sorriso, na esperança de fazê-lo falar. Odiava os silêncios prolongados que com tanta freqüência se estabeleciam entre eles, pois não conseguia adivinhar o que ele estava pensando. Sua expressão era sempre contida, seus gestos, sempre impecáveis como seus cabelos. Mas ela sabia que ele *sentia*, que *pensava*. O que não sabia era por que não podia dividir tais pensamentos e sentimentos com ela.

Aquele dia, aquele cenário, ao que tudo indicava, não iam fazer diferença alguma. Ele simplesmente concordou com um aceno de cabeça.

— É interessante observar as diferenças desde que cheguei aqui — continuou ela, tentando parecer o mais indiferente possível quando, na verdade, estava querendo puxar conversa. Em uma situação normal, teria ficado muito feliz em apreciar a vista em silêncio. De alguma forma, agora, ao lado do marido, sentia-se impelida a falar: — Quando vim aqui em março, estava fazendo muito frio. O mar estava revolto. Não dava para sentir o cheiro de muita coisa porque o nariz ficava congelado. Já no mês passado estava mais quente. O ar estava úmido e o vento não mais tão forte a ponto de derrubar. — Inspirou fundo. — O tempo está bom agora. Maio. Dá para sentir o cheiro da relva da praia, sentir o sol. — Jogando a cabeça para trás, fechou os olhos e deixou o sol bater em seu rosto, esquecendo-se momentaneamente da presença de Blake, até que ele se fez lembrar:

— Você disse alguma coisa quanto a escolher alguns quadros?

Endireitando a cabeça, Danica olhou para ele.

— De artistas locais. Talvez uma ou outra escultura também.

— Por que não fazemos isso agora? Quero explorar as ruas e traçar uma rota para correr.

— Você vai correr aqui? Cheguei a achar que você daria um tempo em todas essas coisas. — Quando ele negou, Danica sentiu mais uma pontinha de esperança morrer. — Talvez fosse bom correr ao longo da praia — racionalizou, em seguida suspirou e forçou um sorriso. — Vou pegar a minha bolsa.

Passaram as horas seguintes entrando e saindo de lojas, procurando, sem êxito, por quadros para a casa. Depois almoçaram no Cape Porpoise, fizeram compras no mercado e andaram de carro pelas ruas da cidade, enquanto Blake calculava a melhor rota de doze quilômetros para correr. Na teoria, fora uma tarde tranqüila, apenas os dois juntos, como Danica havia sonhado.

Na prática, uma decepção.

Para Danica, sempre observadora, Blake parecia desconfortável. Era como se estivesse se sentindo deslocado, o que ela não conseguia compreender, já que Kennebunkport era um lugar sofisticado, certamente o bastante para satisfazer seu gosto. Mas ele ficou o tempo todo olhando para os lados, agitado, como se à espera de alguém para conversar. Por certo, Danica não era esse alguém, pois ele não parecia disposto a trocar com ela mais do que poucas palavras sobre assuntos superficiais.

Entre seu olhar atento e as várias tentativas de puxar conversa, Danica sentiu-se exausta quando chegaram em casa. Uma vez lá, as coisas em nada melhoraram. Blake ficou vagando pela casa como uma alma penada, parecendo mais frustrado do que pensativo, mais desconfortável do que hesitante. Ela chegou a ficar aliviada quando ele se retirou para a sala de TV, junto com a pasta que levara escondido para lá. Quando o espiou, uma hora depois, ele falava ao telefone e, pela primeira vez naquele dia, parecia feliz.

Ocupando-se na cozinha, ela examinou os livros de receita que havia levado, pondo-se atentamente a preparar um prato que tinha certeza de que impressionaria o marido. De fato, quando por fim apareceu para jantar, Blake a elogiou, mas tão logo ela lhe preparou um café, ele tornou a refugiar-se na sala de TV, deixando-a sozinha com sua infusão e suas reflexões.

Danica levantou a etiqueta do saquinho de chá. "O amor é a mágica que faz de um mais um muito mais do que dois", leu em silêncio, largou a etiqueta e imaginou o que tinha dado errado. Ela e Blake eram, definitivamente, dois. Nem mais nem menos. Dois indivíduos que queriam, aparentemente, coisas completamente diferentes da vida.

Foi dormir pensando no assunto e acordou cedo na manhã seguinte, ainda pensando nele. Blake estava deitado do outro lado da cama larga, as costas voltadas para ela, distante até enquanto dormia. Perguntou-se que horas seriam quando ele fora para a cama, e se, ao menos, teria lhe ocorrido que ela estivesse com alguma expectativa. Não que tivesse nutrido esperanças; agora, estava acostumada a ficar sozinha. Ainda assim, ele era homem. Com certeza, pensava em sexo *de vez em quando.*

Analisando seu jeito ao dormir, pensou no início do casamento deles. Quando se sentira atraída por ele, por causa da sua segurança, do seu comportamento social, da sua maturidade. O sexo nunca fora uma prioridade no relacionamento deles e ela nunca se importara com isso. Nunca se vira como uma pessoa entregue a paixões. Neste aspecto, ela e Blake pareciam combinar bem. Não obstante, não conseguia parar de pensar se ele a achava atraente. Raramente a procurava e quando o fazia parecia ser mais por obrigação do que por real necessidade. Até mesmo agora ele parecia intocável.

O som de uma campainha surpreendeu-a, afastando-a de seus pensamentos. Blake mexeu-se, apoiou-se sobre um cotovelo e esticou o braço para desligar o despertador de viagem, que Danica não sabia que ele havia levado. Achou que eles dormiriam até mais tarde, levantariam tranqüilos, quebrando o padrão dominante em sua rotina.

Como agora podia constatar, presumira coisas demais, e os acontecimentos daquele dia se incumbiram de deixar isso claro. Levantando-se de súbito, Blake pôs seu sofisticado moletom azul-marinho e saiu para correr. Na volta, depois de tomar banho, encontrou um farto café-da-manhã à mesa, mas comeu apenas a quantidade que se permitia em dias alternados da semana, provando assim que a maior parte dos esforços de Danica fora em vão.

Em atenção a um delicado pedido dela, foram de carro até a costa, na direção do Porto de Boothbay, parando pelo caminho para visitar lojas de artesanato e galerias, comprar uma escultura de cerâmica e vários vasos para o deque. Blake estava sendo agradável, para não dizer resignado. Mais uma vez, Danica teve a sensação de que ele estava simplesmente cedendo a um capricho seu, e não aproveitando mesmo o dia. Mais uma vez ele se retirou para a sala de TV tão logo voltaram para casa e, mais uma vez ainda, ela se sentiu ligeiramente aliviada. Mas também desencorajada. Após trocar umas poucas palavras com ele, saiu para a praia.

Sentindo-se subitamente mais livre do que se sentira desde quando chegara, passeou pela areia e pelas pedras lisas, por entre as rochas pontiagudas, indo, quase por instinto, para as pedras arredondadas onde ela e Michael tinham passado um tempo juntos, um mês antes.

Michael. O nome dele incitava pensamentos relaxantes, divertidos e animadores. Só de pensar nele, sentia-se revigorada. Ele era diferente, muito diferente. E era seu amigo.

— Ei!

Ela ergueu os olhos e começou a sorrir. Em seguida, sem pensar, pôs-se a correr, parando de repente a poucos metros dele.

— Michael!

Ele parecia tão maroto, tão atrevido e tão acolhedor como sempre. Vestia camisa xadrez com colarinho aberto e mangas enroladas até o cotovelo, calças jeans que já haviam visto dias melhores, tênis em estado semelhante e sorria de orelha a orelha. Com os cabelos ligeiramente despenteados e a barba despontando no rosto, ele era a visão mais estimulante com que ela se defrontava havia dias.

Quando Michael abriu os braços, ela correu ao seu encontro, agarrando-se firme ao seu pescoço, enquanto ele a balançava devagar para um lado e para outro. Ele tinha um cheiro bom, era forte, e ela sentiu uma felicidade imensa diante de tanto carinho.

Por fim, ele a pôs no chão para analisar cada um de seus traços.

— Você está ótima! — disse, por fim, e inclinou-se, arrebatado, para lhe dar mais um breve abraço. — Que bom te ver de novo, Danica.

— É bom te ver também. — Ela conseguiu dizer, sem fôlego e ruborizada. — Como você está?

— Melhor agora. Vi o carro na sua casa ontem à noite e fiquei imaginando se teria chance de te encontrar. — Era a Mercedes em vez do Audi. — As palavras seguintes de Danica confirmaram sua suspeita:

— O Blake veio comigo, mas como ele está trabalhando um pouco pensei em sair para uma caminhada. — Ela parecia não conseguir parar de sorrir.

Nem Michael.

— Vi que os seus móveis chegaram.

Ela riu.

— Muitos caminhões ultimamente?

— Muitos caminhões ultimamente. Como ficou tudo?

— Ótimo.

— Não dormiu mais no chão?

— Não.

Michael ia parabenizá-la por isso, mas percebeu que a chegada das camas significava que ela dormira com o marido na noite anterior, idéia que não lhe agradava nem um pouco. Expulsando-a da mente, tomou-lhe a mão.

— Você pode ficar e conversar um pouquinho?

Ela concordou e, deixando-se ser guiada para a mesma pedra de granito onde se sentara da última vez, pensou que, embora houvesse muitos outros lugares mais altos, sentia-se no topo do mundo.

— Li o seu livro — arriscou timidamente quando se sentaram nas pedras, um de frente para o outro.

— *Leu* mesmo?

— Hum-hum. É maravilhoso.

— Você deve ter comprado um dos primeiros exemplares impressos.

Ela riu.

— Perturbei tanto o dono da livraria que ele ligou para mim assim que o livro chegou. É muito bom, Michael. Interessante e informativo. Seu estilo torna a leitura divertida.

— Você acha mesmo?

Dava para ver que ele se sentia feliz, pois estava sorrindo e sua voz, mais alta do que o normal. Em resposta à sua pergunta, ela concordou e fez várias outras sobre as coisas que tinha lido. Michael respondeu a elas, entusiasmado; contudo, o mais rápido e sutilmente que pôde, mudou de assunto:

— Como você está? — perguntou, ficando mais sério.

Seu tom de voz sugeria que sabia da existência de coisas que a incomodavam, coisas que a vinham incomodando havia muito tempo. Ela aceitou sua percepção sem fazer perguntas.

— Estou bem.

Como se negasse a falar mais, ele passou para uma abordagem mais leve:

— Me diga o que tem feito.

Danica deu um sorriso tímido e hesitante, até que sua carinhosa insistência arrancou dela um resumo apressado do que fizera desde a última vez em que o vira. Quando acabou, ela desviou o olhar para as ondas.

— O que foi?

— Ah... — Olhou-o de relance e sorriu constrangida. — Me sinto tola lhe contando essas coisas. Nada do que faço tem grande importância. Quer dizer, não seria a mesma coisa se eu tivesse uma profissão de verdade.

— Eu não diria isso. Você pode não ser paga pelo que faz, mas com certeza está fazendo um trabalho que precisa ser feito.

Ela deu uma risada irônica.

— Indo a almoços?

— Indo a almoços de *negócios* nos quais você coordena o futuro de algumas instituições importantes no mundo inteiro.

— Sou apenas uma entre muitas.

— Não importa. Toda participação conta. Se ninguém se desse ao trabalho de fazer o que você faz, muitas instituições de caridade deixariam de existir. Além do mais, você se importa, e isso torna a sua participação muito mais valiosa.

— Ainda assim, às vezes eu gostaria de ter um trabalho fixo.

— Por uma questão de auto-imagem?

— Talvez, em parte. Também porque eu gostaria de me manter ocupada.

— Você está entediada.

— Humm. — Ela jogou as mãos para cima. — Isso é ridículo. Preencho os meus dias de uma forma ou de outra, não é que eu tenha tempo sobrando, mas... mas...

— Mas a sua mente não está ocupada.

Ela lhe lançou um olhar desamparado que confirmou o que ele acabara de dizer.

— Talvez seja por isso que você consiga lê-la com tanta facilidade. Você a lê, sabe disso. — De brincadeira, entrecerrou os olhos. — O que estou pensando agora, neste momento?

Ele riu.

— Você está pensando que eu sou um belo de um diabo que deveria ter te pegado antes do Blake Lindsay.

— Bem, que você é um belo de um diabo não resta a menor dúvida. — Seu olhar foi descendo até o braço dele, firme sobre a pedra. Pêlos dourados cobriam-lhe levemente a pele lisa sobre seus músculos firmes. — Você é... — começou a falar, mas as palavras sumiram.

Com aquele mesmo braço, Michael a abraçou e puxou para si, um gesto carinhoso que aproximou sua têmpora do queixo dele. Quando ele tornou a falar, sua expiração aqueceu-lhe a testa:

— Eu gostaria de ter te encontrado primeiro, você já percebeu.

Danica se aconchegou mais a ele, sentindo-se muito, muito bem. Nunca fora uma pessoa dada a demonstrações físicas de afeto, mas Michael era, e ela descobriu que adorava disso. Numa percepção tardia, surpreendeu-se com a forma como tinha corrido para seus braços, ainda que isso lhe tivesse parecido a coisa mais natural do mundo, o que mais desejara fazer. Sentiu-se desejada, protegida, valorizada. Mais ainda, sentiu-se mais forte, como se aquele contato humano, há muito a ela negado, tivesse resgatado uma certa fé em si mesma.

— Você é especial — murmurou, desfrutando mais um pouco daquele contato. No final, foi ele quem a afastou.

— Especial não. Apenas preocupado. — Sua voz estava rouca. Pigarreou. — E nós estávamos falando sobre o que você pode fazer para manter a sua mente ocupada.

— Estávamos? — Ela se sentiu ligeiramente confusa. Demorou alguns minutos para se encontrar.

A recuperação de Michael foi muito mais rápida, mas ele tinha a vantagem de saber exatamente como e o que sentia. Não que tal conhecimento fizesse as coisas mais fáceis; ser louco por uma mulher casada era insanidade, pura insanidade.

— Se quer um emprego, por que não arruma um?

Ela inspirou fundo, o peito trêmulo.

— Não estou exatamente habilitada para nada.

— Você tem curso superior, não tem?

Finalmente estava atenta de novo.

— Em língua inglesa. Nada muito útil hoje em dia e nem na minha idade. Mas nunca esperei fazer nada com isso.

— O que você esperava? — perguntou ele, sem censura na voz.

— Em grande parte, o que tenho. Um marido. Uma casa... duas agora. Em muitos aspectos, uma vida parecida com a de minha mãe.

— Mas não é isso o que quer.

Ela olhou para a mão e, nervosa, girou a aliança no dedo.

— Eu me sinto frustrada.

— O que você quer da vida?

— Amor — deixou escapar, então reparou o que tinha acabado de dizer e ficou ruborizada. — Quero filhos, mas eles não vêm. Talvez seja por isso que eu me sinta sem nada para fazer. Talvez seja por isso que sinta que preciso trabalhar. — Deu uma risada pouco convincente.

— Quer dizer, não *preciso* trabalhar. Apenas... — Danica arregalou os olhos para dar ênfase — ... *preciso* trabalhar.

— Estou entendendo. — Ele ouvira cada palavra sua, inclusive aquela que ela se arrependera de dizer, mas que lhe revelara muito, embora não chegasse nem perto de justificar a causa da tristeza que ocasionalmente via em seus olhos. Queria perguntar sobre o seu casamento, mas ainda não tinha coragem. — Acho que você deveria procurar um emprego, se é isto o que quer.

Ela estava dividida.

— Sim, é o que quero. Mas há muitos fatores envolvidos. Emprego significa compromisso. Eu teria de mudar todas as outras coisas à minha volta. E depois tem o Blake. Não sei como ele se sentiria me vendo trabalhar. Sempre estive ao lado dele quando precisou de mim.

— Ele já é adulto.

— Eu sei, e não falei "precisar" nesse sentido. Quando as coisas ficam mesmo difíceis, ele não *precisa* de mim para nada, mas espera que eu esteja com ele quando chega em casa. Sempre agi como... como se tudo estivesse bem, sempre pronta para sair se ele quisesse. Mas se eu trabalhar o dia inteiro vou ficar cansada à noite...

— Ele trabalha o dia inteiro. Ele não se cansa?

— Ele adora trabalhar.

Alguns homens adoravam. Michael conhecia o tipo. Eram movidos por forças externas e não eram, não em primeiro lugar, homens ligados à família.

— Tudo bem. Mas ele não seria capaz de compreender por que você quer trabalhar?

— Não sei. Em alguns aspectos, ele é de outra geração. É muito parecido com o meu pai, e eu *sei* que o meu pai resistiria à idéia de me ver trabalhando.

— E isso a aborreceria?

Uma gaivota prateada e solitária gritou no céu, chamando sua atenção. Danica a observou inclinar-se em uma corrente de ar e sentiu inveja de seu vôo suave.

— Sim — acabou respondendo com a voz carregada de resignação. — Isso me aborreceria. Eu sempre quis agradá-lo.

— Não o agradaria saber que você está feliz? Não o agradaria saber que você viu algo de errado na sua vida e tentou consertar? Pelo menos, o senador Marshall é um homem de atitude. Quando vê algo que julga errado, trabalha para consertar. Posso nem sempre ter concordado com as opiniões dele, mas estou convencido de que ele realmente acredita em cada uma delas.

Danica deu uma risada irônica.

— Você deve ser o único Buchanan a pensar assim, pelo menos no que diz respeito tanto aos gastos com a defesa quanto à política externa. Os jornais alternam críticas de que ele estava sendo comprado, de que estava se vingando ou de que estava se defendendo de acusações só para ganhar votos em ano eleitoral.

— Bem — suspirou Michael —, não sou a minha família, e o meu argumento é o de que o seu pai deveria ser solidário à sua causa.

— Você não o conhece, Michael — murmurou ela. — Ah, sim, ele se mostraria solidário à minha causa caso acreditasse nela. Mas não acredita.

— Você acredita. Isto não bastaria para ele?

— Quem dera. Você não está vendo? Não que, em teoria, ele tenha algo contra a idéia de a filha trabalhar. É que ele já a vê trabalhando, e ele não é o que se possa chamar de uma pessoa particularmente aberta a outros pontos de vista. Ele vê as coisas de uma só forma e é completamente bitolado para lidar com aqueles que pensam diferente. Acho que é isso. Mas o seu pai também não é assim? — De acordo com o que ouvira falar, de acordo com o que o próprio Michael dera por entender, John Buchanan era um ditador no sentido mais amplo da palavra.

— Com certeza, mas eu tive sorte. A minha mãe é o extremo oposto. — Refletiu por um momento. — Você já falou sobre todas essas coisas com a sua mãe?

— Meu Deus, não. Ela é uma extensão do meu pai. Não que eu a esteja criticando, não mesmo. Ela é o modelo perfeito de esposa de político. Gosta de toda aquela pompa e circunstância. Ao que parece, isso é tudo de que precisa.

— Então ela concordaria com ele.

— Hum-hum. E, para ele, o meu lugar é ao lado do Blake. Na cabeça dele, tudo o que faço deveria ter alguma ligação com o meu marido e sua carreira, e, assim sendo, com a segurança do meu futuro.

— Você acredita nisso?

— Não. Apenas nunca tive motivos para lutar contra.

— Antes.

Ela concordou.

— E por que a mudança agora?

Ela ficou pensando em sua pergunta.

— Acho que estou ficando mais velha. Tenho vinte e oito anos. Sou casada há oito. Estou começando a parar e refletir.

— E quer mais.

Mais uma vez ela concordou, mas sua atenção estava voltada para os lábios de Michael, enquanto ele falava. Eram lábios firmes, o inferior com um indício de maciez que colocava a masculinidade na era moderna. Ele era um homem com quem conversar, um homem para se compreender. Perguntou-se se ele era mesmo tão menos crítico e tão mais aberto do que outros homens que conhecera ou se achava isso simplesmente porque ele concordava com seus pontos de vista.

Quando aqueles lábios se moveram para falar novamente, ela arrastou o olhar de volta para seus olhos. Eles estavam mais calorosos agora, tomados de uma paixão que ela nunca vira dirigida para si. Se Blake, pelo menos de vez em quando, olhasse para ela daquela forma, as coisas talvez fossem diferentes.

— Um emprego resolveria os seus problemas? — ele perguntou em voz baixa.

Não, ela sabia que não. O problema ia muito além de simplesmente ocupar o tempo. Arrumar um emprego seria uma operação tapa-buracos. O que ela precisava era do amor e do lar afetuoso com os quais sempre sonhara, mas nunca tivera. Estabilidade financeira, posição social... não eram suficientes. O que desejava era que precisassem dela, que a respeitassem como ser humano.

Ela baixou os olhos.

— Acho que seria um começo.

— Então corra atrás.

— O que nos leva de volta ao início. Quem dera as coisas não fossem tão complicadas. Quem dera não houvesse todas aquelas outras expectativas.

— São expectativas de outras pessoas, não suas.

— Isso é que é muito confuso. Essas foram as minhas expectativas por muito, muito tempo...

— Mesmo assim, lá no fundo, vai ver você sempre quis algo a mais.

— É verdade — confirmou ela, num fio de voz. — Já naquela época. Acho apenas que não sou uma pessoa corajosa. Tenho medo de estragar os planos dos outros.

Michael tomou-lhe a mão e esfregou o polegar nos nós de seus dedos, acariciando-os delicadamente.

— Você é muito dura consigo mesma, talvez o seu pior inimigo. Lembra de quando falamos de escolhas? — Quando ela concordou, ele continuou: — A vida é cheia delas, e elas estão sempre aí. Portanto, muitas das escolhas que você fez no passado foram ditadas pelo seu desejo de agradar. Agora, você está descobrindo que enquanto está agradando aos outros não está agradando a si mesma. — Apertou a mão dela com as suas e examinou-lhe o rosto. Sua vulnerabilidade era tanta que o atormentava.

— Haverá outras escolhas, Dani, outras escolhas a serem feitas. Em algum momento, você vai decidir se arriscar por um outro caminho e, quando isso acontecer, vai se sentir confortável com a decisão.

Ela esfregou os dedos livres nos pêlos macios de sua mão, logo espalhando a palma sobre eles. Seu calor foi se infiltrando nela. Sua força era contagiante.

— Você parece tão seguro que estou quase acreditando.

— Vem cá — murmurou e a abraçou mais uma vez. *Eu sei*, pensou. *Acredito em você.*

Eu gostaria de poder te colocar dentro de uma caixinha, pensou Danica, *e te carregar dentro do bolso o tempo todo. Você me faz sentir tão bem. Me transmite tanta confiança!*

Você nunca se deu uma chance. Há tantas coisas dentro de você, tantas coisas implorando para sair, pensou com relação a si mesma.

Por que os outros não são assim? Por que não entendem?

Todos podem contar com você sem hesitar. Eu jamais poderia. Mas você não é meu, é?

— Ah, Michael... — murmurou.

Relutante, ele a soltou, mas seu olhar continuou a envolvê-la por mais alguns momentos.

— Daqui a pouco vão sentir a sua falta — disse, com a voz séria. — Talvez seja melhor você voltar. — *Antes que eu faça alguma coisa que vá complicar ainda mais a sua vida.*

Ela concordou e, segurando-se firme à sua mão, desceu das pedras. Quando chegou novamente à areia, observou o horizonte.

— Vamos voltar para Boston amanhã. As próximas semanas serão agitadas. Depois eu volto. Você vai estar aqui?

— Vou.

Danica olhou para ele.

— Escrevendo?

— Escrevendo e descansando. O verão é lindo aqui. Há muito para se fazer.

Ela sorriu, mas havia lágrimas acumuladas em seus olhos. Num impulso, esticou-se para lhe dar um beijo de leve no rosto. Então, antes que fizesse algo que a deixasse extremamente constrangida, saiu andando apressada pela areia.

Não olhou para trás. Não precisava. A imagem de Michael estava cravada em sua mente, onde ficou pelo resto do dia. Por mais que tentasse, visto que estava de volta à própria casa com o marido, não podia se esquecer daqueles lábios tão quentes, tão firmes, daquele braço musculoso e forte, da masculinidade daquele corpo que a abraçara, que a segurara, que a fizera se sentir especial. E feminina. Nunca se sentira tão feminina antes. Sentiu o corpo arder em lugares secretos quando pensou nos cabelos cacheados que caíam sobre o colarinho aberto da camisa de Michael, quando pensou na aspereza de seu rosto assim que pressionou os lábios nele. Sentiu uma nova onda de calor quando pensou no perfume fresco e limpo de sua pele.

E ficou apavorada.

Naquela noite, Danica Lindsay seduziu o marido. Foi um ato proposital, fruto do desespero. E foi a primeira vez.

A mulher que sempre esperara que o marido se aproximasse fez a aproximação. Ela, que sempre fora tímida, despira-se totalmente. Ela, que sempre fora calada, murmurara um pungente "Faça amor comigo, Blake". Ela, que sempre tivera controle de si mesma, era agora controlada por uma força maior.

Excitada como nunca, requisitou um ritmo forte. Egoísta como nunca, concentrou-se apenas no fogo que ardia em seu corpo tenso. Quando atingiu um orgasmo arrebatador, manteve os olhos fechados e mordeu o lábio para não chorar. E, depois de tudo terminado, encolheu-se em posição fetal, cedendo às lágrimas silenciosas de angústia.

Em seu coração, sabia que tinha feito amor com outro homem. E não sabia como administrar tal situação.

— Você está muito calado. — Com a mão no balaústre, Greta McCabe parou na base da escada para observar Michael, ainda esparramado na poltrona gasta que ocupava desde o jantar. Estava com os olhos colados no tapete, mas, quando Greta falou, ele ergueu o olhar e sorriu.

— O Pat saiu correndo para buscar mais cerveja. Você saiu correndo para pôr a Meggie na cama. Fiquei sem ter com quem conversar.

— A noite toda, Mike. Você ficou calado a noite toda. — Ela se sentou no braço da poltrona. — Tem alguma coisa te incomodando?

Michael inspirou cansado e apoiou a cabeça no encosto da poltrona. Pat e Greta eram dois de seus amigos mais íntimos; conhecia-os havia anos. Não o surpreendia tê-los procurado naquela noite, nem tampouco que Greta percebesse que havia algo o perturbando.

— Acho — começou a falar, destacando cada palavra de uma forma que teria sido cômica caso Greta não o conhecesse — que estou encrencado.

— Problemas profissionais?

Ele negou com a cabeça.

— Problemas familiares?

Negou mais uma vez.

— Ô-ô, Michael Buchanan, o que você aprontou dessa vez?

Ele sabia exatamente o que aquele tom de voz sugeria e reprimiu um suspiro.

— Nada. Juro por Deus...

— Você não voltou para a Monica de novo, voltou? Ela foi um problema desde o início.

— Não, não tenho visto ou ouvido falar...

— Então você deixou outra mulher esperando por você em La Guardia.

— Claro que não. Isso aconteceu há quatro anos e, se eu não estivesse tão preocupado tentando consertar o original que ficou uma porcaria...

— Você não engravidou nenhuma garota, engravidou? — Greta falou com tamanho rigor que tudo o que ele pôde fazer foi segurar-lhe a mão e apertá-la com força.

— Não, Greta. Não engravidei nenhuma garota. Me dê um pouquinho de crédito, está bem?

— Então, o que aconteceu?

— Estou apaixonado.

A porta dos fundos bateu ao mesmo tempo que Greta ficou completamente estática.

— Conheço você há muito tempo, Michael, mas acho que nunca o ouvi falar assim.

— Falar o quê? — perguntou Pat, entrando calmamente com uma embalagem de seis latinhas de cerveja debaixo do braço.

— O Michael está apaixonado.

— Ahhhh. Nova idéia para um livro?

Michael deu um sorriso malicioso.

— Não exatamente.

— Não? Puxa, até que seria interessante. Levar a pesquisa participativa até o limite.

— Pat — disse Greta, em tom de censura —, ele está falando sério.

— Ele não pode estar falando sério. Ele me disse uma vez que *nunca* se apaixonaria.

— Eu tinha dez anos naquela época — resmungou Michael, mais para se explicar para Greta do que para se defender.

— E se tornou um mulherengo de marca maior desde então. Mas era um garoto legal. Muito legal. Você precisava ter visto, querida.

Michael baixou a cabeça num gesto exagerado de derrota, mas estava sorrindo.

— Eu te ensinei tudo o que você sabe, não foi, companheiro?

— Beeeem, não sei se foi exatamente assim...

— Já chega, vocês dois. Pat, dê uma cerveja ao Michael e sente-se. Michael, me conte. Quem é ela?

— Ela é uma supermulher.

— Não tem nome?

— Ainda não. — Olhou para um e para outro. — Confio totalmente em vocês, mas é que, bem, ela é muito especial, anda muito vulnerável e a situação é mesmo muito complicada.

Greta podia imaginar apenas uma situação realmente complicada.

— Ela é casada.

— É isso aí.

— Ah, Mike, sinto muito.

Michael bufou.

— Não tanto quanto eu.

Pat se inclinou para a frente, rolando a latinha de cerveja nas mãos.

— Como você a conheceu?

— Foi sem querer. Na praia. Ela estava lá e eu me aproximei. Ela parecia triste e solitária. Começamos a conversar. Ela é linda. Quer dizer, não só na aparência, embora seja também, mas por dentro. Ela é gentil e inteligente. Ela te olha e parece que você vai derreter, porque há algo nela que sugere medo e timidez, mas é muito generosa e precisa muito de um amigo. — O olhar de Michael era de desespero. — Juro que já estava começando a me apaixonar por ela antes de ver a droga da aliança.

A sala foi preenchida pelo silêncio após a confissão de Michael. Por fim, Pat recostou-se na poltrona.

— Parece que te pegaram de jeito.

— Você a vê com freqüência? — perguntou Greta.

— Não. Mas cada vez que a vejo é pior.

— Como anda o casamento dela?

— Acho que com problemas, mas estou apenas conjecturando. De vez em quando ela deixa escapar alguma coisa.

— Ela sabe como você se sente?

— Ela sabe que gosto dela, mas duvido que saiba o quanto. Pelo menos, ainda não traduziu isso em palavras. Ela está sendo muito dura consigo mesma no momento, e acho que a última coisa que se atreveria a pensar é que um homem que acabou de conhecer está apaixonado por ela.

— O que ela sente com relação a você?

— No momento, acho que se sente confusa. Ela é tão inocente; esta é uma das coisas incríveis, Greta. A gente acabou mais ou menos se apaixonando, mas ela é tão ingênua que as coisas vão acontecendo e a gente vai ficando cada vez mais atraído um pelo outro. A emoção está lá, tanto da minha parte quanto da dela quando a gente se vê depois de um tempo separados. Ela segura a minha mão. Me deixa abraçá-la. Tudo com muita inocência. Ela confia em mim como amigo. Mas estou assustado, porque ultimamente... — Ele se calou, sem se dar conta de que esfregava o suor em volta da latinha de cerveja.

— Meu Deus! Não pare agora.

— Pat, por favooor. O quê, Mike? O que aconteceu?

Ele tomou um gole de cerveja.

— Bem, acho que ela está começando a sentir algumas reações físicas que não esperava e nem queria sentir. Isso certamente a assusta. Não, isso me assusta. Não sei onde isso vai acabar.

— Ela é casada. Você nunca faria nada... — Greta começou a falar, silenciando-se diante da expressão sofrida de Michael.

— Vocês dois me conhecem como ninguém. Sabem da minha história. Sabem como me sinto com relação à separação. Vi o que aconteceu com a minha mãe quando o meu pai se envolveu com a Deborah; eu jamais gostaria de causar esse mesmo sofrimento a alguém. Mas, meu Deus, eu nunca tinha visto a situação pelo outro lado. Quer dizer, se a mulher é infeliz e nós podemos dar algo um ao outro...

— Você tem razão — declarou Greta —, está mesmo encrencado.

— Eu me sinto — cortou o ar com a mão, continuando a expressar seus sentimentos como se Greta não tivesse dito nada — dividido com tudo isso. Mas não quando estou com ela. Quando estamos juntos, não consigo pensar em mais nada a não ser no prazer que sinto, no prazer que *ela* parece sentir. Mas, quando ela vai embora e eu dou um passo para trás e vejo toda a situação, fico apavorado. Não quero me intrometer entre ela e o marido, mas não acredito que haja muito sentimento entre eles. Parece mais um casamento de conveniência, que, sendo ela a boa pessoa que é, está tentando fazer com que dê certo.

— Há quanto tempo ela está casada? — perguntou Pat.

— Oito anos.

— Tem filhos?

— Não.

— Estatisticamente falando, se há problemas e não há filhos, ela está pronta para o divórcio.

— Talvez estatisticamente, mas há outros fatores em jogo. A família dela é poderosa e proeminente.

Greta gemeu.

Michael lançou-lhe um olhar significativo.

— Para piorar ainda mais as coisas, o pai dela e o meu não são exatamente fãs um do outro.

Pat fez uma careta.

— Você sabe escolher.

— Não, Pat. Ela é diferente de qualquer outra mulher que já conheci. — Deu um sorriso encabulado. — Eu poderia falar mais, mas já disse o bastante. Vou acabar enchendo a paciência de vocês logo, logo.

— Você não vai encher a nossa paciência — confortou-o Greta. — Eu apenas gostaria que houvesse alguma coisa que a gente pudesse fazer para ajudar.

— E há — respondeu, percebendo que a idéia surgia conforme falava, mas que gostara imediatamente dela. — Vocês podem ser amigos dela.

— Nós vamos encontrá-la?

— Ela virá algumas vezes durante o verão. Eu gostaria de trazê-la aqui, um dia. Ela iria gostar daqui.

Pat examinou o local.

— Esta casa não é exatamente o hábitat natural de pessoas de famílias proeminentes.

Michael não precisava olhar para os lados. Sabia que a casa de dois quartos era pequena, que os móveis eram velhos, que a decoração era simples. Sabia também que nem Greta nem Pat vinham de famílias importantes, que Pat se matava de trabalhar como pescador de atum, que os McCabe nunca seriam ricos, nem queriam ser.

— Ela se cansou do outro hábitat e tem alguma coisa faltando. Não sei nem se ela sabe o que é um lar. Um lar de verdade. Que é o que vocês têm aqui.

Greta inspirou fundo.

— Então você está querendo arriscar. Isso não é um jogo meio sujo?

Eles eram muito amigos para Michael se sentir ofendido.

— Não estou querendo arriscar nada. Só quero vê-la sorrir. Quero dividir alguma coisa com ela. Quero que ela relaxe e se divirta.

— E quanto ao marido dela? — Pat quis saber. — Ele não vai querer saber por onde ela anda e por quê?

— Ele é um homem de negócios da cidade. Se seu comportamento anterior servir como base, algo me diz que ela virá para cá mais sozinha do que acompanhada.

— Estou me sentindo meio cúmplice de um crime — lamentou Greta.

— É crime fazer alguém feliz? — Michael perguntou com tanta intensidade que nenhum dos McCabe conseguiu ficar contra ele.

— Claro que não. E é óbvio que você pode trazê-la aqui.

Pat concordou.

— Minha nossa, estou curioso para conhecer a mulher que finalmente te pôs de joelhos.

— Ela fez isso — disse Michael, pensativo. — A questão é se eu algum dia vou conseguir levantar de novo.

Cinco

Danica soube escolher bem a hora, esperando por um momento em que Blake estivesse relaxado e no melhor dos humores. E esse momento foi quando Marcus os estava levando para casa, depois de um coquetel em Concord. A festa, uma reunião em homenagem a um dos amigos proeminentes de seu marido no meio empresarial, tinha sido um sucesso. Blake estava sentado ao seu lado, no banco de trás da Mercedes. Não tinha qualquer pasta com ele, qualquer documento para ler, e a ida para casa ia levar uns bons trinta minutos.

— Blake?

— Hã?

Sabia que ele estava com a cabeça em outro lugar, mas não podia esperar por milagres.

— Estive pensando. — Como ele não disse nada, Danica continuou, controlando o tom de voz para que transmitisse convicção e tranqüilidade: — Decidi passar o verão no Maine.

Olhou para ele, mas sua expressão estava encoberta pela noite. Tanto melhor, pensou. Não queria que nada lhe roubasse a confiança. E se sentia mesmo confiante naquele assunto. Pensara muito nele, *muito*, desde que tinham retornado de Kennebunkport, três semanas antes.

— O verão inteiro?

— Faz sentido. Julho e agosto são sempre os meses mais calmos por aqui. Todo mundo viaja.

— *Não posso* passar o verão inteiro no Maine. Julho e agosto serão meses de correria para mim. A convenção está próxima.

Se não fosse a convenção, Danica tinha certeza de que seria qualquer outra coisa. Já havia passado outros verões em Boston. Blake se mantinha ocupado, deixando-a murchar, sofrer com o calor ou freqüentando o clube. Nenhuma dessas opções a atraía. Teria adorado ir à praia, mas ele não gostava de multidões. O mesmo se aplicava a uma volta pelo Marketplace, passeios de barco ou um final de tarde na Esplanada.

Quando insistira em comprar uma casa no Maine, tinha a esperança de que ela e o marido, *juntos*, fugissem para lá. Sua primeira reação ao local, no entanto, não fora promissora. E então surgira esta história de campanha política que complicaria ainda mais as coisas.

— Não me esqueci da convenção. E esta é uma outra razão pela qual seria bobagem eu ficar por aqui. Você vai estar ocupado, mas e eu? O que vou fazer?

— Vão surgir ocasiões em que vou querer você comigo.

Ela sabia quais seriam e já havia pensado em fazer concessões.

— Voltarei sempre que você quiser. E você pode ir para lá quando estiver livre.

Danica prendeu a respiração, em parte esperando que ele se opusesse. Afinal de contas, isso significaria que ficariam separados por quase dois meses inteiros. No fundo, tinha um pouco de *esperança* de que ele se opusesse. Seria bom saber que sentiria falta dela.

— É o que você quer? — ele perguntou calmamente.

— Não se trata do que eu quero — ela respondeu, incapaz de esconder sua frustração. — O que eu gostaria é que nós dois passássemos o verão lá juntos. Mas você não pode. Pode?

— Você sabe que não.

Ocorreu-lhe que ele fazia aquilo com muita freqüência — dizia "você sabe" disso ou "você sabe" daquilo —, o que a incomodava. Era uma forma de transferir responsabilidade, ou de provocar culpa, ou de colocá-la para baixo. Com muita freqüência aquele tom de "você já devia saber" a fazia sentir-se como uma criança que levava uma bronca, e ela se ressentia por isso.

— Você sabe, Blake — começou, propositadamente imitando o seu tom de voz —, que se você quisesse mesmo ir, iria. Muitos homens fazem isso, principalmente os que ocupam uma posição segura como a sua.

– Este verão é diferente.

— É? — Ouviu a si mesma e percebeu que não era sempre que levantava a voz com ele. Como já havia começado, não podia mais parar, embora tenha mantido o tom de voz baixo. — Você não gosta de lá, não é mesmo?

— Claro que gosto. É um lugar adorável.

Sabia que ele estava sendo condescendente.

— Você ficou entediado durante todo o tempo que ficamos lá. Só melhorou quando foi para a sala de TV e começou a mexer na papelada e a fazer ligações.

Ele não negou, e ela imaginou, como tinha imaginado tantas outras vezes desde que voltaram, o que ele teria achado da noite em que fizeram amor. Não a tocara desde então, o que não era nada anormal partindo dele. Nem tecera qualquer comentário logo em seguida. Virara para o seu lado da cama e adormecera.

— Adoro o meu trabalho. Você devia ficar satisfeita com isso. Se além de entediado eu estivesse frustrado, seria impossível conviver comigo.

— Às vezes eu gostaria que isso acontecesse. Talvez, assim, a gente pelo menos brigasse. É tão difícil aborrecer você, Blake. *Alguma coisa* o aborrece?

Ele deu uma risada irônica.

— Se eu deixasse qualquer coisinha me aborrecer, nunca teria chegado aonde estou agora.

— Não qualquer coisinha. Que tal uma coisa *séria*?

Ele pareceu hesitar mais tempo do que o normal.

— Sim, há algumas coisas *sérias* que me aborrecem, mas não por muito tempo. Não é possível fazer nada irritado. É preciso pensar com clareza. É preciso analisar os fatos e as opções. É preciso tomar decisões e executá-las.

— Você fala como o homem de sucesso que é — murmurou. Na verdade, estava pensando no relacionamento deles quando perguntara se nada jamais o aborrecia. Ele preferiu responder levando para o lado dos negócios. Típico dele.

— Danica? — suspirou. — Tem alguma coisa incomodando você?

— E por que teria? — O sarcasmo ficou pairando sobre a cabeça de Blake.

— Você fala como se não gostasse do meu trabalho. — Ainda assim, não alterou a voz. Ela gostaria de poder atribuir tamanha calma à presença silenciosa de Marcus no banco da frente, mas sabia que não era isso. Marcus era o chofer perfeito, treinado para ser cego e surdo, conforme exigisse a situação. Além do mais, estava chovendo e a batida constante da chuva no teto do carro servia para dissipar as palavras proferidas em voz baixa: — Dei duro para chegar aonde estou. Você, principalmente, devia entender isso.

Era a mesma história de sempre. Ela trincou os dentes.

— Por que eu principalmente?

— Você vem de uma família em que o sucesso é muito valorizado. Seu pai trabalhou exaustivamente durante anos para fortalecer a posição dele.

— Isso é verdade. E, ao fazer isso, sacrificou uma boa parte das melhores coisas da vida.

— Discordo. A mim, parece que ele tem tudo o que quer.

Aquilo, em suma, era o que havia de errado, percebeu Danica. Tinha menos a ver com o fato de William Marshall estar satisfeito do que com o de Blake Lindsay se identificar com os componentes daquela satisfação. Parecia que era ela quem marchava fora de compasso na parada militar.

— Poder — suspirou, vencida. — Ele tem poder.

— É isso não é a essência de tudo?

Olhando para o perfil presunçoso do marido, no escuro, sabia que não adiantava prosseguir com o assunto. Ele não via as coisas da mesma forma que ela; era simples assim. Talvez fosse culpa sua, pensou. Tinha se casado com um homem tão parecido com o pai que estava *destinada* a sofrer as mesmas frustrações da infância. Ela seria um prato cheio para um psicólogo. Por outro lado, não era preciso nenhum psicólogo para lhe dizer por que tinha agido assim. Durante toda a vida lutara pela aprovação do pai. Casar-se com Blake e ser a esposa perfeita de um executivo fizera parte dessa luta.

Como agüentar a barra. Este era o problema que enfrentava. Na verdade, seguia a fórmula de Blake ao pé da letra. "É preciso pensar com clareza. É preciso analisar os fatos e as opções. É preciso tomar decisões e executá-las."

O *fato* é que simplesmente estava presa a um casamento que lhe dava poucas recompensas ou prazer. As *opções* eram simples também, uma vez que mal podia cogitar a idéia de divórcio. As *decisões*, ah, estas era mais difíceis de tomar.

Soube lidar bem com o problema. Primeiro, percebeu que precisava aceitar Blake tanto por suas virtudes quanto por suas fraquezas. O que ele carecia no lado humano da balança compensava como provedor, como homem conhecido e respeitado em seu meio.

Segundo, percebeu que, em algum momento, teria de procurar um emprego. Poderia levar tempo, tanto para arrumar um que se encaixasse em seu estilo de vida, como para tomar coragem de enfrentar o marido com sua decisão, mas estava cada dia mais convencida de que este era o melhor caminho a seguir.

Terceiro e último, *estava* indo para o Maine. Pensara muito no assunto. Queria ficar longe da cidade, longe do vazio que parecia caracterizar sua vida por lá. Queria ar puro, amplitude, tempo para si mesma em um ambiente menos ordenado.

Também pensara muito em Michael e, principalmente, na atração que sentia por ele. Nas semanas que se passaram desde que o vira, analisara com objetividade o que tinha sentido naquele dia na praia. Gostava muito, muito mesmo dele. Ele mexia com ela de formas que estariam erradas, caso não fosse tão devotada ao seu casamento. Na verdade, tinha fantasias com ele, mas até aí tudo bem. Os livros que lera — e lera muito sobre o assunto desde sua última viagem ao norte — lhe disseram que fantasiar era normal e, ao seu modo, saudável. Desde que essas fantasias continuassem no seu devido lugar, não poderiam lhe fazer mal.

Michael conhecia os fatos de sua vida, sabia que era casada, que nunca poderia oferecer a ele mais do que um abraço amigo ou um aperto de mão companheiro. Só Deus sabia como ela precisava dessas coisas. Deveria se privar de um relacionamento tão bom, tão afetuoso e íntimo?

Sua verdadeira fonte de proteção, no entanto, vinha de algo que ainda era uma simples suspeita, a menor das esperanças. Sua menstruação estava atrasada e sempre fora muito pontual. Se estivesse grávida, seus problemas talvez se resolvessem. Não que nutrisse muitas esperanças quanto à dedicação de Blake como pai — nada do que ele fizera nos últimos anos como marido justificava tal esperança. Mas ela seria mãe, e um mundo inteiramente novo se abriria à sua frente.

Sendo assim, sentindo-se fortalecida, foi para o Maine em 23 de junho. Era uma manhã de sexta-feira. Blake, para sua surpresa, a acompanhava, dirigindo a Mercedes enquanto ela seguia em seu Audi, para que pudesse voltar para Boston no dia seguinte. Dissera que queria vê-la instalada e, como ela de fato estava levando várias caixas com mantimentos — roupas, aparelhagem de som, discos, livros —, sua ajuda foi bem-vinda. Ele nem chegou a sugerir que Marcus fizesse a parte pesada; talvez tivesse desconfiado de que ela insistiria em fazer isso sozinha, por ser aquela uma opção particular sua. Ou talvez ele se sentisse culpado.

Blake era um homem zeloso, tinha de admitir. E, embora sentisse que o fato de acompanhá-la fosse mais um gesto conciliador do que qualquer outra coisa, lembrou-se de que "a cavalo dado não se olham os dentes".

Por ironia, Blake estava mais satisfeito do que ela jamais o vira no Maine. Com muita paciência, ajudou-a a descarregar tudo o que havia levado, passou várias horas ao seu lado no deque, explicando todas as coisas que faria quando voltasse para casa e que não lhe permitiriam se unir a ela por, pelo menos, várias semanas, levou-a para jantar em Ogunquit e foi extremamente amável o tempo todo. Não esboçou qualquer tentativa de tocá-la naquela noite, nem ela sentiu a menor vontade de que ele o fizesse, porém beijou-a com doçura antes de ir embora no dia seguinte e prometeu ligar de vez em quando.

Pela primeira vez, sua ida não a aborreceu. Ele estava indo para casa. Ela se *sentia* em casa. Aquela casa era dela como nenhuma outra tinha sido. Em parte porque a responsabilidade de administrá-la recaía sobre os seus ombros, em parte porque lá ela era inteiramente responsável por si mesma. Não havia empregada para cozinhar, para fazer a faxina ou arrumar a cama, nenhum faz-tudo/chofer para abrir e fechar as janelas, para tirar as cadeiras do deque quando começasse a chover, para trancar a casa à noite. Ela mesma fazia tudo, quando e como queria, e estava adorando. Sentia-se confiante, capaz e totalmente satisfeita consigo mesma. Sentia-se livre.

A primeira coisa que fez após Blake partir foi ir até um mercado na cidade e depois parar em uma loja e comprar algumas calças jeans e camisetas. Havia uma certa perversidade em vestir camisetas com o nome Kennebunkport estampado no peito; até então, nunca fizera nada como... como uma pessoa comum, mas, até então, nunca sentira vontade de ser parte do povo. As lojas chiques que costumava freqüentar em Boston e em Nova York jamais teriam lhe vendido as sandálias de solado resistente ou os tênis de marca desconhecida que tinha comprado, fato que tornava estes itens ainda mais valiosos para ela. Além do mais, adorou as vendedoras que a atenderam e passou um período de tempo surpreendente conversando com elas, tanto tempo que já era quase noite quando finalmente voltou para casa.

Estava muito escuro para procurar Michael lá fora. E, numa noite de sábado, não era nada apropriado. Afinal de contas, o homem podia não ser casado ou ter qualquer outro compromisso, mas, ainda assim, precisava namorar. Ele era humano. Muito másculo. E, com certeza, assediado pelas mulheres.

Por esta razão, era meio-dia de domingo quando finalmente achou que poderia invadir o fim de semana dele. Vestindo uma de suas camisetas novas, tênis e as calças jeans que lavara e secara três vezes na noite anterior, saiu pela praia. Não conhecia a casa de Michael. Já era hora de conhecer.

Construída no final de uma rua sinuosa, diferentemente da sua, a casa ficava acima das rochas, protegida por vários aglomerados de pinheiros-silvestres que a mantinham fora de vista até bem depois de Danica ter passado por suas já conhecidas pedras redondas. Uma escada esculpida na rocha e circundada por um corrimão gasto conduzia ao deque. Não havia uma porta de madeira nos fundos, apenas uma tela no lugar de uma porta de vidro temperado, no momento aberta. Por causa da claridade do dia, ela não conseguiu enxergar lá dentro.

Precipitando-se pelo deque e pela primeira vez insegura, umedeceu os lábios e perguntou-se se estaria indo longe demais. Antes, Michael fizera a aproximação e a fizera na praia, um local bastante corriqueiro para um encontro com um amigo.

Então, pegou-se pensando. Ele *era* um amigo e, caso fosse uma *amiga,* duvidaria que estivesse sentindo a hesitação de agora. Era só uma questão de tempo para se acostumar — com essa amizade íntima com um homem —, disse para si mesma.

Mais animada por ter entendido a situação e pelo entusiasmo genuíno de vê-lo novamente, aproximou-se da tela, protegeu os olhos da claridade externa com uma das mãos e espiou lá dentro.

— Michael? — chamou baixinho. Ouviu vozes, mas era tarde demais para voltar atrás. — Michael? — chamou ligeiramente mais alto. Ainda não conseguia ver coisa alguma.

Então o viu. O homem em pessoa. Ao aproximar-se da tela, puxou-a surpresa e satisfação iluminando-lhe o rosto.

— Danica!

Ela sorriu, sentindo-se tão feliz quanto ele parecia estar.

— Eu só queria, ah, só queria dizer oi.

Ele a segurou carinhosamente pelo ombro.

— Você voltou.

Ela não conseguiu fazer outra coisa senão rir.

— Parece que sim.

— Que bom — disse ele, carinhosamente, observando seu rosto antes de baixar os olhos e erguer uma sobrancelha, com ar divertido. — Você andou fazendo compras.

— Hum-hum. — Ela baixou o olhar. — O que você acha? Serei aceita assim?

— Você seria aceita em qualquer lugar. Deus do céu, você está ótima! — Sua voz saiu do fundo da garganta, quase um rosnado, que a fez acreditar em cada uma de suas palavras.

— Você também.

Ele estava usando um roupão aveludado que chegava até o meio das coxas e nada mais. Danica parecia não conseguir tirar os olhos de suas pernas compridas e musculosas, matizadas pela mesma penugem alourada que escapava do decote de seu roupão.

Sua avaliação foi suficiente para que ele próprio se chocasse com a própria aparência desarrumada e se repreendesse baixinho:

— Minha nossa, estou todo desarrumado! — Antes que ela pudesse discordar, ele ergueu uma das mãos e disse: — Espere aqui. — Já havia cruzado metade da sala de estar quando se virou e voltou para puxá-la pela mão. Quando, após muita insistência sua, ela se sentou em uma poltrona, ele lhe deu um beijo no alto da cabeça. — Volto já. — Então se retirou, deixando-a com um sorriso nos lábios, o que, segundo Danica, parecia ser uma enfermidade recorrente sempre que estava com ele.

Sua breve ausência deu a ela tempo de correr os olhos pelo local, o que fez com interesse. A poltrona onde estava sentada, seu par e o sofá eram de um couro macio, gasto, de aspecto caro, que elegantemente acomodava os cadernos espalhados do jornal de domingo. No centro da sala havia uma mesinha baixa de ardósia combinando tanto com a lareira quanto com o chão — este suavizado por um grande e belo tapete de design escandinavo.

Obviamente, a decoração básica seguira um estilo, mas que parara por ali, pois em cada mesa, em cada parede, em cada prateleira e sobre o console da lareira havia uma variedade incrível de placas, máscaras, peças de arte e outros suvenires que ela acreditou serem de suas viagens.

As que estavam ao seu alcance ela analisou com cuidado — uma urna funerária de pedra calcária, um antigo dente de elefante, um peixe de cobre que suspeitou ser de estilo maia. Então, recostou-se novamente e voltou a observar a sala, encantada de ver como um homem só podia ter adquirido uma coleção tão exótica.

Em contrapartida, a pequena televisão em cima do balcão que separava a sala de estar da cozinha parecia prosaica. Era ela, percebeu, a fonte de vozes que ouvira quando atravessara o deque. No entanto, não havia nada de prosaico — ou assim tinha sido lhe ensinado a acreditar — com relação ao programa que estava no ar.

Foi quando Michael reapareceu, de calças jeans e camisa de mangas curtas. Parecia saído do banho e barbeado, o cabelo molhado, mas penteado. Estava lindo.

— Você foi rápido — ela sussurrou. — Sempre achei que um homem levasse pelo menos uns quinze minutos para fazer a barba, mas não estou aqui há mais de cinco.

— Desculpe ter feito você esperar este tanto. Se eu soubesse que estava vindo... — Ele vacilou. — Vi dois carros na sua casa e pensei que estaria ocupada pelo menos até hoje à noite.

— O Blake precisou voltar para Boston ontem à noite. Eu queria ter aparecido antes, mas não sabia se você estaria livre.

Sua insinuação foi sutil, mas óbvia demais para ser ignorada.

— Na verdade, saí ontem à noite, mas voltei cedo. — Ele tinha tentado, ah, como tinha. Mas nenhuma outra mulher parecia à altura daquela que agora se encontrava à sua frente.

Danica deu uma olhada na televisão, ainda ligada.

— Parece que, de uma certa forma, atrapalhei.

— Você está brincando? — Andando descalço no chão de ardósia, ele desligou a TV. — Ligo isso aqui mais por hábito do que por qualquer outra razão.

— *Face the Nation*? Pare com isso... Nenhum domingo é completo sem ele.

Diante de seu tom levemente irônico, ele sentiu uma compaixão imediata.

— Sério mesmo?

— Pode apostar. Nada, e eu quero dizer *nada* mesmo, se intromete entre os meus homens e *Face the Nation*.

— Nós não somos todos assim — disse Michael, empurrando o caderno de negócios para o lado, para se sentar no sofá, não muito longe dela. Então olhou de novo para o jornal, reuniu suas diversas partes espalhadas e as jogou em cima de uma outra pilha sobre a mesa. — Desculpe a bagunça. Morando sozinho, fico meio bagunceiro.

— Não peça desculpas. Adorei o jeito das coisas por aqui.

— Agora você *está* brincando.

— Sério. É diferente. — Com que freqüência usava aquela palavra para descrever as coisas que tinham relação com Michael! — Na minha casa, nunca tive a oportunidade de deixar o jornal espalhado. O Blake guarda tudo em pilhas certinhas e, se, por acaso, alguma coisa sair do lugar, a sra. Hannah vai logo arrumar. — Mais uma crítica a Blake, o que a fez logo se sentir culpada. Ainda assim, não podia nem pedir desculpas nem engolir as palavras. Michael a incitava à honestidade, a uma impulsividade incontrolável. Teria apenas de ser mais cuidadosa. Afinal de contas, não queria falar mal de Blake. Ele era o seu marido.

— Enfim — suspirou, olhando ao redor — adorei a sua casa. Nunca a tinha visto antes.

— O projeto não é muito diferente do da sua.

— Não, mas ela parece ter história.

— Ela parece uma bagunça, isso sim.

Ela sacudiu negativamente a cabeça. Havia tanto para ver ali; em comparação, sua casa parecia nua.

— Parece ter história, e histórias felizes. Todos esses suvenires são das suas aventuras?

— São. — Quando ela se levantou da poltrona e cruzou a sala para passar gentilmente os dedos em um dos candelabros de ferro de design exótico colocados em cima da lareira, Michael explicou que eram de Portugal e que ele estava estudando padrões de emigração quando os encontrara. Quando ela examinou uma bola de lava mexicana esculpida à mão e, em seguida, um par de rolos compressores de Maiorca, ele também lhe contou sobre tais aquisições.

O que ele queria mesmo era saber mais detalhes sobre a vida dela em Boston, seu marido e suas frustrações. Mas ela estava tão interessada em sua coleção de chapéus na parede, no monte de cestas no canto, no vaso de bronze japonês em cima da mesa, que ele se viu induzido a lhe contar uma história após outra.

— Você leva uma vida tão excitante! — ela murmurou, finalmente voltando para a poltrona onde estivera sentada. Seu rosto estava iluminado, como se, durante aquele curto espaço de tempo, tivesse vivido tais aventuras com ele.

Naquele momento, Michael já sabia que era exatamente aquilo o que gostaria de ver acontecer, embora soubesse também que a vida com ela seria excitante de outras maneiras muito diferentes.

— Parece que você já andou pelo mundo todo! — ela exclamou.

— Quase. Ainda há alguns lugares que eu gostaria de conhecer. — Interrompeu-se. — Você também deve ter feito sua quota de viagens.

Ela encolheu os ombros.

— Algumas, mas nenhuma para lugares remotos como os que você foi.

— Você não viajava com os seus pais?

— Só para lugares turísticos, para passar as férias. Caribe, Havaí, Hilton Head. — Uma vez ao ano, o passeio familiar obrigatório. — Quando se tratava de lugares realmente exóticos, eles iam sozinhos.

— Por quê? Com certeza isso teria sido educativo para você.

— Com certeza — disse ela, pensativa —, mas eles me mantinham ocupada com outras atividades e achavam que eu não me importava.

— Que outras atividades?

— Escola. — Ela ainda não queria falar sobre os seus anos no tênis, quando cada minuto livre era passado na quadra. Tinha fracassado ao não corresponder às expectativas dos pais naquele aspecto e, até certo ponto, ela mesma acreditava naquele fracasso.

Sua resposta fora curta e, teoricamente, não deixara margem para argumentação; no entanto, Michael não estava disposto a deixar morrer o assunto sobre seu passado.

— Você viaja muito com o seu marido?

Os olhos dela se entristeceram.

— Viajava. Ele costumava me levar em suas viagens de negócios pelo país e pelo exterior, e, quando acabava o trabalho, tínhamos alguns dias só para nós dois. Mas ultimamente ele anda tão ocupado que viaja sozinho.

— Não tem tempo para você — Michael afirmou num sussurro.

Danica abriu a boca para discordar, mas a fechou.

— Você tem um jeito especial de ir direto ao ponto, Michael Buchanan — murmurou.

Ele estendeu a mão para lhe acariciar levemente o rosto.

— Eu não queria te magoar, mas alguma coisa não está bem. — Ambos sabiam que estavam lidando com o presente agora. — Que homem em seu juízo normal deixaria a esposa sozinha numa noite de sábado?

— Ele tinha mais um compromisso político, e eu estou até aqui com esses programas; portanto, foi culpa minha tanto quanto dele. Se eu tivesse concordado, teríamos esperado até segunda-feira para vir para cá.

— Assim ele não teria vindo de jeito nenhum.

Ela não negou tal possibilidade.

— Ele me ajudou bastante. Eu quis trazer muitas coisas comigo. Ele me ajudou a entrar com elas e a colocá-las no lugar.

Michael suprimiu a observação sarcástica que tinha na ponta da língua. Sabia que criticar Blake abertamente naquele momento poderia colocar em risco seu relacionamento com Danica. A verdade era que Blake era o maior obstáculo entre eles. Se isso algum dia estivesse para mudar, teria de ser Danica a tomar a iniciativa, não Michael.

Além do mais, uma outra coisa o interessava, algo escrito nas entrelinhas.

— Quanto tempo você vai ficar desta vez? — perguntou, com uma indiferença estudada. Tinha sonhos, e neles fizera planos. Estava cansado de ficar sozinho. Havia muito a fazer no verão no Maine. Iria se contentar, embora frustrado, com uma amizade platônica, se isso significasse que poderia passar mais tempo com Danica.

O sorriso dela fez com que suas esperanças aumentassem.

— O verão. O verão inteiro.

— O verão *inteiro*?

— Hum-hum. Prometi ao Blake que de vez em quando voltaria por um ou dois dias, mas, fora isso, vim para ficar.

— Ele virá muito para cá?

— Ele está muito envolvido com a convenção. Ele e o meu pai, os dois. É importante que fique por lá. Disse que viria sempre que pudesse, mas não sei qual será a freqüência.

— Ele ficou chateado com a sua vinda?

Ela franziu o nariz de uma forma que poderia ter respondido à pergunta dele tanto afirmativa quanto negativamente.

— Acho que será mais fácil para ele comigo aqui. Ele sabe que não sou tão apaixonada por política quanto ele.

— Estranho, sendo você quem é. — Ele refletiu. — Por outro lado, nem tão estranho. Rebelando-se finalmente?

Ela abriu um sorriso.

— Já estava na hora, você não acha?

— Acho — ele disse, cauteloso — que é bom que você esteja começando a pensar em si mesma. Acho também que eu não poderia estar mais feliz. — Fez uma pausa. — O Blake vai se importar se eu convidar a esposa dele para me acompanhar ao mercado de pulgas?

Danica respondeu ao seu convite indireto, ficando radiante:

— O mercado de pulgas! Vai ser muito divertido! Você está procurando alguma coisa em especial?

— Apenas por algumas horas de descanso, e não seria a mesma coisa sozinho.

— Você não vai acreditar, mas nunca fui a um mercado de pulgas.

Ela tinha razão, ele não acreditou.

— Nunca?

— Bem, talvez a um mercado a céu aberto em Londres ou Veneza. Mas foram programas diferentes, muito mais excursões à caça de suvenires. Nunca fui a um mercado de pulgas de verdade e, com certeza, nunca pelo simples prazer de ir.

— Bem, bela senhora — Michael destacou as vogais, pondo-se de pé e a puxando com ele —, a senhora está convidada para uma tarde inesquecível. — Estava segurando sua mão, olhando para ela quando parou de repente, todo o tom de brincadeira tendo ido embora. Danica estava com o rosto ruborizado, os olhos violeta cheios de empolgação, de suavidade, de afeto. Michael engoliu em seco e apertou-lhe a mão.

— Danica, o Blake vai se importar?

— Ele não sabe.

— Você não falou de mim para ele? — Incapaz de resistir ao encanto daquela seda alourada, acariciou-lhe os cabelos. Eles se revelaram macios e reluzentes sob o toque de seus dedos.

Dando um não quase imperceptível com a cabeça, ela prendeu a respiração. Estava plenamente cônscia do homem à sua frente e, embora soubesse que o melhor a fazer seria dar as costas e sair correndo, estava enraizada no lugar.

— Por que não? — ele perguntou baixinho.

— Você é *meu* amigo — murmurou ela. — O Blake controla o resto da minha vida. Você é *meu*.

Michael fechou os olhos. Desceu com a mão até o pescoço de Danica, massageando levemente sua pele macia.

— Ah, meu Deus... — Sua voz grossa tremeu, assim como o seu braço. — Não sei se consigo.

— Consegue o quê? — sussurrou ela, embora soubesse. Ela sentia; precisava; queria. E temia. Temia porque o que desejava era errado, proibido. Ainda assim, em parte ela precisava ouvir aquelas palavras. Precisava ouvir que era desejada, que era importante.

Segurando-lhe o rosto com as mãos, Michael olhou para ela. Danica sentiu o toque do olhar dele fluir como mel pelo corpo, curando momentaneamente todos aqueles pontos dolorosos e solitários por conta de uma vida inteira de carências.

— Não sei se consigo ser só seu amigo, Dani. Você significa muito para mim.

Ela estava excitada, apavorada. Seus olhos denunciavam seu dilema, mas, antes que pudesse falar, Michael o fez:

— Preciso de mais. Quero te abraçar, te tocar. Agora mesmo, quero te beijar.

Ela queria isso também, mais do que já julgara possível. Blake jamais a afetara dessa forma e ela sentiu uma súbita raiva pelo que tinha perdido. Mas a raiva estava desaparecendo, pois Michael estava ao seu lado, fazendo-a esquecer... quase.

— Não podemos — ofegou, sentindo-se dividida por dentro.

— Eu sei. É o que faz essa situação tão insuportável.

Praguejando em voz baixa, afastou-se rapidamente, parou em frente à porta de vidro, apoiou as mãos nos quadris e abaixou a cabeça. Ele era a imagem do sofrimento, e Danica experimentou uma nova forma de dor.

Ela começou a se aproximar.

— Michael...

Ele ergueu uma das mãos, sem se virar.

— Preciso fazer uma pergunta — disse. A mão que antes a contivera agora esfregava a própria nuca. — Por que você veio aqui hoje?

— Eu queria te ver.

— Você sabe como me sinto?

— Achei... achei...

Ele se virou, o maxilar tenso.

— Você não percebeu, depois da última vez, que eu queria mais? Você não sentiu a mesma coisa? — Os olhos de Danica estavam tomados de uma culpa que era a própria resposta. — O que você achou que ia acontecer?

Trêmula por dentro, tentou organizar os pensamentos.

— Eu estava ansiosa para te ver. Achei que poderíamos conversar como fizemos antes, ou talvez... nos ver de vez em quando. — Abraçou a si mesma em um gesto de autodefesa. Foi duro ouvir Michael falar com ela daquela forma, mesmo sabendo que ele tinha razões para isso.

Ele insistiu, pois sua maior necessidade no momento era expressar tudo o que lhe vinha envenenando a mente nas últimas semanas.

— Mas no que você achou que tudo isso ia dar? Não te passou pela cabeça por quanto tempo eu agüentaria sem... sem... — Não precisava terminar. Já lhe havia dito isso antes e as palavras apenas faziam o desejo ficar ainda maior.

— Não — sussurrou ela, franzindo a testa, ligeiramente surpresa. — Nunca pensei nisso. Achei que o fato de eu ser casada com Blake seria o suficiente para nos manter na linha. — Fez uma pausa, então ouviu a si própria continuando a falar. Também precisava expressar seus sentimentos: — Acho que eu estava pensando só em mim mesma. Você é novo para mim, Michael. Com você, eu ajo diferente, me sinto diferente. — Baixou o olhar. — Senti algo estranho da última vez. Acho que venho sentindo coisas estranhas desde o início. — Ergueu o olhar e continuou a falar com mais urgência: — Mas há tantas outras coisas também. Consigo conversar com você. Consigo relaxar, ser eu mesma. Você não cria expectativas em relação a mim, simplesmente me aceita como sou. E eu preciso disso. — Seus olhos se encheram de lágrimas. — Nunca tive nada assim, embora deseje muito. Acho que, da última vez, em parte eu sabia que eu estava brincando com fogo ao vir para cá, para passar o verão, ao vir aqui hoje. Mas não consegui evitar! Juro que não consegui! Você precisa acreditar em mim! Não consegui me... me controlar...

Com dois passos Michael logo estava à sua frente, enxugando as lágrimas que escorriam devagar pelo seu rosto.

— Shhhh. Não chore. Ah, meu amor, não chore.

Sem saber como, ela já estava em seus braços, e ele a apertou forte, balançando-a gentilmente para um lado e para outro enquanto ela se mantinha agarrada em seu pescoço. Seus soluços silenciosos lhe partiram o coração, causando-lhe quase tanta dor quanto sua proximidade, mas, ainda assim, de uma forma diferente.

— Shhhh. Acredito em você. Acredito e sinto o mesmo. Se eu fosse esperto, ficaria longe de você, mas não consigo. Você entende? — Afastou-a apenas o suficiente para ver seu rosto. — Não consigo, Dani. Deus é testemunha, preciso de você. — Puxou-a de novo para si, pressionando o rosto dela contra sua garganta. Garganta que estava apertada. Demorou um minuto até conseguir falar: — Não quero fazer nada para destruir o seu casamento, mas não posso te deixar sozinha. Acho que isso nos leva de volta à estaca zero. Só que... — pressionou os lábios contra seus cabelos — ... agora você sabe como me sinto. Isso te assusta?

Ela fez que sim com a cabeça, o tempo todo apreciando o cheiro másculo de sua pele.

— Mas também me faz sentir muito bem — admitiu, num fio de voz. — Estou sendo egoísta de novo.

— Egoísta, não — murmurou ele contra os seus cabelos —, apenas realista. E honesta. Quero que você seja assim comigo. Sempre. Eu talvez esteja me condenando a uma espécie de inferno, mas estou feliz por você se sentir assim. Pelo menos você vai entender quando eu precisar tocá-la de vez em quando. — Sua voz ficou grossa de determinação. — Nem em um milhão de anos vou negar a um de nós dois a companhia do outro. Ainda mais quando aquele filho-da-mãe não está nem aí.

Foi Danica quem objetou desta vez:

— Isso não é justo. Ele não sabe.

— Ele se *importaria*?

Ela inspirou bruscamente para dar uma resposta que soaria como uma mentira confortável, então se deteve. Michael pedira honestidade. Isso ela poderia lhe dar, já que havia tantas outras coisas que não seria possível. Lentamente, foi soltando o ar.

— Eu... na verdade, não sei. Há várias coisas com relação ao Blake que eu não sei mais. Mas me casei com ele por livre e espontânea vontade, e ele tem vários pontos a seu favor. Nunca fez o tipo ciumento...

— Ele já teve motivo para isso?

— Não, mas...

— Acho que você deveria contar a ele sobre nós.

— Sobre *nós*? Do jeito que você fala parece que estamos tendo um caso, quando...

— O que pode vir a acontecer, se não tomarmos cuidado. Saber que o Blake tem conhecimento da nossa amizade, de que andamos juntos, pode nos ajudar a sermos cuidadosos. Por Deus, Dani, temos que fazer *alguma coisa*.

Seu olhar de desespero foi tão terno que suas forças se renovaram. Danica não teve outra opção senão sorrir.

— Autocontrole. É tudo de que precisamos. Autocontrole. Como diz o saquinho de chá, o autocontrole é o tapete mágico que leva à salvação.

— Eu tomo café — ele resmungou, e então acenou com a cabeça na direção da porta. — Vamos lá. Se não sairmos agora, vamos perder as melhores ofertas.

Acabou que eles não gastaram coisa alguma, a não ser alguns trocados em casquinhas de sorvete e tempo, o primeiro gasto para satisfazer o apetite, o último, para manter outras coisas sob controle. Já era noite quando retornaram, e estavam os dois prazerosamente cansados.

Danica, por exemplo, sentia-se mais em paz consigo mesma do que pouco tempo atrás.

— Michael? — Tinha acabado de abrir a porta da frente. — Existe uma razão para eu ter decidido passar o verão inteiro aqui.

— Você quer dizer além de me querer como distração? — implicou com ela, falando por cima de seu ombro.

Ela o cutucou nas costelas e virou-se para encará-lo.

— Preciso pensar. Os últimos anos foram frustrantes para mim em vários sentidos e não sei se é tudo culpa do Blake. — Estava dando ao marido o benefício da dúvida. Afinal de contas, era preciso boa vontade dos dois lados para um casamento dar certo. Evitando o olhar de Michael, continuou, em voz baixa: — Preciso dar um tempo da vida que tenho levado. Preciso pensar para onde estou indo. Há sempre a possibilidade de arrumar um emprego; já conversamos sobre isso antes. Mas... — Hesitou por apenas um minuto, então soube que precisava continuar: — ... Também há a possibilidade de eu estar grávida.

Quase timidamente, ergueu os olhos, mas o rosto de Michael estava sombrio, sua expressão escondida pela noite.

— Grávida. — Ele expirou a palavra quase em reverência, esticando o braço para tocá-la, então ficou com as mãos paradas no ar e deu uma risada curta.

— Michael?

Ele balançou a cabeça.

— Isso é absurdo. Juro que estou ficando maluco. Minha primeira reação foi de pura alegria, até eu perceber que o filho nem sequer é meu.

— Ainda assim, você pode ficar feliz.

A mágoa em sua voz o trouxe de volta à razão. Então a tocou de verdade, pegando-a pelos ombros, deslizando as mãos pelas suas costas.

— E estou, Dani, estou. — Abaixando a cabeça, beijou-a suavemente na boca. — É o que você quer, não é?

— Muito.

— Então estou feliz; não, estou vibrando por você. Mas estou com ciúmes. Preciso admitir... Você não tem certeza?

— É muito cedo ainda. Vou ao médico daqui a duas semanas.

— Está se sentindo bem?

— Estou. Quer dizer, ainda é muito cedo para sentir enjôo ou qualquer outra coisa. O calendário é a única indicação de que pode ser gravidez.

— O Blake deve estar contente.

— Ele não sabe. — Era a segunda vez que ela dizia aquelas palavras naquele dia e se sentiu ligeiramente constrangida. — Eu não quis lhe dar falsas esperanças. Já esperamos tempo demais. — De constrangida para culpada. Estava sugerindo que Blake *ficaria* feliz quando, na verdade, não tinha certeza. Não, corrigiu-se, ele ficaria feliz, mas daquela forma impassível e tipicamente sua.

— Então, estou mesmo feliz, por ele e por mim. E também por você ter me contado, Dani. — *Antes* de contar a ele, pensou o seu lado de menino malvado. — Agora saberei ter cuidado com você. Nada de luta, nada de jogos de futebol...

Ela riu baixinho.

— Obrigada. Ficarei muito grata. — O que a deixava grata era o sentimento escondido por trás da brincadeira. Embora soubesse que era uma pessoa saudável, forte e que nada poderia interromper a vida de um embrião também saudável, se realmente tivesse um se desenvolvendo dentro dela, Michael a fazia sentir-se especial. Sempre fazia. Esta era uma das razões pelas quais se sentia tão atraída por ele. — Bem — suspirou —, por falar nisso, é melhor eu entrar. Foi um dia maravilhoso, Michael. Obrigada.

— *Eu* que agradeço. Vejo você mais para o fim da semana?

Ela sorriu. Eles já haviam falado sobre o trabalho que ele tinha a fazer, assim como sobre a leitura, os banhos de sol e o descanso que ela pretendia desfrutar.

— Eu gostaria muito. — Entrou na casa. — Escreva bastante, ouviu?

— Ouvi. Tranque bem aquela porta, ouviu?

— Ouvi. Boa noite, Michael.

— Boa noite, Dani. — Já estava no meio do caminho quando não pôde evitar um último comentário: — Bons sonhos! — gritou, desejando o mesmo para si, mas, de alguma forma, temendo ter um tipo diferente de sonho.

Alheia aos seus pensamentos lascivos, Danica o ficou observando ir embora pela entrada de carros, então fechou delicadamente a porta e a trancou.

* * *

Blake telefonou na quarta à noite.

— Danica?

— Blake! Oi!

— Interrompi alguma coisa? O telefone tocou oito vezes antes de você atender.

— Eu estava no deque. A rebentação das ondas está mais forte do que o normal e eu não ouvi quando o telefone começou a tocar.

— O tempo está ruim?

— Não. Mas parece que vai chover forte. Como estão as coisas?

— Bem.

— ... Alguma novidade no escritório?

— Não que eu me lembre.

— ... A festa deve ter sido boa no sábado.

— Hum-hum. Perguntaram por você.

— Ah, é?

— Você parece surpresa.

— Um pouco. Nunca imaginei que fosse notada nessas festas.

— Pare com isso. Há sempre outras mulheres para você conversar.

— Certo. Bem, tenho certeza de que elas fizeram companhia umas às outras.

Houve um breve silêncio do outro lado da linha. E, em seguida:

— Então, como você está?

— Muito bem. Acabei de ler *Lincoln*, de Gore Vidal. Achei interessante. — Fez uma pausa para dar a ele a oportunidade de perguntar sobre o livro. Como ele não o fez, ela prosseguiu: — E comecei o último livro do Ludlum. Não sei se gosto deste tanto quanto gostei dos outros, mas talvez seja apenas porque estou tendo problemas no início.

— Então você tem passado o tempo lendo.

— Não o tempo todo. Todos os dias vou de carro à cidade. Estou pensando em comprar uma bicicleta.

— Não tem muitos morros aí para andar de bicicleta?

— Que nada, seria um bom exercício.

— Acho que sim. E já que você não está dançando...

— Estou sim! Ponho música e sigo os passos das minhas aulas uma vez por dia. Esta foi uma das razões de eu ter querido trazer o som para cá. Quanto à bicicleta, seria tanto divertido quanto prático. Com a multidão que vem para cá no verão, às vezes é difícil encontrar uma vaga na cidade. E me sinto culpada por pegar o carro quando é tão perto. Não pode dar mais do que oito quilômetros, ida e volta da cidade.

— O que você faz na cidade? As lojas não mudam muito de um dia para outro, mudam?

— Não, mas as pessoas são encantadoras. Conversei com uma mulher que tem uma loja de artigos esportivos. Ela é fascinante. Tem doutorado em biologia e trabalhou seis anos na área de pesquisa, até que decidiu jogar tudo para o alto e se mudar para cá. O marido dela é artista e tem uma galeria a um quarteirão da loja. Comprei um quadro dele. É uma marinha, mas bem moderna. Ficou ótimo no quarto.

— Que bom.

— ... a Sara e eu almoçamos juntas hoje. Foi ótimo. Ah, estou começando a pegar um bronzeado.

— Cuidado, sol demais faz mal à pele.

— Eu uso protetor.

— Não deixe de usar pelo menos o de fator 15. Eu não gostaria de vê-la toda enrugada e áspera no final do verão.

— Não vou ficar nem enrugada nem áspera. Talvez pareça simplesmente saudável.

— Está bem. Ouça, Pook, preciso ir agora. Vamos nos encontrar esta noite com um advogado novo. O Harlan já está aqui fazendo sinal.

— Você ainda está no escritório? — Eram sete da noite. Achou que ele estava telefonando de casa.

— Não por muito tempo. Estou de saída. — Suas palavras foram dirigidas tanto para o homem que estava na sala com ele, imaginou Danica, quanto para ela.

— Vá, então. Boa sorte na reunião. Dê lembranças ao Harlan. — Não suportava Harlan Magnusson, com seus ternos de corte francês, cabelos escuros encaracolados e óculos de aro de metal. Ele estava sempre em movimento. Deixava-a nervosa. No entanto, ele era o braço direito de seu marido.

— Darei. Falamos mais numa outra hora. Tchau.

Somente na terça-feira seguinte ele tornou a ligar e a conversa seguiu mais ou menos o mesmo padrão. Sim, ele estava bem. Não, nada de novo no escritório. Sim, ela estava bem. Não, não estava entediada.

— O Quatro de Julho foi divertido aqui, Blake. É uma pena que você não tenha podido vir.

— Você sabe que tive de ir à Filadélfia. Falamos sobre isso quanto te acompanhei até aí.

— Sim. Correu tudo bem?

— Tudo bem.

— Que bom. Teve queima de fogos aqui hoje. Fui vê-la com um dos nossos vizinhos. — Tocou no assunto com uma indiferença que não sentia, mas percebia que Michael tinha razão em querer que contasse a Blake sobre a amizade deles. Não que visse isso como uma forma de impedir um envolvimento físico entre eles; desde que ela e Michael tinham revelado seus sentimentos, pareciam capazes de manter as coisas sob controle. Era mais uma questão de dar uma explicação plausível do que fazia com o seu tempo, boa parte dele passada com Michael. Era também uma questão de se sentir segura, caso encontrasse alguém conhecido enquanto estivesse com ele. Parecia-lhe justo que se Blake viesse a saber que sua esposa fora vista com outro homem pudesse dizer, confiante: "Ah, sim. Eu sei. Ele é um bom amigo."

— Você conheceu os vizinhos? — perguntou agora.

— Vários. — Era verdade. Tinha caminhado sozinha pelas ruas próximas à casa e encontrado vários proprietários das redondezas. — Tem um banqueiro aposentado com a esposa... Kilsythe?

— City Trust. Já ouvi falar dele.

— E um anestesista com a família. O vizinho com quem fui ver os fogos é escritor.

— Ah, é?

— Historiador. Você conhece a família dele. Buchanan.

Houve um momento de silêncio.

— Cuidado com ele.

— Ah, não. Ele é tranqüilo. Não tem nada a ver com os jornais da família.

— Nunca é demais ter cuidado.

Ela fez uma pausa, prestes a discutir mais, até que percebeu a futilidade de tal ato.

— Vou tomar cuidado... Blake? Está tudo certo para sábado à noite, não está? — Tinham assumido um compromisso há tempos para ir à estréia de um filme em benefício da Associação Americana do Coração.

— Claro. Quando posso te esperar?

— Pensei em ir na sexta-feira. — Tinha marcado uma consulta para aquela tarde, embora ainda não quisesse contar nada a ele. — Volto no domingo. Tudo bem?

— Por mim, tudo bem. Vejo você então.

— Está bem. Tchau.

Na sexta-feira à tarde, Danica soube que estava mesmo grávida.

Seis

Danica deu a boa notícia a Blake logo depois que ele chegou em casa, na volta do trabalho, na noite de sexta. Primeiro ele ficou surpreso, depois feliz, e insistiu em telefonar imediatamente para os pais dela. O que era fácil; difícil era encontrá-los em casa, como Danica já havia previsto. Parecia que os Marshall tinham deixado a casa em Connecticut, onde Blake esperava que estivessem, para passar o final de semana com um congressista amigo de William, em um haras no Kentucky. Após uma série de ligações, que Blake aturou com sua característica paciência, ele acabou conseguindo falar com os sogros e dando a notícia com um orgulho que sugeria ter feito tudo sozinho.

Danica deixou-o falar a maior parte do tempo, mas não pôde evitar sentir que ele estava mais feliz com a otimização da própria imagem do que com o fato em si. Mas relutou em criticá-lo quando também se sentia, em parte, da mesma forma. Seu pai ficou encantado; aos seus olhos, o status da filha crescera e isso era importante para ela. Contudo, no fundo, sua maior alegria estava na perspectiva de segurar um bebê nos braços, de ser necessária para uma criança indefesa, de amá-la e ser amada.

Na viagem de volta ao Maine no domingo à tardinha, aquela alegria se manifestou com força total. Não conseguia parar de sorrir. Com a notícia do médico, a expectativa de seu futuro tinha dado uma guinada positiva. Pela primeira vez em meses, sentia-se otimista. E mal podia esperar para contar a Michael.

Infelizmente, ele não estava em casa. Deixou o telefone tocar por um tempo, tornando a ligar em seguida, caso tivesse discado errado na primeira vez, então tentou novamente, cinco minutos mais tarde, pensando que ele talvez pudesse estar no banho.

Sem se deixar desanimar, trocou o vestido sem mangas urbano por uma camiseta regata e shorts, e caminhou um pouco pela praia, sorrindo, suspirando alegremente, aproximando-se cada vez mais da casa de Michael na esperança de que ele voltasse logo e aparecesse caminhando tranqüilamente no deque. Com uma folga de tempo, apoderou-se da grande pedra arredondada que passou a considerar como deles, na esperança de que Michael a encontrasse lá.

Como previra, não muito tempo depois, enquanto o sol se punha às suas costas, ouviu o chamado dele e viu-o correr pela praia em sua direção. Michael parou abaixo de onde ela estava.

— Você está com cara de quem viu passarinho verde — disse ele, os olhos entrecerrados em especulação.

Sorrindo de orelha a orelha, ela concordou.

— Fui ao médico na sexta-feira. — Não foi preciso explicar.

— E é verdade?

Tudo o que ela fez foi sorrir e concordar novamente.

— Uau, Dani, isso é maravilhoso! — Michael subiu até as pedras onde ela estava e a abraçou forte. — Isso é maravilhoso! — Felizmente tivera tempo para se acostumar com a idéia. Enquanto, por um lado, lamentava que uma criança fosse representar mais um laço unindo-a a Blake Lindsay, por outro, estava vibrando por ela. Sabia o quanto ela queria um bebê. — É para quando?

— Para fevereiro. Estou só na sexta semana.

— E o médico te deu um bom atestado de saúde?

— Deu. Preciso tomar algumas vitaminas, mas é só.

— E quanto ao Blake?

Ela riu.

— Ele não precisa de vitaminas. O trabalho dele já foi feito.

— Esta não é uma visão muito moderna, mas também não era a isso que eu me referia. Como ele recebeu a notícia?

— Ficou feliz. Ligou para os meus pais e depois para os dele. — Fizera a última ligação com relutância, e somente no domingo de manhã. Danica nunca conseguira entender o relacionamento dele com a família. Seus pais e um único irmão eram uma família de classe média tradicional, que morava e trabalhava em Detroit. Embora Blake lhes mandasse dinheiro de vez em quando, parecia não querer aprofundar muito o relacionamento com eles. Era Danica quem mandava cartões de aniversário e de outras datas comemorativas, sem falar nas vezes em que implorava ao marido para que ligasse para a família. Sentia-se mal; vira-os apenas quatro vezes durante seus oito anos de casada.

— Acredito que todos tenham ficado muito felizes — especulou Michael.

— Hum-hum. Foi demais. Minha mãe ficou muito preocupada. Passou o tempo todo repetindo o que eu devia ou não fazer e os cuidados que deveria tomar. Ela nunca fez isso quando eu era criança.

— Você já sabia todas as respostas naquela época? — provocou-a.

— Nem todas. Mas precisei descobri-las por mim mesma. Minha mãe nunca esteve presente.

— Claro que esteve. Você está exagerando.

— Quisera eu. Na verdade, até onde me lembro, eu sentia uma *tremenda* falta dela naquela época. A mamãe estava sempre para lá e para cá, de acordo com a agenda do meu pai. Parecia nunca estar do meu lado quando eu precisava dela. — Danica ficou mais pensativa. — Lembro de quando tive catapora. Eu tinha sete anos e o meu pai estava concorrendo pela primeira vez. Eu andava sempre doente. A única coisa que queria era que ela me abraçasse, mas ela estava fazendo campanha com ele, é claro. Então eu simplesmente me enfiava debaixo das cobertas e... e me coçava.

Michael sentiu pena dela.

— Devia ter alguém com você.

— Ah, sim. Tínhamos uma empregada. Ela era muito eficiente, uma excelente cozinheira e fazia uma ótima faxina. Infelizmente, naquela época, eu nem podia pensar em comer e não ligava a mínima para uma casa limpa. O que eu queria era a minha mãe.

Ele podia entender. Lembrava-se de ter ficado doente, de ter tido a mãe a seu lado lendo para ele, demonstrando-lhe o seu amor. Algumas vezes, chegara até a gostar de ficar gripado só para ter aquele tempo sozinho com ela. Aquilo era algo muito especial, algo de que ele sempre se lembraria.

Pensando na experiência bem diferente de Danica, Michael precisou se esforçar para controlar a raiva.

— Sinto muito — acabou dizendo.

Ela lhe lançou um sorriso triste.

— Não foi culpa sua.

— Eu sei, mas você tem razão. Uma mãe tem que estar ao lado da filha. Sinto muito que você tenha enfrentado a tempestade sozinha.

— Bem, acho que foi um bom treinamento. Acabei me acostumando, muito embora sempre preferisse que as coisas tivessem sido diferentes. Elas serão para o meu filho, com certeza. — Suspirou. — O que nos leva de volta ao que eu estava dizendo. Entre outras coisas, minha mãe me disse para ficar quieta em Boston. Ela acha que sou maluca de vir para cá.

— E o que você respondeu?

— *Senti vontade* de dizer que isso não era da conta dela, que ela não tinha o direito de me dizer o que fazer nesta altura da vida.

— Mas não disse.

— Não. Daquele jeito meio bizarro dela, ela me ama de verdade. Tenho certeza de que está mesmo preocupada e acho que eu deveria me sentir lisonjeada após tantos anos sem isso. Eu disse a ela que o médico recomendou ar fresco e exercícios. Disse também que eu queria muito o bebê e que ela teria de acreditar que eu não faria nada para pôr a saúde dele em risco.

— E quanto ao Blake? Ele mudou de opinião quanto a você ficar sozinha aqui?

— O Blake fez as mesmas ponderações da minha mãe depois que eu desliguei o telefone, mas não acho que esteja mesmo preocupado. Não sou nenhuma inválida, pelo amor de Deus.

— Posso entender a preocupação dele. Você está sozinha aqui.

— Tenho você — disse ela, com um brilho provocante nos olhos.

Ele retribuiu o olhar, embora sua implicância ficasse estritamente na superfície.

— É verdade... Isso é alguma novidade? — Passou o dedo no colar de ouro que ela trazia no pescoço; era uma delicada corrente torcida com um pingente de diamante. É claro que a pele dela o fascinava mais, quente e macia onde seu dedo roçava.

— O Blake me deu este colar no sábado. Achou que a ocasião pedia alguma coisa. — Ele era muito bom nisso, muito oportuno. Esquecido no que dizia respeito à família em Detroit, tinha uma imagem bem definida de como devia tratar a esposa. Havia uma jóia para cada aniversário de casamento, um casaco de peles ou uma outra peça de roupa cara para os aniversários, um buquê de flores no Dia dos Namorados. É claro que Danica teria ficado igualmente feliz com um jantar a dois em qualquer uma dessas ocasiões, mas jamais fora consultada.

— Nada mau — disse ele, pensativo.

— Nada importante — rebateu ela.

Ele aceitou seu comentário seco como uma afirmação e se inclinou para trás.

— Engraçado, você não parece grávida. — Com essa boa desculpa, examinou-a cuidadosamente dos pés à cabeça, admirando a aparência firme de seus seios pequenos, a elegância de sua cintura e quadris, a perfeição de suas pernas.

— Graças a Deus. Se eu parecesse grávida neste início, imagine como estaria daqui a seis meses.

— Você vai estar maravilhosa. — Seu olhar foi ao encontro do dela sem hesitação. — Você vai ser uma linda mãe.

Ela sorriu, sentindo-se constrangida, mas feliz por Michael ter pensado em dizer tais palavras.

— Obrigada. Você faz bem para o meu ego.

— O Blake não diz coisas assim?

— Ah, diz. Mas ele dá muita importância à forma física, e eu vou ficar bem gorda em pouco tempo. — Ocorreu-lhe que o marido talvez não se sentisse fisicamente atraído por uma baleia, mas também não parecia loucamente atraído por ela agora. Sentiu que ele usaria sua gravidez para manter distância, que provavelmente se sentiria aliviado por ter esta desculpa. Quando o informou, não com muita sutileza, que o médico não proibira nenhuma atividade, ele simplesmente assentiu com a cabeça.

— As mulheres grávidas têm uma aura em torno delas — disse Michael, com a voz doce. — Elas brilham por dentro. Minha cunhada diz que adora ficar grávida, que se sente fazendo a vontade de Deus, que morre de orgulho da barriga.

Danica sorriu.

— Não é de admirar que ela e o Brice tenham cinco filhos.

— Tinham que ter mesmo. São pais maravilhosos. O Brice talvez trabalhe com o papai, mas, antes de concordar, estabeleceu algumas regras. Quer estar em casa quase todas as noites e finais de semana, o que já faz habitualmente.

— Seu pai aceitou?

— Ele não teve escolha. Suas opções eram ou isso ou não ter nenhum dos filhos para assumir os negócios quando decidir se aposentar. Ele pode ser um tirano, mas gosta mesmo de nós. Acho que finalmente aceitou que somos adultos.

— Quem dera que meus pais fizessem a mesma coisa — disse ela, pensativa.

— Demorou um pouco, Danica, e foi preciso muita briga. No caso do Brice, ele sabia o que queria e se manteve firme. Um dia você vai conseguir fazer o mesmo.

As palavras de Michael ficaram ecoando na cabeça de Danica muito depois de cada um seguir seu caminho naquela noite. Imaginou se chegaria o dia em que teria a coragem que buscava. Estava orgulhosa por ter se mantido firme na sua decisão de passar o verão no Maine; fora um passo na direção certa. Ou talvez tivesse sido uma questão de escolha, afinal de contas. A alternativa para ficar no Maine simplesmente se tornara inaceitável para ela; por isso, estava onde queria estar. Talvez, no futuro, outras escolhas fossem igualmente claras. Agora que esperava um bebê, a idéia de trabalhar estava temporariamente adiada. Rezava para que, quando se tornasse mãe, encontrasse forças para se posicionar com relação a outros assuntos, para aprender a não supervalorizar a aprovação do pai e tomar as melhores decisões para ela e seu filho.

Seu filho. Não filho de Blake. Estranho que pensasse daquela forma. Estranho e triste; contudo, realista. Se Blake se revelasse o mesmo tipo de pai que o seu tinha sido, ela teria de ser uma mãe muito mais dedicada. Isso era algo com que estava totalmente comprometida.

— Danica, talvez isso não seja uma idéia tão boa assim.

— Por que não?

— Bem, você pode cair e ser atropelada por um carro. As estradas aqui estão cheias de buracos, em algumas partes.

— Vamos lá, Michael, você estava tão animado na semana passada. Você mesmo concordou que seria um bom exercício.

— Isso foi antes da sua gravidez ser confirmada.

— Mas o médico quer que eu faça exercícios.

— Então dance. — Um dia, fora à casa dela sem avisar e a pegara de collant e calça de ginástica. Encabulada, ela lhe explicou o que estava fazendo e, embora tenha se recusado veementemente a lhe fazer demonstrações, Michael sabia que ela podia ser tão graciosa quanto uma primeira bailarina. Por isso, não conseguia se livrar daquela sua imagem maravilhosa, com os cabelos atrás das orelhas e uma fina camada de suor sobre a pele.

— Eu danço, mas quero fazer algo ao ar livre. Você anda de bicicleta o tempo todo. As estradas estão tão ruins assim para você?

— Eu sou homem.

— Você é machista. — Por mais estranho que pudesse ser, não ficou zangada. Palavras como estas, saídas da boca de Blake, teriam-na enfurecido. Teria achado que ele estava se julgando superior. Não sentia qualquer coisa parecida com Michael. Pelo contrário, ele parecia mesmo preocupado com o seu bem-estar.

Ela acenou para o jovem que trabalhava na loja de bicicletas e lançou um sorriso radiante para Michael.

— Já me decidi. Agora, qual você acha melhor, esta aqui ou aquela azul?

— A vermelha. Sem sombra de dúvida. Você vai ficar mais visível.

— Não foi isso o que eu...

— Pela sua segurança, Dani. Por favor. E você deve comprar um capacete e uma roupa reluzente.

— Eu não estava pensando em andar de bicicleta à noite.

— Faça isso por mim — ele implorou, com um suspiro.

Funcionou. Ela comprou o melhor capacete da loja, uma roupa reluzente que duvidava vir a usar um dia e uma camiseta com o nome da bicicleta estampado no peito. Esta última comprou empolgada, sentindo tanto prazer no olhar enlevado de Michael quanto na possibilidade de ela mesma vir a usá-la. Na verdade, Michael apreciava sua empolgação quase tanto quanto ansiava pedalar com ela.

Mal sabia ele o que a visão dela, montada na bicicleta, logo à sua frente, seria capaz de fazer. O corpo gracioso, curvado contra o vento, as mãos apoiadas no guidom, os quadris firmes balançando gentilmente para um lado e para outro o pegaram de jeito. Mais de uma vez não viu um buraco na estrada e quase caiu. Foi uma tortura, uma doce tortura.

Ele não tinha como saber que a tortura afetava aos dois. Danica estava ciente de sua presença enquanto pedalavam juntos, ciente da forma como seus ombros se curvavam quando ele se inclinava para a frente, da forma como suas veias saltavam em seus braços, da forma como suas calças justas moldavam à perfeição suas coxas musculosas. Estava aliviada por, quase sempre, pedalar na frente, onde não tinha de suportar a tentação o tempo inteiro. Estava aliviada também, de formas inteiramente novas, conforme passavam as semanas, por estar grávida.

Era muito fácil fingir que ela e Michael estavam juntos em todos os sentidos da palavra. O feto dentro dela era um lembrete do homem que o tinha gerado. E Deus sabia o quanto precisava de lembretes. Nos seis dias seguintes, desde que deixara Boston, Blake não ligara uma vez sequer.

No domingo à noite, telefonou para casa apenas para ficar sabendo, por intermédio da sra. Hannah, que Blake estava em Toronto e deveria voltar no dia seguinte. Ficou magoada por ser informada pela empregada e constrangida quando a sra. Hannah pareceu surpresa por ela não saber. Disfarçando o mais que pôde, Danica desligou o telefone e ficou fumegando de raiva.

Felizmente, Michael estava trabalhando o dia inteiro na segunda-feira; caso contrário, temia que ele percebesse o seu humor e que, sem precisar incentivá-la demais, desabafasse suas mágoas conjugais em seu colo. O instinto lhe dizia para não agir assim. O instinto e a lealdade para com o marido.

Quando Blake ligou na noite de segunda-feira, ela não conseguiu esconder sua frustração:

— Eu não sabia que você estava para ir a Toronto.

— Achei que tinha comentado.

— Não. E me senti uma idiota sendo informada pela sra. Hannah. Ela deve ter uma ótima noção de como somos próximos um do outro.

— Ela é a empregada. Não cabe a ela fazer qualquer julgamento. Além do mais, ela e o Marcus estão comigo há mais de dez anos. Sabem que viajo muito.

Estava habilmente evitando o assunto, percebeu Danica.

— Mesmo assim, ainda sou sua esposa — argumentou em voz baixa. — Eu devia ter sido informada.

— No momento em que *eu* fiquei sabendo que iria, não tinha certeza se você estaria em casa.

— Você poderia ter pedido à sua secretária para me telefonar e dar o recado. Teria sido muito difícil?

— Na verdade, Danica, você está dando muita importância ao assunto. Foi uma viagem de última hora.

— Sempre é uma viagem de última hora.

— Você sabe que são viagens a negócios.

— Sempre a negócios — murmurou, mas estava começando a se sentir como uma esposa rabugenta. Determinada, suavizou a voz: — Quando serão por lazer, Blake? Eu gostaria muito que você viesse para cá. Daqui a duas semanas você vai a St. Louis para a convenção. Não vou vê-lo antes disso?

Seguiu-se uma pausa e um ruído de papéis revirados ao fundo.

— Posso tentar ir neste fim de semana.

Ela teve a estranha sensação de que estava sendo embaralhada junto com as folhas de papel, categorizada, incluída no planejamento e, a contragosto, encaixada na agenda apertada do marido. Não era o mais nobre dos sentimentos. Mas, também, não era totalmente novo.

— Eu ficaria agradecida — disse, sem alterar a voz.

— Terei que trabalhar um pouco enquanto estiver aí — avisou.

— Claro. Entendo.

— Está bem. Então vou me organizar. Sábado e domingo.

Sexta a domingo seria pedir demais.

— Ótimo. A gente se vê então.

Ele confirmou mais uma vez e deu um fim elegante à conversa. Somente depois de desligar o telefone, Danica percebeu que ele nem sequer tinha perguntado se ela estava se sentindo bem.

Michael era tudo de que ela precisava quando bateu, empolgado, à sua porta, na manhã seguinte.

— Está ocupada?

Ela deu uma olhada na mesa da cozinha onde estivera escrevendo até a campainha soar.

— Estava apenas escrevendo uma carta. — Para Reggie, no hotel onde, segundo seu itinerário, estaria hospedada.

— Isso pode esperar?

— Claro. O que... Michael, não estou vestida! — Ele a pegou pelo braço, empurrando-a pela porta.

— Como assim não está vestida? — Lançou um olhar para sua camiseta e shorts. Lançar olhares era tudo o que se permitia. — Você está ótima!

— Mas estes shorts são muito justos.

Ele deu uma boa olhada e sorriu.

— Eles são fantásticos. Você está tão elegante quanto sempre.

Ela corou.

— Lavei-os tantas vezes para que ficassem desbotados que acabaram encolhendo mais do que eu esperava. — Não dava para ele ver que o botão estava aberto, uma vez que escondido sob a camiseta, mas ela se sentiu desconfortável. — Me dê só um segundo. — Apressando-se para dentro de casa antes que ele pudesse se opor, trocou-se rapidamente, colocando shorts de preguinhas e uma blusa de malha mais elegante. — Afinal, aonde vamos? — perguntou sorridente, ao voltar para sua companhia na frente da casa.

Ele sorria também.

— Você vai ver.

Durante o trajeto de quinze minutos de carro ela tentou repetidas vezes arrancar dele qual seria o itinerário, mas ele claramente estava apreciando o segredo. Sentia-se animado com relação a alguma coisa, e ela percebeu que era algo além do mero fato de se tratar de um mistério.

Quando estacionou na entrada de carros de uma antiga casa vitoriana em Wells, ela não estava nem um pouco mais perto de matar a charada. Quando um grande labrador retriever chegou correndo para saudá-los, Danica ainda estava perdida. Momentos depois, contudo, tão logo trocaram apertos de mão com uma mulher de expressão bondosa, que os levou para os fundos da casa, ela entendeu. Lá, no quintal dos fundos, correndo por entre duas crianças bem lourinhas, estavam quatro dos mais doces filhotinhos ruivos que ela já havia visto.

— Michael — sussurrou —, *olhe* só para eles.

— Estou vendo. Estou vendo. Não são lindos?

— Ah, como são. — Ajoelhando-se ao lado das crianças, esticou o braço para tocar o corpinho pequeno e trêmulo de um dos filhotinhos. — Eles são seus? — perguntou à criança mais próxima a ela, uma garotinha que, embora tímida, concordou. — Qual a idade deles?

— Seis semanas — respondeu o irmão, obviamente o mais velho e mais confiante dos dois. — Minha mãe disse que está na hora de arrumar um lar para eles. Mas a gente vai ficar com um.

— Jasper — murmurou a garotinha.

Danica inclinou-se para mais perto dela.

— Jasper?

— Aquele ali. — A menina apontou para um dos filhotes, surpreendendo Danica com sua habilidade para diferenciar um montinho ruivo de outro.

— Ele é uma gracinha — disse Danica. — Você soube escolher.

— E quanto a *você*? — perguntou Michael, levemente empolgado, agachando-se ao lado de Danica. — Alguma preferência?

— Eles são todos lindos, Michael. Eu não conseguiria escolher entre eles, menos ainda separá-los. — A última frase foi soprada pelo canto da boca, temendo ofender as crianças.

— Bem, mas eu consigo. — Inclinando-se para a frente, Michael pegou um dos filhotinhos e o ergueu até a altura dos olhos. — É esse aqui que eu quero.

— Como você sabe?

Ele encolheu os ombros.

— Intuição. Alguma coisa me diz que ele vai adorar correr pela praia quando crescer. — Piscou para Danica e virou-se para as crianças. — Este aqui tem nome?

— Magpie — anunciou a garotinha, num fio de voz que chegou a tremer. Olhos tristes e graúdos moveram-se rapidamente entre o filhote e Michael, e vice-versa.

Michael ajoelhou-se novamente, ajeitando o filhote para que ele se aninhasse em seu braço.

— Magpie — repetiu, com uma voz carinhosa. — Nome diferente para um cachorro.

A garotinha empinou o queixo, que tremia também.

— Tenho uma boneca que se chama Magpie.

— Tem?

— E um pato — intrometeu-se o irmão com uma ponta de desdém.

— Ele é de pelúcia — acrescentou a menininha, ignorando o irmão.

— Ahhhhh. Então você gosta do nome Magpie.

A criança concordou com tanta reverência que Michael precisou se esforçar para não rir. Percebeu que ela não estava ansiosa para se separar de nenhum dos cachorrinhos.

Sentando-se de pernas cruzadas no gramado, de frente para ela, Michael apoiou os cotovelos nos joelhos e falou com ternura, em tom confidencial:

— Tenho um nome favorito também. Quando eu era garotinho, tive um macaco. — Quando os olhos da menina se arregalaram, ele foi logo explicando: — Não um de verdade. Acho que a minha mãe não teria cuidado dele. Ele era como o seu pato. Eu o chamava de Rusty, por causa da sua cor de ferrugem.

A menininha pensou no assunto por um momento.

— Rusty é um bom nome — acabou dizendo. — O que aconteceu com ele?

— Ele foi o meu melhor amigo durante anos. Depois de um tempo, ficou tão gasto que a minha mãe passou a remendá-lo.

— E depois?

— Depois de mais um tempo não dava mais para notar que ele era um macaco. Sabe o que ele parecia? — A menina balançou negativamente a cabeça. Michael baixou a voz ainda mais: — Ele parecia um filhotinho. Pelo menos era o que eu achava, ou talvez pensasse assim porque queria muito um filhotinho.

— E você teve um?

— Tive. E também o amava muito. Mas hoje sou adulto e vivo sozinho, e acho que poderia ter um cachorro para me fazer companhia. — Coçou carinhosamente as orelhinhas quentes do filhote em seu braço. — Você acha que este amiguinho aqui me faria companhia?

A menininha encolheu um dos ombros. Seu lábio começou a tremer.

— E se eu prometer trazê-lo aqui de vez em quando para te ver?

Mais uma vez a menina pensou em sua pergunta, sussurrando por fim, com a mais hesitante das esperanças:

— Você faria isso?

— Se você quiser. Dessa forma, você ficaria sabendo que ele está feliz e sendo bem tratado.

Danica sentiu um aperto na garganta. Nunca tinha visto Michael com uma criança antes, mas ele era maravilhoso. Estava em sintonia com a tristeza da menininha e, sem ser condescendente com ela em momento algum, dera um jeito de acalmá-la. Mais uma coisa para adicionar à lista de qualidades que admirava naquele homem.

Decorrida uma hora, com o porta-malas da caminhonete Blazer cheio de apetrechos para filhotes e o dono dos objetos dormindo no colo de Danica, ela falou:

— Você foi maravilhoso com a garotinha, Michael.

— Foi fácil. Ela é muito doce.

— Ainda assim você soube lidar tão bem com ela... Você teve mesmo um macaco?

Michael ficou com o pescoço vermelho.

— Hum-hum.

— O que acabou acontecendo com ele?

Houve uma pausa.

— Minha mãe o jogou fora. — Quando Danica emitiu um som de solidariedade, ele se apressou em dizer: — Era só um brinquedo. Eu nem dava mais bola para ele.

— Às vezes me pergunto se esquecemos de brinquedos como esses. Eles representam uma parte importante da nossa infância. É triste a despedida.

Ele lhe lançou um olhar curioso.

— Você fala como se tivesse passado por essa experiência.

— A minha não foi igual à sua, mas eu passei, sim, por algo parecido. Eu tinha uma boneca. Devia ser mais íntima dela do que da minha mãe. Tive que deixá-la quando fui para o colégio interno.

— Ela não ficava esperando por você quando você voltava para casa?

Danica balançou negativamente a cabeça e acariciou o pêlo macio do filhote.

— Meu quarto foi transformado em um quarto de adolescente. A minha mãe se desfez dela junto com a cama com dossel, o papel de parede de bengalinhas coloridas e o espelho em forma de pirulito. Ela tinha planejado me fazer uma surpresa com a reforma. Felizmente, não estava em casa quando eu o vi. Chorei durante horas. — Riu. — Talvez esta seja a melhor forma. Sabe como é, *plim* e acabou. Sofre-se um pouquinho. E está feito.

— Você vai fazer assim com o seu filho?

— Nunca! — Sua resposta foi instantânea. Então suavizou a voz: — Não. Acho que eu gostaria que decisões como esta fossem tomadas em conjunto. Aconteça o que acontecer, espero ser mais sensível às necessidades do meu filho. A infância é curta. E passa cada vez mais rápido. Não quero fazer isso.

Olhando para ela, Michael sentiu uma súbita onda de tristeza e de amor. Tristeza por tudo o que ela havia perdido na vida, amor pelo que ela era apesar disso. Ela seria uma ótima mãe. Ele queria apenas que aquele filho fosse dele.

Conforme prometido, Blake chegou no sábado de manhã. Conforme anunciado, trouxe trabalho com ele. No domingo à tarde, quando foi embora, Danica perguntou-se por que ele tinha se dado ao trabalho de fazer a viagem. Tinham tido muito pouco a dizer um ao outro além da conversa superficial e obrigatória, e passado a maior parte do tempo dentro de casa, cada um no seu canto.

Que o silêncio e a falta de comunicação tinham aborrecido Danica muito mais do que o normal não foi surpresa alguma. Pela primeira vez na vida, tinha um parâmetro. *Não faça isso. Não é justo. Blake é seu marido. Michael é seu amigo.* Mas não conseguiu evitar a comparação. As diferenças eram gritantes. Quanto mais lutava contra elas, mais evidentes ficavam e, como conseqüência, mais infeliz se sentia.

Mas, como sempre, Michael aparecia. Ela estava se sentindo particularmente para baixo quando ele lhe telefonou na quarta-feira. Tinham passeado de bicicleta no dia anterior, e ela achava que ele estaria trabalhando.

— Você pode vir aqui, Danica?

— Claro. Está tudo bem?

— Tudo ótimo! Quero que você conheça uma pessoa.

— Uma pessoa? Quem?

— Venha e veja por si mesma.

Lá estava o Michael misterioso novamente, e ela pôde senti-lo sorrir. Mas por que não? Estava no astral para outro mistério. Só Deus sabia como precisava de *alguma coisa* para animá-la.

Uma mulher prevenida vale por duas. Com calças de linho esportivas e uma blusa de mangas curtas combinando, Danica passou blush no rosto, um pouco de rímel nos cílios e escovou os cabelos até ficarem brilhantes. Por fim, calçou as sandálias e saiu caminhando pela areia.

Michael esperava por ela no deque, com uma mulher ao seu lado. Ela vestia uma saia de algodão macio na altura da canela, que a brisa suave ajustava às suas pernas, uma camisa larguinha e um colete. Tinha um lenço leve amarrado à cabeça com o nó acima de uma das orelhas; suas pontas se misturavam ao cabelo escuro que ondulava levemente em seus ombros. Sua postura era feminina, mas de alguma forma familiar. Ela era tão esbelta quanto Michael.

Ele se encontrou com Danica no meio da escada, estendendo-lhe a mão para ajudá-la a subir o restante dos degraus. Danica sorriu para ele, mas seu sorriso curioso logo se direcionou para a mulher que aguardava.

— Dani, eu gostaria que você conhecesse...

— Priscilla — Danica concluiu por ele, seu sorriso se expandindo ao esticar a mão para a irmã de Michael. — Vocês podem não parecer gêmeos, mas os traços de família são bem visíveis. — Estavam na linha do maxilar, nos lábios firmes, no sorriso franco.

Cilla Buchanan ofereceu um aperto de mão confiante.

— Você é mais observadora do que a maioria. Eu normalmente tento passar por namorada dele. Ele está mais bonito cada vez que o encontro.

Incapaz de discutir, Danica simplesmente arqueou uma sobrancelha marota, à moda de Michael. Ele, divertindo-se, completou a apresentação:

— Cilla, esta é minha vizinha, Danica Lindsay.

— O que é óbvio — disse Cilla, destacando as vogais —, já que ela veio andando pela areia. Bem, Danica, é um prazer conhecê-la. O Michael já estava sorrindo antecipadamente por causa de alguma coisa desde o momento em que cheguei, hoje de manhã. Eu estava começando a achar que ele ia guardar o segredo só para si, o dia inteiro.

— É o tal toque de mistério — disse Danica, baixinho. — Percebi que ele tem uma tendência para isso.

— Ele devia ser escritor de contos de suspense e não historiador.

— Há mistérios na história — afirmou Michael. — Esta é a razão de se escrever sobre ela. É o desvendar que constitui um...

— Desafio — Cilla o interrompeu para finalizar o assunto: — Assim você já me disse várias vezes. Ainda acho que você devia trabalhar para o jornal. Nada como farejar uma história, sentir o cheiro dos detalhes, um a um, e solucionar um verdadeiro quebra-cabeça.

— Você parece um cão farejador — retorquiu Michael, sem malícia. — Vamos lá. Vamos nos sentar. Limonada, Dani?

Ela recusou.

— Eu aceito, Mike — disse Cilla, afundando em uma das cadeiras do deque e cruzando as pernas. — Bem ácida.

Michael lançou-lhe um olhar ácido antes de desaparecer.

— Ele é um bom irmão. Eu gostaria muito que trabalhasse para o jornal. Assim a gente poderia se ver com mais freqüência.

Danica puxou uma cadeira próxima.

— Ele não falou que você estava vindo.

— Ele não sabia. — Cilla jogou as pontas do lenço para trás do ombro e deu um sorriso satisfeito para Danica. — Nem *eu*, até ontem à noite. A redação do jornal está uma loucura por causa da convenção. Agora que estamos entre dois pré-candidatos, houve uma calmaria súbita. Achei que era melhor aproveitar a oportunidade enquanto ela estava lá. Assim que eu voltar, vou para St. Louis, e vai ser aquele pandemônio de novo.

— Eu não sabia que você fazia jornalismo político — observou Danica, cautelosa.

— Na verdade, faço jornalismo investigativo, trabalhos especiais para o jornal. Mas, quando estamos na época de eleições nacionais, praticamente todo mundo se envolve de uma forma ou de outra. Não me importo; o alvoroço é contagiante.

— E estava todo esse alvoroço em São Francisco? Tive a impressão de que a indicação do nome do Picard não causou muito alarde.

— Até certo ponto, mas também ele já tem outro cargo político. Ainda assim, houve batalhas interessantes durante os debates. Um contingente de representantes do partido, muito francos, queria modificações na plataforma. Eles são mais moderados do que o presidente e têm se sentido pouco à vontade com suas posições em relação à economia e ao comércio exterior.

Danica podia entender. Blake e seu pai estavam apoiando Jason Claveling por causa, entre outras razões, daquelas muitas diferenças com o presidente.

— Eles não chegaram muito longe, chegaram?

— Não. Ah, minha limonada. — Esticou o braço para o copo alto que Michael lhe entregava. Ele ofereceu um segundo copo para Danica, caso ela tivesse mudado de idéia. Como ela tornou a recusá-la, ele ficou com o copo para si e sentou-se de frente para as duas.

— Vocês não estão falando sobre política, estão?

— Por falar nisso... — Cilla começou sem remorso, apenas para ser interrompida pelo irmão:

— Devo avisá-la que a Danica não é nenhuma leiga no assunto. — Estava também a avisando para tomar cuidado. Sabia que Cilla tinha a língua afiada e expressava suas opiniões de uma forma que nunca o aborrecera, mas que poderia aborrecer outras pessoas. Não podia deixar de avisá-la com medo de que, inadvertidamente, ela deixasse escapar alguma coisa que ofendesse Danica. — Ela é filha de William Marshall.

A limonada de Cilla desceu de mau jeito. Ela tossiu, pressionando a mão no peito.

— William Marshall? Você está falando sério? — Olhava para Danica, que sorria constrangida e concordava com a cabeça. — Michael, você está cortejando o inimigo! — exclamou, mas o toque de humor em sua voz fez eco ao de Danica quando soubera dos negócios da família de Michael.

— Não a estou cortejando. Caso você não tenha percebido, ela é casada. Somos amigos. A Danica está me mantendo são.

— Muito pouco provável — murmurou Cilla carinhosamente. Em seguida ficou pensativa. — Danica Lindsay. Danica Marshall. Por que este último nome me parece familiar?

— Talvez por você ter escrito muito sobre o pai de Danica ao longo dos anos — Michael sugeriu. Já estava bem familiarizado com Danica para poder perceber a sensação de desconforto que experimentava no momento, apesar da calma inabalável que demonstrava. — É melhor calar a boca antes de dizer besteira.

Mas Cilla não estava nem um pouco preocupada. Assim como seu irmão adorava pequenas surpresas, ela adorava intrigas. Estava farejando uma história e, sempre que isso acontecia, sua natureza curiosa assumia o comando.

— O que *ele* acha de você morar perto de um Buchanan? — perguntou a Danica.

— Acho que ele não sabe. O Blake e eu compramos a casa há poucos meses e os meus pais ainda não vieram para cá.

A cabeça de Cilla dava voltas e mais voltas.

— Blake Lindsay... Ah, Eastbridge Electronics, nos arredores de... Boston?

— A Cilla tem uma memória fotográfica, Dani. Ela provavelmente leu alguma manchete por aí.

— Ele está apoiando o Claveling, não está? — continuou Cilla, cada vez se lembrando de mais coisas.

— Exatamente — respondeu Danica. Era de conhecimento público. E, além do mais, não tinha vergonha disso. Se Jason Claveling fosse eleito, ela mesma votaria nele. Não, a única coisa que a incomodava com relação a ele era o fato de ele exigir tanto do tempo e do esforço de Blake.

— O seu pai é um forte aliado do Claveling. — Cilla franziu a testa, tentando organizar fragmentos de lembranças. — Estou tentando me lembrar... há tanta coisa escrita sobre William Marshall... mas... eu não sabia que ele tinha uma filha.

— Meus pais sempre me mantiveram bem protegida — murmurou Danica.

Michael, que estava ele mesmo ficando pouco à vontade, deu logo um jeito de mudar o rumo da conversa:

— Bem diferente da nossa situação, mas eu não acredito que *alguém* conseguiria ter mantido *você* protegida, Cilla. Você era uma capetinha, e, por falar nisso, como está indo o trabalho, fora as convenções?

Cilla aceitou a mudança de assunto com educação, Danica, com alívio. Na verdade, Danica estava fascinada com a conversa que se seguira, centrada nos problemas enfrentados diariamente por uma jornalista. Sempre vira os jornais do lado de fora; ter uma visão deles do lado de dentro era bem esclarecedor.

— Você faz mesmo todas essas checagens? — perguntou, enquanto Cilla descrevia o trabalho que fizera recentemente, uma reportagem sobre propinas.

— Das nossas fontes? Se não fizéssemos, estaríamos correndo o risco diário de sermos processados. Alguns jornais se arriscam mais do que outros e, é claro, as personalidades públicas normalmente são os alvos. Mas as fontes de informações, às vezes, podem ser pessoas muito corruptas. É interesse nosso ver quem são antes de fazermos papel de bobos. A manchete que o jornal usa na reportagem pode até ser sensacionalista, mas — Cilla ergueu a mão — não tenho nada a ver com isso. — Olhou na direção da porta de vidro. — Acho que o seu bebê quer sair, Mike.

Michael girou o corpo e viu o filhote, sozinho, em frente à porta. Em questão de segundos libertou-o de seu cativeiro e o colocou com delicadeza nos braços esticados de Danica. Com muita propriedade, o assunto passou para cachorros, depois, confortavelmente, para lembranças agradáveis da infância, então para velhos amigos e, conforme os minutos foram se transformando em horas, para o romance escrito por um dos velhos amigos de Michael, que ele e Danica estavam lendo ao mesmo tempo, até finalmente voltar para o cachorro — que, ao brincar aos seus pés, após tirar uma soneca no colo de Danica, fez xixi em seus tênis.

— É isso aí — exclamou Michael, destacando as palavras —, a gota d'água! — Pegando o cachorrinho com as mãos em concha, olhou-o bem nos olhos. — Fiquei acordado todas as noites durante a semana por sua causa, seu totozinho bobo. Te dei comida na colher, te limpei, te levei ao veterinário, segurei a sua patinha quando você chamou pela sua mãe. E o que recebo em troca de todo esse amor? — Olhou para os tênis e murmurou um palavrão que Danica logo contradisse com uma risada.

— Isso não, Michael. Pelo menos por enquanto. Talvez fosse melhor você levá-lo para dentro. — Quando Michael se levantou para fazê-lo, Danica olhou para Cilla, também encantada com a singular, embora inapropriada, demonstração de amor do filhotinho. — Que tal você e o Michael irem jantar na minha casa? — Ela já sabia que Cilla ficaria lá por alguns dias. Cilla, por sua vez, também já sabia que Blake tinha voltado para Boston no domingo anterior.

— De jeito nenhum. — Cilla pôs-se de pé ao lado de Danica. — Eu é que vou levar você dois para jantar *fora*.

— Besteira, Cilla. Você deve jantar fora cinco ou seis noites por semana.

— Humm, como você sabe?

— Você é uma mulher que trabalha. E tem uma agenda muito apertada.

Cilla baixou a voz assim que ela e Danica entraram na casa:

— A verdade é que sou péssima cozinheira. Ou eu queimo a manteiga ou azedo o molho, ou corto o dedo em vez do tomate. No entanto, tem um cara adorável...

— Com quem você está saindo?

— Não, não. O que cozinha. Quando faço planos de receber um *cara, no duro,* para jantar, dou a chave do meu apartamento para o Fred. Ele chega à tarde e deixa tudo pronto com instruções simplificadas do que devo fazer, para que tudo saia perfeito. Meus namorados raramente percebem a diferença.

— Bem ardiloso.

— Confesse que me acha terrível. Você é uma cozinheira de mão cheia?

Danica riu.

— Não exatamente. Nunca tive muita chance de cozinhar. A cozinha sempre estava ocupada. Em suma, estou aprendendo a cozinhar aqui. E não sou muito ruim.

— Duas mulheres que me agradam — recitou Michael, pegando a conversa sobre comida, ao passar por elas no trajeto da cozinha para o quarto. — Vamos lá, senhoras. Só vou trocar os sapatos e levo as duas para jantar.

— Eu é que estou levando vocês para jantar! — gritou Cilla.

— Não, não está! — Michael gritou de volta, de onde Danica imaginou ser os fundos do seu closet. — Nunca fui sustentado por mulheres e não pretendo começar agora. Seja boazinha e reconheça uma derrota, Cilla. Uma mulher dócil é algo para se admirar.

Cilla não estava com vontade de ser nem boazinha nem dócil.

— Experimente escrever *isso* em um dos seus livros, Michael, e vão criticá-lo tanto que eles vão sair das prateleiras. "Uma mulher dócil é algo para se admirar" uma ova! Homens modernos não dizem coisas assim. Eles nem sequer *pensam* coisas assim. — Ela baixou a voz de forma que só Danica pudesse ouvi-la: — Pelo menos, se continuarmos a dizer que eles não pensam assim, talvez não pensem mesmo.

Às vezes fico imaginando se esta não é uma batalha perdida. — Uma ruga marcou sua testa, como se denunciando a passagem de uma dor breve e repentina em sua mente.

Danica ficou intrigada. Até aquele momento não tinha visto um único vestígio de sofrimento em Cilla Buchanan. Ela parecia confiante, otimista, na verdade até um pouco intimidadora, mas, com aquela breve ruga na testa, alguma coisa emergira. Vulnerabilidade? Tristeza? Danica não podia dizer exatamente o quê, pois a ruga já havia desaparecido, mas sentia que a dor de Cilla era muito pessoal.

Durante o jantar, manteve o ouvido atento a qualquer coisa que pudesse confirmar sua suspeita. Uma única vez, superficialmente, Cilla falou de seu ex-marido, Jeffrey, mas seu tom de voz permaneceu inalterado. Danica perguntou-se se ela seria uma pessoa muito controlada, até certo ponto neutra, ou se simplesmente estaria preocupada com alguma coisa. Cilla continuou a lançar olhares meditativos para Danica de tempos em tempos.

Estavam os três saboreando a sobremesa quando Cilla largou abruptamente o garfo.

— Agora eu me lembrei — disse em tom de reconhecimento. — Danica Marshall. *É claro*. Já ouvi esse nome. Você não jogou tênis uma época?

Danica sabia que seria tolice fingir inocência.

— Joguei. Há muito tempo. — Ousou dar uma olhada para Michael e percebeu o desconforto em seus olhos. Ele nem precisou lhe dizer que já sabia disso desde o início, que estava esperando que ela mesma tocasse no assunto, que não sentira vontade de trazer à tona um passado que ela preferira não mencionar. Por ironia, o conhecimento dele lhe deu força.

— Você era boa, eu me lembro. Você chegou ao topo.

— Fui a quarta do país.

— Mas... — Cilla vasculhou seu banco de dados — ... você parou. Muito de repente.

— Cilla, não sei se a Dani quer falar...

— Tudo bem, Michael — respondeu ela calmamente, apertando-lhe a mão para tranqüilizá-lo. — Não me importo de falar sobre o assunto. — Talvez porque, diante do sucesso profissional de Cilla, ela também quisesse partilhar o seu, ainda que um sucesso extinto. Talvez porque gostasse mesmo de Cilla, ou porque precisasse que Michael a ouvisse. Ou talvez ainda fosse o vinho.

— Eu tinha oito anos quando comecei a jogar tênis no clube. O professor me achava talentosa, e os meus pais vibraram diante da idéia. Eu tinha aula duas vezes por semana no inverno e todos os dias no verão. Quando comecei a participar de torneios e a ganhar, eles ficaram empolgados. — Fez uma pausa e baixou o olhar por um momento sem saber o quanto dizer, mas então, tomada pela súbita confiança de que tinha o direito de falar, levantou os olhos e continuou: — Meu pai sempre foi um competidor. Ele me impôs esta mesma determinação. Estava convencido de que eu poderia ser a melhor jogadora de tênis do país. Sentia-se orgulhoso com o que eu estava fazendo, o que me motivava a me esforçar mais ainda. Eu tinha doze anos quando fui para o colégio interno. Tive um treinador particular lá. — Arqueou uma sobrancelha. — Eu tinha um horário especial e era dispensada das aulas sempre que havia um torneio. Nada muito bom para se fazer amigos na escola. Enfim, quando fiz quinze anos, meus pais decidiram me matricular em horário integral numa escola profissionalizante de tênis na Flórida.

— Arroah's — disse Cilla em seguida, recordando-se da associação dos dois nomes.

Danica concordou.

— O Armand era maravilhoso. Estava começando com a escola. Morei na casa dele junto com várias outras jogadoras. — Olhou para Michael. — Reggie Nichols era uma delas. Já tínhamos nos visto antes, mas foi lá que nos tornamos amigas íntimas. No final, a escola já havia crescido o bastante para oferecer um quarto para cada uma, mas eu e a Reggie ficamos juntas.

— É compreensível — observou Cilla. — Vocês tinham um nível bem equiparado.

— Gostávamos uma da outra. A Reggie quase sempre conseguia me vencer na quadra, mas nunca me senti competindo com ela. Acho que foi aí que os problemas começaram.

— Problemas?

— Eu não era competitiva, pelo menos não o bastante para chegar ao topo.

— Você teve uma fratura — argumentou Michael, revelando exatamente o quanto sabia sobre sua carreira antes de ela ter chegado a lhe contar alguma coisa.

Danica olhou tristonha para ele.

— Os jornais não contam tudo e nem podem publicar o que não sabem. Passei meses sofrendo. Cheguei a um ponto em que simplesmente não gostava mais do que fazia. Quer dizer, eu já estava vivendo e respirando tênis há muito tempo e, de repente, não vi a razão para isso. Era para ser divertido, mas não era. Ganhar não era suficiente para mim. Eu não tinha o ímpeto necessário para chegar ao topo e não consegui agüentar a pressão.

— Na sua casa?

Ela hesitou e depois concordou.

— Fraturar o ombro foi a melhor coisa que poderia ter me acontecido. Fez as coisas chegarem ao limite. Se eu quisesse mesmo, tenho certeza de que poderia ter continuado a jogar depois que fiquei boa, mas decidi não voltar.

— Seu pai deve ter adorado — especulou Cilla, irônica.

— Você não faz idéia. Ele tentou pôr a culpa no Armand, então no médico que estava cuidando do meu ombro e, por fim, como não podia deixar de ser, em mim.

Michael sentiu sua dor.

— Mas você se manteve firme.

— Nem sei se valeu a pena. Eu me convenci de que não tinha ímpeto para chegar lá. E ser a segunda, a terceira ou a quarta não era algo aceitável na minha família. Fiquei aliviada quando desisti, mas também um pouco mais desapontada do que deveria comigo mesma.

Quando você não consegue seguir os padrões que foram incutidos de forma tão sistemática em você, é mais difícil.

— Como se já não bastassem as qualidades que tem sem precisar ser uma superestrela. Você era a quarta no país! Isso não bastava para ele?

— Eu não era a número um — observou Danica.

Cilla, que por um momento se assustou com a veemência da voz de Michael, ficou pensativa.

— Temos uma história fantástica aqui.

Michael fuzilou a irmã com um olhar que ia além da veemência.

— Você não se atreveria — alertou-a.

— Claro que não — retrucou Cilla, sem pestanejar. — Acho apenas que um dia a Danica pode querer pôr tudo isso no papel. Nossa, há livros e mais livros nas prateleiras escritos por um ou outro atleta. Seria uma novidade ter o outro lado da história contado.

— Isso é... muito pessoal — argumentou Danica. Temeu de repente que tivesse falado muito e perguntou-se por que o tinha feito. Cilla era a mídia, a mídia *em pessoa*. Se algum dia perseguisse a história que farejara, Danica ficaria aterrorizada. E constrangida. E magoada. Pela primeira vez, gostaria de ter seguido o conselho de sua mãe, e de Blake. Eles lhe disseram para ter cuidado. Tinha estragado tudo de novo!

Sete

Os medos de Danica espreitavam em sua mente. Mais tarde naquela noite, enquanto a levava de volta para casa, Michael abordou-os sem meias palavras.

— Ela não vai falar nada, Dani. Conheço a minha irmã mais do que qualquer outra pessoa. Ela não vai trair a sua confiança.

Danica apertou-lhe o braço com mais força.

— Fico me perguntando por que fui falar tudo aquilo. Esta é uma parte da minha vida da qual normalmente não falo.

— É bom falar. Você não tem nada do que se envergonhar.

— Isso é muito relativo, mas não vem ao caso. Mal conheço a Cilla. Se eu não tinha contado para *você*, por que tudo veio à tona esta noite?

— Talvez porque a Cilla tenha uma coragem que eu não tenho. Achei que estava sendo cauteloso ao não tocar no assunto. Vai ver eu só estava com medo.

— Com medo? De quê?

— De atravessar aquela linha frágil entre o que é da minha conta e o que não é.

— Tudo é da sua conta. Você já devia saber. — Já estava há tempo demais com Blake, percebeu. Estava até usando suas palavras. Mal tinha começado a se criticar, Michael discordou:

— Nem tudo, Dani. Há algumas coisas que não posso perguntar.

— Como o quê?

— Como o que existe entre você e o seu marido.

Ela deu uma risada áspera.

— Praticamente nada, se quer saber.

— Não, não quero. Ah, meu Deus, assim fica mais difícil. — Fechou os olhos por um minuto, então continuou, precisando urgentemente tirar da cabeça o que ela acabara de sugerir: — Por que não me contou antes sobre o tênis?

— Porque eu não queria que você me visse como uma pessoa sem determinação.

— Sem determinação? Espere aí. Você chegou a um ponto na vida em que era preciso tomar uma decisão. Você a tomou.

— Eu poderia ter continuado jogando. Poderia ter treinado mais. Poderia ter me esforçado mais.

— E teria se tornado um caso perdido antes dos vinte. — Chegaram à porta da casa dela. Ele pôs o braço em sua cintura. — Você tomou a decisão certa, Danica. Fez o que era melhor para *você*.

— Foi o que eu disse a mim mesma na época, mas tenho minhas dúvidas desde então. Escolhi o caminho mais fácil. Só isso.

— Isso é o que ele pensa, não é? — Ambos sabiam que Michael se referia ao seu pai.

— Às vezes não há muita diferença entre o que ele pensa e o que eu penso.

Michael virou-se de forma a segurá-la firme pelos ombros.

— Aí é que você se engana. Você pensa muito diferente dele. Você *é* muito diferente dele. Não pode levar a vida pensando em seguir os passos do seu pai. Você é uma pessoa diferente!

Danica sorriu com ternura.

— Você sempre diz as coisas certas.

— Acredito nelas, meu amor. Acredito em você. E gostaria apenas que você fizesse o mesmo.

Profundamente comovida pelas suas palavras, pelo seu olhar, pela sua confiança, ficou na ponta dos pés e pôs os braços em volta de seu pescoço.

— Ah, Michael — sussurrou, apertando-o mais forte quando ele a envolveu com os braços.

Com um gemido apaixonado, começou a acariciar suas costas, restando a Danica apenas fechar os olhos e apreciar seu calor. Era algo físico, mas também emocional. Ela precisava daquilo. Deus do céu, como precisava.

Sentiu os lábios dele em seus cabelos, distribuindo beijos leves por seus fios sedosos, mas precisava daquilo também. Ele a valorizava. Danica nada tinha a lhe oferecer, ainda assim ele a valorizava. Ao seu lado, era ela mesma, uma pessoa, como nunca fora antes.

Seus lábios foram descendo, sussurrando o nome dela em cada beijo suave que lhe roçava na testa, nos olhos, no nariz. Tomada por uma alegria nova e desconhecida, Danica levantou a cabeça para lhe facilitar o acesso. Quando os lábios dele tocaram os seus, a respiração dela se acalmou. Seu hálito era doce, quente, soprando em seu rosto conforme sua boca pairava indecisa, perto, bem perto, tão tentadora, tão pronta.

Ela não conseguiu pensar, apenas sentir e apreciar, e viver um sonho. Os lábios dela estavam abertos quando os dele finalmente se fecharam sobre eles, e ela lhe deu tudo o que o seu lado contido de mulher exigia. Nunca beijara um homem daquela forma, com aquele apetite, aquele vigor. Com aquela ternura. Foi muito, muito terno. Os lábios deles se acariciaram e exploraram. Suas línguas se encontraram e combinaram.

Então houve um tremor, das pernas dele às dela, do estômago dela ao dele, do peito dele aos seios dela. E, de repente, assim que cada um percebeu que seu corpo estava assumindo o controle de uma forma proibida, eles se separaram.

Com as testas unidas, respiravam ofegantes.

— Ah, Dani. Há tanto tempo que eu queria fazer isso.

Ela queria também, mas não podia admitir.

Não podia admitir coisa alguma, pois sua garganta tinha um nó apertado que não dava passagem a som algum.

— Não fique zangada — ele implorou, num sussurro. — Não consegui me controlar. Eu te amo, Dani, e não sei que diabo fazer com isso.

Ela engoliu em seco, então sussurrou o seu nome e enterrou o rosto nos tendões quentes de seu pescoço. *Eu também te amo*, quis dizer, mas não podia. Não era justo com nenhum deles. E não era justo com Blake.

— Talvez — ofegou —, talvez a gente não deva se ver mais.

— Não diga isso! Por favor, não diga isso. Preciso demais de você. E você de mim. Temos apenas... temos apenas de manter as coisas sob controle.

— Me parece que já dissemos isso antes.

— Teremos de dizer de novo e mais alto. — Sua voz ecoou sua determinação, mas, quando ele a afastou, tomando-lhe o rosto nas mãos, sua expressão estava extremamente doce. — Tem vezes que odeio o Blake, que gostaria que você pudesse... pudesse deixá-lo... Você o ama, Dani?

— Sou casada com ele — ela sussurrou, mesmo enquanto seu corpo clamava por um contato mais próximo com aquele homem com quem não era casada.

— Mas você o ama?

— Existem... tipos diferentes de amor.

— Você o *ama*?

Ela fechou os olhos e inspirou com pesar. *Não como amo você, Michael Buchanan.*

— Eu quero que você o ame, Dani. Quero que você me diga que o que sentimos um pelo outro é apenas uma aberração. Talvez, sabendo disso, eu seja capaz de manter distância. Diga. Diga!

— Não posso! — gritou, abrindo os olhos e retribuindo o mesmo olhar de desespero. Não podia mentir. Nem para ele *nem* para si mesma. Não sabia se amava o marido. Com certeza o que sentia por ele era muito diferente do que sentia por Michael. Talvez o que sentisse por Michael fosse uma aberração, mas uma que vinha se desenvolvendo há tempo demais e sem qualquer desfecho à vista. — Não posso. E não há por que dizer uma coisa dessas. — Sua voz tinha um tom derrotado: — Sou casada com o Blake, uso o nome dele, uso a aliança que ele me deu e... e...

— Você carrega o filho dele na barriga. — Michael soltou o ar que estava prendendo. Abaixou as mãos até os cotovelos de Danica, até suas mãos. Soltou uma delas para tocá-la levemente no estômago. — Eu gostaria que ele fosse meu — sussurrou, a voz falhando no final. Então deu as costas e começou a descer o caminho de carros, sabendo que quanto mais tempo se demorasse ali piores ficariam as coisas. Contudo, quando chegou em casa, arrependeu-se por tê-la deixado de forma tão brusca. Danica estava triste também. E sozinha.

Passando pela presença atenta de Cilla na sala de estar, foi para o escritório e ligou para ela.

— Dani?

— Sim?

Ele manteve a voz baixa, bem baixa:

— Sinto muito. Eu não devia ter te pressionado.

— Você não me disse nada que... que eu já não tivesse dito para mim mesma. — Suas palavras saíram entrecortadas.

— Você está bem?

— Estou.

Ele apertou os olhos.

— Você andou chorando.

— Estou bem agora.

— Ah, Dani — sussurrou. — Sinto tanto!

— Que droga, Michael, pare de dizer isso! — Frustrada e furiosa por toda aquela situação, encontrou uma súbita força. — Se você está arrependido por ter me beijado, lembre-se que eu retribuí o beijo. Portanto, é tanto culpa minha quanto sua. Mais minha, até. Eu é que devia estar pensando no Blake. Fui eu que o traí. E *não* estou arrependida!

Houve uma longa pausa nos dois lados da linha.

— Não? — Michael acabou perguntando.

— Não — respondeu, com carinho.

— Por que não?

— Porque gostei do seu beijo. Eu ficava pensando em como ele seria. Agora sei. Mas não podemos deixar isso acontecer de novo. É tentador demais.

Aliviado por ela não ter tentado negar o que tão claramente sentira, Michael sorriu.

— Você está coberta de razão quanto a isso. Escute, Dani, não seja muito cruel consigo mesma. Se bem te conheço, você vai ficar aí se sentindo culpada. Aconteceu. Pronto. Agora *nós dois* sabemos o quanto devemos tomar cuidado. Certo?

— Certo... Michael?

— Humm?

— Gosto da Cilla.

— Que bom. Eu também.

— Vou vê-la de novo antes que vá embora?

— Vou levá-la até aí para uma visita. O que você acha?

— Ótimo, desde que ela prometa esquecer tudo o que ouviu.

— Vou tomar providências para que isso aconteça. Boa noite, Dani.

— Boa noite, Michael.

Ele pôs o fone no gancho com um sorriso no rosto e uma sensação de plenitude no coração. Sua serenidade momentânea, no entanto, foi abalada quando uma voz sussurrada veio da porta:

— O que está fazendo, Michael?

Ele virou para trás, olhou para a irmã e franziu a testa.

— Há quanto tempo você está aí?

Com os braços calmamente cruzados sobre o peito, Cilla estava recostada na moldura da porta.

— O suficiente. Não que fosse mesmo necessário eu ouvir alguma coisa. O sentimento que existe entre vocês dois é evidente.

— Engraçado, achei que fomos muito sutis.

— O que está acontecendo?

— Não acho que isso seja da sua conta.

— Pare com isso, Mike. Sou a Cilla. Sua irmã. Sua irmã gêmea. Sua cara-metade?

— Que bom que você fez desta última uma pergunta. Isso sempre ficou meio no ar.

— Você está fugindo da minha primeira pergunta. Que diabo está fazendo com ela?

— Você não gosta dela?

— Você sabe que sim. Ela é adorável. É calma, inteligente, bonita...

— Linda. Ela é linda. Em todos os sentidos.

— E também é casada.

Ele a fuzilou com o olhar.

— Eu sei.

— Você parece se esquecer disso de vez em quando. *Michael, o que você está fazendo?*

Ele lhe lançou outro olhar duro e demorado, então se virou e recostou-se na borda da escrivaninha.

— Estou tentando sobreviver.

— Do que você está falando? Você tem sobrevivido muito bem estes anos todos.

— Aí é que está. Todos estes anos se passaram e aonde eu cheguei? É claro que tenho uma carreira e estabilidade financeira. É claro que tenho amigos, mas quero algo mais.

— Eu não tinha percebido que você achava que faltava alguma coisa. — Sentou-se à borda da escrivaninha, ao lado dele. — Você já saiu com várias mulheres. Há quanto tempo quer este "algo mais"?

— Desde que conheci a Danica. Não tinha percebido que isso estava lá. Ninguém jamais inspirou os sentimentos que ela inspira em mim.

— Você não está falando de sobrevivência. Está falando de suicídio. Michael, ela é uma mulher proibida. Você não pode tê-la.

— Talvez não ela toda. Mas um pouco. — Voltou-se sério para a irmã. — Veja, as coisas não vão bem no casamento dela. Esta foi uma das razões pelas quais comprou a casa aqui. Ela achou que escapando da cidade com o marido, eles conseguiriam se acertar. Mas ele não vem para cá. Não com freqüência, pelo menos. E tenho a sensação de que as coisas não ficam bem quando ele está aqui. Depois que ele foi embora no domingo passado, ela ficou muito infeliz. Tentou esconder, mas eu vi.

— Talvez você tenha sentido vontade de ver.

— Eu *vi*.

— Então o que você está querendo dizer? Que vai ficar por perto esperando que o casamento dela acabe?

— Que droga, Cilla! Assim você me faz parecer um monstro. — Passou os dedos pelos cabelos, despenteando-os mais que a brisa noturna já o havia feito. — Eu daria qualquer coisa para ver a Danica feliz, mesmo se isso significasse a recuperação do casamento dela. Mas, aconteça o que acontecer, somos amigos. Fomos amigos desde o início, quando nos conhecemos na praia, em março passado. Isso é algo que não posso mudar, algo que é tão parte de mim quanto uma mão ou uma perna...

— Ou um coração?

— Ou um coração — ele suspirou. — Foi por isso que eu disse que estou apenas tentando sobreviver. Não posso viver com ela. Não posso viver sem ela. Portanto, acho que terei de me contentar com o que puder ter.

— Ah, Michael — disse Cilla, tristonha. — Fico magoada ao ouvir você falar assim. Você merece muito mais. Talvez devesse sair e procurar... Talvez, agora, que percebeu o que quer... — Interrompeu o pensamento quando a expressão no rosto de Michael ficou mais dura. — Está bem, eu sei. *Ela* é o que você quer. Mas pode ser que não haja futuro para vocês dois. Já pensou nisso?

— Procuro não pensar.

— Então você é um tolo. — Fez um gesto de desdém. — Droga, somos *todos* tolos. O amor é uma droga, sabia?

Pela primeira vez desde que tinha visto Cilla em seu escritório, ele sorriu.

— Qual o problema com você? Ainda está saindo com aquele cara... qual o nome dele... Waldo?

— Wally, por favor. E não, não estou saindo com ele.

— O que houve?

— O negócio começou a ficar sério, aí eu terminei.

— Achei que você gostava dele.

— Gostava. Mas não o suficiente para pensar em casamento.

— Você pensaria nisso de novo?

— Se o cara certo aparecer.

— Mas você ainda se encontra com o Jeff?

— Não dá para evitar, dá? Washington não é *tão* grande assim. A propósito, ele perguntou por você. Queria saber quando você apareceria por lá. Ele sente falta das conversas que costumavam ter.

— Sinto falta delas também — disse Michael, pensativo. — Somos amigos há muito tempo, o Jeff e eu. Falar de trabalho com ele é divertido.

— Trabalho de quem... seu ou dele?

— Tanto faz. Os dois. A gente troca conselhos e informações. Ele é um cara superinteligente.

— Acho que o Departamento de Defesa finalmente percebeu isso. Ele foi promovido. Pelo que pude perceber, está trabalhando em algumas investigações bem delicadas.

— Sério? Quem ele está investigando?

Cilla franziu a testa, arrependida.

— Se ele tivesse sido capaz de me contar, se tivesse sido capaz de me contar *qualquer coisa*, talvez a gente ainda estivesse casado. Duvido que confie mais em mim agora do que antes. Eu sou da *imprensa*. Nunca se esqueça disso.

— Cilla, por falar nisso, você não vai contar nada da história que a Dani contou, vai?

— Contar? Claro que não. Eu não faria isso com ela nem com você.

— Que bom. Porque não quero magoá-la. Eu nunca te perdoaria se...

— Confie em mim, Michael. Está bem? Confie em mim. — Não escreveria sobre Danica, não faria fofoca. O que faria, prometeu, seria manter os olhos e os ouvidos atentos. Havia uma possibilidade maior do que o acaso de que, em um momento ou outro, esbarrasse em Blake Lindsay. E estava muito inclinada a descobrir por que um homem bonito e bem-sucedido como ele praticamente abandonara sua esposa adorável, solitária e grávida.

* * *

Durante as semanas seguintes, Michael e Danica foram muito cautelosos. Como nenhum dos dois podia deixar de ver o outro, mantiveram apenas a distância necessária para impedir uma repetição do que havia acontecido naquela noite à porta de sua casa. Andavam juntos de bicicleta, comiam fora de vez em quando, sentavam-se na praia durante o pôr-do-sol, conversando sobre um livro, sobre um documentário de TV ou sobre algum aspecto do trabalho de Michael que o preocupasse. Da parte dele, gostava de contar as coisas para Danica e ouvir sua opinião. Quase sempre ela era capaz de resumir um pensamento ou uma teoria de forma mais sucinta do que ele, por causa de sua intimidade com o assunto. Da parte dela, ficava encantada com o trabalho dele, com as pesquisas exaustivas que fazia, com o viés inovador que tentava transmitir. Agora que ele sabia sobre o seu envolvimento com o tênis, ela se sentia à vontade para discutir esportes; porém, quando Michael surgiu com a idéia de eles jogarem uma ou duas partidas, ela recusou. Ele tentou convencê-la a jogar e, para sua própria surpresa, Danica quase se deixou persuadir. Mas precisava de mais tempo; pensamentos relacionados ao tênis ainda evocavam lembranças vívidas de um trabalho penoso e fatigante, de exaustão e de fracasso. No fim, concordaram em adiar o jogo para uma outra vez. Mas Michael estava determinado a fazê-la jogar um dia. Sentia que seria bom para ela, que ela teria de enfrentar o passado, para que pudesse finalmente aceitá-lo. Mais ainda, sabia que ela tinha amado jogar e queria desesperadamente que ela dividisse aquele amor com ele.

Durante a segunda semana de agosto, Danica voltou a Boston para sua consulta médica mensal, conforme agendado. O parecer do médico foi bom, o que a deixou satisfeita. O que não a deixou satisfeita foi o fato de Blake não estar lá com ela. Ele havia partido vários dias antes para Washington, antes de ir para a convenção em St. Louis. Magoava-a o fato de ele não ter querido conversar com o médico, de nem sequer ter feito as perguntas que muitos futuros pais teriam feito. Enquanto ela lia todo tipo de livros sobre gestação e parto desde que sua gravidez fora confirmada, Blake, até onde sabia, não tinha lido nada. Quando lhe perguntou se ele não tinha nem um pouquinho de curiosidade em saber como seu filho estava no momento, ou como estaria em um, dois ou três meses, ele simplesmente deu aquele seu sorriso atraente e disse que a natureza seguiria o seu curso, quer ele soubesse de seus detalhes íntimos, quer não. Ela percebeu então que aquele bebê era dela, literal e figuradamente.

O que a aborreceu mais, no entanto, foi que durante os dois dias em que ficou na casa em Beacon Hill sentiu mais saudades de Michael do que de Blake. Foi com alívio que finalmente voltou para o Maine e para o homem cujo contentamento em tornar a vê-la aqueceu-lhe o coração.

A convenção teve início e, como ela preferira não ter televisão em casa, passou todas as noites assistindo ao evento na casa de Michael. Sentia que uma parte de seu futuro dependia daquele resultado e estava tensa. Embora Michael tivesse feito tudo o que podia para aliviar sua tensão, ela ficou mais aparente do que nunca na hora em que Jason Claveling reuniu votos suficientes para garantir sua nomeação.

Quando o salão irrompeu em aplausos e ovações, Danica fechou os olhos e soltou um longo suspiro.

— Bem, é isso aí — anunciou Michael. — Parece que os seus homens estarão muito felizes hoje à noite.

— *Você* está? — rebateu ela. Com certeza o classificava como um de "seus homens".

— Podia ter sido pior. O Claveling é quem tem boas chances de derrotar o Picard, e eu sou completamente a favor disso.

— Mas *você* não vai ficar os próximos três meses correndo por aí para fazer isso acontecer. — Ela soltou um gemido. — E eu achei que os três meses anteriores tinham sido ruins.

Michael entendeu. Sabia o quanto ela se ressentia pelo tempo que Blake passava em campanha.

— Talvez não seja tão ruim quanto tem sido. A nomeação foi a parte mais difícil, por causa dos quatro candidatos. Numa competição entre dois, as coisas são mais simples.

— Sei que você está tentando me consolar, mas não sabe o que está falando, Michael Buchanan. Já vi o meu pai em situações como essa. Para ser mais exata, eu lia sobre ele nos jornais, pois era o mais perto dele que conseguia chegar. Se ele já é ocupado em circunstâncias normais, durante uma campanha, seja dele próprio ou de alguém que esteja apoiando... ele fica *duas vezes* mais ocupado. E durante este período o Blake ficará ocupado junto com ele.

— Então esse é todo o tempo a mais que você terá para mim — provocou-a, os olhos cintilando em resposta ao olhar reprovador que Danica lhe lançou. — Vamos lá, meu amor, não vai ser tão ruim. Vou mantê-la ocupada.

Os dois sabiam que ela retornaria a Boston em setembro, mas Michael estava determinado a honrar sua palavra pelo menos até lá. Quando a sentiu levemente deprimida nas semanas seguintes — em parte por causa do telefonema apressado e indiferente de Blake tão logo voltou de St. Louis —, Michael marcou um encontro com os McCabe.

O domingo que todos passaram juntos foi um sucesso estrondoso. Sem nem uma sombra da hesitação inicial que sentira quando conhecera Cilla, a midiamaníaca, Danica achou Greta e Pat igualmente adoráveis. Eles eram divertidos, despretensiosos e adoravam contar histórias sobre a juventude de Michael. O bebê roubou seu coração. Quando ela e Michael foram embora com a promessa de voltar, Danica ficou ainda mais ansiosa para ter seu próprio filho.

Quatro dias depois, contudo, não estava se sentindo muito bem. Havia passado mal uma noite e estava cochilando no sofá quando Michael tocou a campainha. Tonta, sentou-se, para então pôr-se de pé. Quando abriu a porta, Michael ficou logo alarmado.

— O que houve, Dani? Você não está se sentindo bem? — Ela trajava seu penhoar longo e estava assustadoramente pálida.

Agarrando-se à maçaneta, recostou-se na porta.

— Não dormi bem. Sinto muito, Michael. Será que podemos ir outro dia a Freeport?

— É claro, a L.L. Bean não vai fugir para lugar nenhum. — Ele a tomou pelo braço e levou-a de volta para o sofá. Quando já estava sentada, ele se acomodou ao seu lado e a escorou com o quadril. — Enjôo matinal?

Danica sacudiu negativamente a cabeça.

— Não tenho sentido nada disso. Tenho me sentido ótima até agora.

Ele pôs a mão em sua testa.

— Talvez você tenha pegado uma gripe. Você está quente.

— Vou ficar bem. — Esticando as pernas por trás dele, encolheu-se no canto do sofá. Quando fechou os olhos, Michael preocupou-se ainda mais.

— Você não recebeu nenhuma outra ligação do Blake, recebeu? — Isso era algo que certamente a aborrecia. Mas ela negou. — Dos seus pais? — Ela negou novamente.

— Vou ficar bem. Acho que só preciso descansar.

Aquilo não era típico dela, sabia. Havia algo que ela não estava dizendo. Ele acariciou-lhe gentilmente a coxa.

— Posso pegar alguma coisa para você?

— Não. Vou só ficar aqui um pouquinho.

Michael a observou por um bom tempo, então acabou levantando e andando pela casa. Os lençóis na cama dela estavam embolados. Ele arrumou a cama e voltou para a sala, onde a encontrou com os braços cruzados sobre a barriga, os joelhos levantados. Sentando-se ao seu lado, afastou-lhe os cabelos do rosto. Ela abriu os olhos, mas não sorriu.

— O que foi? — perguntou preocupado. — Quero fazer *alguma coisa*.

— Apenas fique por aqui — disse ela. Sua voz estava fraca, o que aumentou a preocupação dele.

Michael passou a manhã com um livro no colo, embora mal tenha lido uma palavra sequer. Seus olhos não se concentravam na página aberta, desviando-se para o rosto de Danica. Ao meio-dia, ela estava mais pálida do que antes.

— Acho melhor chamar um médico — ele falou baixinho. Sabia que ela não estava dormindo. Ela se movia de vez em quando, com extremo cuidado, assim lhe parecia, e, quando seus olhos não estavam fechados, ficavam parados, fixos no tapete, na mesinha de centro, na porta de vidro.

— Espere mais um pouquinho — murmurou ela. — Tenho certeza de que vou melhorar logo.

Não melhorou. Em vez disso, sentiu-se pior. Michael chegou ao limite quando ela abriu os olhos mais uma vez e eles estavam cheios de lágrimas. Pondo-se subitamente de pé, ficou de cócoras, de frente para ela.

— Droga, Danica, me diga o que é. É o bebê? Você acha que tem alguma coisa errada?

As lágrimas ficaram retidas em seus cílios e ela engoliu em seco.

— Não sei. Estou me sentindo estranha desde ontem à noite. Acordei com dor nas costas.

— Tenho uma almofada térmica lá em casa. Quer que eu a traga?

— Tenho sentido cólicas com muita freqüência. Elas estavam fracas no início, então esperei que simplesmente passassem, mas não é o que está acontecendo.

Michael tentou permanecer calmo.

— Elas estão piorando? — Danica concordou e olhou em seus olhos. Ele percebeu que ela estada aterrorizada. — Está tudo bem, meu amor. — Deu-lhe um beijo afetuoso na testa. — Fique quietinha aí. Vou chamar um médico.

— Ele está em Boston. Não posso dirigir...

— Conheço um aqui.

— Ele não é obstetra?

— Ele vai me indicar um. O melhor da região. — Apertando-lhe o braço, foi para o telefone. Ao retornar, abaixou-se de novo. — Um tal de dr. Masconi está nos esperando em Portland. Você não quer se vestir?

Concordando, Danica tentou levantar, mas Michael foi logo a erguendo e levando-a para o quarto, onde a pôs gentilmente de pé. Virou-se para a cômoda.

— Me diga o que quer.

— Posso fazer isso — disse ela, a voz baixa e trêmula. — Pode sair e esperar por mim. Vou ficar bem.

— Tem certeza? Promete gritar se precisar de mim?

Quando ela concordou, ele saiu. Estava esperando junto à porta do quarto quando ela surgiu momentos depois. Tinha vestido às pressas umas calças jeans e um suéter leve de mangas compridas. Mas estava chorando. Quando ele se aproximou, ela segurou-lhe o braço.

— Estou sangrando, Michael. Acho que estou perdendo o bebê. Meu Deus, não quero que isso aconteça!

Tentando atenuar o medo que ela sentia, ele a ajudou a ficar ereta e foi até a porta.

— Também não quero, querida. Nem o médico. Ele é um especialista. Fará tudo o que puder. — Com os braços em torno de seu pescoço, Danica o abraçou apertado, como se isso fosse capaz de salvar o seu bebê. Ele se sentiu mais perdido do que em qualquer outro momento de sua vida. Tudo o que podia fazer era tentar mantê-la calma e levá-la para o hospital o mais rápido possível.

O trajeto foi uma agonia para os dois. Danica estava encolhida ao lado de Michael, segurando sua mão, imaginando se estava sendo punida por gostar tanto dele, mas, ainda assim, precisando de seu apoio. Ele tentou aplacar seus medos com palavras gentis de encorajamento, rezando para que o bebê estivesse bem, rezando para que ela estivesse bem, para que não se culpasse se algo acontecesse de fato.

O hospital não era dos mais eficientes. O médico precisou ser localizado através de seu pager, em algum lugar em meio àquele labirinto, enquanto Danica era acomodada em uma das macas num dos cubículos da sala de emergência. Após a terem despido, Michael ficou ao seu lado por quase todo o tempo, exceto nos momentos em que ia, furioso, à enfermaria para saber por que o médico estava demorando tanto.

Quando o médico finalmente chegou, Michael foi obrigado a ficar andando de um lado para outro no corredor do andar da emergência. Deixaram-no ver Danica por um breve momento, quando a estavam levando de maca para o andar superior. Embora sedada, ela o viu claramente. Michael foi obrigado a se contentar com aquela breve visão até o momento em que, bem mais tarde naquela noite, ela foi levada de volta para um quarto particular.

Levantando-se rapidamente da cadeira onde parecia estar sentado há dias, Michael esperou até ela ser colocada na cama. Ainda estava pálida, mas acordada. Ele lhe pegou a mão e sorriu afetuosamente.

— Olá. Como você está?

— Acho que estou bem — murmurou. Seu lábio inferior estremeceu. Ela o mordeu.

Acomodando-se ao seu lado, ele pôs a mão dela sobre sua boca e a beijou. Seus dedos eram finos, a pele estava gelada. Abaixou a mão dela até o seu peito, onde a pressionou numa demonstração de afeto.

— Estou muito cansada — disse, num fio de voz.

— É a anestesia. Vai demorar um pouquinho a passar. Por que você não tenta dormir? Estarei aqui quando acordar.

Sem discutir, ela fechou os olhos. Ele a observou até ter certeza de que tinha adormecido; então, com todo cuidado, levantou-se da cama e ficou olhando pela janela, até que a ouviu se mexer. Já estava de volta ao seu lado quando ela abriu os olhos.

— Que horas são? — ela perguntou baixinho.

— Quase meia-noite.

Ela agradeceu com um aceno de cabeça e tornou a fechar os olhos, mas ele sabia que não estava dormindo. Michael lhe tomou a mão e a acomodou gentilmente entre as suas, sentindo que ela sofria, desejando que houvesse algo que pudesse fazer. Se uma pequena parte dele algum dia lamentara o fato de ela estar grávida, agora sentia o seu sofrimento, com todo o seu ser.

— Michael? — Ela não abriu os olhos. — Como dói aqui. — Levou a mão livre à cabeça e ele sabia ao que ela se referia.

— Eu sei, Dani, eu sei.

— Eu queria muito o bebê. Ele abriria novas portas para mim. — Uma única lágrima, então outra, desceram-lhe pelo rosto.

Incapaz de manter distância ao sentir tão de perto sua dor, ele a envolveu gentilmente em seus braços, abraçando-a enquanto ela chorava baixinho, sabendo que precisava desabafar.

— Eu queria... o bebê...

— Eu sei. Vai ficar tudo bem.

— Mas eu não... não sei o que deu... errado. — Soluçou. — O médico não soube dizer.

— Ele não sabe. Ninguém sabe. A única coisa que podemos imaginar é que o bebê não estava bem. Alguma coisa deve ter dado errado desde o início.

— Mas por quê? Por que comigo? Todo mundo... todo mundo tem bebês saudáveis.

— Shhhh. Está tudo bem, querida. Shhhh. Outros virão.

— Acho que... não. Ah, Michael, acho que não.

— Não diga isso. O médico não viu nada de errado que pudesse impedi-la de engravidar de novo e levar a gravidez até o final.

— Não é isso! Ah, meu Deus...

Estava chorando de novo. Ele a abraçou até suas lágrimas irem diminuindo devagar, pensando o tempo todo no que ela acabara de lhe dizer, imaginando com clareza como as coisas estavam ruins entre ela e Blake.

— Dani, liguei para o Blake quando o médico me deu a notícia.

Ela ficou imóvel.

— Você ligou para ele? — sussurrou contra o seu peito.

— Precisei ligar. — Foram necessárias três ligações, uma para a casa na cidade, outra para o escritório e, finalmente, uma para o clube, onde ele foi localizado.

— O que ele... ele disse alguma coisa?

— Ele ficou triste. — Na verdade ficou relativamente calmo, talvez estóico, ou simplesmente sob controle, mas Michael não viu necessidade de lhe contar. — Quis saber como você estava. Quando eu disse a ele que o médico tinha afirmado que você estava bem, ele ficou aliviado. Pediu para lhe dizer que estaria aqui amanhã... ah, hoje.

Se ele tinha esperanças de que a notícia a animasse, havia se enganado. Ela começou a chorar de novo, emitindo sons suaves e sofridos que lhe partiram o coração, uma vez que podia apenas abraçá-la, embalá-la devagar, acariciar-lhe os cabelos. Por fim, como era de esperar, veio a exaustão. Ela se acalmou, mas não fez qualquer movimento para se livrar de seus braços.

— Eu queria... o nosso bebê — murmurou, ao começar a pegar no sono. — Ah, Michael, eu queria o nosso bebê...

Talvez porque desde o início ele quisesse que o bebê fosse dele, Michael podia jurar pelas palavras dela que ela queria o mesmo. Mas estava dopada e tinha falado de forma ambígua, raciocinou ele; certamente o "nosso" a que se referira era dela e de Blake.

Ele não tinha como saber que ela não estava, assim, tão fora de si. Não tinha como saber que, a seu modo, Danica havia pensado no bebê como dela e de Michael. Não tinha como saber que, na noite em que o bebê fora concebido, fizera amor com ele — não com Blake, mas com *ele*.

Blake chegou de Boston ao cair da tarde. Danica, que tivera alta do hospital pela manhã e dormira a maior parte do tempo desde então, estava no sofá, de penhoar, coberta por um xale leve que Michael insistira em lhe levar, bebendo uma xícara de chá que ele lhe preparara. Ela estava refletindo sobre o que dizia a etiqueta em sua mão — "O espírito humano é mais forte do que qualquer outra coisa que possa acontecer a ele" —, quando o barulho de uma chave lhe chamou a atenção.

Seu olhar correu para o de Michael, que já se aproximava da porta. Com o coração acelerado, ela prendeu a respiração. O encontro entre esses dois homens era algo que julgara inevitável, mais dia, menos dia. Porém, nunca imaginara que aconteceria daquela forma.

Ela os observou apertarem as mãos e trocarem algumas palavras — Blake, em agradecimento à ajuda de Michael, e este em elogio a Danica. Da maneira mais discreta possível, Michael pediu licença e a deixou a sós com o marido.

Ele se aproximou e deu-lhe um leve beijo na cabeça, antes de se sentar à sua frente. Tendo vindo direto do escritório, estava usando terno. O que só tinha a acrescentar à formalidade que parecia criar um abismo profundo entre eles.

— Como você está se sentindo? — perguntou calmamente.

— Muito bem.

— Falei com o seu médico hoje de manhã. — Pôs-se a resumir a conversa, que nada acrescentou a Danica além do que o médico lhe dissera pessoalmente, nada além do que ela e Michael já haviam discutido. — Ele disse que você não precisa se preocupar.

— Não estou preocupada.

— Ele quer que você descanse bastante nos próximos dias.

— Não tenho conseguido fazer outra coisa. O Michael não me deixa mover uma palha.

— Ele parece um bom amigo.

— E é. Estou feliz por ele ter vindo aqui ontem à noite. Eu não sabia bem o que fazer.

— Eu sabia que você não devia ter vindo para cá sozinha — censurou-a. — Se a sra. Hannah tivesse vindo com você...

— Está tudo bem, Blake. Eu sobrevivi. — *Mas o meu bebê não. Você está triste?*

— O médico disse que o problema começou na noite anterior. Por que você demorou tanto para ir ao hospital?

Ela fechou os olhos, abrindo-os em seguida com um suspiro.

— Não teria adiantado. Mesmo se eu tivesse ido mais cedo. Não fiz nada aqui que eles não tenham me mandado fazer lá. Segundo o médico, estava fadado a acontecer.

— Eu sei. E não falei isso como crítica.

Então falou como o quê?, ela retrucou só para si.

— Desculpe. Acho que estou sensível.

— É de esperar. Você passou por uma situação dolorosa.

Mas você não, ela pensou. Até o momento, nenhuma demonstração de tristeza por ela ter perdido o bebê. Obviamente, a perda era dela, não dele.

— Bem — suspirou ela, apertando a borda do xale de crochê com os dedos —, acabou. — Ergueu os olhos. — Obrigada por ter vindo. Sei como você deve estar ocupado.

Numa tentativa aparente de animá-la, Blake pôs-se a contar exatamente o quanto andava ocupado nas últimas quatro semanas, desde que a vira pela última vez. Falou do trabalho e da sua estada em Washington. Contou detalhes sobre o alvoroço da convenção, da euforia dos grupos vitoriosos logo após o resultado, da estratégia de campanha de Claveling para as semanas seguintes.

Danica ouviu em silêncio. Blake devia ter lhe contado mais coisas naquela hora do que nas últimas mil. No entanto, nenhuma palavra havia sido de ordem pessoal, pelo menos nenhuma que dissesse respeito a ela. Lembrou-se de monólogos similares nas raras ocasiões em que sua família se reunia para jantar. Seu pai perguntava sobre a escola e, então, após ouvir sua resposta inicial, assentia com a cabeça e punha-se a dissertar sobre algum assunto em nada relacionado com ela ou com a escola. Imaginou se Blake gostava de se ouvir falando tanto quanto seu pai e ficou chocada ao ver o quanto os dois homens ficavam cada vez mais parecidos.

Ficou mais chocada ainda quando, sem mais nem menos, Blake anunciou que a mãe dela viria para o Maine no dia seguinte.

— A mamãe está vindo *para cá*?

— Você não quer que ela venha para ficar num hotel quando é óbvio que você pode precisar da ajuda dela.

— Ajuda dela. — Danica teve o cuidado de engolir as palavras amargas que ameaçavam sair de sua boca, mas, com certeza, teve menos sorte em esconder um olhar cínico.

— Veja bem, Danica. Preciso voltar para Boston amanhã. A Eleanor acha que você não deve ficar sozinha agora e eu concordo. Ela está preocupada. Ela e o seu pai ficaram muito tristes quando eu liguei.

Estranho, Danica nem pensara em avisar aos pais sobre o ocorrido. Devia simplesmente ter bloqueado aquela tarefa odiosa em sua mente. É claro que ficariam aborrecidos. Queriam um neto como se isso fosse um direito divino deles. Bem, e quanto aos *seus* direitos? E quanto ao filho que *ela* desejava? E quanto à vida familiar afetuosa e aconchegante que há tantos anos sonhava ter?

— Eu preferia que você tivesse dito a ela para não vir — murmurou.

— Ela é sua mãe. É obrigação dela estar aqui.

A risada de Danica tinha um toque de histeria.

— A consciência dela deve estar despertando para a vida após todos esses anos. Ela nunca se preocupou com a "obrigação dela" antes. Pelo menos, nunca com relação a mim. Ela e o papai estavam sempre fora, fazendo alguma coisa mais importante.

— Você está sendo injusta, Danica. Ela e seu pai fizeram o que tinham de fazer.

— Isso é uma questão de opinião. A minha difere da deles.

Blake arreganhou as narinas. Seus belos traços adquiriram de repente uma aparência severa, uma que ela nunca tinha visto antes. Danica imaginou se estava conseguindo atingi-lo... finalmente.

— Ela te ama. — Escandiu as palavras como se estivesse falando com uma criança. — E quer vir para cá. E eu não podia imaginar que você faria objeção à companhia dela.

— É difícil fazer objeção a algo de que se teve tão pouca experiência. Imagino o que será que deu nela, assim, de repente. Instintos maternos tardios. Talvez esteja entrando na menopausa e...

— Chega, Danica. — Blake pôs-se de pé, alisando automaticamente as rugas de suas calças. — Você está aborrecida. Precisa descansar. Vou pegar a minha bolsa no carro e mudar de roupa. Talvez o seu humor esteja melhor quando eu voltar.

Ele jamais vira aquele olhar, do tipo "que diabo *você* pensa que é?", que o atingiu pelas costas quando foi na direção da porta e perdeu a força tão logo saiu. Quando voltou e trocou de roupa, a raiva de Danica tinha dado lugar à fadiga. Estava cansada. Cansada de querer e não ter. Cansada de precisar e ficar sem. É claro que as coisas pareciam piores agora, disse a si mesma. O médico a avisara que ficaria deprimida por um período, mas que isso passaria. Restava-lhe apenas viver um dia de cada vez. Um dia de cada vez. Um dia de cada vez. Decorridos quatro dias, expirou aliviada quando Eleanor Marshall lhe deu um beijo de despedida e voltou para Connecticut. Minutos depois, saiu pela porta de vidro, para o outro lado do deque, desceu as escadas e correu pela praia.

— Michael! — gritou da areia, em frente à sua casa. — Michael!

Felizmente, em seguida ele surgiu no deque, surpreso com a visão de Danica, descalça, os pés plantados firmes na areia.

— Achei que ela nunca mais iria embora, Michael! Quase enlouqueci! — Seu grito soou ansioso, cheio de frustração contida. A tensão em seu corpo era visível.

— Calma! — Ele desceu correndo os degraus de pedra. — Calma. Vamos conversar direito.

— Ah, meu Deus, Michael. Não sei o que me deu. Durante anos eu quis a atenção dela; então, de repente, tive essa atenção e me senti sufocada.

Ele estava ao seu lado, entendendo aquele olhar arregalado de desespero. Incapaz de se conter, riu.

— Onde está a graça?

— Em você. Você está linda, independente e impulsiva. Sabia que eu nunca te vi assim?

— Pode rir, se quiser. Mas estou sofrendo do pior tipo de claustrofobia e, se eu não *fizer* alguma coisa, acho que vou gritar.

— Você já gritou. Duas vezes. Quer gritar de novo?

Prestes a discutir, olhou para ele, então apertou os olhos, cerrou os punhos e deu o grito mais alto e satisfatório do mundo. Quando o grito se elevou para além das rochas e dos pinheiros, e cessou em seguida, ela deixou o queixo cair sobre o peito, respirou fundo, soltando o ar bem, bem devagar.

— Ah! — Levantou a cabeça. — Isso foi bom.

Sem parar de rir, Michael a acolheu em seus braços e a girou. Sentira saudades dela. Fora duas vezes à sua casa, como vizinho e amigo, para dizer olá e oferecer ajuda à sua mãe, mas não tivera a oportunidade de visitar Danica. Não queria abusar da sorte.

— Você parece melhor — disse, quando a pôs de volta na areia. — Acredito que deva ter descansado bastante.

— Ela não me deixava fazer nada. Não que seja boa nos serviços domésticos, se quer saber. Eu devia era ficar satisfeita por termos tido uma cozinheira durante todos aqueles anos. Por outro lado, se não tivéssemos tido, ela teria aprendido a fazer alguma outra coisa além de frango assado e hambúrguer.

— Isso foi tudo o que comeram?

— Nós alternamos. Frango no domingo, hambúrguer na segunda, frango ontem à noite. Ela deixou hambúrgueres no refrigerador para eu grelhar hoje à noite.

— E no almoço?

— Salada de atum. E salada de ovos.

Michael fez uma careta.

— E no café-da-manhã?

— Mingau de aveia... todos... os... dias.

Ele jogou a cabeça para trás e riu.

— Não tem graça, Michael. Entre as refeições, ela cuidava de mim como uma galinha cuidando do seu pintinho. Eu não sabia como agir. Uma coisa é certa: fiquei com a cabeça tão ocupada tentando entendê-la que não tive tempo de pensar muito no bebê.

Finalmente, ela ficou séria. Passando o braço pelos ombros de Danica, Michael a puxou para si, para que o acompanhasse devagar pela praia. Falaram sobre a mãe e o pai, que lhe telefonara e falara duas vezes com ela. Danica contou-lhe da visita que recebera de Sara, carregando um buquê de flores, de uma ligação afetuosa de Greta McCabe e de outras ligações mais cerimoniosas de amigos da cidade. Ele lhe contou do progresso em seu livro, da conversa com seu editor e dos planos que fizeram para a publicação de seu trabalho.

E falaram do bebê, dos sentimentos de Danica, de seu desalento e resignação.

No final, contudo, o pensamento que mais pesou na cabeça de Danica foi a consciência de que, em duas semanas, estaria de volta a Boston.

Oito

Os meses seguintes foram difíceis para Danica. Quando retornou a Boston, ainda estava tentando se acostumar com o fato de que seu bebê não mais nasceria na primavera. Racionalizou que seu aborto talvez tivesse sido uma bênção e que, como sugerira o médico, o bebê não estivesse saudável desde o início. Lembrou-se de que ter um bebê seria a pior coisa que poderia ter feito se, ao tê-lo, nutrisse esperanças de salvar um casamento falido. Mas não nutrira tais esperanças. Não mesmo.

O fato era que, apesar de seu casamento estar longe do ideal, havia laços que o mantinham de pé, apesar de serem menos relacionados com qualquer tipo de amor verdadeiro entre Blake e ela do que com fatores externos, tais como conveniência social e aparência e, é claro, expectativas.

Decerto, o bebê poderia acrescentar um vínculo mais pessoal ao seu casamento, mas a razão principal pela qual quisera um filho fora dar sentido à sua vida. Queria ser mãe. Queria ser capaz de criar um mundo pequenino com seu filho, um mundo que acolheria o amor que tinha para dar.

Muitas, muitas vezes, imaginou que o seu aborto tinha sido uma forma de punição divina. Era casada com Blake, mas amava Michael, e isso estava errado, era o que dizia a si mesma. Não, não estava, acabava indefectivelmente rebatendo. Poderia alguma coisa tão bonita, algo que lhe fazia tão bem estar errado? Poderia alguma coisa que a fazia se sentir inteira, que a fazia se sentir amada estar errada? Poderia alguma coisa que surgia de seu carinho e de seu afeto, de sua preocupação com outro ser humano estar errada?

Não havia respostas para suas perguntas. E como aceitar a perda do bebê não fosse o suficiente, seu retorno a Boston, por si só, foi para ela como um período de abstinência para um toxicômano. Sentia uma falta terrível de Michael. O contraste entre sua vida na cidade — reuniões, almoços, coquetéis, campanhas beneficentes — e aquela que levara durante todo o verão — passeios de bicicleta, caminhadas na praia, leitura, reflexão, companhia de novos amigos — era gritante.

Blake não mudaria, e andava mais distante do que nunca. Danica dizia a si mesma que ele estava para lá de ocupado, mas o fato era que eles não aproveitavam em nada o pouco tempo que tinham juntos para falar sobre qualquer coisa, menos ainda sobre o relacionamento deles. Blake nunca falava sobre o aborto. Nunca falava sobre o Maine. Ela chegou a pensar, uma vez, que ele se ressentia de seu amor ao lugar, mas, conforme as semanas foram passando e ela permaneceu por puro senso de dever em Beacon Hill, sentiu que seu ressentimento não tinha fundamento.

Ele chegava em casa à noite, exausto. Quando viajava, raramente telefonava. Desesperada, Danica voltou a pensar em trabalhar. Começou a ler os anúncios de emprego no jornal, todas as manhãs, mas, de alguma forma, ver as exigências do mercado deixou-a ciente tanto da extensão de tal comprometimento quanto de suas qualificações muito vagas. Discretamente, começou a fazer sondagens junto às pessoas com quem tinha contato — o diretor de desenvolvimento que trabalhava no hospital, o curador do museu, o diretor de uma universidade com quem ela geralmente conversava em jantares festivos.

Setembro virou outubro. As folhas murcharam e caíram. Ela estava completamente desolada e prestes a escapar para o Maine, o que sabia não estar certo, pois não podia esperar que Michael tivesse as soluções que ela mesma não conseguia encontrar sozinha. Além do mais, disse a si mesma, não podia sair sempre correndo atrás dele cada vez que as coisas ficavam difíceis. Não era justo com nenhum dos dois. Tinha medo de que ele se permitisse ser usado, e ela precisava aprender a ser independente. Se não estava satisfeita com sua vida, teria de tomar o controle dela nas próprias mãos e remodelá-la.

A oportunidade surgiu quando menos esperava, ao assistir a uma palestra beneficente dada por um renomado economista no Women's City Club. Blake estava viajando, portanto Danica fora sozinha. Não que fosse fã do palestrante ou estivesse extremamente interessada em economia, mas tinha ajudado a planejar o evento, que explicava como se criar um fundo para bolsas de estudo em uma das menores faculdades da cidade.

Ela conhecia muitas das pessoas que estavam lá e ficou boa parte do tempo conversando no coquetel que se seguiu. Quando a conversa começou a declinar, ou, melhor, quando seu interesse pela conversa começou a declinar, como sempre acontecia, pediu licença e se aproximou, com muita educação, de um grupo onde estava a jovem responsável pela publicidade do evento.

— Você fez um trabalho e tanto, Sharon. A audiência foi muito maior do que poderíamos ter esperado.

Sharon Tyler sorriu e correu os olhos pela extensão da sala.

— Foi maior do que eu tinha esperado também, e eu não podia estar mais satisfeita. Às vezes você divulga e divulga um evento e ele é um fracasso. É muito gratificante quando acontece o contrário.

Conversaram um pouco sobre um outro trabalho de Sharon; então ela apresentou Danica às três pessoas que estavam com ela. Os Hancock eram um casal que Danica conhecera vagamente, em uma outra ocasião. A terceira pessoa era um cavalheiro mais velho, um homem de setenta e tantos anos a quem ela nunca fora apresentada, mas cujo nome logo lhe despertou uma lembrança. James Hardmore Bryant. Ex-governador da Commonwealth.

— Governador Bryant, é um prazer conhecê-lo. — Danica teve um momento de hesitação quando experimentou uma preocupação intuitiva, mas o homem à sua frente lhe pareceu tão gentil que ela logo se sentiu à vontade e sorriu-lhe ao lhe oferecer a mão. Quando ele se pôs a falar, sua voz ecoava aquela gentileza:

— O prazer é *meu*, sra. Lindsay. Sei que a senhora desempenhou um papel importante na organização deste evento e gostaria muito de lhe agradecer por isso. Esta é uma boa causa. — Apresentava um sorriso doce em seu rosto enrugado e era sincero, assim como a preocupação que continuou a expressar: — As coisas andam difíceis para os jovens de hoje em dia. Durante uma época, a faculdade era tida como um luxo dos privilegiados. Se você tinha dinheiro, entrava, e entrava onde queria. Hoje, a procura por uma vaga nas faculdades é assustadora e o comprometimento financeiro é ainda pior. No entanto, a educação universitária é necessária para aqueles que querem ser alguém no mundo. Nisso, também, as coisas eram diferentes na minha época. Tendo ou não um diploma, você chegava lá, e, se era esperto e tinha um mínimo de ambição, conseguia se tornar alguém.

"Veja, por exemplo, o caso de Frankie Cohn. Ele não tinha nada. Sua família era paupérrima, mas ele precisava de emprego. Então conseguiu dinheiro emprestado para comprar uma licença de entrega de jornal numa determinada área." — Baixou a voz: "Naquela época, não bastava só se candidatar ao emprego. Era preciso dispor de uma boa quantia em dinheiro para ter acesso à lista de clientes." Fez uma pausa para tomar fôlego. Danica percebeu que ele adorava falar, mas estava gostando de ouvir, assim como os outros; portanto, sorriu encorajadora quando ele continuou:

— Ele conseguiu sua primeira área quando tinha doze anos e não foi fácil. Era um garoto magricela, costumava arrumar os jornais numa pilha e os amarrava com uma tira que saía arrastando por cima do ombro. Às vezes, a pilha era quase tão grande quanto ele. Não havia bicicletas naquela época do jeito que eu e a senhora as conhecemos hoje, e um simples vagãozinho vermelho não o teria levado muito longe. Para pegar os jornais, em primeiro lugar, era preciso pegar o bonde. Ele usava uma faixa no braço esquerdo, que lhe dava o direito de viajar de graça, então pegava os jornais numa estação, voltava para a estação mais próxima da sua área de trabalho e começava a entrega. A área dele, a propósito, ficava a seis quilômetros de onde morava. Aos domingos, ele levantava às quatro da manhã para pegar o bonde e buscar os jornais, voltava para o porão de um hotel próximo onde os reunia e entregava o lote. Andava seis quilômetros até sua casa para tomar café e depois mais seis de volta para recolher o dinheiro dos clientes. Quando chovia, usava grandes botas de borracha de cano longo. Em dias frios e com neve, a mãe às vezes chorava quando ele saía. Mas ele ia mesmo assim."

Danica balançou a cabeça, impressionada.

— É espantoso.

O ex-governador levantou as sobrancelhas.

— A senhora ainda não ouviu o melhor. Ele ficou com aquele turno da manhã durante dois anos, então pegou também o da tarde e o da noite e contratou sete meninos para trabalhar. Ele costumava guardar todo o dinheiro e controlar tudo em seu caderninho. Aos dezessete anos, tornou-se o encarregado da entrega de jornais em toda a cidade. — Fez um gesto. — É claro que a cidade era diferente naquela época. Mais segura. — Riu. — Um dia ele foi abordado por uma prostituta bêbada. Ele a empurrou e saiu correndo o mais rápido que pôde. — Seu sorriso desapareceu. — Mas poderia ter topado com uma prostituta em qualquer outro lugar. Frankie Cohn adorava Boston e passou a conhecer a cidade como a palma da sua mão. Fez um bom dinheiro. Cinco mil em um ano, e cinco mil dólares era muito dinheiro naquela época. Hoje ele é milionário.

— Cityside Distributors — interveio Alan Hancock, fornecendo a chave que fez sentido imediato para Danica. Ela já havia visto aquele nome dúzias de vezes em contas que chegavam pelo correio para Blake. Alan sorriu. — O James é maravilhoso quando começa a contar histórias como essa. Ele ficou em cena durante tantos anos que virou um poço de informações. — Virou-se para ele. — James, você devia escrever essas histórias. Está desperdiçando talento, guardando tudo só para si.

A face rosada do ex-governador ficou mais rosada ainda.

— Ah, não tenho paciência para isso. Nunca tive. Nunca terei. Ninguém quer ler as divagações de um velho. Acho que vou reservá-las apenas para ocasiões como esta. — Deu uma olhada no relógio. — Mas já passou muito da minha hora de ir para a cama, senhoras e senhores. É melhor eu me apressar. É uma boa distância daqui até em casa.

Sharon riu.

— O governador Bryant mora a poucas quadras, na Beacon Street.

— Na minha idade, minha jovem — James repreendeu-a com um sorriso —, isso é uma longa distância. — Acenando uma vez com a cabeça, saiu elegantemente.

A conversa entre o grupo girou um pouco em torno dos dias de James Bryant no governo do estado, então voltou para a faculdade que ele apoiava, a mesma que ofereceria bolsas de estudo através do evento daquela noite, e, por fim, passou para a filha dos Hancock, que estava no segundo ano de uma faculdade em outro estado.

Os pensamentos de Danica se movimentaram com menos velocidade. Uma parte anterior daquela conversa lhe martelava a mente. E continuou lá quando chegou em casa naquela noite. E ainda estava lá, dois dias depois, quando, em um momento de audacioso impulso, pegou o telefone e ligou para James Hardmore Bryant.

— Governador Bryant? — começou ela, parecendo muito mais segura do que de fato estava. — Sou Danica Lindsay. Talvez o senhor se lembre. Nos encontramos no Women's City Club, numa outra noite.

— Claro que me lembro, sra. Lindsay — respondeu com voz gentil. — Não estou tão velho a ponto de não apreciar um belo rosto quando o vejo. Eu lhe falei que a senhora se parece muito com a minha falecida esposa, DeeDee, que Deus a tenha? Uma mulher maravilhosa era ela. Ah, brigávamos feito cão e gato, ela nunca gostou de me ver por aí como se eu fosse o dono da cidade, mas, com certeza, passamos bons quarenta e dois anos juntos... Mas já estou divagando de novo. A senhora não ligou para me ouvir falar do meu casamento, não é?

Danica sorriu.

— Não, embora pareça ser uma história adorável. Eu gostaria de ouvi-la numa outra ocasião, o que, de certa forma, é uma das razões pelas quais estou ligando. — Inspirou em busca de equilíbrio. — Eu gostaria de saber se poderia vê-lo. Há um assunto sobre o qual eu gostaria de conversar com o senhor.

— Um assunto sobre o qual a senhora gostaria de conversar comigo. Parece sério.

— Talvez. Bem, é... é apenas uma coisa que andei pensando. Não moro longe do senhor. Posso ir à sua casa a hora que o senhor achar mais conveniente.

O ex-governador pigarreou.

— Humm, deixe-me ver. Estou com a minha agenda bem aqui na minha frente. Ah. Hoje estou livre. E amanhã também. E depois de amanhã. — Riu. — Não estou mais no corre-corre em que costumava viver. A senhora escolhe o dia. Quando prefere?

Ela já estava se sentindo melhor. A pesquisa que fizera na biblioteca, na noite anterior, lhe mostrara que James Bryant fora um governador poderoso. A imagem do irlandês determinado chocava-se com a impressão de ternura que tivera dele na outra noite. Outras coisas tinham, em parte, explicado sua doçura, e ela supunha que muito dela, simplesmente, viera com a idade. Não obstante, não sabia como ele reagiria à sua proposta.

— Eu poderia vê-lo amanhã de manhã, às dez, se estiver bom para o senhor.

— Não poderia ser melhor. Assim, terei algo pelo que esperar. Nos veremos então, sra. Lindsay.

— Obrigada, governador.

Danica desligou o telefone com um sentimento de satisfação, mas, conforme a manhã seguinte foi se aproximando, começou a se sentir ansiosa. Concluiu então que não teria nada a perder. Sendo assim, saiu a pé, descendo a ladeira até a Charles Street e depois até a Beacon. Às dez em ponto estava à porta de James Bryant. Cinco minutos depois, estava sentada em sua sala de estar de pé-direito alto, servindo-se do chá que a governanta, muito dedicada, lhe preparara.

— Eu mesmo o serviria — explicou o ex-governador —, mas as minhas mãos estão com o péssimo hábito de tremer. — Ergueu uma delas em demonstração. — Algumas mulheres hoje em dia sentem-se ofendidas diante da simples idéia de executar uma tarefa tão banal como esta; portanto, minha querida, por favor, aceite minhas desculpas.

— Não é necessário pedir desculpas, governador...

— James, por favor. — Ele coçou o cocuruto da cabeça já calva, não fosse pelos poucos fios grisalhos que a cobriam. Para Danica, aquele gesto pareceu estranho. Quando foi imediatamente seguido por um leve abaixar de cabeça, percebeu que ele estava inibido. Mais uma vez, não exatamente a imagem do político idoso, mas de um homem afetuoso. — As pessoas insistem em me chamar de governador, quando já não ocupo o cargo há mais de vinte anos. Dizem que é uma forma de respeito, mas tive respeito de sobra na minha época e não preciso mais intimidar ninguém. Portanto, por favor, me chame de James. Agora, diga-me o que a traz à minha humilde casa.

Casa que nada tinha de humilde, com sua mobília tradicional, janelas altas e quadros originais nas paredes, mas Danica não estava lá para discutir.

— Estive pensando nas suas histórias e na sugestão de Alan Hancock de que você deveria escrevê-las. Concordo com ele.

— Isso porque você só ouviu uma. Elas iriam entediá-la até a morte. Pelo menos, foi o que sempre fizeram com o meu filho. Assim ele me disse. Ele bocejava e se remexia. E ainda faz as duas coisas.

— É porque é seu filho, e talvez porque seja próximo demais para apreciá-las. — O *insight* fora espontâneo, embora em seu próprio caso tivesse sido diferente. Desde cedo se ressentira da vida que mantinha seu pai tão distante.

Mas James se manteve firme:

— Ele apenas não se interessa. Não suporta política. Muitas pessoas são assim, você sabe. — Esticou o braço para pegar uma fatia de bolo, para depois oferecer outra a Danica, que não aceitou.

— Engraçado — disse ele, virando o bolo na mão —, quando se está envolvido no negócio, é como se isso fosse tudo o que existe no mundo. É um vício, a política é um vício. Ela nos envolve por completo.

— Há muitas pessoas que concordam com isso, muitas pessoas que amam a política tanto quanto você — argumentou Danica, sabendo bem o que dizia. — Mas a história de Frank Cohn não é política. É uma história real, fascinante e repleta de particularidades de uma época. Aposto que você tem muitas outras histórias como essa esperando para serem contadas. O que estou sugerindo é que junte... não exatamente as suas memórias, embora sua história pessoal servisse de ótima base para as outras... mas uma coleção de esboços biográficos, de história reais, se quiser, sobre a Boston de quarenta, cinqüenta, sessenta anos atrás.

Ele franziu o cenho.

— Você está falando sério. — Ela concordou. — As pessoas sempre falam isso em tom de brincadeira, mas você está falando sério.

— E muito sério — disse ela.

Ele fechou um olho.

— E por quê?

Ela estava preparada para a pergunta.

— Deixe-me lhe contar um pouquinho sobre mim. Sou formada em língua inglesa pela Simmons, mas nunca fiz nada com o meu diploma porque me casei cedo, na verdade um ano antes de me formar, e venho desempenhando o papel de esposa desde então. Não tenho filhos e, por isso, disponho de mais tempo do que gostaria. Tenho procurado por alguma coisa construtiva para ocupar esse tempo. E me ocorreu, enquanto você falava naquela noite, que talvez nós dois pudéssemos trabalhar juntos para pôr as suas histórias no papel.

Seguiu-se um longo silêncio, durante o qual James Hardmore Bryant comeu todo o seu pedaço de bolo. Somente após limpar a última das migalhas de suas calças de *tweed*, falou:

— Uma proposta interessante. Mas o que a faz se achar qualificada para a posição de minha, humm, minha colaboradora? Você mesma disse que tem um diploma e nenhuma experiência.

Pela primeira vez ela teve um vislumbre do James Bryant que certa vez estivera no comando. Embora ele não tivesse sido grosseiro, houve um tom de autoridade em sua voz, um tom que devia tê-lo mantido em boa posição em seus dias de glória.

Acomodando a xícara de chá na bandeja, Danica cruzou os braços no colo, como se para esconder o tremor em seu estômago. É claro, disse a si mesma, que ele não poderia perceber, mas eles tinham chegado ao ponto crucial da conversa e ela queria emanar segurança.

— Acredito que tenho, sim, experiência em situações que podem vir a ajudar, se decidirmos trabalhar juntos. Meu marido e eu somos, os dois, muito ativos na comunidade. Durante anos tenho lidado com muitas pessoas proeminentes. Sinto-me à vontade com elas. Sei o que pensam. Já as entrevistei, se lhe interessa saber. Em alguns casos, ajudei a reunir brochuras e documentos de fundos de campanha que continham informações pessoais, da mesma forma como posso vir a fazer por você. Acho que a palavra-chave é *organização*. Sou muito boa nisso.

Danica fez uma pausa. Como James se pôs a coçar o lábio inferior e não deu qualquer indicação de que queria falar, ela prosseguiu:

— Mas a minha experiência vai além disso. Cresci entre pessoas que gravitavam em torno da política. Meu pai é William Marshall. Ele é membro do Senado desde que eu era criança.

James deixou cair a mão e levantou a cabeça.

— Bem. Por que não disse isso desde o início?

Algo cedeu dentro dela e o impulso venceu.

— Porque eu preferia não ter precisado mencionar. Não quero que ninguém olhe para mim com mais interesse por conta de quem é o meu pai. Sou uma pessoa à parte... — ele baixou o tom de voz —, pelo menos, estou tentando ser.

Assim que essas últimas palavras escaparam, Danica percebeu que tinham sido desnecessárias. Estava tentando conseguir um trabalho, não uma hora com um analista. Determinada a consertar qualquer possível dano que tivesse cometido, voltou a falar em um tom calmo e seguro:

— O fato é que, sendo filha de William Marshall, não sou nenhuma leiga em termos de política. Meus pais me protegeram das luzes dos refletores, mas, por osmose, se não de outra forma, aprendi muito. Ouvi a maioria das histórias do meu pai pelo menos uma vez, sem falar nas histórias dos convidados que ele recebia. — Ela sorriu. — Você não é o único que gosta de contar histórias. É apenas diferente no que diz respeito a ter tempo agora para fazer alguma coisa com elas. Estou errada?

— Quem dera estivesse, mas não está. Tenho mais tempo do que noção do que fazer com ele.

— Então por que não tentar o que estou lhe sugerindo? Você não tem nada a perder. Nem eu.

Ele pensou um minuto no assunto e em seguida lhe lançou um olhar de esguelha.

— O que a faz pensar que alguma editora vai querer publicar o meu, ah, o nosso livro?

— Você passou anos no círculo do poder. O seu nome é muito conhecido e respeitado, e exerce influência. Dada a qualidade duvidosa de alguns livros por aí, acho que uma editora, principalmente uma editora local, vai vibrar diante da possibilidade de publicar algo tão interessante assim. — Foi uma tentativa calculada, mas era tudo o que tinha no momento.

James sabia disso também. Mas estava fascinado tanto pela confiança quanto pela determinação de Danica.

— Bem, então qual é exatamente a sua proposta?

Ela inspirou fundo.

— Proponho que conversemos um pouco, depois que você me autorize a contatar várias editoras. Se, e quando conseguirmos uma demonstração de interesse, ou, melhor ainda, uma proposta, poderemos começar a trabalhar de verdade.

— E como você sugere que façamos isso? Não tenho paciência para ficar sentado escrevendo.

Lembrava-se disso desde o primeiro encontro com aquele homem e tinha pensado sobre o assunto.

— Você pode conversar comigo. Posso lhe fazer perguntas. Podemos gravar nossas conversas e transcrevê-las. A partir daí seria mesmo uma questão de organização e edição.

Ele arqueou uma sobrancelha.

— Acho que você está simplificando as coisas, mas não resta a menor dúvida de que está fazendo disso uma proposta tentadora. Você vai querer receber pelo trabalho, é claro.

Nisso ela também havia pensado. Certamente não precisava do dinheiro, embora fosse justo que recebesse por seu trabalho. Para que James Bryant tivesse respeito por ela, precisaria vê-la sob uma ótica profissional.

— Quando e se tivermos uma resposta positiva de algum editor, poderemos formular um contrato com relação a adiantamentos e direitos autorais. Não haverá necessidade de nenhuma despesa de sua parte. Os custos serão insignificantes. — Umedeceu o lábio inferior. — Até onde sei, nenhum de nós precisa desse dinheiro para viver.

Ele lhe deu um sorriso de viés.

— Você está certa.

Ela prendeu a respiração.

— Então...?

Ele dava puxõezinhos em uma das orelhas.

— São histórias que se tornam chatas depois de um tempo.

— Isso porque você já as ouviu muitas vezes. Tudo o que queremos é que as pessoas as leiam uma vez.

— E você acha mesmo que alguma editora vai se interessar pela idéia?

Neste momento, Danica percebeu que havia vencido.

— Como eu disse antes, não temos nada a perder.

— *Nada a perder?* Danica, você faz idéia de quanto *tempo* um projeto como esse pode tomar? — berrou seu pai.

Danica afastou o telefone do ouvido e voltou a falar calmamente:

— Eu tenho tempo, pai. E o governador Bryant também. Não há pressa. Se levar um ano ou dois, não vai fazer diferença. Não se trata de um trabalho com prazo marcado. E, se já esperou todo este tempo para vir à luz, pode esperar mais um pouco.

— Pode esperar para sempre. Não vejo a necessidade dele.

Ela mordeu o lábio numa tentativa de se segurar. Estava determinada a não se deixar intimidar pelo pai, tendo se preparado para aquela ligação desde que comunicara seus planos a Blake, na noite anterior. Conhecia o marido, sabia que ele ligaria para William. Uma pequena parte dela esperara que, dada a natureza do trabalho que se propunha a fazer, seu pai simpatizasse com a idéia. Afinal de contas, poderia ser ele a propor um livro similar baseado em suas próprias experiências. Infelizmente, "apoio" era pedir muito. O que estava recebendo era puro desprezo.

— Não é questão de haver necessidade — replicou baixinho —, e nem é preciso que haja. Poucos livros publicados são necessários. Eles podem ser interessantes, educativos ou divertidos, mas não necessários.

— Por que você está fazendo isso?

Ela inspirou.

— Porque quero.

— Você nunca pensou em trabalhar antes.

— Você nunca soube dos meus pensamentos. Venho amadurecendo essa idéia há algum tempo. Esta é a primeira vez que alguma coisa que julgo possível aparece. Terei um horário flexível e posso trabalhar em casa.

— Entendi que você iria trabalhar na casa do Bryant.

— Vou, mas apenas por algumas horas e de acordo com as nossas possibilidades. Ele mora a cinco minutos daqui. Vai ser fácil. Não é a mesma coisa que trabalhar em um escritório de nove às cinco e pegar condução todos os dias.

— Não gosto nem um pouco da idéia de você trabalhar. Nem o Blake.

— Blake me disse que não fazia qualquer objeção. — Na verdade, após a surpresa inicial, recebera a novidade com relativa calma, quando ela tinha esperado por uma reação muito pior. Ainda a intrigava que ele não tivesse começado uma briga, principalmente quando parecia ter expressado uma certa hesitação com relação a William. Imaginou se agira assim única e exclusivamente em favor de seu pai; precisava saber antes qual seria a reação do sogro.

— Então o Blake estava sendo diplomático — afirmou ele. — Eu não preciso ser. Já foi bastante ruim quando você se enfiou naquela casa no Maine, no verão, em vez de ficar ao lado do seu marido. Você é esposa dele, pelo amor de Deus. E a esposa de Blake Lindsay não precisa trabalhar. A filha de William Marshall não precisa trabalhar.

— Claro que não *preciso* trabalhar. Eu *quero* trabalhar.

— Estou dizendo que você vai cometer um grande erro. Por que diabo acha que deve se meter em algo que não tem a menor idéia de como começa?

Danica ficou indignada.

— Você está dizendo que não me acha capaz de fazer o trabalho? Que acha que vou fazer papel de idiota?

— Há sempre essa possibilidade.

— Fico feliz em saber que confia tanto em mim.

— Sarcasmo é o tipo da coisa que não combina com você, Danica. Estou apenas tentando pensar no que é melhor para você.

— Está, pai? Está mesmo? Mas e quanto a mim? *Eu* não tenho o direito de decidir o que é melhor para mim mesma? Não sou mais uma garotinha. Estou com vinte e oito anos e acho que tenho idéia do que quero.

— E o que você quer é trabalhar com aquele velho esquisito? Quantas cópias desse livro você acha que serão vendidas? De quantas listas de best-sellers você acha que ele vai fazer parte?

— Não é isso o que importa. O que importa é que quero alguma coisa para fazer e a possibilidade desse trabalho me parece atraente.

William ficou calado por um momento.

— Você está se sentindo bem, Danica?

— Claro que estou. O que isso tem a ver com qualquer outra coisa?

— Essa idéia de trabalhar. Talvez você ainda esteja deprimida por causa do bebê. É compreensível. Com o tempo você vai voltar ao normal.

— Estou no meu estado normal — ela respondeu baixinho.

— Fale alto. Você está murmurando.

— Nada. Eu não disse nada. — Sentiu-se subitamente cansada.

— Veja: por que você não adia qualquer decisão por um tempo? As coisas estão enroladas agora. Continue fazendo o que sempre fez. Fique ao lado do Blake. Relaxe. Talvez você engravide de novo. Quem sabe? Aí então vai ser muito difícil conseguir fazer qualquer outra coisa.

Danica estava farta.

— Humm, pai, preciso desligar. O Blake vai chegar a qualquer momento e ainda não estou vestida. Dê um beijo na mamãe, está bem?

— Mas ela quer falar com você.

— Uma outra hora. É sério. Preciso ir. Falo com vocês em breve. Tchau.

Blake não estava para chegar em casa nas próximas duas horas e, embora Danica estivesse vestida quando seu pai telefonou, quando Blake finalmente apareceu, uma hora após o esperado, ela estava de penhoar e pronta para ir para a cama. A única razão pela qual o esperou foi para avisá-lo de que estava indo para o Maine na manhã seguinte e que, caso não voltasse até às oito, ele deveria jantar sozinho.

Michael ficou em êxtase ao abrir a porta e vê-la. Abraçou-a por um bom tempo, apreciando a maciez de seu corpo e o perfume doce e fresco de sua pele.

— Ah, senti saudades suas — sussurrou contra seus cabelos.

— Também senti. — Nenhum dos dois tinha telefonado para o outro. Em um acordo não-verbal ambos sabiam que isso seria difícil. Michael teria se sentido péssimo se tivesse ligado e Blake atendido.

Danica teria se sentido péssima se Blake encontrasse uma relação de chamadas para o Maine na conta de telefone. Pior ainda, os dois sabiam que seria difícil demais ouvir a voz um do outro e depois ter de dizer adeus.

Pondo o braço firmemente em seus ombros, Michael a acompanhou para dentro de casa. Ela se desvencilhou dele apenas para se ajoelhar e cumprimentar Rusty, exuberante, que crescia rapidamente, retornando em seguida para o lado de Michael, sem vontade de ficar muito tempo longe dele. Eles tinham um dia. Ela precisava de todo o apoio que pudesse ter.

Precisava também de encorajamento, e conseguiu. Michael abriu um largo sorriso no instante em que soube de sua decisão de trabalhar com James Bryant.

— Danica Lindsay, que notícia maravilhosa! Me conte tudo.

Foi exatamente o que ela fez, detalhando seu primeiro contato com James, o desenvolvimento de sua idéia, a leitura sobre sua vida, os cálculos que fizera considerando a possibilidade do projeto e o subseqüente encontro no qual expusera tudo para James. Contou-lhe da reação de Blake e da de seu pai. De sua empolgação e de seu medo.

— Talvez eu esteja maluca, Michael. Nem sequer sei como começar a organizar um livro. Até agora tenho agido por pura intuição, mas já está na hora de pôr mãos à obra. Para onde vou agora? O que faço? Quem procuro?

— Primeiro, sente-se, respire fundo e relaxe — disse-lhe com voz pausada e calma. — Então repita para si mesma que tudo o que disse para o Bryant, para o Blake e para o seu pai está certo. Porque está, Dani. Você tem tempo e vontade. Por mais espalhado que esteja o público desse livro, existe mercado para ele. E é aí que você começa. O que você disse ao Bryant está perfeito. Vocês dois precisam conversar; depois você precisa redigir uma proposta e enviar para várias editoras.

Michael detalhou o conteúdo de tal proposta dando sugestões e dicas que tinham sido válidas para ele. Ela lhe fez várias perguntas, anotando algumas coisas enquanto ele preparava o almoço. Mais tarde ele informou o nome de várias editoras que talvez pudessem se interessar, ela tomou nota dos nomes também, mas, quando ele se ofereceu para fazer algumas ligações em seu nome, ela recusou com gentileza. Da mesma forma, resistiu à idéia de ele ligar para o seu agente literário.

— Primeiro, eu gostaria de tentar por mim mesma. Não que eu seja mal-agradecida...

Pondo a mão em seus lábios, Michael a interrompeu:

— Não diga mais nada. Sei que você precisa ser independente. É difícil para mim. Se eu fosse fazer do meu jeito, certamente te sufocaria da mesma forma como você foi sufocada no passado.

— Você nunca faria isso.

— É uma tentação de vez em quando. Quero ajudar, tornar as coisas mais fáceis para você. Vou precisar me lembrar de que você precisa fazer isso sozinha.

Danica pegou-lhe a mão e a apertou firme.

— Obrigada por entender. Ninguém mais entende. Só saber que você está aqui já ajuda. — Sentiu-se subitamente culpada. O tempo deles juntos estava passando, e totalmente focado nela. — Como está o seu livro, Michael?

— Está quase pronto. Mais algumas semanas e eu o termino.

— Isso é ótimo! Você está feliz?

— Muito. E o meu editor também, pelo que me disse depois de ler a primeira parte. Acho que não terei grandes problemas.

— Você parece cansado. — Danica afastou o cabelo de sua testa. Era uma alegria tocá-lo, preocupar-se com ele. — Tem dormido tarde?

— Tenho. Quando pego o embalo da coisa, ninguém me segura. E, já que não tenho mais com o que ocupar o meu tempo... — Suas últimas palavras saíram com um toque de acusação que Danica sentiu bater fundo.

Ela baixou os olhos.

— Eu gostaria de poder ficar mais tempo aqui. É tão solitário em Boston.

— Com todas aquelas pessoas à sua volta?

— É solitário.

Ele lhe tocou o queixo com o dedo e o levantou.

— Eu sei. Eu me mato de trabalhar para não precisar pensar como é silencioso aqui.

— Você não está criando o Rusty direito. É para ele ser o seu melhor amigo.

— *Você* é a minha melhor amiga.

Ela sentiu vontade de ralhar com ele por atormentá-la, mas percebeu que fora ela quem começara tudo ao se materializar à porta de sua casa naquela manhã. Em vez disso, recostou-se nele, passando as mãos pela sua cintura, pressionando o rosto contra o seu peito.

— Me abrace, só um pouquinho — sussurrou ela.

Ele engoliu em seco.

— Você está brincando com fogo.

— Eu sei. Mas preciso... me abrace, Michael.

Ele não discutiu mais, pois também precisava muito fazer o que ela pedia. Seus braços se fecharam em torno dela, fortes e protetores.

— Meu bom Deus, eu te amo — sussurrou, incapaz de conter as palavras que passara o dia todo querendo dizer. Ela não as retribuiria, ele sabia, mas a forma como o abraçava já era o suficiente.

Os minutos se passaram e nenhum deles se moveu. Danica roçou o rosto na lã de sua blusa de gola rulê, imaginando estar sentindo a maciez dos cabelos de seu peito, desejando desesperadamente tocá-lo. Michael concentrou-se na maciez daquelas costas sob suas mãos, na pressão daqueles seios contra seu peito, naquelas curvas suaves esperando para serem exploradas.

Quando sentiu o corpo enrijecer, tentou pensar em beisebol, basquete ou hóquei, mas não deu certo.

— Preciso de você, Dani — advertiu-a, com a voz grossa de desejo —, e isso só vem piorando. Achei que, como você tinha voltado para Boston, eu conseguiria voltar a me controlar, mas passo a noite acordado, pensando em você, fico excitado e... — Afastou-lhe a cabeça de seu peito de forma que pudesse olhá-la no rosto. Ela parecia tão angustiada quanto ele.

— Deixe eu fazer amor com você, meu bem. Deixe eu...

— Não podemos.

— Por que não? O sentimento está aí. Não tem mais jeito.

— Mas sou casada. Não posso ser infiel...

— Você já está sendo infiel — rebateu ele, em parte desejando não tê-lo feito quando os olhos dela se encheram de lágrimas. Mas sabia que isso precisava ser dito. — Dani, você *já* sente coisas por mim que não deveria sentir. — Segurando seu rosto entre as mãos, esfregou os polegares nas maçãs de seu rosto. — Você não precisa dizer, mas eu sei que me ama. E, se fizéssemos amor, seria apenas uma expressão do que já sentimos um pelo outro.

— Não posso — respondeu, suplicante. — Não posso.

— Não sei direito o que há entre você e o Blake. Mas não pode passar nem perto do que sentimos um pelo outro.

— Sou comprometida com ele.

— Você não é apaixonada por ele, não da forma como está por mim. Você faz idéia de como isso seria bonito com a gente? — Michael ignorou o leve tom de desespero que saiu da garganta de Danica. — Quero te tocar, te beijar toda. Quero te ver, te ver por inteiro. Quero você nua, nua e quente, e molhada. Você ficaria assim, Dani. Já posso te sentir tremendo.

— Você está me assustando, Michael!

— Estou apenas colocando em palavras o que você mesma já imaginou. Estou errado? — Quando ela se esquivou de responder, ele a pressionou: — Estou?

— Não! Mas não posso fazer amor com você. Eu não sou uma mulher livre!

— Comigo você é. — Sua voz, baixa, tremeu. — Você iria me tocar, Dani. Tiraria minhas roupas e me beijaria, e se moveria em cima de mim...

Desvencilhando-se de seus braços, Danica levantou-se apressada do sofá. Seu corpo estava quente e frio ao mesmo tempo, formigando, tenso, completamente estranho para ela.

— Pare com isso, Michael. Por favor. Não posso fazer o que você quer. Simplesmente não posso.

Sua expressão arrasada deu a ele um controle sobre o próprio corpo que nem o beisebol, o basquete ou o hóquei tinham sido capazes de dar. Fechando os olhos por um minuto, inspirou profundamente várias vezes e levantou-se devagar.

— Está bem, meu amor. Vou parar. Mas quero que você pense numa coisa por mim. Quero que você pense no que quer. Você sabe o que eu quero. Sabe o que o Blake quer. Sabe o que o seu pai quer. — Como ela hesitasse, ele a puxou para si e ela não resistiu. — Quero que pense no que poderia ter comigo. — Pressionou os lábios dela levemente contra os seus, apenas o suficiente para alertá-la de que ainda estava excitado. — Não vou forçar nada. Não poderia fazer isso. Quando você me procurar, que seja porque *você* quer. Quero que você precise de mim dentro de você assim como eu preciso.

Ela gemeu baixinho e começou a tremer.

— Não fale essas coisas — sussurrou. — Eu não agüento.

— Mas você não está se afastando. — Aliás, tinha jogado os quadris mais para a frente.

— Está tão bom...

Foi ele quem finalmente se afastou dela.

— Então se lembre disso. Lembre-se de como está bom agora quando voltar para Boston. — Seus olhos desceram até os seios dela e então até mais embaixo. — Pense em como será muito melhor sem roupas, sem inibições ou arrependimentos. Pense nisso, Dani, porque eu vou fazer o mesmo. De alguma forma vamos ter que aceitar tudo isso. — Ele deu um suspiro cansado e esfregou a nuca. — De alguma forma. Um dia.

Seguiu-se um silêncio pesado, então Danica disse, a voz falhando:

— E enquanto isso?

Ele inspirou.

— Enquanto isso, acho que teremos de ir levando do jeito que temos levado.

— Você preferiria que eu não tivesse vindo?

— Isso seria o mais inteligente. Mas impossível. Nós dois sabemos disso. De qualquer maneira, você não tem vindo muito para cá.

Ela abaixou o rosto.

— Não. O Blake não pode vir, e agora que tenho esse projeto... O que você vai fazer depois que acabar o livro?

— Pensei em tirar umas semanas para descansar. Talvez ir a Vail e esquiar um pouco.

Ela olhou em seus olhos.

— Seria divertido.

— Você sabe esquiar?

— Não. Meus pais não me deixavam esquiar. Era arriscado quando eu jogava tênis, e o Blake nunca quis... Droga, é melhor eu ir embora. Isso não está facilitando nada.

Seguiu-se mais um silêncio.

— Você vai me deixar a par do andamento das coisas?

Ela enxugou as lágrimas.

— Vou.

— E vai ligar para mim se houver alguma coisa que eu possa fazer para ajudar no seu trabalho?

— Hum-hum.

Ele lhe pegou o rosto com a mão em concha e falou em tom mais baixo:

— Vai pensar no que eu disse?

Estava olhando para ela com tanto amor que Danica demorou um minuto para recuperar o fôlego.

— Não tenho muitas opções, tenho?

Ele sorriu.

— Não.

— Então acho que vou pensar no que você disse. — Forçou um sorriso. — Quer saber o que o meu saquinho de chá disse hoje de manhã?

— O que o seu saquinho de chá disse hoje de manhã?

— Ele disse: "Geralmente é preciso tanta coragem para resistir quanto para seguir em frente."

— Saquinho inteligente. A propósito, quem escreve essas coisas?

— Homens inteligentes.

— Se fossem mesmo inteligentes, teriam escrito algo como: "O amor verdadeiro está à sua espera à beira do mar no Maine."

— Aí seria um biscoitinho da sorte.

— Biscoito... chá... tanto faz. — Antes que ela pudesse responder, ele a puxou para um rápido abraço e praticamente a enxotou pela porta. — É melhor você ir embora agora ou vou botá-la em cima do ombro, algemá-la na minha cama e fazer amor com você até você implorar por clemência.

— Seu bruto — ela o provocou, mas já estava correndo na direção do carro. Ainda precisava dar uma passada em casa e voltar de carro para Boston. Sabia que era melhor continuar andando porque, para uma parte cada vez maior dela, a idéia de ser algemada à cama de Michael era muito, muito agradável.

Pouco mais de duas semanas depois, Michael mandou a prudência para o espaço e ligou para Danica. Depois de muito pensar no assunto, chegou à conclusão de que como amigo tinha todo o direito de telefonar.

— Residência dos Lindsay.

— A sra. Lindsay, por favor.

— Quem devo anunciar?

Ele segurou o telefone com mais força.

— Michael Buchanan.

— Um minuto, por favor.

Em menos de um minuto, Danica atendeu à extensão na biblioteca.

— Michael?

— Oi, Dani.

— Michael. — Inspirou, sentindo toda a tensão com a qual tinha convivido nos últimos dias finalmente começar a ceder. — Ah, Michael.

— Como você está, Dani?

— Melhor agora.

— Tem sido muito ruim?

— Só na minha cabeça. Você sabe que ele ganhou.

— Sei.

— O Blake está em êxtase. E o meu pai também. A eleição do Claveling mais parecia o Segundo Advento.

— Depois de todo o trabalho que tiveram, eles têm o direito de estar felizes.

— Humm. Bem, pelo menos acabou. Mas, de qualquer jeito, continuo esperando pelo inevitável.

— Você acha que o Blake está esperando ser nomeado para algum cargo?

— Ele fez uma brincadeira com relação a isso um tempo atrás, mas estou começando a ter minhas dúvidas. Meu Deus, Michael, dá para imaginar o que vai acontecer se isso for verdade? Se o Blake aceitar um cargo na administração Claveling, teremos que nos mudar para Washington. Esse é o *último* lugar para onde quero ir.

— Não sei. Muitas pessoas achariam isso excitante.

— Você acharia?

— Particularmente, não, mas sou anti-social.

— Você não é anti-social. Você é antiinsanidade. Aquele lugar é uma loucura. Poder e política. Política e poder. — Ela emitiu um som gutural. — Pura loucura.

— Não faz sentido se preocupar com isso agora — ele observou, procurando acalmá-la. — A eleição foi ontem. O Claveling vai tirar um tempo para descansar, antes de começar a pensar em nomear alguém.

— Acho que sim. Você terminou o livro?

— Hum-hum. Terminei. Estou indo para as Montanhas Rochosas amanhã. Como estão indo as coisas com você e o Bryant?

— A proposta já está feita. Estou pronta para enviá-la. Talvez eu já tenha alguma resposta quando você voltar. Quando você volta?

— Antes do Natal. Alguma chance de você vir para cá?

— Não sei. Sempre passamos as festas de fim de ano com os meus pais. Depois disso, talvez, quem sabe... eu possa... mas... talvez não seja uma boa idéia.

— Quer dizer, eu a estou assustando... — começou ele, mas então percebeu o que estava fazendo e baixou a voz: — Não há a menor possibilidade de seu telefone estar grampeado, há?

Tal pensamento não lhe passara pela cabeça, embora devesse ter passado.

— Não sei — respondeu, assustada.

— Humm. Bem, se puder vir — continuou Michael, com indiferença estudada —, será ótimo. A Sara corre para saber notícias suas cada vez que passo pela loja. E a Greta e o Pat ligam toda hora.

— Como está a Meghan?

— Linda.

— E o Rusty?

— Resistindo a todas as minhas tentativas de ensiná-lo a não fazer sujeira dentro de casa. Acho que vou restringi-lo à praia.

— Você não faria isso. Está frio agora e ele é só um filhotinho.

— Ele está ficando enorme, o que torna tudo pior.

Danica riu sem perceber.

— Pobrezinho.

— Ele ou eu?

— Os dois. Michael? — A voz dela ficou macia, mas, lembrando-se de seu aviso, conteve-se. — Bom ouvir você.

— Posso ligar outra vez?

— Eu adoraria.

— Bem, então, se cuide.

— Você também, Michael. Vê se não quebra uma perna.

Ele riu.

— Não vou quebrar. Tchau.

— Tchau.

Uma semana antes do Natal, Danica estava tão aborrecida que nem ligou se Blake veria suas ligações na conta telefônica. Tentou telefonar para Michael, depois tentou novamente no dia seguinte, mas ele não estava em casa. Quando ele ligou de volta para ela, três dias mais tarde, ela ficou aliviada na mesma hora.

— Graças a Deus você voltou. — Foram suas primeiras palavras expiradas, ao ouvir sua voz.

— Não voltei. Fiz um desvio em Phillie para passar um tempo com o Corey. Eu não sabia se devia ligar. — Baixou a voz: — Você está bem?

— Não. Estou arrasada. O Blake está no sétimo céu. Assim como os meus pais, os pais dele e os nossos amigos, e todos esperam que eu esteja também. Secretário de Comércio. Você acredita? Tenho certeza de que ele tinha isso em mente desde o início. E nem uma vez parou para pensar no que eu queria.

— Não vai ser tão ruim assim.

Danica falou com a voz entrecortada:

— Não posso ir para o Maine, Michael. O Blake quer ir para Washington procurar por uma casa para morar.

— Sei. Talvez seja melhor assim. Você e o Blake têm uma vida nova pela frente.

— Ele, talvez. Eu, não. Pelo menos, não *esta* vida.

— Como assim?

— Já falei para ele que não vou morar em Washington. Se for preciso, vou para lá nos finais de semana, mas ficarei aqui.

— E como ele aceitou?

— Bem. Na verdade, com muita complacência.

— E você está magoada.

— Seria de esperar que tivesse ficado chateado. Que me *quisesse* lá. Afinal de contas, sou a esposa dele. É estranho.

— O quê?

— Estou começando a achar... Quer dizer, ele aceitou a minha ida para o Maine no verão passado sem, literalmente, nenhuma briga. Não discutiu quando eu disse que ia trabalhar com James Bryant. Agora parece concordar perfeitamente com a idéia de um casamento a distância. É quase como se estivesse feliz por eu ficar ocupada e longe dele. Acho que ele tem uma amante.

— Ah, Dani, duvido...

— Não é impossível. Afinal de contas, nós podíamos muito bem...

Ele a cortou:

— Ah! Acho que você não devia tocar nesse assunto. — Um lembrete sutil de que talvez não pudesse consertar o que viesse a dizer. — Além do mais, o Blake tem uma imagem a considerar. Duvido que faria qualquer coisa para pôr em risco uma posição que lutou tanto para conseguir.

— Talvez.

— Dê a ele o benefício da dúvida.

Michael não fazia idéia de por que estava defendendo Blake Lindsay, quando o que queria era brigar com ele por causa da forma como tratava a esposa, mas precisava agir assim. A outra alternativa seria encorajar algo que poderia ser totalmente falso, e, dado o seu próprio envolvimento nada imparcial na situação, isso seria errado. Jamais gostaria de ser acusado de encorajar efetivamente o afastamento de Danica do marido; se houvesse afastamento, acabaria em separação, e isso tinha de ser assunto exclusivo de marido e mulher.

Danica suspirou.

— Acho que *preciso* dar a ele o benefício da dúvida, uma vez que isso é conveniente para mim. Teria sido pior se ele tivesse insistido para eu morar em tempo integral em Washington... Michael, ainda não tive nenhuma resposta com relação ao livro.

— É muito cedo. Não desanime. Às vezes demora de dois a três meses para um editor ter a chance de ler uma proposta.

— Tem certeza?

— Tenho.

Conversaram por mais um tempo e, quando Danica desligou o telefone, estava se sentindo melhor.

Sentiu-se melhor ainda quando, na primeira semana de janeiro, recebeu o convite para comparecer a uma das mais prestigiadas editoras de Boston.

Nove

Um dia após a posse de Jason Claveling, Blake prestou juramento como seu secretário de Comércio. Danica ficou para as comemorações, sentindo-se orgulhosa pelo marido, apesar de tudo. Como sua companheira de beleza estonteante, recebeu sua cota de elogios. Nenhum deles, no entanto, veio diretamente de Blake, que estava mais emocionalmente envolvido consigo mesmo do que nunca. Quando ela voltou para Boston, vários dias depois, ele não pareceu nem um pouco surpreso.

Após assinar um contrato com a editora que fora a primeira opção deles, Danica e James passaram todas as tardes juntos, conversando, discutindo, gravando suas conversas para serem transcritas por uma das amigas de balé de Danica, que estava precisando de dinheiro.

Danica gostava do tempo que passava com James. Ele era interessante, sagaz apesar da idade, e não tinha aquela arrogância que tanto a tornava avessa à política. Com freqüência, ele mudava de assunto e fazia alguma pergunta sobre ela e algumas de suas experiências. Ele parecia vê-la de igual para igual naquele projeto deles, e isso aumentava o prazer que ela sentia em executá-lo. Pelo menos sentia que estava *fazendo* alguma coisa. Entre as manhãs ocupadas com algumas reuniões ocasionais e aulas de balé, as tardes na casa de James e as noites lendo as transcrições, ela se mantinha ocupada.

Várias vezes por mês ia a Washington acompanhar Blake em festas e recepções, e, embora achasse o ambiente da escalada social, da ambição, da competição e da sede pelo poder extremamente opressivo, ficava satisfeita em cumprir suas obrigações para com o marido — e para com o pai, a quem via agora com mais freqüência do que nunca.

William via sua presença com olhos que diziam "este é o seu lugar" e continuava a lhe dispensar não muito mais atenção do que Blake. Nenhum dos dois homens perguntava sobre o trabalho que estava fazendo em Boston, como se ignorá-lo fizesse-o não existir. Eleanor, para sua estranheza, era quem demonstrava interesse, e, embora Danica conversasse com ela, fazia-o com cautela. Não podia entender o interesse da mãe agora, da mesma forma como não tinha sido capaz de entender o seu instinto protetor no verão. Assim como naqueles dias, não sabia direito como reagir. Mais de uma vez chegou a pensar que Eleanor estava fazendo o que William pedia. *Xeretar* era uma palavra indelicada, mas, dada a distância daquela mulher durante toda sua infância, Danica não podia deixar de imaginar se suas atenções não teriam outro motivo.

Michael ligava de vez em quando para Boston. Estava viajando, fazendo pesquisa para um livro sobre as raízes do movimento ecológico, passando o tempo lendo e entrevistando pessoas nas maiores cidades do país. Propositadamente evitara o Nordeste, temendo que a tentação de ver Danica fosse demais, principalmente agora que sabia quantas noites ela passava sozinha. Não queria se aproveitar da situação. Além do mais, sabia que ela precisava ficar sozinha, para refletir. Os dias de Danica andavam cheios, e Michael foi percebendo aos poucos, pelas conversas detalhadas que tinham por telefone, que ela estava adorando trabalhar. E seu tom de voz, às vezes deliciosamente suave, às vezes entrecortado, indicava que ela sentia sua falta de uma forma que nunca teria expressado em palavras. Ele precisava ter fé de que, com o tempo, quando ela se sentisse à vontade consigo mesma como uma entidade independente tanto de Blake como de seu pai, teria mais condições de tomar uma posição com relação ao seu futuro e a ele, Michael.

* * *

No final de maio, após ter terminado a maior parte do que precisava fazer em outros lugares, Michael foi passar uns dias de folga em Washington para visitar alguns amigos e a irmã.

— Ei, Mike! — Jeffrey Winston levantou até a metade da cadeira de um restaurante lotado para atrair a atenção do amigo.

Michael logo se dirigiu à mesa, apertando a mão e abraçando o homem que fora seu amigo íntimo durante anos. Tinham se conhecido na faculdade e lutado juntos no Vietnã. Por um tempo, tinham sido cunhados. Os dois eram extremamente parecidos — ambos altos e com uma beleza natural, ambos inteligentes, introspectivos e dedicados ao trabalho.

— Como estão as coisas, Jeff? Caramba, que bom te ver!

— Bom ver você também, sumido. Já faz um tempão. — Jeff agarrou subitamente a cintura de uma garçonete que estava de passagem e fez um gesto indicando que queria mais duas cervejas antes de se voltar para Michael. — A Cilla me disse que você anda se escondendo por aí.

Michael levantou uma das mãos, num gesto brincalhão.

— Não estou fazendo nada clandestino. Apenas pesquisas para minha próxima obra-prima.

— A última foi ótima, Mike. Intolerância religiosa e racial. Caramba! Lembra das conversas que a gente tinha sobre esse assunto?

Michael sorriu.

— E de onde você acha que tirei a idéia para o livro?

— Tá, mas você seguiu adiante, enquanto eu não teria conseguido escrever nem o primeiro capítulo. Como estão as vendas?

— Nada mal. Estamos partindo para a segunda edição, o que não é nada de mais por causa do número de exemplares da primeira, mas, pelo menos, a venda excedeu a expectativa do editor. Segundo ele, fazer sucesso sempre ajuda. Mas me conte sobre você, meu amigo. Que negócio é esse de promoção?

— A Cilla andou abrindo a boca.

— E por que não abriria? Isso é maravilhoso. E-ei sou irmão dela e seu amigo. Ela sabia que eu gostaria de saber. Isso não quer dizer que ela publicou a notícia na primeira página do jornal. Além do mais, ela tem orgulho de você.

— Tem? Engraçado, ela sempre odiou o que eu fazia quando éramos casados.

— Não era o que você fazia que ela odiava. Era o que você *não* fazia, isto é, não contar a ela todos os detalhes do seu trabalho.

— Eu não podia. Ela é da imprensa, pelo amor de Deus. Eu não podia contar em que estava trabalhando quando o assunto era confidencial.

— Você não confiava nela e ela sabia disso. Mas, ei, não estou te culpando de nada. É preciso boa vontade dos dois lados para um casamento dar certo. A Cilla vive curiosa com relação a toda e qualquer coisa. Ela sabe ser muito enérgica quando quer. Nesse sentido, ela é como o papai. Tenho certeza de que não deve ser fácil viver com ela.

— Sei lá — disse Jeffrey, pensativo —, tivemos alguns momentos bons. Se não fosse o trabalho dela... está bem, está bem, *e* o meu, nós talvez tivéssemos dado certo juntos. Não acho que ela confiava em mim nem um pouquinho a mais do que eu nela. Ela vivia com medo de que eu arrancasse informações sobre suas fontes e depois virasse as costas para começar uma investigação. — Bufou. — Como se eu tivesse poder para...

— Tem agora? Vamos lá, abra o jogo. Qual é o lance da promoção?

Jeffrey tomou fôlego e se recostou na cadeira. Falar sobre Cilla sempre o alterava. Ele tinha tantas dúvidas, tantos sentimentos remanescentes por ela. Ultimamente, parecia obcecado pelos bons momentos que tinham passado juntos. Nos últimos seis anos, desde o divórcio, não conhecera outra mulher que chegasse aos seus pés em diversão, desafio ou total abandono sexual.

— A promoção. Estou chefiando o Departamento de Investigação do DOD.* Não que eu possa sair por aí procurando por coisas para

* Abreviação para US Department of Defense (Departamento de Defesa americano). Fonte: *Longman Dictionary of Contemporary English.*

investigar, mas, quando temos uma indicação, ou até mesmo uma pista, eu decido quem vai fazer o trabalho e aí o acompanho de perto.

— Então é basicamente um trabalho administrativo?

— Mais do que o outro. Ainda boto a mão na massa, você sabe que adoro essa parte, e posso me candidatar para trabalhar nos melhores casos, o que é ótimo. É um desafio.

— E quais são os casos que está acompanhando?

Em meio a sanduíches de rosbife, Jeffrey falava. Mantinha a voz baixa e, de tempos em tempos, inclinava o corpo para a frente, mas confiava tanto em Michael que daria a vida por ele, literal e figuradamente. Ocorreu-lhe que se tivesse confiado em Cilla uma fração do que confiava em Michael talvez eles não tivessem se separado. Quando se perguntava por que razão não *tinha* confiado nela, não gostava da única resposta que conseguia encontrar, e, sendo assim, parava de pensar no assunto.

— É esse o projeto atual? — perguntou Michael, depois que Jeffrey lhe contara de uma investigação sobre o vazamento de informações no Departamento de Estado.

— Não. Surgiu outra coisa. — Ele franziu o cenho. — Uma questão complicada.

Foi a vez de Michael se inclinar para a frente, o que fez com as sobrancelhas arqueadas, pronto para ouvir.

Jeffrey hesitou.

— Sei lá. Ainda é muito vago.

— Vamos lá, Jeffrey. Sou eu, Michael.

— É um pouco diferente do trabalho de contra-insurreição que fizemos no Vietnã... Ah, droga! Você vai ficar de bico calado. Além do mais, não tem tanta coisa confidencial ainda. — Apoiando os dois cotovelos na mesa, perguntou baixinho: — Você já ouviu falar da Operação Exodus?

— Serviço Alfandegário, não é?

— Hum-hum. Foi um programa lançado há alguns anos para conter a exportação ilegal de produtos de alta tecnologia para o bloco soviético. Desde o início ele teve muitos opositores: membros do Congresso e exportadores que achavam que ele prejudicava o fluxo do comércio no exterior. A teoria do governo é a de que, como a União Soviética está anos atrás de nós em pesquisa e tecnologia que possa de fato incrementar seus sistemas militares, ela vai implorar, tomar emprestado ou roubar o que puder. Uma aquisição essencial pode fazê-los avançar dez anos. Os mesmos semicondutores e circuitos integrados que são usados nos videogames são utilizados também em sistemas de mísseis guiados. Esses computadores pequenos que os executivos daqui usam todos os dias da semana também podem ser utilizados pelos militares para representar graficamente e acompanhar o movimento de tropas. A tecnologia a laser usada pelos nossos médicos pode ser utilizada para interromper comunicações via satélite inimigas.

— Tecnologia de duplo uso.

— Isso. Como eu disse, é uma questão delicada. Há batalhas constantes sendo travadas com relação a quais itens deveriam ou não constar da lista de restrições. Um número indefinido de itens de tecnologia avançada poderia ser usado para fins de defesa por algum país hostil. Se eles *seriam* usados, isto já é uma outra história. O Pentágono defende a linha dura, preferindo agir com rigor diante de qualquer possibilidade. O Departamento de Comércio, obviamente, está mais sintonizado com os interesses comerciais do país. Ele sustenta que, ao mantermos um controle severo sobre o que podemos exportar, deixamos um mercado lucrativo para os europeus.

— E quanto ao Comitê Coordenador para o Controle das Exportações? Ele não tem nada a dizer com relação ao que é vendido para a Europa Oriental?

— Até certo ponto. Qualquer um de seus representantes pode vetar a solicitação de uma empresa americana. Humm, o CoCom ajuda, com certeza, principalmente agora que a Alemanha e o Japão constam como membros, mas a organização é voluntária. Os países membros podem até concordar quanto ao que é ou não material sensível, mas eles não têm obrigação alguma de fazer cumprir o veto do CoCom.

— O que significa que o Departamento de Comércio poderia, por direito, ir mais adiante e conceder licença para uma empresa exportar produtos que o CoCom tenha vetado.

— Certo. Não que isso aconteça com freqüência. Nosso governo é mais firme do que os outros. Mas têm havido alguns deslizes, situações em que algumas licenças têm sido concedidas a empresas que não deveriam recebê-las, empresas administradas por pessoas de índole duvidosa, empresas com contatos de negócios suspeitos em outros países. Nos últimos anos, a Operação Exodus tem conseguido impedir o comércio ilegal de algumas mercadorias de extrema importância para o Oriente.

— Foi o que eu li — disse Michael, pensativo. — E aí, onde você entra?

— O Departamento de Defesa começou a suspeitar que alguns superminicomputadores estão chegando a lugares aonde não deveriam chegar. Nossas agências de inteligência estão vendo produtos vetados, com selo americano bem visível, em países que não deveriam ter acesso a eles. Por isso, estamos investigando.

— Cara, isso é emocionante!

— É o seu lado espião falando, Mike. Você se deu bem com aquele livro, não se deu?

— Ele vendeu bem. Humm... mais do que isso. Alguém o leu e gostou e, por causa dele, me convidou para dar um curso sobre inteligência e contra-espionagem em Harvard, no outono que vem.

— Você está brincando? Na JFK School?

Michael concordou. Tinha acabado de tomar conhecimento sobre a proposta. Estava ansioso para ir a Boston uma vez por semana, e por mais de uma razão.

— Você nunca deu aula antes, deu?

— Só em seminários, no passado. Vai ser uma nova experiência. Pelo que ouço falar, os alunos são feras. O certo seria eu ter um doutorado para ensinar num lugar como aquele, mas acho que eles sentiram que o meu livro, e outros que já escrevi, são credenciais suficientes.

— Também acho. No que você está trabalhando agora?

Eles conversaram mais um pouco sobre o último projeto de Michael, então sobre amigos em comum que um ou outro tinham encontrado, e depois, como não poderia deixar de ser, sobre as pernas da garçonete.

— Por que sempre acaba assim? — perguntou Michael, rindo. — Dá para imaginar que ainda estamos na faculdade, perto da associação de estudantes, dando nota para as garotas numa escala de um a dez.

— Algumas eram bem barangas, não eram?

— Humpf. E essas barangas devem estar lindas hoje. Lindas, bem-sucedidas e casadas. E aqui estamos nós, nós dois, sem ninguém.

— É uma certa melancolia o que estou sentindo? Uma mudança no coração de um solteirão inveterado?

— Não estamos ficando cada dia mais jovens, compadre.

— Mas mais sábios. Talvez estejamos ficando mais sábios.

— Às vezes eu me pergunto — disse Michael, pensativo, lançando um olhar para o lado oposto do restaurante. — Não acredito. Ela está aqui.

Jeffrey virou-se para seguir seu olhar.

— Cilla! Quando *ela* chegou? Não a tinha visto aqui antes.

— Nós não estávamos exatamente olhando para os lados. — Michael manteve o olhar fixo na irmã. Ela ergueu os olhos uma vez, seu olhar indo ao encontro do de Michael, mas logo voltou à conversa com um homem bem-vestido que fazia o tipo diplomata. — Passei o dia com ela ontem. Ela sabia que eu ia te encontrar aqui, mas não disse nada com relação aos planos dela.

— Vai ver ela queria te fazer uma surpresa.

— Vai ver queria fazer uma surpresa para *você*.

Jeffrey esboçou uma risada.

— Já fez. Olhe só para o cara. Não faz o tipo dela. Não tem estilo. Sem graça.

— Vai ver ela está fazendo uma entrevista para um artigo.

— Tomara que sim. Cara, eu detestaria achar que está desesperada. — Fez uma pausa, ainda encarando a ex-mulher. — Ela está bem, não está?

— Hum-hum.

— Será que ela namora muito?

Michael estava dando graças a Deus por Jeffrey não estar olhando na sua direção. Estava difícil segurar o riso.

— Ninguém em especial. Acho que anda farta de tudo isso. É preciso encarar, companheiro. Você acabou com as chances dela de arrumar outro homem.

— Você acha mesmo? — perguntou Jeffrey, voltando a olhar para Michael. — Não me sacaneia. *Vocês* é que acabaram com ela. Fizeram da Cilla uma mulher independente demais até para o próprio bem dela. Eu não conseguia domar a mulher, não tinha jeito.

— Vocês dois se acalmaram. Talvez devessem tentar mais uma vez.

Jeffrey começou a balançar a cabeça um pouco rápido demais.

— Temos um conflito básico de interesses. O trabalho dela e o meu.

— É apenas uma questão de confiança... Você nunca sentiu vontade de ter uma família? — perguntou Michael, hesitante, imaginando se era o único a sofrer subitamente daquele mal.

— Sempre. Mas a Cilla não é do tipo que reduz a marcha. Dá para imaginá-la grávida de nove meses correndo pela cidade atrás de uma ou outra história?

Michael riu.

— Acho que dá. Ela daria à luz numa esquina, colocaria a criança na bolsa e continuaria andando.

— Mamãe-canguru. Exatamente como um canguru, pulando por toda a cidade com um bebê na bolsa.

— Ou uma índia com o bebê nas costas. Mas as índias amam os filhos, amam mesmo.

— Por que percebo uma mensagem no que você disse?

— Percebe? Ei, olhe. Lá vem ela.

Como era de esperar, Cilla se dirigiu à mesa deles, tendo deixado seu acompanhante à mesa para pagar a conta.

— Veja só quem está aqui. — Ela se abaixou para beijar Michael e, então, demonstrando indiferença, pôs a mão no ombro de Jeffrey. — E aí, Jeffrey, como vão as coisas?

— Tudo ótimo, Cilla. Tudo ótimo. O Michael e eu estávamos batendo um papo maravilhoso.

— Sobre o quê?

— Cangurus.

Cilla lançou um olhar estranho para Michael antes de se voltar para Jeffrey.

— Você está pensando em adotar um canguru?

— Eu já tive um uma vez. Uma fêmea.

— Você nunca me contou.

— Era extremamente confidencial. Segredo de Estado.

Cilla balançou a cabeça com exagero e prosseguiu diplomaticamente com a piada:

— Espero que você tenha tido mais sorte ao treiná-la do que o Michael com o seu filhote.

— Não dei a menor sorte. Por fim, fui obrigado a me separar dela... para o bem dela *e* o meu. Mas sinto muita falta dela. Ela tinha bons momentos.

— Todos temos — disse Cilla, com um suspiro triste. Esfregou a mão nas costas largas de Jeffrey. — Bem, é melhor eu correr. — Abaixando-se, pressionou o rosto no dele, acenou para Michael e saiu.

— Cangurua tola — murmurou Jeffrey.

Michael analisou o amigo, mas não disse nada. Vira o brilho nos olhos de Jeffrey quando Cilla estava lá, vira o rubor no rosto da irmã enquanto conversava com ele. Tinha certeza de que ainda havia sentimentos muito fortes entre essas duas pessoas que representavam tanto para ele. Nada o faria mais feliz do que vê-los juntos de novo, embora isso independesse de sua vontade, como tinha de ser. Afinal de contas, pensou, quem era ele para bancar o casamenteiro quando sua própria vida amorosa andava sem solução?

— Oi, Dani.

— Michael! Onde você está?

— Em casa, finalmente. Caramba, como é bom. Está muito bonito aqui agora. Tudo florescendo.

— Eu sei. Estive aí algumas semanas atrás e já estava bonito. Mas não é a mesma coisa sem você. Conseguiu fazer tudo o que queria?

— Consegui. Está tudo pronto para eu passar todo o verão escrevendo.

— Eu também.

— Você está brincando! Terminou toda a gravação?

— Hum-hum. O James está indo passar o verão em Newport. Melhor assim. Já está tudo transcrito. Agora é que começa a parte boa.

— Você vai conseguir, Dani. Já te falei isso antes.

— Eu sei. Ainda assim, é um pouco preocupante segurar esse monte de folhas no colo sabendo que preciso arrumá-las de uma forma inteligente.

— Comece logo. É assim que eu faço. A pior parte é a expectativa. Não é tão difícil depois que se começa.

— Estou contando com isso. Como está o Rusty?

— Está um monstro. Você não vai acreditar quando o vir.

— Ele não causou problemas na casa da Greta e do Pat enquanto você estava fora?

— Você está brincando? Mas a casa deles fede a cocô mesmo.

— Michael — bronqueou Danica, embora estivesse rindo —, isso não é justo. A casa deles é linda.

Ele sorriu. Era muito bom ouvir a voz dela, melhor ainda ouvi-la rir.

— Sei disso e sei que você também sabe, portanto, não tem problema eu dizer o que disse.

— Como eles estão, a propósito?

— Ótimos. Querem saber quando você vem para cá. *Eu* quero saber quando você vem.

Ela abriu um sorriso. Não se importava com o quanto aquilo era perigoso, mas passara mais de oito meses sem vê-lo e não agüentava mais.

— Estarei aí dentro de algumas semanas.

— Por quanto tempo?

Era a sua grande surpresa e ela a saboreou.

— Até o Dia do Trabalho.*

— Até o Dia do Trabalho? — Ele pensara, por causa da nova posição de Blake, que ela teria de passar um tempo em Washington. — Meu amor, isso é maravilhoso!

— Também acho. Preciso demais passar um tempo aí.

Ele hesitou por um minuto.

— As coisas andam difíceis?

Sua voz diminuiu de volume:

— Acho que dá para dizer que sim. Não há muita coisa para mim em Washington.

— O Blake anda ocupado?

— O Blake vive ocupado. Mais do que quando estava aqui. Ele adora tudo com relação ao lugar: o glamour, a pompa, o poder. Tudo o que eu detesto.

— Você disse isso para ele?

— Disse. Ele falou que é só por quatro anos, mas a mim não engana. Se o Claveling for reeleito, isso pode facilmente durar oito anos, e, mesmo que ele não seja, o Blake está obcecado. Se não for uma posição no gabinete, será qualquer outra coisa. Nada muito promissor no que diz respeito à família afetuosa que eu queria.

Michael nada podia dizer. Sentiu vontade de falar que *ele* lhe daria a família feliz e unida que ela queria, mas Danica já sabia disso. Cabia a ela tomar uma atitude.

— Bem — disse ele, com um suspiro —, pelo menos, vir para cá será um descanso.

— Você nem imagina — disse ela, sincera, e ele riu. — Infelizmente, a minha mãe deverá passar um tempo aí comigo.

— Ô-ô! Ela ainda está maternal?

— Não consigo entender, Michael. *Ainda* não consigo entender. De uma hora para outra ela quer uma relação íntima entre mãe e filha.

* Nos Estados Unidos e no Canadá, o Dia do Trabalho (*Labor Day*) é comemorado na primeira segunda-feira de setembro. (Fonte: *The American Heritage Dictionary of the English Language*, 4ª edição.)

Quando estou em Washington, nós nos encontramos. Quando estou aqui, ela liga pelo menos duas vezes por semana. Isso é mais do que o Blake faz.

— Talvez ela saiba disso e se sinta mal.

— Não — respondeu Danica, pensativa. — Tem mais alguma coisa. Acho que ela está se dando conta da própria mortalidade.

— Ela está doente de novo?

— Não, não. Está bem. É como se, bem, é quase como se estivesse olhando para a própria vida, procurando por alguma coisa que não teve em outra época.

— Você conversou sobre isso com ela?

— Não conversamos sobre essas coisas.

— Mas poderiam.

— Eu sei, mas é estranho.

— Então talvez seja bom se ela aparecer. Talvez vocês consigam trabalhar esta estranheza.

— Não sei. Ainda tenho muitos ressentimentos. Você deve se lembrar de como foi horrível quando ela esteve aí no verão passado.

Ele se lembrava muito bem.

— Você não estava no seu melhor momento, Dani. Desta vez, vai poder fazer coisas com ela, levá-la para sair, talvez apresentá-la a algumas das pessoas que conheceu aqui.

— Ela já te conheceu. Você é quem mais importa. E com ela por perto... é tão difícil fingir.

— Shhh. Vamos enfrentar a situação quando ela acontecer. Enquanto isso, concentre-se apenas em vir para cá.

— É o que vou fazer. Michael... Que bom que você voltou. Me sinto melhor sabendo que você está aí.

— Sempre estarei aqui quando você precisar. Você sabe disso, não sabe?

— Sei — sussurrou. Ela sabia. A despeito de onde estivesse, sabia que ele voltaria correndo se ela precisasse, e o amava ainda mais por isso.

— Se cuide, meu amor.

— Você também.

* * *

Michael ficou um bom tempo pensando depois que desligou o telefone. Por um lado, estava em êxtase. Danica seria sua durante o verão. Por outro, sentia-se tolhido. Danica não era dele, não da forma que desejava.

Tinha passado bastante tempo conversando com Cilla sobre o assunto "Danica e Blake", mas não chegara a lugar algum. Cilla já havia visto Blake várias vezes desde que ele chegara a Washington. Ficara de olho nele no desempenho de várias funções e podia garantir que o homem era a quintessência da retidão. Em nenhuma das vezes em que o vira — e várias delas eram compromissos à noite — Danica aparecera, nem tampouco tinha ele aparecido com outra mulher ou mostrado o menor interesse em flertar com alguém. A única coisa que Michael podia concluir era que o homem era um obstinado. Infelizmente, ele era o obstinado a quem Danica estava amarrada, e, sinceramente, Michael não sabia o que fazer com relação a isso.

Vários dias antes de Danica ir para o Maine, ela recebeu uma ligação-surpresa de Reggie Nichols.

— Danica Lindsay, você gostaria de companhia por um ou dois dias?

— Você pode vir, Reggie? Eu adoraria! Há meses que venho tentando falar com você. Apenas me diga quando e eu te pego no aeroporto.

Reggie respondeu numa voz arrastada, preguiçosa:

— Ah, qualquer hora está bem. Vou só dar uma olhada nas bancas de jornal até você chegar.

— Você está no *aeroporto*? — perguntou Danica, animada.

— Sinto muito, mas estou.

— Estou indo direto para aí. Me dá uns quinze minutos?

— Maravilha! Estou no terminal Delta. Vou esperar do lado de fora.

— Ótimo! Estou louca para te ver.

Reggie riu.

— Então corra.

— Está bem! Te vejo em um minuto! — Batendo o telefone, Danica saltou da escrivaninha de Blake e correu para pegar o casaco e as chaves. Já fazia um ano que não via a amiga e estava com muita vontade de conversar. Reggie Nichols era uma companhia perfeita, e, assim como ela, havia somente uma outra pessoa no mundo, e essa *outra pessoa* estaria esperando por ela dali a três dias. Estava na sua semana de sorte, disse a si mesma, sentindo-se extremamente leve ao dirigir para o aeroporto.

Mal tinha chegado ao terminal, avistou a amiga. Buzinou e acenou, saindo do carro em seguida e contornando-o para abraçá-la.

— Você me fez ganhar o dia, Reggie Nichols!

— Shhh. Estou viajando em segredo. Está vendo os óculos escuros?

Os óculos eram enormes e escuros, mas pouco serviram para esconder a Reggie que Danica conhecia tão bem.

— Você está ótima!

— Sei não. O mesmo nariz adunco. — Apertou e afofou os cabelos cortados em camadas. — O mesmo cabelo sem vida.

— Você está ótima — repetiu Danica, com a voz firme. — Vamos lá. Vamos guardar sua mala e ir embora. Não gosto de dividi-la com o aeroporto.

Durante o trajeto de volta para Beacon Hill, Reggie explicou que tinha acabado de participar do French Open, que tinha ainda o All England pela frente, que voltara para descansar entre os dois torneios e que, por puro impulso, pegara um avião para Boston.

— Não estou aparecendo numa péssima hora, estou? — perguntou. Havia uma urgência em sua voz que alertou Danica sobre alguma coisa. Reggie parecia cansada. E mais velha.

— Você não podia ter escolhido hora melhor — assegurou-lhe Danica, com delicadeza. — O Blake está em Washington e eu estou me aprontando para ir para o Maine. Se tivesse ligado na semana que vem, eu já teria partido.

— Como está o Blake?

— Bem.

— Agora é que você deve estar mesmo na maior badalação.

— Nada, você sabe como odeio Washington. Só vou para lá quando preciso. Mas me fale de você. Como está o torneio?

Conforme se aproximavam da casa, Reggie contou a Danica sobre os torneios de que tinha participado. Decorrida uma hora, após terem deixado a mala e o carro em casa e atravessado o parque para irem almoçar no Locke-Ober, Reggie ainda estava falando:

— Está ficando cada vez pior — lamentou-se, tornando a se servir do vinho que o garçom tinha deixado gelando em uma mesinha adjacente à delas. — Estou envelhecendo e nenhuma das outras está.

— Mas você é uma jogadora maravilhosa, Reggie. O que você tem em experiência compensa o que elas têm em energia.

— É isso o que venho dizendo a mim mesma nos últimos anos, mas sabe de uma coisa? Não é mais verdade. Elas são boas, Danica. Têm pernas boas, braços bons e boa noção de quadra. Eu? Bem, o meu joelho salta, as minhas costas doem e ando extremamente cansada.

Danica analisou a amiga.

— Você já entrou nos "inta" este ano, não entrou?

— Trinta? É. E dá para ver.

— Não de onde estou sentada — Danica começou a contradizê-la, depois escolheu melhor as palavras: — O que eu vejo é uma mulher bronzeada, saudável e em ótima forma. Mas nenhuma de nós tem mais dezoito anos. — Espetou um pedaço de truta com o garfo. — Você está pensando em parar?

— Estou.

Danica ergueu os olhos.

— Está mesmo?

— Não sei se tenho escolha. Não venço mais da forma que costumava vencer, e o esforço está me matando. — Reggie fez uma pausa. — Você lembra de quando fomos para a escola do Armand? Estávamos em ascensão naquela época. A cada ano vencíamos mais torneios. A cada ano subíamos no ranking. Foi devagar, mas estável e empolgante.

— Estável para você, ligeiramente turbulento para mim.

— Isso foi outra coisa, Danica. Você tinha razões para não querer jogar.

— É. Eu não estava vencendo nos grandes torneios.

— Certo. Bem, é assim que estou agora. — Tomou um bom gole do vinho e abaixou a taça. — Só que é mais difícil quando se está numa decadência progressiva. Fiquei muito tempo no topo, talvez mais tempo do que deveria.

— O sucesso não pode ser ruim.

— Quando ele entra no seu sangue e aí você o perde, pode sim. — Olhou para Danica. — Pergunto a mim mesma onde estou, *quem* sou e não tenho respostas. É claro que posso me aposentar agora e viver da glória, mas ela vai desaparecer muito rápido, quando as outras superestrelas tomarem o posto. Realmente não sei mais onde vou parar, e isso é difícil de aceitar.

Danica não sabia o que dizer. Lamentava profundamente por Reggie.

— Você conversou essas coisas com a Monica? — Monica Crayton era a treinadora de Reggie há sete anos, desde que ela rompera com Armand por causa de um desentendimento técnico.

— Monica. — Suspirou. — A Monica está dando uma de olheira. Ela não admite, mas já percebi como fica se chegando para o lado de umas jogadoras mais jovens. Droga, ela não é cega. Está vendo o que está acontecendo. Sabe que é apenas uma questão de tempo eu me aposentar e está cuidando do futuro dela. Não posso culpá-la. Acho que faria o mesmo se estivesse no lugar dela.

— Você já conversou com ela sobre o que deveria fazer... depois?

— Se eu não sei, como ela iria saber? Meu Deus, isso é horrível. Quer dizer, ando com uma raquete de tênis na mão desde os seis anos. Desde que me entendo por gente, sei para onde estou indo. Nunca tive uma dúvida sequer. O tênis era o meu futuro. De repente, não sei mais.

— Só porque você não estará mais competindo não quer dizer que terá de abandonar o jogo. Você poderia ser treinadora.

Reggie inspirou fundo.

— Já pensei nisso. Poderia. Mas não seria a mesma coisa ficar de fora assistindo outra pessoa jogar.

— É um ofício muito honroso.

— Pode ser. Mas, por outro lado, eu talvez fosse uma má treinadora. É como começar tudo de novo. É assustador.

— E quanto a ensinar em uma escola de tênis? Você poderia fazer isso fácil, fácil. Aposto que o Armand...

— Eu não poderia pedir ao Armand, não depois da forma como nos separamos.

— Mas quanto a uma outra escola? Há centenas delas por aí agora. Só com o seu nome, você seria capaz de conseguir uma boa posição no mercado.

— Talvez. Mas, mais uma vez, talvez ficasse entediada. Parece que desde sempre planejei o meu ano de acordo com o *pro tour*. Sem aquela tensão, sem aquele... — Reggie simulou um golpe com o punho — ... fluxo de adrenalina...

— Pelo que você está me contando, esse fluxo de adrenalina não está mais fazendo a parte dele. Na verdade, Reggie, você tem opções.

Reggie a olhou nos olhos.

— Acho que *você* fez a opção correta naquela época. Eu daria qualquer coisa para estar no seu lugar. Olhe só para você: tem o marido no gabinete do Presidente, no gabinete do *Presidente*, tem *três* casas e está financeiramente feita para a vida toda.

Danica sorriu, tristonha.

— A grama do vizinho é sempre mais verde, não é mesmo?

— Opa. As coisas com o Blake ainda estão ruins?

Danica revirou os olhos e fez sinal para o garçom. Enquanto ela e Reggie voltavam caminhando devagar e de braços dados pelo parque, ela pôs a amiga a par de como as coisas estavam mesmo difíceis.

— Ele não me vê nem um pouquinho, Reg. Estou aqui, mas ele não me vê. É como se eu fosse uma peça da mobília.

— Idiota. O que há de errado com ele, que não consegue perceber quando tem algo de bom?

— Você está dizendo isso porque é minha amiga, mas não importa. A verdade é que o Blake vê milhares das coisas boas que tem, só que eu não sou uma delas. Ele está se achando um deus em Washington. Talvez já se achasse aqui também, mas eu nunca tinha percebido.

— Talvez você não quisesse perceber.

— É. Acho que não mesmo. Sempre procurei racionalizar, sabe como é... ele é ocupado, importante e gosta de mim, mesmo não dizendo. Mas olho para mim e para a minha vida e sei que alguma coisa precisa mudar. Não quero ser uma velha rabugenta e amarga daqui a quarenta anos. Não quero olhar para trás e pensar em tudo o que perdi.

— O seu trabalho com o James Bryant deve estar ajudando um pouco. — Danica lhe escrevera falando sobre ele.

— Está. Estou gostando muito de trabalhar, mas...

— Mas o quê?

Danica olhou para Reggie e desviou o olhar. Indicou um banco desocupado e elas se sentaram. Junho estava em seu apogeu e isso se estampava nas copas frondosas das árvores, no perfume adocicado da grama, no vaivém das pessoas que apareciam e ocupavam o parque.

— Existe um homem, Reg.

Por um longo minuto, Reggie não disse uma palavra sequer.

— Um homem. Você quer dizer um *outro* homem?

— Hum-hum.

— Você nunca falou de ninguém nas suas cartas.

— Tenho certeza de que falei dele, só que não sob esse ângulo.

Reggie franziu a testa, tentando se lembrar. Então arregalou os olhos.

— O cara do Maine?

Danica concordou.

— Ninguém sabe. Você é a primeira pessoa para quem estou contando. Você não vai contar nada, vai?

— E eu alguma vez contei alguma coisa? — revidou Reggie, implicante, referindo-se às fantasias adolescentes que costumavam dividir quando mais jovens.

— Não. — Danica sorriu, lembrando-se daqueles dias. — Não, nunca contou.

— E não vou contar agora. Michael... não é esse o nome dele?

— É. Michael. Ele é a pessoa mais maravilhosa que conheço.

— Vamos voltar um pouquinho no tempo. Você o conheceu quando comprou a casa?

Recordando os momentos conforme falava, Danica contou a Reggie sobre aqueles primeiros dias, sobre a lenta evolução de seu relacionamento com Michael, sobre os passeios de bicicleta, sobre Rusty e a perda do bebê. Contou-lhe sobre o inverno que se seguiu, sobre as ligações, sobre como Michael fora o seu ponto de referência quando não tivera nenhum outro.

— Você está apaixonada por ele. Está estampado no seu rosto.

— É, estou. Mas normalmente mantenho isso bem escondido.

— O Blake sabe de alguma coisa?

— Ele já o conheceu. Sabe que o Michael e eu somos amigos. Não parece se importar nem um pouco, mas é assim que as coisas andam entre nós ultimamente.

— Há quanto tempo essa situação está rolando com o Michael? Você já dormiu com ele?

— Meu Deus, você é direta.

— Você gostaria que eu fosse de outro jeito?

— Não. — Danica inspirou fundo e balançou negativamente a cabeça. — Não, eu não dormi com ele. Não posso.

— Por que não? Se você o ama...

— Sou casada, Reggie, lembra?

— Para o diabo, Danica, as pessoas casadas fazem isso o tempo todo. Sei disso. Alguns dos melhores homens que namorei eram casados.

— Você não fez isso.

— Fiz, e sabia muito bem o que estava fazendo. Não que eu saísse procurando por eles. Eles vinham a mim, de livre e espontânea vontade. Preciso ter prazer de vez em quando. Um homem bom, bonito, forte e sexy pode te dar isso, mesmo se for só por uma noite.

— Mas há mais coisas entre o Michael e eu. Não é só sexo e não seria coisa de uma só noite se a gente começasse.

— E vai começar? Você vai para lá no verão. O Blake por acaso vai?

— Duvido. Dará a mesma desculpa de que irá quando puder, mas duvido.

— O que significa que você ficará sozinha com o Michael. O que vai fazer?

— Não sei.

— O que você *quer* fazer? Sonhe por um minuto. Se pudesse escolher, o que faria?

Danica não precisava de um minuto para sonhar, pois era o que vinha fazendo há meses e meses.

— Eu me divorciaria do Blake, mudaria de vez para o Maine, casaria com o Michael e teria seis filhos.

— Pois *faça* isso!

— Não posso! É só um sonho. Não posso me divorciar do Blake. Você faz idéia de como ele ficaria magoado? Você faz idéia de como os meus pais ficariam magoados?

— Para o diabo com eles. E quanto a *você*?

Danica deu uma risada curta.

— Você parece o Michael falando.

— Você falou com ele sobre se divorciar do Blake?

— Não. Ele sabe que tenho uma obrigação com a minha família.

— Do que adiantam as obrigações, se você está infeliz?

— Mas não estou. Não mesmo. Quer dizer, tenho muito a agradecer. E, agora que estou trabalhando com o James, sinto alguma satisfação também.

— Mas você está perdendo tanta coisa! — disse Reggie, com mais gentileza, refletindo em seguida: — Existe alguma possibilidade de você se acertar com o Blake?

— De salvar o nosso casamento? Não sei, Reg. Eu estava tentando fazer isso quando comprei a casa e veja só o que aconteceu. O Blake e eu estamos cada dia mais distantes. Ele tem a vida dele. Sempre teve a vida dele. Por causa disso, comecei a construir uma para mim. Estamos seguindo caminhos diferentes. Não sei se um de nós pode olhar para o lado e ver o outro.

— Então você já tem a resposta.

— Não. Não tenho. Ainda há aquela palavrinha horrorosa: *divórcio*. Não quero me divorciar. Isso me assusta.

— É apenas uma palavra que envolve um certo trabalho burocrático. As pessoas estão sempre se divorciando, principalmente porque percebem que o casamento delas acabou. E é mais fácil do que costumava ser. Você podia pegar um vôo para o Haiti...

— Por favor, Reggie. Não quero falar sobre isso.

— Está bem. Não precisamos falar. Não agora, pelo menos. Mas, em algum momento, você vai precisar encarar a situação.

— Não agora. Não agora.

— Está bem.

Reggie apertou-lhe carinhosamente o braço e participou-lhe, animada, que gostaria de fazer compras no Marketplace. Muito mais tarde, quando voltaram para casa, Danica já tinha dado um jeito de tirar aquela palavra odiosa de sua cabeça. Reggie a manteve distraída com histórias de escapadas de tenistas famosas, tanto dela quanto de outras que Danica conhecia. A sra. Hannah preparou-lhes o jantar e elas logo se acomodaram na cama do quarto de hóspedes, entregando-se às reminiscências dos dias que passaram na Academia Armand Arroah. Danica voltou a se sentir como uma adolescente e ficou feliz por Blake não estar ali para torcer o nariz para as risadinhas e as gargalhadas que ecoavam pelos corredores.

Nada mais se falou sobre o futuro de nenhuma das duas, até que, bem mais tarde, ao irem pé ante pé à cozinha para tomar chá e comer bolo, Reggie ergueu a mão, pedindo atenção.

— Ouça essa. — Leu o que estava escrito na etiqueta do saquinho de chá: — "Sempre descobrimos o que fazer ao descobrirmos o que não fazer." Cabe feito uma luva, não cabe?

— Ouça a minha: "O melhor tipo de ruga é aquele que indica por onde andaram os sorrisos." Nenhuma de nós tem rugas. Isso é bom ou ruim?

Nenhuma delas sabia a resposta. Enquanto Reggie se distraía, encantada porque o sol não tinha transformado seu rosto em uma massa enrugada, Danica pensou seriamente em mudar para uma outra marca de chá.

Dez

Como estava levando seu editor de textos e toda uma parafernália volumosa, isso sem mencionar os dicionários e livros de pesquisa, mais os objetos de uso pessoal, Danica deixou Marcus segui-la na Mercedes até o Maine. Enquanto ela abria as janelas e arejava a casa, ele esvaziou os dois carros e depois a ajudou a instalar o editor de textos na sala de TV. Ansioso por servi-la, ofereceu-se para ir à cidade comprar comida, mas ela recusou com gentileza, respirando aliviada quando ele finalmente arrancou com a Mercedes rumo a Boston.

Precipitando-se para o quarto, tirou a saia e a blusa e estava enfiando as calças jeans quando ouviu a voz de Michael:

— Dani? Dani, sou eu!

Com o coração acelerado enquanto vestia apressada a camiseta, voltou correndo para a sala de estar, no exato momento em que Michael estava abrindo a porta.

— Michael! — Já estava em seus braços, sendo girada pela sala. — Michael, ah, Michael, que bom te ver! — Estava com os braços em torno do pescoço dele, os dele em sua cintura. — Achei que o Marcus nunca iria embora.

— Eu também. Estava escondido atrás das pedras, esperando.

— Estava nada.

— Estava.

Ele a pôs no chão.

— Me deixe olhar para você. — Assim o fez, da cabeça aos pés. — Você está maravilhosa. Seu cabelo está mais comprido. Gostei.

— Eu também. — Ela passou os dedos pelos cabelos claros dele. — Os seus estão mais curtos. Também gostei.

Ele corou.

— O barbeiro se excedeu. Mas vão crescer.

— Não, gostei mesmo. — Gostara da forma como a parte da frente ainda lhe caía sobre a testa, mas não a ponto de esconder as linhas suaves que lhe davam um certo ar de maturidade. Gostara da forma como suas costeletas estavam aparadas, dando mais força ao seu maxilar. Gostara da forma como a parte de trás tinha sido cortada em camadas, deixando seus cabelos macios ao toque. — É tão bom te ver — sussurrou, sem se preocupar se estava sendo repetitiva, pois tais palavras mereciam repetição.

Ele a abraçou de novo, depois a beijou suavemente nos lábios.

— Achei que você nunca chegaria — murmurou, relutante em afastar os lábios de sua boca. — Faz tanto tempo!

— Eu sei. — Ela passou a mão por seu peito, usufruindo de seu calor como se precisasse se certificar de que ele era de carne e osso. Por tanto tempo habitara seus sonhos. Era difícil acreditar que finalmente estava ali com ele.

Pegando-a pela mão, Michael a levou para o deque, perguntando o que tinha feito desde a última vez em que se falaram; depois, enquanto ela falava, ele a levou para a praia, rumo às pedras favoritas deles. Querendo saber mais sobre suas viagens do que ele lhe contara por telefone, Danica fez perguntas e mais perguntas, às quais ele respondeu com avidez.

— Tenho novidades — disse, quando chegaram a uma pausa na conversa. Pensara bastante antes de lhe contar, mas sabia que ela ficaria magoada se sentisse que ele não fora direto e honesto. — Recebi uma proposta para dar aula no outono.

Seus olhos se iluminaram.

— Isso é maravilhoso! Onde?

Ele hesitou por um momento.

— Harvard.

Seus olhos se arregalaram ainda mais.

— É tão perto!

— Eu sei. Não tinha certeza se isso iria te chatear.

— Me chatear? Acho *maravilhoso*!

— Será apenas uma tarde por semana e somente durante o outono; nunca fiz nada parecido antes, portanto vou ter que passar um bom tempo me preparando neste verão, mas acho que é uma proposta empolgante.

— Acha? — zombou ela, passando em seguida o braço pela cintura dele e apertando. Surpreendia-a estar sendo tão física, mas aquilo era o mínimo que ele lhe inspirava a fazer. — Você vai passar uma tarde por semana em Boston. Isso é o máximo!

Ele riu, incapaz de tirar os olhos dela.

— Também acho. Eu estava com a esperança de que... quer dizer, pensei... bem, talvez a gente pudesse jantar junto de vez em quando.

Ela sabia o que ele estava dizendo, ou querendo dizer, como de fato era o caso. Pois se se vissem em Boston, seria na cidade onde ela morava. Estariam quebrando um acordo implícito, tomando um novo rumo, talvez dificultando as coisas. Mas ela tinha poucas escolhas.

— Eu adoraria.

— Mesmo?

Ela ficou séria.

— Claro! Este último inverno foi muito longo. Não estou particularmente ansiosa por uma repetição dele. — Forçou-se a desviar o olhar do dele e buscou consolo no mar. — Mas continuo me fazendo as mesmas perguntas, e ainda não tenho respostas. — Voltou a olhar em seu olhos. — Talvez eu não esteja sendo justa com você.

— Estou reclamando?

— Não posso prometer nada — ela o advertiu, com brandura.

— Eu sei, meu amor, eu sei. Sei também o quanto senti *sua* falta durante todo o inverno e também não estou com a menor vontade de que isso se repita. — Tomou fôlego. — Por favor, entenda da maneira correta, porque não quero você se sentindo culpada de nada. Não saí em busca de um emprego em Boston. Ele veio a mim e a oportunidade era boa demais para deixar passar. Se eu puder vê-la, melhor ainda. Será maravilhoso. Se não, vou me concentrar apenas no prazer de ensinar... Mas isso é loucura. Aqui estamos nós, com o verão inteiro pela frente, preocupados com o outono. Tenho outra surpresa. Quer ver?

— É tão boa quanto a última?

Ele mexeu as sobrancelhas.

— Depende da sua preferência... homem ou fera. — Virando-se, apertou os lábios e assobiou alto. Fez o mesmo após alguns segundos e esperou.

— Rusty? — murmurou, olhando para a praia da mesma forma que Michael. Momentos depois, um grande e belo labrador retriever apareceu correndo. — Rusty! Meu Deus, veja só!

Com Michael logo atrás, Danica desceu correndo das pedras, ficando de joelhos para dar um abraço apertado em Rusty.

— Você está lindo! — exclamou, agarrando-se ao seu pêlo espesso enquanto ele balançava toda a parte traseira.

— Ele estava te esperando.

— Estava nada. Nem poderia se lembrar de mim.

— Claro que lembra. E, mesmo que não lembrasse, ele tem um olho clínico para mulheres.

— Você o está treinando.

— Hum-hum.

Danica ficou de pé.

— Ele está maravilhoso, Michael. Estou tão feliz por você ter ficado com ele.

— Eu também. Temos dado boas corridas na praia. Você ia gostar de ver.

— Mal posso esperar. Ele é um cachorro especial para um homem especial. — Não conseguiu esconder seu olhar de adoração quando ergueu os olhos para Michael.

— Daqui a pouco vou ficar convencido. Vamos lá. Quero ver o seu editor de textos.

Ele o viu, e mais a pilha de papéis e fitas que ela havia trazido. Quando retornaram à casa dele, ele lhe mostrou as provas do seu livro sobre esportes e a quantidade de anotações e rascunhos para o seu mais novo rebento. Falaram um pouco sobre ele e depois foram juntos de carro até a cidade. Michael ficou orgulhoso em exibi-la por lá, não somente para Sara, como também para seu marido, para o farmacêutico, para a bibliotecária e para a dona da loja de artigos de cozinha, todos eles pessoas que Danica havia conhecido no verão anterior.

Pararam no mercado e depois voltaram para a casa de Danica, onde ela cozinhou para Michael o que ele jurou ser o melhor jantar que comia havia semanas. No entanto, após uma noite de conversas amenas e sorrisos, ele teve o bom senso de desejar-lhe boa-noite.

Esse padrão de intimidade se repetiu com o passar das semanas. Andavam de bicicleta todas as manhãs e depois cada um voltava para as respectivas casas para trabalhar. Sempre que possível, jantavam juntos, às vezes na casa dela, às vezes na dele, às vezes fora. Faziam compras juntos, caminhavam na praia, conversavam sobre tudo, desde a praga que afetava os olmos até as más condições de trabalho dos mineiros em Appalachia. Passaram um domingo no barco dos McCabe, o que foi simplesmente maravilhoso, uma vez que Danica e Michael tinham olhos apenas um para o outro e Greta e Pat os deixaram à vontade.

Em meado de julho, Eleanor Marshall apareceu para uma visita. Danica estava em muito melhor forma do que no verão anterior, mas mesmo assim ainda achava a presença da mãe controladora, principalmente quando queria estar com Michael. Por insistência sua, ele as acompanhou para jantar em várias ocasiões. Não só ela estava desesperada para vê-lo, como queria que Eleanor o conhecesse.

Infelizmente, Danica subestimou a percepção da mãe.

— Querido? — Eleanor já estava em casa havia três dias, esperando por um momento em que ela e William estivessem sozinhos. Estava tomando um drinque na sala de TV antes de se sentarem para um raro jantar tranqüilo. — Tem uma coisa que eu gostaria de falar com você. É sobre a Danica.

William afundou mais em sua poltrona de espaldar alto.

— Fiquei feliz por você ter ido para lá; eu simplesmente não posso me afastar dos negócios.

— Tenho certeza de que ela compreende. Mas não é sobre isso que eu queria falar. Estou preocupada com o Blake e ela.

— O que há com eles?

— Não está certa a forma de eles raramente se verem.

— *Já falei* sobre isso com ela. Ela não me ouve.

— O que o Blake diz?

— Ele não pode fazer nada — disse William, bruscamente. — Ele não pode ficar se arrastando o tempo todo para o Norte quando está ocupado em Washington e não pode forçá-la a ficar lá. Que diabo ela tem contra aquela cidade?

— Ela nunca gostou de lá. Você sabe disso.

— Mas não entendo por quê. Tudo bem, ela não gosta de sair todas as noites. Mas era de esperar que pudesse fazer um esforço pelo Blake.

— Ela não quer. É isso o que me preocupa.

Cubos de gelo tilintaram quando William bateu com o copo no braço da poltrona.

— Ela tem mais do que qualquer outra mulher no mundo poderia sonhar. Não sei o que há de errado com essa menina. Ela devia agradecer a Deus. Em vez disso, o que faz? Se enfia na casa daquele velho rabugento do Bryant...

— Ela diz que ele é ótimo.

— Essa história de trabalhar é ridícula. Ela não é nenhuma feminista; pelo menos *eu* nunca a eduquei para que fosse. O que deu nela para querer trabalhar? Ainda não consigo entender.

— Ela disse que está adorando.

— É teimosa mesmo, e com certeza não admitiria o contrário mesmo que não estivesse gostando. — Refletiu por um minuto. —

Alguém a está influenciando. É a única explicação. Você disse que ela conheceu algumas pessoas por lá.

Eleanor alisou o vestido sobre os joelhos, pressionando a seda com a palma das mãos.

— Ela me apresentou a algumas pessoas. Elas parecem muito simpáticas. Mas estou preocupada.

Quando ela parou de falar, William franziu a testa.

— O que foi, Eleanor? Fale logo.

— Acho melhor não.

— Eleanor... — ele a advertiu, franzindo o cenho numa expressão autoritária.

— O... o vizinho dela... Michael Buchanan...

— Ele é encrenca na certa. Eu já devia saber.

— Não, não. Ele é muito simpático. *Muito* simpático.

William suspirou.

— O que você está insinuando, Eleanor?

Eleanor tinha uma expressão aflita. Não sabia se estava agindo certo. Por um lado, sentia-se traindo Danica. Por outro, sabia que sua total lealdade deveria ser com William, que certamente ficaria furioso se algo acontecesse por ela ter ficado de boca fechada.

— Estou pensando — suspirou — se seria possível a Danica estar envolvida com outro homem.

William ficou boquiaberto.

— Com um Buchanan?

— Eles parecem gostar muito um do outro.

— Eles *fizeram* alguma coisa?

— Na minha frente, é claro que não. Foram bem discretos. A Danica deu um jeito de parecer indiferente quando ele estava por perto, mas eu vi. As mulheres sentem essas coisas.

— Que *coisas*? — quis saber William, já impaciente.

— Expressão. Tom de voz. Pequenos detalhes. Ela não é assim com o Blake.

— O Blake é um homem. O Buchanan é... é...

— É um homem também — completou Eleanor, com delicadeza. — Um homem tão atraente, ao seu modo, quanto o Blake. Tão bem-sucedido, ao seu modo, quanto ele. Um homem que *está presente*, enquanto o Blake não.

Mas William estava sacudindo a cabeça.

— A Danica não faria uma coisa dessas. Ela não ousaria.

— A Danica não é mais uma criança. Parece que nós falhamos em perceber isso ao longo do caminho.

— Ela não ousaria. E isso é tudo.

Eleanor pressionou os lábios e aquiesceu.

— Bem, eu só queria que você soubesse.

William terminou o drinque.

— Por quê?

— Achei que talvez você quisesse conversar com ela. Ou com o Blake. Você sabe, não para fazer acusações, apenas para sugerir que eles procurassem ficar mais tempo juntos. Eu não gostaria que nada acontecesse, Bill. O Blake está num cargo de grande projeção. Se a Danica fizer alguma tolice, tanto você quanto o Blake podem ficar numa situação constrangedora.

— Humm. Talvez. — Inspirou profundamente. — A propósito, o Henry e a Ruth perguntaram por você hoje. Encontrei com eles no clube.

Por ora, a discussão sobre a filha tinha chegado ao fim. Sentindo que tinha cumprido com sua obrigação, Eleanor, aliviada, pôs-se logo a falar sobre os amigos. William, contudo, ficou um bom tempo pensando em Danica e Blake. Não queria confrontar o genro e se arriscar a afastar-se de um homem que tinha como amigo e aliado importante. Não queria confrontar Danica, que certamente negaria tudo.

Não, decidiu, havia uma maneira mais segura de lidar com a situação. Determinado, telefonou para Morgan Emery na manhã seguinte.

* * *

Numa manhã de sábado, no final de julho, Michael sugeriu que eles fossem dar uma volta de carro pela costa de Camden. Danica, que não se importava para onde fossem, desde que estivessem juntos, concordou prontamente. Em nome do conforto, e por estar se sentindo particularmente feminina, colocou um vestido azul de alcinhas que tinha comprado em Boston naquela primavera e sandálias de tirinhas.

Michael estava mais calado do que o habitual. De tempos em tempos, quando Danica olhava para ele, ele sorria, apertava sua mão, mas pouco falava.

— Você parece preocupado — arriscou ela, a voz baixa. — Alguma coisa errada?

— Não, não. Bem, não errado de verdade. Eu, ah, há uma razão especial para eu querer te trazer aqui. — Estavam a uns dez minutos do local de destino.

— Mais uma surpresa? — ela implicou com ele.

— De certa forma. Tem alguém que eu gostaria que você conhecesse.

— Da última vez que ouvi isso, encontrei a Cilla no seu deque. Quem é, Michael?

— O nome dela é Gena. Gena Bradley.

Danica pensou, então sacudiu negativamente a cabeça.

— Não me lembro desse nome. Quem é ela?

— Bradley é o nome de solteira dela. Ela voltou a usá-lo depois do divórcio. Quando eu era criança, ela se chamava Gena Bradley Buchanan. É a minha mãe.

— Sua *mãe*? Mas eu achei que ela morava em Nova York. Eu nem tinha me dado conta de que seus pais eram divorciados. — Michael pouco falava do pai por motivos que já lhe havia explicado, e, embora tivesse falado com carinho da mãe, Danica simplesmente presumira que a relação deles ficara abalada por causa do desentendimento familiar.

— Eles se separaram depois que todos nós abandonamos o ninho. Minhas lembranças são da família unida.

— O que aconteceu? — perguntou ela baixinho, surpresa. — Achei que... quer dizer, o quadro sempre me pareceu tão bonito.

— E era bonito, pelo menos para nós, os filhos. Sempre soubemos que a Gena tinha um temperamento independente. Ela era a nossa grande heroína, enquanto o papai tentava nos controlar. E não acho que tenha sido infeliz naquela época. Ela nos amava, e ela e o papai pareciam ter um relacionamento sólido.

— Então... por quê?

— Quando todos nós saímos de casa e ficaram só os dois, ela percebeu que alguma coisa estava pior do que tinha imaginado. Ela descobriu que o papai estava saindo com outra pessoa, uma mulher mais jovem.

— Ah, Michael.

— A Gena ficou muito magoada, principalmente porque tinha sido cem por cento fiel a ele durante todos aqueles anos. Ele não se opôs ao divórcio. E ela se mudou para cá.

— Deve ser confortante ter você tão perto.

— Não a vejo com a freqüência que gostaria. — Ele sacudiu a cabeça, cheio de admiração. — Ela é uma mulher e tanto. Mais independente do que nunca. Não é do tipo que espera que os filhos segurem sua mão. Construiu uma vida nova para si mesma e se mantém tão ocupada que nós quase precisamos marcar hora para vê-la.

Danica não teve outra opção a não ser comparar a mãe de Michael com a sua. As situações pareciam ser opostas. Estava feliz por Michael, por ele ter levado a melhor.

— O que ela faz?

— O que ela *não* faz, você quer dizer. Ela tem uma pequena imobiliária em Camden. Ensina russo em um programa educacional para adultos. E trabalha com um torno.

— Com um torno?

— Trabalha com argila. Ela é muito boa nisso. Sabe aquela luminária grande e escura que fica no meu quarto?

Danica limpou a garganta. O quarto dele era local proibido.

— Não, humm, nunca vi aquela luminária grande e escura que fica no seu quarto.

Michael lançou-lhe um olhar constrangido.

— Está bem. Enfim, foi ela que fez o pé e pôs a fiação para mim. Ela vende as peças dela em algumas lojas da cidade. — Fez uma pausa. — Você comprou uma.

— Comprei?

— O cinzeiro na sala de TV.

Danica sentiu o orgulho discreto em sua voz.

— Sua mãe fez aquela peça? Por que você não me contou?

— Já bastava eu saber.

— Eu adoro aquele cinzeiro! — Ela baixou a voz: — Mas guardo clipes de papel nele. Você acha que ela se importaria?

Ele riu e negou com a cabeça.

— Vivo dizendo para ela tentar vender em Nova York, mas ela diz que não tem tempo. Diz que não quer trabalhar sob pressão e que, se gosta do que faz, isso já é suficiente. Quem me dera eu pudesse me dar por satisfeito assim. Não que eu precise de adulação, mas acho que o meu trabalho não teria muito significado para mim se as pessoas nunca lessem os meus livros.

— São situações diferentes, Michael. A sua mãe...

— Chame-a de Gena. Ela prefere.

— ... A Gena está num estágio diferente da vida e, de uma certa forma, já tem reconhecimento público. Os quatro maiores trabalhos dela estão aí nas ruas de todo o mundo. Brice, Corey, Cilla e você.

Michael abriu um sorriso.

— Vocês duas vão se dar bem. Muito bem.

Mas Danica sentiu um medo momentâneo.

— Ela sabe sobre mim?

— Falei de você como amiga. — Ele ficou sério. — Não contei tudo para ela. Levando em consideração o que passou na vida, não tenho muita certeza se aprovaria o fato de eu estar apaixonado por uma mulher casada.

Se Gena suspeitou de alguma coisa, guardou para si. Com Danica, mostrou-se afetuosa e cordial, e com Michael, de uma corujice explícita. Danica logo entendeu de quem Michael herdara o gosto pelo contato físico. Gena também era assim.

Era elegante, mais baixa do que Cilla e tinha belos cabelos curtos e grisalhos. Michael tinha os mesmos olhos castanhos dela, ou talvez fosse o afeto contido neles que lhe parecesse familiar, mas a semelhança física terminava aí.

Da mesma forma que ocorrera com Cilla, Danica sentiu-se logo atraída por aquela outra mulher na vida de Michael. Gena era interessante e inconformista de uma forma que Danica achou extremamente agradável. Embora Michael lhe tivesse dito que Cilla se parecia com o pai em termos de agressividade, Danica pôde ver de onde ela herdara sua impulsividade. No decorrer daquele dia, empolgada, Gena arrastou-os para verem a casa que tinha acabado de vender para uma pintora, levou-os ao cinema para assistirem a um curta-metragem estrangeiro que ouvira falar que era ótimo, subiu nos ombros de Michael para pendurar um comedouro de passarinhos que julgava estar muito baixo e preparou o jantar vegetariano mais delicioso que Danica poderia imaginar.

— Cansada? — perguntou Michael, quando voltaram de carro para Kennebunkport, bem mais tarde naquela noite.

— Hum-hum. Mas um cansaço misturado com prazer. Ela é maravilhosa. Sorte a sua ter uma mãe assim.

O tom de sua voz era de admiração, talvez um pouquinho de inveja, mas nem uma ponta de amargura, o que fez Michael sentir-se agradecido. Ele não queria ressaltar os problemas pessoais de Danica ao apresentá-la a Gena. Na verdade, passara horas preocupado, com medo de que isso pudesse acontecer. Mas, no final, queria apenas que essas duas mulheres se encontrassem. A reação de Danica convencera-o de que estivera certo. Além do mais, ficou entusiasmado com a afeição sincera que Gena mostrara por Danica. Agradava-lhe saber que a mãe tinha visto beleza na mulher que ele amava.

Cilla ficou surpresa ao erguer os olhos da pilha de recados em sua escrivaninha e ver Jeffrey se aproximando. Não sabia ao certo o que a tinha alertado de sua chegada, mas certamente não foram os seus passos, já que a sala estava tomada pelos ruídos dos teclados dos computadores. Ela abriu um sorriso, mas esperou que ele falasse primeiro.

— Oi — cumprimentou-a, baixinho.

— Oi para você também.

— Eu estava passando por aqui e pensei em dar uma parada. Eu não sabia se você estaria aqui. Você normalmente está na rua.

Não havia censura em sua voz para desencorajá-la.

— Não consigo escrever nada quando estou na rua. E também não escrevo muito aqui. — Ela gesticulou, indicando a mesa entulhada. — Olhe só esta bagunça. Não sou das pessoas mais organizadas.

— Mas consegue dar conta do trabalho. — Ele sentou-se na cadeira próxima à sua mesa. Ninguém na grande sala parecia lhe dar muita atenção. Estava satisfeito por não ser reconhecido. — Li o seu artigo sobre corrupção na política. Ficou bom.

— Não falei nada que você já não soubesse.

— Mas foi bem pesquisado e apresentou vários ângulos novos. Você recebeu algum comentário?

— Você quer dizer de alguma autoridade querendo investigar? Não exatamente. Mas também eu não estava esperando. As autoridades trabalham de uma forma estranha. Elas mantêm os assuntos em sigilo até que, de repente, batem na sua porta implorando pelas suas fontes.

— Pare com isso, Cilla. Nunca fiz isso.

— Você nunca precisou bater na minha porta. Você já estava lá dentro — rebateu ela, então suavizou a voz e baixou o olhar: — Mas você está certo, Jeff. Nunca fez isso. Embora eu tivesse medo de que fizesse.

— Pois não devia ter tido. Eu era o primeiro a perceber que você não podia revelar uma fonte.

— Mesmo assim, sempre perguntava.

— Eu ficava curioso. — Inclinou-se mais para perto, querendo mais privacidade, assim como o simples prazer de se aconchegar a ela. — *Pessoalmente* curioso. Não profissionalmente. Pessoalmente. Em parte eu queria saber tudo o que você estava fazendo. — Baixou a voz o quanto pôde: — Acho que era um tipo de possessividade, uma necessidade masculina.

— A possessividade não é uma exclusividade masculina. Nós a sentimos também.

— É o seu lado feminista que está falando, a mulher que quer ter o controle.

— Não! Não preciso ter controle o tempo todo. Não transfira suas inseguranças para mim, Jeffrey Winston. Isso não é justo.

Ele estava prestes a refutar sua afirmação quando fez uma pausa e disse devagar:

— Talvez você tenha razão.

— Eu... o quê?

Ele apertou os lábios.

— Não me faça repetir. Já foi difícil dizer a primeira vez.

— Você reconhece que tem suas inseguranças?

— Sempre reconheci. Só que não para você.

— Bem — ela suspirou —, já é alguma coisa. Acho que nós dois as temos.

Jeffrey queria conversar mais, no entanto sabia que havia hora e lugar melhores. Tinha ido lá para confirmar se Cilla estaria mesmo tão receptiva quanto Michael achava.

— E aí? — começou, como quem não quer nada. — Alguma notícia quente? — Estava tentando amenizar as coisas, mas percebeu em seguida que tinha apenas aberto uma ferida antiga. Para sua surpresa, Cilla não viu dessa forma. Estava com a testa franzida, olhando para o telefone sobre sua mesa.

— Recebi a ligação mais estranha do mundo esta manhã.

— De quem? — Ele fez uma careta. — Dê uma pista. É algo que você pode falar?

Ela lhe lançou um olhar perdido que ele jamais vira antes.

— Claro. Na verdade, não é nada de mais. Só que... tem alguma coisa me dizendo... Posso sentir alguma coisa no ar, mas ele não disse muito.

Jeffrey esperou pacientemente, dizendo a si mesmo que teria de deixar Cilla falar, se quisesse. Sentiu-se recompensado quando ela olhou em seus olhos.

— Era um homem. Não quis se identificar. Murmurou alguma coisa sobre favores sexuais, sexo e poder. Sei lá. Devia estar bêbado ou drogado. Mas era como se tivesse outras intenções quando ligou. Não posso deixar de pensar que ele tinha algo sério para contar. — Interrompeu-se. — Desligou antes que eu pudesse tirar algo de concreto dele.

— Ele vai ligar de novo, se quiser. Sabe onde te encontrar.

— Ainda assim, é frustrante. Fico pensando que ele está em algum lugar por aí e não faço a menor idéia de quem seja ou onde está.

Jeffrey admirou sua dedicação, tão intensa como sempre. Mas havia algo a mais, alguma coisa que denotava mais suavidade. Ela parecia menos confiante, mais vulnerável. Imaginou se ela estaria mesmo ficando mais dócil, como Michael lhe dissera.

— Ah, ouça, Cilla. A razão de eu ter vindo aqui... bem, achei que talvez a gente pudesse jantar juntos. Sei que você sempre sai com a galera — Jeffrey virou a cabeça na direção das outras pessoas na sala — e sei que isso é importante para você...

— Quando?

— Como?

Cilla nunca fora nada tímida. Ela sorriu.

— Quando você gostaria de jantar? Pode ser na quinta-feira, se você estiver livre.

— Quinta? — Ele deu um jeito de não deixar transparecer sua surpresa. Tinha quase certeza de que ela dificultaria as coisas. Mas já estava velho demais para joguinhos; talvez ela também já tivesse passado dessa fase. Quinta-feira era dali a dois dias. Ele abriu um sorriso, inclinou-se para a frente e sapecou-lhe um beijo no rosto antes de se levantar. — Quinta está ótimo. Posso passar para te pegar?

— Você sabe onde vou estar — disse ela, no mesmo tom macio que tinha usado alguns momentos antes.

Mais uma vez ele ficou surpreso. Mais ou menos esperara que ela sugerisse um restaurante. Ficando mais dócil? Com certeza, e de uma forma muito conveniente. Ofegante, ele sorriu.

— Está bem. Lá pelas oito?

— Perfeito.

Ele concordou e saiu. Cilla o seguiu com o olhar, pensando que ele devia ser o homem mais bonito da sala. Sentiu-se feliz e empolgada. Percebeu que não se sentia assim há muito, muito tempo.

Morgan Emery remexeu-se à procura de uma posição mais confortável em seu esconderijo, logo abaixo do convés do iate elegante que havia alugado. Já haviam se passado quatro semanas desde que William Marshall o contratara e ele estava começando a se perguntar se o dinheiro, afinal de contas, estava valendo o esforço. Tinha se escondido atrás de pedras arredondadas, em vãos de portas, entrado e saído de restaurantes, conhecido mais da costa sul do Maine do que sonhara algum dia e não estava conseguindo nada, pelo menos nada que valesse alguma coisa.

Ah, ele tinha fotos, mas nenhuma delas era mesmo comprometedora. Tinha fotos dos dois na praia, fotos deles dentro do carro, andando de bicicleta, saindo da biblioteca, fotos deles na porta da casa de um ou de outro. Algumas vezes via uma mão em um ombro, então prendia a respiração na expectativa de fotografar um beijo, e nada. Às vezes era um braço em torno da cintura, tão perto para um carinho, e o braço se soltava. Às vezes ficavam cara a cara um com o outro, então um sorriso e um recuo. Até mesmo agora, conforme ajustava as lentes teleobjetivas de sua câmera no deque de Michael Buchanan, tudo o que podia ver eram duas pessoas sentadas em cadeiras diferentes, comendo os bifes que tinham acabado de preparar na grelha.

Emery ficava com a boca cheia d'água, mas, quando tateava em busca do último sanduíche de presunto e queijo que tinha levado, seu apetite diminuía.

Bancar o vigia. Odiava isso. Horas e horas sentado, esperando. Gostava era da agitação da cidade grande, onde uma investigação particular lhe permitia cravar os dentes em algo substancioso. Isso? Droga, isso era como tomar conta de criança. Muito bem pago, com certeza, mas sem grandes desafios.

Infelizmente, quando um membro do Senado norte-americano oferecia trabalho, não dava para recusar. Influência pessoal era algo que valia uma nota preta e William Marshall tinha influência. Um elogio dele poderia simplesmente conseguir para Emery uma outra temporada trabalhando em sigilo com os federais. *Aquilo* é que tinha sido desafio, fazer o papel de contrabandista em uma operação contra o crime. Tinha se divertido. Talvez devesse ter sido ator. Caramba, ele bem que tinha o perfil...

Um movimento no deque distante fez Emery ficar alerta, mas fora apenas mais um alarme falso. Estavam levando os pratos para dentro. E lá estava a droga do cachorro de novo. Ah, tinha ótimas fotos do cachorro. Era um belo animal, precisava admitir. Mas Marshall não queria ver o cachorro.

Qual o problema com aqueles dois? Seria Buchanan um eunuco? Uma bela mulher... horas e horas com ela todos os dias... e nada.

Batendo uma foto às pressas, guardou o equipamento dentro do barco, virou as costas e subiu para a cabine de comando. Aquele era um iate maravilhoso, pensou, deslizando as mãos pelo timão de metal reluzente. Marshall lhe dera carta branca para as despesas e ele chegara à conclusão de que precisava parecer chique no mar, como mandava o figurino. Um dia, talvez, tivesse um barco como aquele. Ele merecia. Não, o que merecia era uma bela garota da cidade e uma noite de sexo ardente. Ele faria bonito. E, já que ficaria com o barco até a manhã seguinte...

Com o devido cuidado, resistiu ao ímpeto de empurrar o manete em toda a sua extensão para a frente e arrancar, produzindo um grande esguicho de água salgada. O piloto automático o mantinha navegando devagar e ele não podia acelerar sem correr o risco de atrair atenção para si.

Uma coisa era certa: não iria de jeito nenhum ficar esperando mais tempo por lá. Marshall queria fotos. E ele as daria. Se eram inocentes, isso era problema dele. Seu trabalho estava concluído. Terminado. *Finis.*

* * *

Danica tinha acabado de voltar para o deque e estava olhando para o mar, quando Michael chegou por trás e passou os braços pela sua cintura. Ela se recostou nele e cobriu-lhe as mãos com as suas.

— Bonito, não? — comentou em voz baixa.

— O pôr-do-sol ou o barco?

— Ambos. É tão tranqüilo aqui. — Ela levantou a cabeça. — Deve ser ainda mais tranqüilo lá.

— No barco?

— Hum-hum. As ondas não estão muito altas. A brisa está suave. — Inspirou devagar. — Seria bom ter um barco como aquele. De quem será?

Michael entrecerrou os olhos e contemplou o belo iate que se afastava em ritmo estável.

— Não dá para ver o nome. Deve ser lá de Bar Harbor ou de Newport, ou de algum lugar em Long Island.

— Humm, seria um sonho. Não vejo ninguém no convés. O que você acha que estão fazendo? Talvez tomando champanhe lá embaixo ou jantando à luz de velas...

— Ou tirando a água que entrou no porão.

Danica lhe deu uma cotovelada e ele riu.

— Você é terrível, Michael. Estou aqui imaginando uma cena romântica e você acaba com ela de uma tacada só.

— Desculpe. Vá em frente. Imagine.

Ela não conseguiu resistir à tentação, embora seus pensamentos tivessem se voltado para si:

— Se eu tivesse um barco como aquele, seria livre. Ah, não no sentido mais literal da palavra, mas estar num barco como aquele seria uma fantasia, de qualquer maneira. Eu simplesmente... partiria. Sairia navegando. Me afastaria da terra e das suas limitações. — Abaixou a cabeça e deu uma risada constrangida. — Você deve achar que sou maluca.

— De jeito nenhum. — Ele sabia que Blake poderia lhe comprar um barco daqueles num piscar de olhos. Talvez ela mesma pudesse comprá-lo. *Ele* poderia comprá-lo para ela. Portanto, não era o sonho de ter o barco que estava fora de alcance, e sim o sonho de liberdade. Liberdade. O que ele não daria para ela ser livre! — Sei do que você está falando. Um verão, quando eu estava na faculdade, trabalhei com a tripulação de um grande veleiro aqui. Foi dureza, mas muito divertido. Passávamos várias semanas com passageiros, mas bom mesmo eram os dias em que ficávamos sozinhos, quando podíamos içar as velas, seguir a direção do vento e voar. A gente simplesmente deitava no convés e relaxava. Naquela época eu me sentia como se fosse o dono do mundo. Todas as minhas preocupações ficavam na margem. Eu era livre, pelo menos por um tempo.

— Parece o paraíso. — Virando-se, ela passou os braços pelo seu pescoço. A noite caía rapidamente, jogando seu manto sobre o mundo real, embora não em sua totalidade. — Mas por um tempo curto demais. Não sei dizer para onde foi o verão. Tem sido maravilhoso aqui.

— Tem mesmo, não é? — perguntou ele. Seus dedos acariciaram-lhe a cintura, desejosos por subir. — Quando você precisa voltar?

— Falei com o Blake que voltaria para Boston uma semana depois do Dia do Trabalho. — Falava com ele ao telefone, religiosamente, todos os domingos, embora pouco tivessem a dizer de importante. Ela não se mostrava mais interessada em seus feitos em Washington do que ele no que ela fazia no Maine. Nem sequer fez qualquer menção de pegar um avião até lá, o que muito agradou a ela. Não sentia mais nada por ele, nem física nem emocionalmente, e, se ele sentia o mesmo, parecia não se importar. — Daqui a trinta dias. Com muita relutância. Quando você começa em Cambridge?

— No meado do mês. Irei antes para participar do treinamento antes do início das aulas.

— Você vai pernoitar lá?

— Só no início. Reservei um quarto no Hyatt. Fica no...

— Na Memorial Drive. Sei onde fica. Não é longe de onde moro. — Ficou surpresa ao ouvir as próprias palavras. Ele estaria tão perto, tão *perto*. Tentou imaginar o quarto onde ficaria, com vista para o Rio

Charles, mas tudo o que conseguiu visualizar foi uma grande cama vazia. Quando seus joelhos começaram a fraquejar, passou os braços pelo pescoço de Michael, abraçando-o com força, apertando o rosto contra sua garganta. Sentia-se muito, muito dividida.

Michael a apertou ainda mais. Seus braços se cruzaram em suas costas, seus dedos chegaram à lateral macia de seus seios.

— Não sei se eu deveria lhe dizer para pensar ou não nisso — disse, aflito. — Mas precisamos fazer alguma coisa, Dani. Precisamos fazer *alguma coisa.* — O tormento estava ficando cada vez pior: a agonia de querê-la, de precisar dela e de não tê-la de forma alguma.

— Eu sei — murmurou ela, com a voz entrecortada. — Eu gostaria de saber o que fazer.

— Então apenas me beije — ele pediu, com a voz rouca de desejo, abaixando a cabeça e beijando-lhe a boca com toda a ânsia que lhe fervia por dentro. A ânsia dela se igualava à sua e ela não se deteve, oferecendo-lhe os lábios, a língua, o hálito em uma troca febril. Seu corpo se curvou na direção do dele e, quando ele soltou os braços e passou as mãos em seus seios, um leve gemido, como um ronronar, escapou de sua garganta.

Ele nunca os tocara, embora ela já houvesse imaginado isso muitas, muitas vezes. Suas mãos os acariciavam e ela foi ficando excitada com o seu estímulo.

— Tão belos — murmurou ele com a voz rouca, a testa encostada na dela. Quando esfregou os polegares em seus mamilos, eles ficaram ainda mais intumescidos. Ela gemeu baixinho, incapaz de se afastar, pois estava adorando o que ele fazia, embora soubesse que ele precisava se conter.

— Trinta dias, Dani. É tudo o que temos.

— Eu sei, eu sei.

— Quero você, meu amor.

Eu também, pensou ela. Mas pensou também em Boston, em Blake e em todas as outras coisas para as quais estaria retornando quando aqueles curtos trinta dias acabassem.

Michael pousou a palma das mãos sobre os seus seios, memorizando sua forma extremamente feminina por um último momento, antes de baixá-las lentamente até a cintura. Estava ofegante. Sabia que seus shorts mal disfarçavam sua excitação, sabia que ela precisava sentir a pressão de seus quadris contra os dela. Podia sentir o seu calor, podia imaginá-la molhada. Sabia também que ela ainda não estava emocionalmente pronta, a ponto de tudo voltar ao normal na manhã seguinte.

— É melhor eu te levar para casa — sussurrou ele. Ela concordou, embora relutante em se afastar. — Não sei até que ponto vou conseguir me controlar se ficarmos mais tempo aqui. Eu estava louco para tocá-la assim, mas isso me fez apenas querer mais.

Novamente ela concordou, mas dessa vez deu um passo para trás. Com o queixo caído sobre o peito, as mãos apertadas na frente do corpo, ela era a imagem do sofrimento.

— Não sei o que fazer — murmurou tão baixo que ele não teria ouvido caso não estivesse tão perto.

Michael sentiu seu sofrimento e sua confusão dez vezes mais fortes, pois queria respostas e não as tinha.

— Temos tempo, meu amor — acabou por dizer.

Ela levantou a cabeça, os olhos arregalados.

— Trinta dias. É tudo o que temos. Trinta dias.

Mas ele estava balançando negativamente a cabeça.

— Temos mais. Temos semanas, meses. A situação não é simples. Não podemos estipular um tempo limite.

— Mas isso pode durar para sempre! — ela gritou, abraçando a si mesma em vez de a ele.

Mais uma vez, ele discordou:

— Mas não vai. Na hora certa, alguma coisa vai mudar. Você vai saber quando chegar a hora. De um jeito ou de outro.

Mais tarde, bem depois de Michael ter levado Danica para casa, ele refletiu sobre o que tinha dito. O verão os aproximara ainda mais. Ela já fazia parte de sua vida de uma forma tão intensa que ele não suportava se imaginar sem ela. No entanto, ela podia, de fato, escolher entre um caminho e outro. Podia voltar para Boston e perceber o que ele já havia percebido — que tinham sido feitos um para o outro, que a vida deles juntos seria fantástica. Ou também poderia voltar para Boston e, por razões além de seu controle, decidir que deveria continuar com Blake.

Ele não podia pressioná-la, principalmente porque tinha medo do resultado. Sabia que a amava, sabia que muito pouco a prendia a Blake. Sabia também que, embora os laços que a uniam ao marido estivessem se partindo, eles ainda eram fortes.

Em última análise, queria que ela fosse feliz. Se isso significasse uma reconciliação entre ela e o marido, teria de aceitar. Neste meio-tempo, tudo o que podia fazer era esperar, ter esperança e dar tudo o que pudesse para que o tempo que tinham juntos fosse muito especial.

Andando pelo deque, tarde naquela noite, pensou na noite anterior. Seu olhar se fixou no horizonte escuro e sem luzes que pudessem indicar a presença de um barco. Lembrou-se do belo iate que tinham visto mais cedo, lembrou-se dos sonhos dela, dos seus anseios.

Foi então que teve uma idéia.

Onze

Cedo, na manhã seguinte, Michael correu até a cidade, onde descobriu que a sorte, definitivamente, lhe sorria. Não só ele poderia alugar um iate como aquele que Danica sonhara na noite anterior, como o próprio aguardava para ser alugado, uma vez que tinha sido devolvido naquela manhã. Pagando o valor integral adiantado, tomou as providências necessárias e correu para a casa de Danica.

— Adivinhe só! — exclamou ele, sorrindo orgulhoso ao aparecer à sua porta.

Ela sorriu também, adorando aquele seu jeito de menino quando não conseguia conter a própria empolgação. Com ele, havia sempre uma novidade. Ela sabia que Michael faria da vida algo excitante, para dizer o mínimo.

— O quê?

— É nosso.

— O que é nosso?

— O barco.

— *Que* barco?

— Aquele que vimos ontem à noite.

Danica arregalou os olhos.

— *Aquele* barco? Como assim "é nosso"?

— Acabei de alugá-lo para o fim de semana.

— Você está brincando. Não, não está. Michael, não acredito!

— Está feliz?

— Você sabe que sim! Para o fim de semana? *Nosso?*

Ele encolheu os ombros, mas estava sorrindo.

— A não ser que você prefira ir ao cinema ou fazer outra coisa.

— De jeito nenhum! — Ela pressionou as mãos uma contra a outra. — Ah, meu Deus, isso é loucura. Vou ter que... vou ter que... o que a gente veste num barco?

— Você nunca *andou* de barco antes?

— Foi diferente. Muito diferente. Salto alto e vestido de noite. — Ela estava exultante. — Isso vai ser muito melhor!

Sua empolgação, por si só, fazia tudo valer a pena.

— Pode usar o que quiser. Quanto mais confortável, melhor. — Interrompeu-se. — Eu poderia tê-lo alugado para hoje e amanhã, mas ele tinha acabado de ser devolvido e o dono queria dar uma limpeza. Além do mais, como estes são dois dias úteis, achei que você gostaria de trabalhar.

Danica balançou a cabeça, em êxtase, tanto por ele ter alugado o barco quanto por ter respeitado o trabalho dela a ponto de levá-lo em consideração antes de planejar qualquer outra coisa. Não que ela não tivesse largado tudo para sair naquele barco com Michael...

— Mal posso esperar — disse baixinho, abraçando-o em seguida. — Obrigada.

Sem confiar em si mesmo, ele logo a afastou.

— O prazer é todo meu. Agora... vamos ao trabalho.

— Nem uma volta de bicicleta?

Ele recusou.

— Preciso levar o Rusty ao veterinário e depois dar uns telefonemas, ainda esta manhã. Algumas anotações que fiz em São Francisco não estão corretas. Preciso corrigi-las antes que eu faça uma bagunça no livro todo. Depois disso, é melhor eu terminar o planejamento das minhas aulas. — Provocou-a: — Você não é a única pessoa por aqui que precisa trabalhar, sabia?

Ela sorriu, segurou a mão que ele lhe ofereceu, apertou-a e o observou ir embora pelo caminho de carros. Em seguida, no entanto, seus pensamentos se voltaram para o fim de semana e percebeu que seria praticamente impossível trabalhar naqueles dois dias.

Às sete da manhã de sábado, ela já estava de pé, vestida, com a bolsa arrumada e esperando. Após muito pensar, resolvera vestir jeans e camiseta, botando várias mudas de roupa na bolsa de viagem agora ao lado da porta.

Michael tinha alugado o barco para o período que ia das dez daquela manhã até a mesma hora de segunda-feira. Dissera a ela que passaria lá às nove, de forma que poderiam parar para comprar comida antes de irem para o Iate Clube. Ele ficaria furioso se soubesse que ela havia passado toda a tarde anterior na cozinha, mas, além de ela não conseguir se concentrar no trabalho, muito lhe agradava a idéia de ficar no convés tomando vinho, comendo patê caseiro, cogumelos recheados, ervilhas e *ramaki*. Tinha preparado uma torta floresta negra também, e fora correndo à cidade em busca do melhor creme de leite fresco, do melhor chocolate meio-amargo, do melhor kirsch. Todas as suas guloseimas estavam embaladas e mantidas na geladeira.

Andou pelos cômodos da casa, checando uma janela aqui, endireitando uma almofada torta ali. Deu uma olhada no relógio e começou a andar novamente. Estava no deque com o rosto virado para o sol de final de agosto quando um pensamento lhe ocorreu.

Blake telefonaria no domingo e ela não estaria em casa. Caso ficasse preocupado — o que ela não sabia se aconteceria, mas não deveria correr o risco —, ele poderia ligar para a sra. Hannah, ou pior, para seu pai. E ela não queria isso.

Voltando correndo, foi à sala de TV, pegou o telefone, mas hesitou. Não fazia idéia da programação de seu sábado em Washington. Em Boston, teria levantado cedo, ido ao escritório e depois ao clube. Decidindo-se pela opção que lhe causaria menos constrangimento, caso estivesse enganada, ligou para o condomínio onde ele morava.

O telefone tocou cinco vezes. Estava para desligar quando ele atendeu. Sonolento. Estava dormindo. Estranho.

— Oi, Blake.

— Danica?

Ela podia imaginá-lo espiando o relógio, sempre à vista em sua mesa-de-cabeceira.

— Desculpe. Te acordei?

— Não. Ah, sim. Dormi demais. Eu devia ter acordado uma hora mais cedo.

— Achei melhor ligar para você agora, porque vou passear de barco com uns amigos e não estarei aqui amanhã. — Era só uma mentirinha, racionalizou, e, se Rusty também fosse, aí é que não seria mentira mesmo. Rezou para que Blake não fizesse perguntas.

Não fez.

— Vai ser bom para você. Quanto tempo vocês vão ficar fora? — Seu tom de voz era de bate-papo, como se não se importasse muito, mas percebesse a necessidade de alguma demonstração de interesse.

— Só o fim de semana. Volto na segunda-feira.

— Bem, divirta-se.

— Como estão as coisas por aí?

— Muito bem, obrigado.

— Alguma novidade?

— Nada de que eu me lembre.

— Está tudo bem no departamento?

— Muito bem.

Ela não sabia o que mais poderia dizer.

— Está bem. Então, acho que já vou indo. Falo com você na semana que vem?

— Por mim, tudo bem. Tchau.

Somente após desligar o telefone foi que percebeu que estava trincando os dentes, mas não era a primeira vez. Ultimamente, quando falava com Blake, ficava tensa. Ele estava sempre inteiramente calmo, apropriadamente composto — até mesmo hoje, depois de tê-lo acordado. Imaginou-o deitado na cama, os cabelos levemente despenteados e o pijama amarrotado. Sinceramente, não podia se imaginar ao lado dele. Tal idéia não a atraía de forma alguma.

Era uma farsa a rotina desgastada que estavam vivendo. Imaginou se isso o incomodava, se ele estava pelo menos ciente de que havia alguma coisa errada. Ele sempre parecia tão complacente... Danica sabia que eles poderiam continuar assim, mas a alternativa...

Sem capacidade, não, *sem disposição* para começar o fim de semana preocupada, saiu apressada da sala de TV. Sem nada melhor para fazer, levou a bolsa de viagem para o caminho de carros e retornou à cozinha para transferir as coisas da geladeira para uma caixa grande.

Michael chegou cedo.

— O que foi que você aprontou? — exclamou ele, quando ela levantou a caixa da mesa da cozinha.

— Preparei algumas coisas para a gente comer.

Ele logo pegou a caixa de suas mãos.

— Não precisava ter feito isso, Dani. Não era para você ter trabalho neste fim de semana.

O contraste mais uma vez lhe saltou aos olhos. Blake teria ficado contrariado pelo fato de sua esposa ter cozinhado, enquanto Michael estava simples e sinceramente preocupado por ela ter se cansado.

— Foi divertido. E não venha me dizer que você não vai sentir fome durante o fim de semana.

Ele abaixou a cabeça.

— Não, não foi isso que eu quis dizer. Mas nós poderíamos ter nos virado muito bem com coisas compradas prontas.

— Ainda vamos precisar de muita coisa. Estamos prontos? — Ela deu uma olhada na Blazer de Michael. — O Rusty vai!

— Vamos deixá-lo na casa da Greta e do Pat. Eles estão com saudade dele.

Danica fez uma expressão de dúvida, mas não discutiu. Não queria dividir Michael com ninguém, nem mesmo com seu melhor amigo.

Após fazerem as paradas necessárias, chegaram ao Iate Clube pouco antes das dez, carregaram o barco e zarparam. Michael sabia muito bem como lidar com o iate e, para a tranqüilidade de Danica, manejou pacientemente as alavancas, os botões e as chaves. Ela estava contente por estar ao seu lado, observando, ouvindo, apreciando sua proximidade e a sensação de liberdade que aumentava a cada milha náutica que eles deixavam para trás.

Seguindo para o norte, navegaram devagar e tranqüilamente. Ao meio-dia, Danica subiu com os sanduíches e eles comeram juntos, saboreando a comida quase tanto quanto o ar perfumado e a água salgada. No meio da tarde, passaram pela costa de Biddeford e Saco, seguindo para Bigelow Bight, aproximando-se de Casco Bay.

Trocando as calças jeans por shorts, Danica se esticou no convés de proa, abrindo os braços, encantada com a forma como o vento lhe açoitava a pele.

— Está gostando? — perguntou Michael, deitando-se ao seu lado. Ele também tinha trocado a camisa e as calças jeans por uma regata e shorts.

— Ahhh, estou. — Salvo por uma primeira espiada, manteve os olhos fechados. — Isso é ma-ra-vi-lho-so.

Michael enfiou a mão pela abertura da camisa de Danica, esfregando a pele quente de sua barriga.

— É melhor você se cuidar. O vento é traiçoeiro. Você pode se queimar.

— Nada. Já estamos quase no final do verão para isso acontecer. Além do mais, minha pele está acostumada com o sol. Vou ficar bem. — Seu coração estava acelerado. Preferiu atribuir isso à alegria do passeio, mas ele logo se acalmou assim que Michael recolheu a mão e deitou-se ao seu lado. — Michael? Quem está pilotando?

— Meu bom amigo, Auto. Devo ter esquecido de apresentá-lo a você. Ele é uma mão na roda.

Com um sorriso, Danica virou-se de bruços e olhou para a costa.

— Aquelas pobres pessoas presas na terra. Se fizessem idéia do que estão perdendo.

— Muitas delas fazem. Apenas não têm a nossa sorte.

— Somos pessoas de sorte, sabia? — Ocorreu-lhe então que, mesmo se seu relacionamento com Michael não passasse do ponto a que já havia chegado, ela sempre lhe seria grata por tê-lo como amigo. Ele tornava sua vida tão mais fácil de ser vivida... Ele a inspirara a fazer muitas coisas...

— Por que a cara triste?

Danica abaixou o rosto e o viu franzindo a testa, protegendo os olhos do sol com a mão.

— Triste? Não tinha percebido.

— No que estava pensando?

Ela hesitou por um instante.

— Em você.

— Pensamentos bons ou ruins?

— Bons, é claro.

— Por que "é claro"?

— Por que não?

— Porque posso estar complicando um bocado a sua vida.

— Complicando? — Ela aconchegou-se a ele, apoiando o rosto nos braços e estes, no peito de Michael. — Você é a melhor coisa que já me aconteceu.

— Você não devia dizer coisas assim. Elas me sobem à cabeça. — Enquanto desciam às outras partes também, mas ele tentou mantê-las só na cabeça.

— Estou falando sério, Michael. Desde que te conheci, minha vida tem tido muito mais sentido. Fico pensando como teria sido se... as coisas entre eu e o Blake, os compromissos dele... se eu não tivesse você. Até mesmo quando estou em Boston me sinto melhor só por saber... acho que já disse isso antes.

— Gosto de ouvir — respondeu baixinho. — Me ajuda a lidar com tudo o que estou sentindo. — Quando Danica adquiriu uma expressão sofrida e abriu a boca para se desculpar por lhe causar o que deveria ser uma frustração terrível, ele pôs a mão em seus lábios. — Não diga isso. Não me importo com o que sinto. Em vários sentidos a minha vida não era muito melhor do que a sua antes de nos conhecermos. Sempre tentei me convencer de que ela era cheia de sentido, de que eu fazia tudo o que queria, mas, no fundo, eu sabia que havia alguma coisa faltando. Talvez, se você nunca houvesse aparecido, eu não tivesse percebido. Talvez tivesse me acomodado sem perceber. — Moveu os dedos apenas o suficiente para lhe erguer a cabeça e beijá-la com ternura. — Devo me sentir grato pelo que temos vivido, pelo que temos neste momento. Isto significa mais para mim do que você pode imaginar.

— Você está ficando muito emotivo para a sua idade, Michael Buchanan — sussurrou ela, mas havia lágrimas em seus olhos e seu coração transbordava perigosamente de paixão.

Ele rolou para cima dela até ela ficar imobilizada sob o peso de seu corpo.

— Não mais do que você, bela dama. — Finalizando a conversa com um beijo estalado em seus lábios, Michael pôs-se de pé e se dirigiu à cabine de comando. — Preciso dar um mergulho — murmurou.

— O quê? — gritou ela.

— Nada, meu amor. Nada. — Não queria dar mergulho algum, pois a água estava um gelo, mas precisava fazer alguma coisa ou em pouco tempo atacaria Danica. Ela era linda. Praguejou baixinho.

— Michael, o que você está dizendo? — Ela começou a se levantar.

— Fique aí — ele rosnou, apontando para o convés; em seguida levantou a mão espalmada e falou de forma mais gentil: — Estou falando sozinho. É um hábito antigo. Às vezes me esqueço.

Embora tenha permanecido imóvel, Danica abraçou os joelhos e ficou olhando para Michael. Ele era muito bonito. Bronzeado na medida certa. Musculoso na medida certa. Os cabelos no corte e comprimento certos. Era bonito por dentro também. Jamais imaginara que um homem pudesse ser tão sensível com relação aos pensamentos de uma mulher, aos seus desejos e necessidades, mas ele era. Ele botava Blake e seu pai no chinelo, pois também era bem-sucedido e muitas outras coisas mais.

Olhando para ele, capturando seu olhar quando ele ocasionalmente se virava para ela, Danica sentiu uma agitação conhecida por dentro. Sabia o que era, para onde iria. *Não pense nisso. É proibido.* Poderia alguma coisa que prometia ser tão bela estar errada?, perguntou-se. *Você precisa pensar no Blake. Ele é o seu marido.* O Blake não me quer e eu não o quero. *Você é casada com ele. Está comprometida por lei.* Será que um pedaço de papel pode significar mais do que o sentimento que duas pessoas nutrem uma pela outra? *E quanto aos seus pais? Eles a ensinaram a honrar os seus compromissos.* Sou uma mulher adulta. Preciso escolher os meus próprios compromissos. *Mas não há nenhum futuro nesse relacionamento. Você não é livre.* Eu sou... não, não sou livre, sou...

Ela girou o corpo para o lado oposto e ficou olhando para a frente do barco, de forma que Michael não visse sua agonia. Concentrou-se nas ondas, na costa, no horizonte, em qualquer coisa que a distraísse. Após um tempo, quando se sentiu sob controle, voltou a se sentar ao lado dele. De vez em quando falavam sobre o que viam — um barco a vela, as gaivotas voando ao alto, os lugares por onde passavam. Muitas vezes ficavam apenas apreciando o silêncio, embora não um silêncio absoluto com o ronco estável do motor e a batida intermitente das ondas contra o casco, mas esses eram sons que não deixavam de ser hipnóticos e muitos tranqüilizadores.

Infelizmente, Danica não conseguia aplacar sua guerra interna. Era como uma indigestão mental, pensou, que a ficava atormentando sem dar descanso. Sua total consciência da proximidade de Michael fazia as coisas simultaneamente melhores e piores. Via a forma como seus ombros se contraíam ao segurar o timão, a elasticidade da pele bronzeada sobre os músculos, sentia sua força, a virilidade em seu auge. Via a fina camada de cabelos alourados encostando-se ao decote de sua camiseta, os pêlos mais finos de seus braços, mais finos ainda no dorso das mãos. Lembrava-se do toque de seus lábios momentos antes, do toque do seu corpo rijo e esguio quando a imobilizara no convés durante aquele breve momento.

Estava brincando com o fogo do inferno, mas sentia-se congelando e precisava de calor para sobreviver.

— Lá. — Apontou Michael. — Aquela é a ilha que eu quero.

Com muito esforço, Danica desviou o olhar de seu corpo e seguiu a linha formada por seu dedo.

— Como você sabe? Já passamos por tantas outras.

— É aquela. Eu sei. São os meus lugares favoritos, lembra? A ilha grande à esquerda é a Ilha de Vinalhaven. Muitas das outras ilhas pequenas são de propriedade privada. Assim como esta, eu acho, mas ela está deserta. Vamos baixar âncora perto da costa.

A ilha, uma grande corcunda no mar, salpicada de jovens pinheiros, estava mesmo deserta. Eles deram uma volta por ela e não viram qualquer sinal de casa ou de pessoas. Escolhendo o lado leste por sua relativa tranqüilidade, Michael desligou o motor e, com Danica apressando-se para ajudá-lo, baixou âncora.

— Agora... — Virou-se para ela com a satisfação de um capitão que tinha concluído o serviço do dia — ... eu gostaria de um pouco de vinho. — Com uma brusquidão engraçada, fez uma careta. — Merda, temos um saca-rolhas?

Ela riu.

— Vi um lá embaixo. Só não me peça para usá-lo. É do tipo que não tem alavancas, portanto vai requerer força bruta.

— Força bruta eu tenho, mas talvez precise de reposição imediata. Entre as coisas que você preparou, algumas podem ser comidas frias? Estou faminto.

Sorrindo, ela concordou:

— Acho que consigo arrumar alguma coisa. — Desceu os poucos degraus até a cabine, dourada por causa do sol poente que entrava pelas escotilhas. Michael a seguiu, pegou o saca-rolhas que ela lhe entregou e abriu a garrafa com muita destreza. Por sua vez, ela arrumou um pouco de patê e cream-crackers para Michael comer enquanto ela cozinhava o *ramaki* no pequeno fogareiro.

— Humm, isso está bom! — ele conseguiu falar com a boca cheia de patê. — Foi você mesma que fez?

— Foi — ela respondeu sem se virar. Alguma coisa com relação ao tamanho diminuto da cabine, o fato de eles terem lançado âncora e de ela saber que passariam a noite lá a estava deixando nervosa. Não que tivesse medo de Michael forçá-la a fazer alguma coisa que não quisesse; sabia que ele simplesmente passaria a noite ao seu lado, se assim tivesse de ser. O que a assustava era a parte do "alguma coisa que não quisesse", pois não sabia se isso era verdade. Sentia um nó apertado no estômago, com Michael puxando uma ponta da corda e Blake, a outra. Em um dado momento, Michael era mais forte e parecia estar ganhando; em outro, Blake dava um puxão perseverante.

Quando o *ramaki* ficou pronto, ela se uniu a Michael, mas deu só uma mordiscada no cream-cracker, o máximo que seu estômago podia tolerar. Até mesmo o vinho, que devia tê-la animado, foi-lhe pouco prazeroso.

— Alguma vez te contei sobre os meus amigos que moram num barco no Mississippi? — Michael recostou-se na almofada da cozinha, segurando a taça de vinho.

Ela forçou um sorriso, sabendo que ele estava tentando acalmá-la.

— Não. Me conte sobre os seus amigos que moram num barco no Mississippi.

— É um troço grande e quadrado. Feio que nem o capeta. Mas me pergunte se é divertido. É fantástico! Uma casinha mesmo. Eu estava em Natchez, uma vez, e eles me pegaram.

Danica estava fazendo o possível para se concentrar no que ele dizia, mas mal conseguia ouvir uma palavra em meio ao tumulto em sua mente. Michael estava tão perto, tão querido, tão pronto. *Há outros fatores a serem considerados.* Estes fatores não estão aqui! *Deveriam estar.* Mas não estão e, se estivessem, se estivessem de verdade, eu não estaria sofrendo assim agora. *Você está cometendo um erro.* Talvez eu esteja apenas corrigindo os erros do passado. *O passado não acabou.* Acabou! Não há mais nada lá! *Mas você não pode se divorciar do Blake, pode?* Ah, meu Deus, não consigo pensar. *Você está sendo honesta com o Blake? Está sendo honesta com o Michael?* E quanto a você? E quanto ao que quer?

Ela apertou os olhos e cobriu o rosto com as mãos.

Michael a abraçou.

— O que foi, meu amor?

Levantando-se apressada do lugar onde estava, ela pressionou as mãos trêmulas e em seguida a testa na porta fria e apainelada da cabine de proa.

Michael logo a seguiu, virando-a para si, e então viu suas lágrimas.

— Não chore, meu amor — pediu. — Por favor, não chore.

— Estou tão cansada, Michael.

Ele estava tão ofegante quanto ela.

— Talvez você...

— Estou cansada de lutar contra isso — ela soluçou e se encolheu contra o corpo dele. — Minha cabeça fica girando e-em círculos, meu estômago fica embrulhado e a única coisa que faz algum sentido é que eu te amo.

Ele ficou imóvel por um segundo, então apertou os braços com força em volta dela.

— Você nunca tinha dito essas palavras antes — murmurou ele, ofegante. — Você sempre as expressou com o olhar e atitudes, mas nunca as tinha dito antes.

— Penso nelas há muito tempo, mas luto contra elas, porque uma parte de mim diz que eu não deveria, mas n-não consigo evitar a forma como me sinto! Estou perdendo, estou perdendo essa guerra, e isto está me deixando fraca. — Ergueu o rosto banhado em lágrimas e sussurrou: — Faça eu me sentir inteira, Michael. Preciso tanto de você.

Ele engoliu em seco.

— Você sabe o que está me pedindo?

Ela concordou devagar.

— Estou cansada de lutar contra fantasmas que não deveriam estar aqui. Estou cansada de deixar algo sem sentido tirar de mim a única coisa que faz sentido na minha vida. Estou cansada de me sentir sufocada, de sentir que há tanto amor dentro de mim que, se eu não fizer alguma coisa, vou explodir. Eu te amo muito.

— Ah, meu Deus — murmurou ele, acariciando seus cabelos com mãos que tremiam. — Tem certeza? Quero que tenha certeza, pois acho que não vou conseguir suportar se você se arrepender depois.

Levantado as mãos até seu rosto, Danica passou os dedos pelos traços que tanto adorava.

— Não vou me arrepender. Isso será a melhor coisa que já terei feito.

O corpo de Michael já dava sinal de vida e, quando ele viu o amor nos olhos de Danica, perdeu o controle. Sua boca capturou a dela num beijo devastador, numa devastação bilateral, pois ela perdia o controle também. Após tomar a decisão, Danica sentia uma urgência que jamais conhecera.

A porta que dava para a cabine de proa estava aberta e, mal parando de se beijar, eles entraram e se deixaram cair na cama. Puxando-lhe a camiseta, Danica correu as mãos famintas pelo seu peito, pelas suas costas, de novo pelo seu peito, enquanto ele brigava, apressado, com os botões de sua camisa. Quando estavam os dois nus da cintura para cima, ele a abraçou. Os seios de Danica arderam em contato com seu peito e ele quis tocá-los, beijá-los, mas ela já lhe tirava os shorts e Michael sabia que estava tão impaciente quanto ela. Tinham passado mais de um ano em preliminares, não ficariam de joguinhos agora.

Suas mãos se entrelaçaram conforme lutavam com os fechos e a presilhas um do outro. Zíperes foram abertos, roupas arrancadas até eles ficarem nus, numa busca frenética pelo prazer.

— Eu te amo, Dani — disse ele, ofegante, ao afastar-lhe as coxas. Com um gemido, penetrou-a. Ela gritou diante da beleza daquela união. Mas não houve tempo para mais do que murmúrios repetitivos de amor à medida que eles investiam violentamente um contra o outro, afastavam-se e depois voltavam, mais fundo, mais forte. Então não houve mais fôlego, nem mesmo para o que estavam fazendo, pois tudo o que sentiam estava se canalizando para um clímax explosivo que continuou em espasmos aparentemente sem fim, até finalmente caírem de costas na cama em um estado de pura exaustão. O som forte de seus arquejos preencheu a pequena cabine, diminuindo gradativamente com o passar dos minutos.

Danica não podia se mover, não que o peso de Michael fosse excessivo, pois o adorava também. Adorava a forma como seu peito, sua barriga, suas coxas pressionavam as dela. Adorava a forma como todo o seu ser correspondia aos seus sentidos. Estava exausta, mas em êxtase; cansada, mas feliz. Quando ele foi deslizando devagar para o seu lado, ela se virou com ele, relutante em deixá-lo se afastar.

— Eu te amo, Dani — ele sussurrou, acolhendo-a em seus braços e pressionando o rosto em seus cabelos. — Te amo demais.

Ela correu a mão pela sua pele molhada até os quadris. Ainda tinha o pulso acelerado, mas agora em um ritmo que lhe permitia respirar.

— Você é maravilhoso. E eu também te amo.

— Nunca imaginei que seria assim. Quer dizer, eu sabia que seria fantástico. Todo o resto entre nós tem sido assim. Mas, na minha fantasia, eu me imaginava tirando suas roupas aos poucos, olhando para você, tocando e beijando cada parte sua até você não agüentar mais.

— Eu não agüentaria. Achei que iria morrer quando não consegui tirar os seus shorts.

Ele riu e mudou de posição para poder ver o seu rosto. Estava vermelho e suado. Beijou de leve as gotas de suor em seu nariz.

— Está feliz?

— Muito.

— Nenhum arrependimento?

— Nenhum. Como o que fizemos poderia estar errado? Você mesmo disse isso uma vez, que seria apenas uma expressão mais profunda do que já sentíamos.

— E foi isso mesmo, só que não há nenhum "apenas" nisso. Foi i-na-cre-di-tá-vel!

Ela sorriu, sabendo que se sentia mais feminina e mais bem-amada naquele momento do que em todos os outros de sua vida. Deslizou a mão de seu quadril até seu peito, deleitando-se com a firmeza de sua pele, com a musculatura rija por baixo dela. Fechou os olhos e inspirou profundamente, fixando o perfume de seu corpo sexualmente aquecido com seus sentidos.

Ficaram deitados assim, apreciando aquela proximidade tranqüila, enquanto seus corpos se recuperavam por inteiro do que os acometera com tanta força. Em seguida, Michael a pressionou gentilmente contra a cama.

— Quero olhar para você — explicou-lhe, com uma voz trêmula de emoção. A luz na cabine já se extinguia, mas ainda era suficiente para lançar um brilho à pele de Danica, e ele, apoiado sobre um cotovelo, observou cada centímetro. Seus olhos lhe tocaram os seios, desceram até o umbigo e então desceram mais.

Tivesse sido outra pessoa senão ele a olhar tão sem pudor para seu corpo nu, Danica provavelmente teria tentado se cobrir. Não estava acostumada a tamanha exposição, mas a adoração nos olhos de Michael fazia pouco caso de sua modéstia. Pequenos arrepios de excitação brotavam em seu corpo conforme o olhar dele explorava um ponto, depois outro. Quando ele deslizou a mão em volta de seus seios e sobre eles, ela mordeu o lábio. Seu mamilo respondeu com um arrepio imediato, o que o outro logo correspondeu quando os dedos de Michael o bolinaram. Ela estava tentando não arquear o corpo quando a mão dele desceu para lhe acariciar os quadris, então o estômago e então os pêlos alourados no meio de suas coxas.

Um leve gemido escapou de seus lábios. Ela fechou os olhos e virou o rosto para o lado, ao mesmo tempo que se aproximava mais dos dedos que a abriam, que a acariciavam.

— Michael! — arquejou.

Sem retirar a mão, ele se inclinou para a frente e lambeu o canto de sua boca.

— Você é maravilhosa. — Sua voz estava grossa de desejo.

— Sou terrível. Quer dizer, depois do que... eu estava tão... eu deveria estar me sentindo fraca e cansada... não pode ser.

— Está bom?

— Ah, está.

— É assim que deve ser.

Ela virou a cabeça, ergueu o olhar e viu-o sorrindo.

— De novo, não. É cedo demais...

— Você não é a única pessoa que sente isso. — Sua voz estava rouca, porém o tom de prazer era evidente. Pegando-lhe a mão, conduziu-a para baixo. Ela resistiu de início, mas ele se manteve firme, naquele seu jeito Michael de ser, até que ela deixou que ele lhe fechasse os dedos em torno de seu membro. Quando os olhos dela se arregalaram surpresos, ele riu. — Quando é bom, é bom mesmo.

— Mas eu não sabia que um homem podia...

— Acredito — ele provocou-a, com a voz áspera — que você tem a prova do contrário na sua mão. — Estava lhe mostrando o movimento que mais lhe dava prazer, e, quando ela começou, tímida de início, a imitar o seu gesto ela mesma, ele levou os próprios dedos de volta para a parte quente e escondida que silenciosamente clamava por eles.

Ele ficou encantado com sua inocência. Desde o início, soubera que ela havia sido protegida de muitas das maiores alegrias da vida, mas nunca se permitira pensar em sua inocência em termos sexuais. Estava casada havia nove anos. Achou que era plena conhecedora do corpo masculino e do seu próprio corpo. Parecia que se enganara. De mais de uma maneira, sentiu-se satisfeito. Seria ele a lhe ensinar a delicada arte de amar, a lhe ensinar a glória de seu próprio corpo e as formas como poderia se glorificar no dele. Ela podia não ter chegado a ele como uma virgem, mas de várias outras formas era igualmente pura, o que fazia cada reação sua muito mais doce, muito mais estimulante. Não estava agindo com base no hábito, no conhecimento anterior ou na prática. Estava agindo por amor.

Desta vez, penetrou-a apenas depois de tê-la tocado e beijado da forma que por tanto tempo sonhara. Saboreou cada centímetro de sua pele, mordendo-a, sugando-a até ela gritar o seu nome, o que o encorajou ainda mais. Ela se contorceu e se agarrou às suas costas até o momento em que ele chegou ao limite. Olhando para seu rosto enquanto a penetrava aos poucos, Michael deliciou-se com o encantamento que ela não conseguia esconder por ser forte demais, real demais, sentido demais.

Até onde seu corpo agüentasse, ele prolongaria o ato. Arremeteu o mais fundo que pôde, então retirou, devagar, quase tudo, antes de arremeter novamente. Ela suspirou e gemeu, buscando seus lábios com frenesi, mas apenas quando ela respirou fundo e prendeu o ar para em seguida explodir em gemidos entrecortados foi que ele deu vazão à sua ejaculação vigorosa.

Com braços e pernas entrelaçados, adormeceram. Quando Danica acordou, a cabine estava completamente escura. Desorientada, levou um minuto para se lembrar de onde estava e de onde vinha a pressão sobre sua cintura e pernas.

— Olá, dorminhoca. — Danica ouviu uma voz familiar na escuridão.

— Michael! Por um momento eu não soube...

— Foi estranho?

— Foi. Não. Quer dizer, já dormi muitas vezes assim... não, não foi isso o que eu quis dizer... quero dizer é que sonhei tantas vezes em ficar com você que não há nada de estranho com relação a isso, mas é que está muito escuro e assim que acordei não tive certeza se ainda estava sonhando, mas a sua perna era muito real e... e eu... estou falando compulsivamente.

Ele estava rindo.

— Não pare por minha causa. Amo quando você faz isso.

— E eu amo você — disse ela baixinho, aninhando-se mais ao seu calor, sentindo seu coração voltar ao ritmo normal. — Que horas são?

— Quase dez.

— Você está acordado há muito tempo?

— O bastante para *me* localizar e perceber que também não estava sonhando.

— Está com fome?

— Muita.

— Não consigo me mexer.

— Sempre consegui mastigar *ramaki* frio.

— Eca. Jogue isso fora. Dê para os tubarões.

— Não tem tubarões nestas águas, Dani.

— Ah — ela suspirou. — Algum outro animal vai comê-los. Quanto a mim, eu ficaria satisfeita com um daqueles bifões suculentos que compramos.

— Essa deveria ser a minha fala.

— Então vamos inverter radicalmente os papéis. Você cozinha.

— Opa, espere aí. Eu sempre cozinho. Pelo menos, sempre que estamos na minha casa. *Você* cozinha. Eu não consigo me mexer.

Ela lhe deu um beijo no peito.

— Essa fala é minha. Acho que estamos andando em círculos. Que tal se nós dois cozinhássemos?

— Não vejo nenhum mal nisso. É claro que ainda temos o problema de deixar a droga desta cama.

— Não sei. Esta cama é muito gostosa.

— Eu *não* vou servir o jantar aqui.

— Você vai servir o jantar? — perguntou ela, com a voz doce.

Michael pôs-se subitamente de joelhos e a agarrou. Estava engatinhando lentamente até a borda da cama quando, na hora H, perdeu o equilíbrio e caiu no espaço minúsculo do chão, na direção da porta. Danica deu um gritinho. Michael virou-se para encostar as costas contra a madeira.

— Merda, este lugar é pequeno demais.

— É nisso que dá bancar o machão. Me ponha no chão. Meu cotovelo está dando choque.

Ele a abaixou devagar, intencionalmente deixando o corpo dela deslizar pelo seu.

— Bem pensado. Nós jamais passaríamos pela porta desse jeito. — Estava com as mãos cruzadas sob suas nádegas. — Vamos tomar um banho juntos?

— De jeito nenhum. — Estava afastando o corpo do dele, esfregando o cotovelo. — Vi o chuveiro. Definitivamente não foi feito para dois.

— Acho que você está com vergonha. — Michael começou a esfregar os quadris nos dela.

— Acima de tudo, estou sendo prática. E, do jeito que você está, companheiro, não vai caber lá dentro nem sozinho.

— Está reclamando? — ele perguntou com a voz grossa.

— Eu? Reclamando de você? — O cotovelo de lado, Danica abraçou-lhe o pescoço enquanto ele a levantava e lhe puxava as pernas, ajeitando-as em torno de seus quadris. — Eu jamais reclamaria.

— Você não parece segura — ele murmurou, com os lábios colados nos dela.

— Não que eu não esteja segura, é só que... acho que o bife pode... esperar um pouquinho... mais... — Sua voz foi ficando gradativamente mais baixa e o último dos sussurros desapareceu na boca de Michael assim que ele dominou a dela. Envolvida em seu beijo, esperou que ele a deitasse novamente na cama, mas, em vez disso, ele simplesmente levantou-lhe os quadris e os abaixou sobre seu pênis. Ela prendeu a respiração e se agarrou ainda com mais força ao seu pescoço, depois abafou outro grito quando ele começou a fazer um movimento com o dedo, que tornou a propulsão rítmica de seus quadris muito mais elétrica. Ela estava louca de desejo, pegando fogo, explodindo em milhões de fragmentos e não teria se importado de morrer naquele momento, pois sabia que teria morrido feliz.

Por volta da meia-noite os bifes estavam deliciosos, assim como o amor que fizeram ao voltarem para a cama logo em seguida, e mais uma outra vez, quando acordaram de madrugada. Danica jamais conhecera o prazer físico que Michael lhe apresentara, embora soubesse que ele nada representaria sem o amor que brotara incontrolavelmente entre eles. Se estava perplexa com o próprio abandono que apenas aumentava a cada vez, não estava menos com a habilidade gentil de Michael, com sua paciência, sua paixão terna e avassaladora. Conforme se sentia mais à vontade para lhe acariciar o corpo, ele ficava mais audacioso para acariciar o dela. Em um dado momento, quando ele a puxou para a beira da cama e ajoelhou-se entre suas pernas, ela mostrou uma certa hesitação, apenas para ser acalentada por palavras suaves e em seguida enviada para o paraíso por uma língua aveludada, que fez sua inibição desaparecer junto com todo o resto.

Na manhã seguinte, Danica teve dúvidas se algum dia voltaria a andar novamente.

— Me sinto como se tivesse oitenta anos — disse a Michael, durante um café-da-manhã à base de bacon e ovos.

— Não parece. Você está corada.

Ela riu.

— Essa é boa! Você está apenas arrumando uma desculpa para o que a sua barba fez.

Ele olhou para o rosto dela e passou a mão no seu.

— Acho que você tem razão. Eu devia ter me barbeado.

Mas ela logo esticou a mão para acariciar a barba que despontava.

— Eu só estava brincando. Não me importo. Você fica lindo com a barba por fazer. Alguém já te disse isso? — Quando ele sacudiu a cabeça, ainda parecendo inseguro, ela continuou: — Me lembro dela desde o dia em que te vi pela primeira vez. Você me pareceu muito largado naquele dia, mas gentil, sempre gentil. Acho que não poderia ser de outro jeito.

— Com você, não. — Ele inclinou-se para beijá-la terna e demoradamente, antes de sair a passos arrastados para fazer a barba.

Danica fez questão de ficar olhando, o que não foi das coisas mais fáceis por causa do tamanho do barbeador, contudo, aquela foi mais uma pequena intimidade a se somar às outras, e um prenúncio do dia que teriam pela frente. Estavam o tempo todo ao lado um do outro, de mãos dadas, beijando-se, tocando-se, compensando o tempo perdido e aproveitando cada minuto.

Navegaram sem destino pela Baía de Penobscot, depois seguiram vagarosamente para o sul, de volta à costa, antes de baixarem âncora para passar a noite em uma ilha a leste de Port Clyde. Jantaram com estilo, à luz de velas, tomando vinho, e passaram horas deitados na cama, conversando, lado a lado. O sexo entre eles estava diferente agora, mais lento, mais saboreado, enriquecido com o conhecimento que tinham adquirido um do outro, mais completo com a confiança que partilhavam.

Satisfeitos e felizes, caíram no sono. Quando Danica acordou na manhã seguinte, foi por causa do ronco do motor e do avanço do barco. Vestindo-se às pressas, correu para a cabine de comando.

— Por que você não me acordou? Eu devia ter me levantado com você!

Michael a puxou para o seu lado.

— São só sete horas e você estava exausta. — Beijou-lhe a têmpora. — E, como temos que devolver este negócio às dez, achei que era melhor começar a agir.

A idéia de voltar a terra firme foi como um banho de água fria no que já era um dia nebuloso. Danica tentou afastar o pensamento da mente.

— Você já comeu?

— Não.

— Gostaria de alguma coisa?

— Gostaria.

Com um sorriso suave e um afago promissor em seu estômago, ela voltou para a cabine e preparou o café-da-manhã. Depois de comerem, arrumou a cozinha o melhor que pôde e voltou para o lado dele. Mas, quanto mais perto chegavam de Kennebunkport, mais ansiosa ela ficava. Olhares ocasionais para Michael diziam-lhe que ele também sentia a invasão crescente da realidade. Embora mantivesse um contato físico constante com ela — um braço em torno de sua cintura ou de seu ombro, ou a mão dela firme na sua —, Michael parecia, de alguma forma, distante. Estavam a trinta minutos de casa, quando ele desligou subitamente o motor e se virou para ela.

— Peça o divórcio ao Blake, Dani. Peça o divórcio e case comigo.

Por um momento, ela não conseguiu respirar. Imaginou se sabia que isso estava por vir, se era precisamente isso que temia que acontecesse se dessem vazão à fantasia deles.

— Sei como você se sente com relação ao divórcio — prosseguiu ele, os traços tensos — e como se sente com relação à sua família. Mas temos algo que a maioria das pessoas leva a vida inteira procurando e nunca encontra. Simplesmente não podemos deixar isso acabar.

Danica o encarou, desejando mais do que tudo que não tivesse levantado a questão, mas sabendo que ele não seria Michael se não o tivesse feito, principalmente depois do fim de semana que tinham acabado de compartilhar. Era quase surpreendente que tivesse esperado tanto tempo. Com a respiração entrecortada, foi para o outro lado do barco e enfiou as mãos nos bolsos.

— Converse comigo, Dani. Diga alguma coisa.

Ela hesitou. Quando finalmente disse algo, sua voz saiu macia, uma versão feminina da dor que ouvira na voz carregada de Michael:

— O que posso dizer?

— Diga "sim". Diga "não". Diga *alguma coisa.*

Ela sacudiu negativamente a cabeça.

— Não há muito que eu *possa* dizer. Passei por isso tantas vezes sozinha. Me fiz essas mesmas perguntas, preparei meus argumentos, depois recuei e avancei, minha razão dizendo uma coisa, meu coração dizendo outra. E simplesmente não sei qual a resposta. Acho que não posso tomar nenhuma atitude, pelo menos ainda não.

Michael cerrou o punho, frustrado.

— O que você tem com o Blake que eu não posso te dar?

Quando ela simplesmente balançou a cabeça e negou-se a olhar para ele, ele continuou:

— Você odeia Washington, o Blake adora. Ele odeia o Maine e você adora. Boston é o único lugar que vocês têm em comum, e será que têm mesmo? Pelo que você disse, o tempo que passam juntos é simplesmente por conta das obrigações sociais. É um casamento sem sentimentos. Estou errado? — Ela não respondeu. — *Estou?* Quando foi a última vez que você riu ao lado dele? Quando foi a última vez que você se divertiu, realmente se divertiu com ele? Quando foi a última vez que fez amor com ele da forma como fez este fim de semana comigo?

— Nunca! — Em seguida ela baixou a voz para quase um sussurro. — Não fazemos amor há mais de um ano.

Ele tinha suas suspeitas de que isso fosse verdade, embora tenha se sentido culpado por ter desejado assim.

— Você sentiu falta?

Ela respondeu no mesmo fio de voz:

— Não. Temos uma aversão mútua neste sentido.

— Então o que você tem com ele?

— Sexo não é tudo.

— Mas é alguma coisa, e pressupõe-se que seja uma parte vital em qualquer casamento. O fato de não existir no seu, de nenhum de vocês parecer se preocupar, deveria te dizer alguma coisa.

Ela ergueu o olhar, com uma expressão vencida.

— É claro que me diz alguma coisa. Me diz muito. Mas há várias outras coisas a serem levadas em consideração.

— Outras coisas ou outras pessoas?

— O que for. Ah, Michael, você não vê? Sei o que você quer, e de tantas formas que chega a doer. É o que quero também. Só que tenho vivido outras coisas por tanto tempo que não posso simplesmente virar as costas e ignorá-las como se não existissem.

— Este fim de semana não significou nada para você?

— Meu Deus, claro que sim! Significou tudo! De certa forma me sinto uma pessoa completamente diferente. Nunca fui assim com o Blake.

Ele precisava ouvi-la dizer aquelas palavras.

— De que forma?

Ela vacilou, constrangida, mas sabendo que o que dizia era a verdade.

— Livre com o meu corpo. Livre para deixar rolar. Para apreciar o meu parceiro... o corpo dele.

— E por que você acha que isso aconteceu? — ele perguntou baixinho.

— Eu *sei* por que e você também! É porque nós nos amamos, porque você é assim e talvez porque eu também sempre tenha sido, mas nunca soube disso antes. Só que isso não muda as coisas, Michael, pelo menos não tudo. Ainda tenho outras responsabilidades. — Suspirou, trêmula. — Este fim de semana me fez ver as coisas sob uma nova ótica. Quando eu disse que não tinha arrependimentos por termos feito amor, falei de coração, mas isso não quer dizer que eu possa esquecer de todo o resto. Preciso de tempo, Michael. Sei que isso é pedir muito, mas preciso de tempo. — Desviou o olhar. — Preciso pensar no que tudo isso vai representar para o Blake. Preciso considerar o que isso vai representar para o meu pai.

— Para o diabo com o seu pai! E quanto ao que isso fará com *você,* se ficar com o Blake? Já parou para pensar nisso?

— Não preciso pensar. Sou eu quem tem sido infeliz há anos.

— Então?

Ela pressionou a palma das mãos no convés, na altura de seus quadris.

— Também sou eu quem sempre quis fazer a coisa certa.

— A coisa certa segundo a ótica do seu pai, Dani.

— Ele é o meu pai. Não posso ignorá-lo.

Sentindo que estava pressionando-a demais, Michael pegou mais leve:

— Eu sei. Eu sei. Só que gostaria de fazer você perceber que passou a vida inteira tentando agradar a ele e isso não adiantou. Por causa da ambição dele, o que deveriam ter sido anos encantadoramente leves para você foram anos de suor e luta numa ou noutra quadra de tênis, e para quê? Aquilo de que você um dia gostou perdeu todo o sentido. A mesma coisa aconteceu com o seu casamento. Você tinha sonhos e onde eles foram parar? Você tentou satisfazer o seu pai, o que é nobre, bom e mostra que apesar de tudo você o ama, mas talvez não *possa* satisfazê-lo. Talvez não valha a pena, se o preço for alto demais.

Foi assim com o tênis; você mesma percebeu. Não está na hora de analisar o seu casamento com o Blake da mesma forma?

— Está, e é o que tenho feito. Só que as coisas são complicadas.

— Não precisam ser, Dani. Você tem uma vida só sua agora. Não depende do Blake. Você tem os seus próprios interesses, os seus próprios amigos, até mesmo os meios de se sustentar.

— Não se trata de dinheiro.

— Sei disso. Mas em algum momento você vai ter de recuar e se ver como a mulher forte e independente que é. Você não precisa da aprovação do seu pai. E, além disso, ele não vai durar para sempre.

— Michael!

Ele levantou a mão, falando com muita calma ao se aproximar dela:

— Ele é mortal, Dani. Exatamente como todos nós. Um dia, alguma coisa vai acontecer e, quando acontecer, você vai querer se pegar olhando para trás, ressentida por causa de tudo o que não teve, tudo o que não fez?

— Michael, por favor.

Ele estava com as mãos em seus ombros, massageando gentilmente a tensão que se instalara ali.

— Você não precisa da aprovação de *ninguém* para decidir fazer o que julga certo. Eu gostaria que você conseguisse ver isso.

— Estou tentando, mas leva tempo. — Arrasada, Danica recostou-se nele. — Não me faça prometer nada agora, Michael. Não posso. Simplesmente não posso.

Sentindo sua agonia, ele a tomou em seus braços e a abraçou apertado.

— Eu te amo tanto, Dani. Quero que a gente fique junto, mas se isso não puder acontecer, quero pelo menos saber que você está feliz. Acho que isso é o que mais me preocupa. Detesto a idéia de te ver sofrer, viver essa farsa com o Blake, porque é isso o que vocês vivem: uma farsa.

Danica não tinha argumentos. A maior parte das coisas que Michael dizia estava certa, mas, quando ela pensava em voltar para

Boston ou Washington e anunciar que queria o divórcio, sentia algo semelhante a terror percorrer-lhe a pele. Blake ficaria magoado, sua mãe, decepcionada, seu pai, furioso, e a imprensa, no sétimo céu.

Por outro lado havia Michael, a quem ela amava mais do que a qualquer outra pessoa. Por um bom tempo nada falou, simplesmente desfrutou de sua proximidade e de sua força sempre presente. Quando ergueu os olhos, sentiu-se comovida pela sua expressão de ternura. Com um sorriso melancólico, passou os dedos nas rugas no canto de seus olhos, depois nas linhas em torno de sua boca.

— Você tem rugas.

— Eu as ganhei.

— Mas elas são do melhor tipo. — Lembrou-se da etiqueta do chá que tinha lido para Reggie, naquela noite em Boston. — Você é feliz. Apesar do que disse sobre sentir que falta alguma coisa, você é feliz.

— Felicidade é uma coisa relativa. Estou mais feliz agora.

— Mas a sua vida tem sido boa. Espero não fazer nada para estragá-la — disse ela, a voz mais baixa.

— E como poderia? Você me traz alegria.

— Também te trago sofrimento, e gostaria que não precisasse ser assim. Você me ama e quer se casar comigo, eu te amo e não posso me casar com você. Pelo menos, não agora. Não ainda. Preciso ajeitar muitas coisas. Você vai me dar um tempo, Michael? Vai esperar?

Ele inspirou fundo e soltou o ar devagar, esperando afrouxar o nó na garganta.

— Não tenho escolha, tenho?

— Tem — respondeu ela, temerosa.

— Não, Dani. Não tenho escolha nenhuma. Vou esperar porque você vale a pena. Quero que se lembre disso. Você vale a pena.

Doze

No fim de semana seguinte à volta de Danica para Boston, ela pegou um avião até Washington para ver Blake. Ele lhe pedira para acompanhá-lo a um jantar no sábado em homenagem a um visitante dignitário, mas, mesmo se ele não a tivesse chamado, ela teria ido. Precisava conversar com ele. *Um* dos dois precisava falar sobre a deterioração do relacionamento deles, e parecia que não seria ele a fazê-lo.

Como sempre acontecia, Blake estava no escritório quando ela chegou no sábado de manhã e voltou para casa apenas a tempo de vestir um smoking e saírem. Quando Danica acordou no domingo, ele estava jogando squash. A primeira oportunidade que teve de conversar com ele foi à tarde, pouco antes da hora de pegar o avião de volta para Boston.

O empregado da casa tinha preparado o jantar mais cedo e já havia ido embora; portanto, estavam sozinhos. Blake estava se dirigindo para o escritório, quando ela o interpelou:

— Blake? Você tem um minuto?

Ele deu uma olhada no relógio.

— Preciso fazer uma série de ligações antes de sairmos para o aeroporto.

— Isso pode esperar? Há um assunto sobre o qual eu gostaria de conversar com você.

Embora parecesse ligeiramente perturbado, ele voltou ao seu lugar à mesa.

— Sim?

— Acho que deveríamos falar sobre o que está acontecendo.

Ele hesitou por um breve instante.

— Tudo bem. O que está acontecendo?

Ela ficou ressentida por sua indiferença proposital, o que lhe deu coragem de falar sem pensar:

— Nosso relacionamento não está chegando a lugar nenhum. — Danica percebeu um tremor ligeiro e indefinível nos olhos do marido, mas o tremor se foi antes que ela pudesse identificá-lo.

— Aonde você espera que ele chegue? — ele perguntou, com um tom de voz cordial, oferecendo-lhe um sorriso condescendente.

— Não sei, mas eu não esperava que ele estagnasse.

— É isso o que você acha que está acontecendo? Danica, estamos casados há nove anos.

— E, se tudo estivesse bem, estaríamos mais próximos do que nunca. Mas não estamos. Levamos vidas completamente independentes.

— E de quem é a culpa? — ele perguntou com calma.

— Não vou levar a culpa sozinha. O casamento é uma gangorra. Os dois têm que ceder.

— Danica, o que você quer de mim? Tenho um cargo importante no governo. Dou o máximo que posso.

— Para o governo, sim.

— E para você não? — Sua risada foi curta, seus belos traços duros numa falsa expressão de humor. — E o que você espera que eu faça?

— Você não fez nenhuma tentativa de ir me ver em Boston. Não foi nem uma vez sequer para o Maine neste verão. — Não estava nem um pouco magoada por qualquer um desses fatos, mas sentia que eles precisavam ser mencionados.

— Minha vida agora é aqui e ando muito ocupado. Fico agradecido por você se mostrar disposta a vir para Washington de vez em quando.

Danica sentiu que estava lidando com um pedaço de madeira.

— Você não quer algo mais? Não acha que um casamento deveria ser mais do que alguns fins de semana juntos?

Blake pensou sobre o assunto por um minuto.

— Há vários tipos de casamento. Em alguns, os parceiros são inseparáveis. Em outros, como o nosso, eles têm vidas independentes. Casamentos em que os cônjuges viajam para se ver são muito comuns. E , até onde me lembro, a idéia foi sua. Foi você que não quis vir morar aqui.

— Você sabe por quê, mas não quer aceitar.

— Aceito perfeitamente, e é por isso que não entendo o que a está aborrecendo. Da forma como vejo, chegamos a um acordo satisfatório. Qual o problema?

Danica inspirou fundo.

— Blake, você vê outras mulheres aqui?

— Claro que sim. Há mulheres em todos os lugares aonde vou.

— Você *sai* com outras mulheres?

Ele franziu as sobrancelhas em sua primeira demonstração de impaciência.

— É claro que não. Sou casado com você. Não sairia com outras mulheres.

— Mas você não sente vontade de *estar* com uma mulher?

— Aonde você quer chegar? — ele perguntou entre os dentes.

Ela não podia acreditar que ele fosse tão estúpido.

— Você é homem. Imagino que queira uma companhia feminina com muito mais freqüência do que a tem.

— Sou um homem ocupado. Não tenho tempo para pensar em companhia feminina, menos tempo ainda para sair à procura disso. — Suavizou a voz: — Vê-la quando você vem para cá é suficiente.

Ela suspirou. Se ele pretendia que suas palavras soassem lisonjeiras, elas não tinham soado. Blake estava pensando única e exclusivamente em si próprio, como se, por direito, os parâmetros do casamento deles devessem ser definidos pelas suas próprias necessidades.

— Bem, talvez não seja suficiente para mim — ela murmurou. — Talvez eu precise de mais.

Por um momento, ele ficou perplexo, e ela chegou a sentir pena.

— Eu não tinha percebido — ele murmurou, por fim. — Acho que tenho andado tão ocupado que não pensei nisso.

— Eu pensei. E muito. Algumas vezes imagino se não seria melhor para nós dois se estivéssemos livres. Você poderia encontrar alguém que satisfizesse as suas necessidades aqui. Eu poderia encontrar alguém que satisfizesse as minhas em Boston.

— O que você está sugerindo? — ele perguntou, o corpo completamente imóvel.

— Talvez devêssemos pensar no divórcio.

— Divórcio? Não quero o divórcio! Esta foi a coisa mais absurda que já ouvi!

Analisando o horror que se estampara em seu rosto, Danica percebeu que não era tão forte assim. Mas tinha chegado muito longe para parar agora.

— Talvez seja a atitude mais prática — sugeriu com brandura. — Você não parece muito feliz na minha companhia. Não acho também que esteja particularmente interessado nas coisas que faço.

— É claro que estou! Faço perguntas sobre o seu trabalho, não faço?

— Normalmente, eu é que falo dele para você. E às vezes sinto que você mal está ouvindo.

— Estou ouvindo. Ouço sempre. Mas o trabalho é seu. Eu não lhe diria como executá-lo, assim como não esperaria que você fizesse o mesmo com relação ao meu.

Ela balançou a cabeça.

— Este é só um pequeno exemplo entre vários outros. Dividimos tão pouco na vida, Blake. Temos interesses diferentes, amigos diferentes. Você se lembra de quando foi a última vez que fizemos amor? — Ele devia se lembrar. Certamente se lembrava. Fora há dezesseis meses, no Maine, quando ela praticamente o seduzira e ficara grávida.

Ele encolheu os ombros e franziu a testa.

— Não mantenho um cartão de pontos.

— Não lhe ocorre que já faz um bom tempo?

— Danica, eu não defino a minha vida em termos de sexo. Tenho quarenta e seis anos. Penso em outras coisas agora.

— Bem, eu tenho vinte e nove e penso na ausência de vida sexual no meu casamento.

Pulando da cadeira, Blake andou a passos largos até o ponto mais distante da sala de jantar. Deteve-se com as costas viradas para ela, as mãos apoiadas nos quadris.

— É disso que você está sentindo mais falta? De sexo?

— Claro que não. Isso é apenas mais uma coisa que me faz pensar se ainda existe algo entre nós.

— Meu Jesus, não acredito — ele murmurou. — Sou eu quem deveria estar passando por uma crise de meia-idade, não você. — Virou-se. — O que você quer?

Ela amassou o guardanapo de linho formando uma bola em seu colo e falou muito pausadamente:

— Quero uma família, Blake. Quero um marido por perto e filhos...

— Nós tentamos ter filhos e você perdeu o bebê!

Magoada, ela rebateu:

— *Nós* não estávamos tentando. Eu estava.

Ele fez um gesto de repúdio com a mão.

— O resultado foi o mesmo. Achei que estava sendo atencioso ao dar ao seu corpo uma chance de se recuperar.

— Durante dezesseis meses?

Ele ignorou o argumento completamente.

— Quanto a ter um marido por perto, eu *estou* por perto. Por perto *aqui*. Se você quisesse, poderia passar mais tempo comigo. É escolha sua ficar em Boston.

— Mas as coisas não eram diferentes em Boston. Você também andava sempre ocupado lá.

— Mas que droga, eu tenho uma carreira! E uma carreira muito importante. Nunca lhe prometi que ficaria em casa segurando a sua mão, prometi? *Prometi?*

Ele estava furioso. Danica sentiu sua própria revolta perder a força.

— Não.

— Nunca lhe dei motivos para crer que teríamos algo a mais do que temos hoje.

— Quando nos casamos...

— Éramos os dois bem mais jovens naquela época. Tínhamos menos responsabilidades e o casamento era uma novidade. Mas a lua-de-mel acabou, Danica. Há muito tempo. Nós seguimos em frente e acho que você está sendo muito tacanha se não sente nem um pouco de orgulho do caminho que tomamos. Não é qualquer mulher que tem um marido nomeado para o gabinete.

— Mas e quanto a mim? — ela perguntou, num fio de voz. — E quanto ao caminho que eu tomei?

— A mim, parece que você se deu muito bem — ele retrucou, ganhando força enquanto ela a perdia. — Dou a você o tipo de liberdade que alguns homens jamais dariam às suas esposas, porque tenho autoconfiança suficiente para isso. Você tem o seu trabalho com o ex-governador Bryant. Tem os seus amigos. Tem a sua casa no Maine. Tem até mesmo aquele seu amigo, Buchanan. Deixe-me lhe dizer uma coisa: alguns maridos jamais permitiriam *isso*. Alguns maridos ficariam com ciúmes. Mas eu não. Percebo que você precisa ter seus próprios amigos e fico feliz que os tenha. — Seu olhar endureceu. — Mas o que eu não admito é falar sobre divórcio. Não quero me divorciar. Você é minha esposa e gosto das coisas do jeito que estão. O acordo que temos é muito confortável para mim. Portanto, sugiro que você cresça um pouquinho e aceite o que é melhor para você.

Ela já abria a boca para protestar quando Blake saiu pisando firme da sala, erguendo a voz por cima do ombro:

— Vou fazer aquelas ligações que você não me deixou fazer e, depois disso, vou levá-la ao aeroporto. Pode deixar as coisas em cima da mesa que o John limpa quando voltar.

Danica acompanhou-o com os olhos enquanto ele se afastava. Apenas quando ouviu o som da porta do escritório se fechando foi que piscou e engoliu em seco. Não sabia exatamente pelo que tinha esperado, mas, no mínimo, por um pouco mais de gentileza de sua parte. Ou isso ou que ele concordasse com o divórcio. Mas não concordara. Rejeitara a idéia com veemência. Optara pela continuação do desempenho de seus papéis já preestabelecidos, exatamente como seu pai teria feito em situação semelhante. Imaginou se sua mãe teria, alguma vez, batido o pé, e chegou à conclusão de que não, pois a mãe era apaziguadora. E Danica? O que era? Não podia suportar a idéia de continuar com Blake, principalmente depois do que descobrira ao lado de Michael. Mas as linhas da batalha estavam traçadas. Blake compraria a briga. Sabia que os pais fariam o mesmo.

Desencorajada, deixou o marido levá-la de carro ao aeroporto. Ele não fez qualquer menção à conversa deles; na verdade, pouco falou durante o trajeto. Ela não fez qualquer tentativa de quebrar o silêncio, pois tinha os pensamentos muito confusos. A despedida deles foi tão desprovida de emoção quanto todo o resto com relação a Blake. Quando ele se inclinou para lhe dar um beijo respeitoso, deu-o no rosto, o que a fez sentir-se aliviada. Seus lábios clamavam por outro homem e, após ter conhecido seu beijo tão inteiramente, um outro, de seu marido, seria um sacrilégio.

Danica tentou voltar à rotina, mas seus pensamentos nunca se afastavam de Michael. Trabalhava diligentemente com James, fazendo uma revisão cuidadosa do que havia escrito durante o verão, conversando sobre as diretrizes dos últimos capítulos do livro, mas sua concentração, quando estava em casa, sozinha, era sempre quebrada pela tristeza. Retomou as aulas de balé, encantada por voltar a ver todos os amigos, mas eles também não iam para casa com ela. Nas manhãs em que tinha reuniões de cúpula no Instituto de Artes ou no hospital, pegava-se olhando para as outras mulheres em volta da mesa, imaginando se eram felizes em seus casamentos, se eram fiéis aos seus maridos, e eles a elas. Sabia que muitas delas estavam no segundo, até no terceiro casamento, e desejava ser íntima o bastante de qualquer uma delas para poder conversar sobre o assunto. Mas havia uma formalidade entre aquelas pessoas que ela nunca conseguiria quebrar; portanto, suas perguntas ficavam sem resposta.

No dia que Michael deveria chegar a Boston, ela ficou em casa, esperando. A ligação dele veio às três da tarde:

— Meu Deus, desculpe, Dani, eu queria ter ligado mais cedo, mas eles tinham umas drogas de reuniões marcadas desde as dez. Como você está, meu amor?

— Com saudades. A que horas você vai acabar?

— Devo ficar livre até antes das seis. Você pode sair para jantar?

Ela respondeu rapidamente e sem orgulho:

— Posso sair para qualquer coisa. Você escolhe a hora e o lugar.

Ele sorriu diante de sua urgência, que alimentava a sua própria.

— Eu te amo.

— Eu também te amo... Hora e lugar?

Ele os escolheu, sugerindo que um pequeno restaurante grego nos arredores da faculdade daria a eles a privacidade que procuravam.

— Dani, talvez eu devesse pegá-la. Não sei se gosto da idéia de você dirigindo por aí à noite.

— Não. É melhor assim. Vou trancar as portas do carro. Ficarei bem.

— Tem certeza? — Sabia que o que ela dizia fazia sentido. Embora nenhum dos dois tivesse falado sobre como deveriam se comportar, ambos sabiam que quanto mais discretos fossem os seus encontros, melhor.

— Tenho... Mal posso esperar, Michael — ela sussurrou.

— Eu também. Não sei como vou conseguir enfrentar todas essas reuniões. Foi ruim... de manhã... — A ligação foi interrompida por um momento.

— Opa. Acabou o tempo.

— Não foram nem três minutos! — gritou ele para a telefonista, que não estava escutando.

— É melhor você ir, Michael. Teremos tempo de sobra para conversar mais tarde. Está bem?

— Está bem. Eu te amo.

— Eu também te amo.

Danica desligou o telefone sentindo-se confortada de uma forma como não se sentia desde que retornara do Maine, dez dias antes. Desfrutou dessa sensação durante todo o resto da tarde, depois se vestiu com cuidado especial. Com uma pontada momentânea de culpa, disse à sra. Hannah que sairia para jantar com uma amiga e chegaria tarde, mantendo-se firme quando a criada sugeriu que Marcus a levasse de carro para onde quer que estivesse indo.

— Agradeça ao Marcus por mim, mas estou com vontade de eu mesma dirigir — justificou-se, pegando as chaves do Audi e saindo para o pátio. Não tinha mentido. Sentia-se forte, cheia de energia, feliz da vida.

Sua obstinação não diminuiu nem mesmo quando demorou dez minutos e deu três voltas pelo quarteirão à procura de um lugar para estacionar. Estava correndo quando chegou ao restaurante, o que considerou um sábio gasto de energia diante do autocontrole que precisaria exercitar para não se atirar nos braços de Michael e dizer ao mundo inteiro que estava apaixonada.

Com Michael sentindo o mesmo, falaram sem interrupção durante o jantar, sem perceberem o que comiam e menos ainda se preocupando com isso. Dispensaram a sobremesa. A conta parecia não chegar. Logo a seguir estavam do lado de fora do restaurante, com Michael a acompanhando até o carro e se abaixando para beijá-la na escuridão oportuna da rua transversal quase deserta. Quando finalmente recuou, ele tirou do bolso a chave do hotel onde estava hospedado e a pressionou na mão de Danica.

— Vou segui-la até chegarmos lá. Então você sobe e eu te encontro dentro de um minuto.

Ela concordou, o que era tudo o que podia fazer, pois tremia por inteiro e não por medo do que viria a descobrir. Ficar tão perto de Michael e ainda assim não poder tocá-lo, não poder dizer as coisas que seu coração precisava dizer, havia sido pura tortura. Somente com muito controle conseguiu dar partida e esperar até que ele emparelhasse seu carro com o dela. Os dez minutos do trajeto pareceram não ter fim. Sua excitação era tanta que estava com o corpo todo enrijecido quando finalmente entrou no estacionamento. Michael estacionou ao lado dela e aguardou.

Inspirando fundo para se acalmar, Danica saiu do carro, entrou na portaria do hotel, tomou o elevador até o oitavo andar, encontrou o quarto e entrou. Uma vez lá dentro, recostou-se na porta e esperou, o coração acelerado, o corpo trêmulo, as secreções fluindo com a expectativa do corpo de Michael, do seu amor.

Sua batida soou tão suave que ela poderia não tê-la ouvido por causa do ritmo de seu coração, caso não estivesse recostada na porta. Ela espiou, ele entrou. Em seguida estavam um nos braços do outro, abraçando-se, beijando-se, rindo e suspirando até que nem mesmo isso era mais suficiente.

— Você está linda — disse Michael, com a voz impregnada de desejo, puxando seu vestido de lã fina dos quadris para cima. — Adorei o seu vestido. — O vestido já havia passado por sua cabeça e jazia no chão, o que teria feito de seu elogio uma mentira se Danica não entendesse e partilhasse de sua impaciência. Ela estava afrouxando sua gravata.

— Você fica maravilhoso de terno e gravata — disse ela, ofegante. Deixou a gravata pendurada solta em seu pescoço, enquanto atacava os botões de sua camisa. — Eu nunca tinha te visto assim. Você vai levar as alunas à loucura.

— Nem sequer vou notar a presença delas — disse, arremessando a combinação dela para junto do vestido. Atrapalhou-se com o próprio cinto, abriu o zíper apressadamente e tirou as calças, enquanto ela jogava as meias finas para o lado.

Em questão de minutos estavam nus sobre a cama, um acariciando o outro com uma voracidade conseqüente da privação que parecia ter se estendido por mais de dez dias.

— Eu te amo. Ah, meu amor, eu te amo — disse ele, ofegante, abrindo espaço para si por entre suas pernas e penetrando-a arrebatadamente.

Danica gritou e o agarrou com força, envolvendo-lhe a cintura com as pernas, elevando o corpo ao encontro de suas arremetidas. Poucos minutos se passaram até chegarem ao orgasmo, então uma eternidade de prazer e um retorno mais vagaroso, mais relutante, de volta à Terra.

— Senti saudades suas — disse ela ofegante, o rosto em seu peito suado. — Parecia que eu nunca mais iria te ver.

Ele a aconchegou bem perto de si, um braço em torno de seus ombros, uma coxa sobre as dela, mantendo-a colada a seus quadris. Fisicamente deleitados como estavam naquele momento, nenhum deles permitiria que o sono lhes roubasse nem um segundo sequer do tempo que tinham juntos. Quando se recuperaram o suficiente para conversar, conversaram. Quando a conversa deu lugar às necessidades físicas reavivadas, fizeram amor novamente. Depois houve mais a dizer, mais a dividir. Muito antes do que desejava e com muita relutância, Danica levantou-se da cama e foi pegar as roupas.

— Eu gostaria que você não precisasse ir embora — disse ele.

Ela vestiu a calcinha e começou a colocar uma meia.

— Eu também. Mas preciso ir para casa ou a sra. Hannah vai começar a imaginar coisas. — Até mesmo enquanto falava, detestava as palavras. Não queria ter o que esconder quando o que escondia era tão maravilhoso. Sabia que Michael sentia o mesmo, pois tinha o maxilar tenso, a expressão sombria.

Ela fechou o sutiã e vestiu a combinação. Sem conseguir resistir, olhou novamente para Michael, esparramado na cama.

— Você tem o corpo lindo — murmurou, correndo os dedos pelos pêlos de seu tórax. Michael estava com o peito quente e parecia mais dourado do que moreno sob a luz fraca que emanava da mesa-de-cabeceira. Danica sentia-se tocando um tesouro. Mas o tesouro não terminava ali. Ele continuava, descendo pela superfície firme de seu estômago, por seus quadris estreitos, pelas partes relaxadas, ainda assim admiráveis, que faziam dele homem, por sobre a força de suas pernas musculosas que pareciam se estender ao infinito. Danica olhou-o nos olhos e sorriu.

— Um deus bronzeado com um coração de ouro. Eu te amo, Michael.

Segurando-a pelos cotovelos, ele a puxou para si e a beijou num retorno eloqüente à sua declaração. Quando acabou de beijá-la não estava mais relaxado e ela teve de se esforçar para descer da cama e não corresponder ao seu desejo.

— Você vai ficar mais um dia aqui? — perguntou ela.

Ele se recostou na cabeceira da cama e puxou o lençol para o corpo, na esperança de que o que os olhos não vissem o coração não sentisse.

— Vou terminar tudo amanhã à tarde. Eu poderia voltar à noite... — Como ela ofegasse, ele riu. —... Mas não vou. Vou ficar por aqui, se você puder pensar em um bom motivo para isso.

Correndo um grande risco, ela voltou para a cama e, enquanto o beijava, acariciou-o por cima do lençol, parando apenas quando ele arqueou o corpo, tomado por um desejo maior.

— Um bom motivo — disse ele, com a voz rouca de desejo. — É isso aí. Claro, vou ficar subindo pelas paredes até lá. Danica, você não está jogando limpo.

Por amá-lo demais e porque o que começara a afetara quase tanto quanto a ele, ela o beijou de novo, desta vez deslizando a mão para baixo do lençol.

— Tire a calcinha — sussurrou em sua boca. — Só a calcinha. Serei breve.

— Não. Deixe comigo.

— Dani... — ele gemeu e nada mais disse, pois Danica sabia o que estava fazendo, e ele não conseguia pensar diante do prazer que ela lhe estava causando. Quando ela puxou o lençol e se debruçou sobre seu corpo, ele tentou mais uma vez. — Dani... não... ahhhh, meu Deus... Dani...

Ela estava usando a língua e os lábios da mesma forma como ele fizera com ela, pois o amor que sentia por ele preenchera quaisquer que fossem as lacunas remanescentes em sua educação sexual. Com os olhos apertados, a cabeça virada para o lado, ele se virou jogando o corpo para cima. Os músculos de seu braço saltaram visivelmente. Seus dedos abertos revolveram o lençol. Ele ofegou seu nome mais uma vez, prendeu a respiração e sentiu o corpo perder o controle.

Ela o beijava suavemente na boca quando ele finalmente recuperou os sentidos.

— Isso foi maravilhoso — disse ela, com um sorriso felino, e ele, embora ainda tonto, percebeu toda a extensão do seu amor.

— Foi maravilhoso — Michael fez eco às suas palavras, mas de forma debilitada, pois cada centímetro de seu corpo se sentia sem força. Ele inspirou fundo, o fôlego curto. — E você ganhou, pois não tenho mais condições de tocá-la esta noite. Acho que não vou me mexer até amanhã de manhã.

— Nem precisa — disse ela, numa voz íntima. — A que horas você precisa levantar?

— Às sete — murmurou ele, sem abrir os olhos.

Sem mais palavras, Danica pegou o telefone e solicitou à recepção para que o acordasse àquela hora, e depois, sem fazer barulho, acabou de se vestir e o beijou levemente na boca. Ele já havia adormecido. Ante de sair, contemplou-o da porta e, então, sorrindo, fechou-a com cuidado e foi para casa.

A noite seguinte foi tão divina quanto a anterior. Desta vez, jantaram em outro restaurante, mas voltaram para o hotel exatamente da mesma maneira e passaram as horas seguintes em êxtase. Para a infelicidade deles, o êxtase desapareceu quando Danica se vestiu para ir embora.

— Não gosto disso, Danica. Não gosto de ser obrigado a sair escondido com você, como se estivéssemos fazendo alguma coisa errada. Não gosto de ter de sentir fome durante uma semana entre as refeições.

Ela riu e acariciou-lhe levemente o rosto.

— Você tem andado muito com o Rusty. Ele sempre faz um escândalo por causa dos intervalos das refeições.

— Não estou falando de comida — resmungou ele.

— Eu sei. — Ela ficou mais séria. — Eu sei. Mas não sei o que dizer.

— Diga que vai se divorciar do Blake. Isso já está ficando ridículo.

— Preciso de mais tempo, Michael. Estou tentando. Já o deixei com a pulga atrás da orelha e tudo o que posso fazer é esperar que ela fique pulando até ele entender a mensagem.

— E se ele nunca entender? Talvez o cara precise de um bom chute no traseiro.

— Nós sabemos que isso não seria fácil.

— Se você está esperando que *ele* sugira o divórcio, talvez esteja abordando o assunto de forma errada. Talvez devesse contar a ele sobre nós. Talvez devesse dizer à sra. Hannah que vai passar a noite fora.

— Não posso fazer isso. Por favor. Preciso que você me apóie. Estou fazendo o que posso e da única forma que sei.

Vendo e ouvindo sua agonia, Michael encostou a cabeça de Danica em seu peito.

— Está bem, meu amor. E me desculpe se te pressiono, mas é que às vezes fico muito impaciente.

— Também me sinto assim, e é muito pior comigo, porque sinto uma responsabilidade terrível sobre os meus ombros.

Ele lhe acariciou os cabelos.

— Eu gostaria de poder tirar um pouco dessa responsabilidade de você. Talvez eu devesse ir a Washington. Talvez devesse ter uma conversa com ele.

Ela ergueu rapidamente a cabeça.

— Não! Não faça isso. Você vai apenas acabar levando a culpa de algo que não é problema seu.

— Não? Porra, estou comendo a mulher do cara... — Diante da expressão severa no rosto de Danica, ele logo corrigiu o pensamento: — Estou apaixonado pela esposa dele, por cada centímetro da intimidade dela. — Baixou a voz: — Melhorou assim?

Ela concordou.

— Não há nada de sórdido no que fazemos.

— Eu sei e peço desculpas por ter usado essas palavras. É que me sinto frustrado, furioso. Gostaria que alguma coisa acontecesse.

— Vai acontecer. Na hora certa, vai acontecer.

Pois aconteceu mais rápido do que qualquer um dos dois poderia imaginar. Naquela noite, quando Danica retornou a Beacon Hill, a sra. Hannah estava de pé, esperando-a com a notícia urgente de que a mãe de Danica tinha sofrido um AVC.

O Hartford não era diferente de qualquer outro hospital, com longos corredores, cheiro de anti-séptico e o som sempre presente dos bipes, do roçar dos uniformes e das conversas à meia voz. Danica passou a conhecer tudo isso muito bem durante as duas semanas seguintes que passou ao lado do leito da mãe.

Eleanor tivera sorte. Apenas seu lado direito fora paralisado e, mesmo assim, ela estava lentamente começando a recuperar alguns movimentos. Danica a ajudava a comer, empurrava sua cadeira de rodas pelos corredores, aguardava pacientemente o tempo que ela passava na fisioterapia e, mais do que qualquer outra coisa, preenchia o vazio deixado pela ausência de William Marshall.

Ah, mas ele aparecera imediatamente assim que Eleanor fora internada. Aparecia em todos os finais de semana, mas sempre precisava voltar para Washington, onde negócios urgentes o aguardavam. Danica lembrou-se de quando a mãe passara por uma histerectomia e William ficara com ela, como um marido dedicado. Acabou se lembrando de quando ela mesma sofrera o aborto, de quando Blake aparecera por vinte e quatro horas e então partira. E acabou se lembrando de Michael, que havia ficado ao seu lado, que cuidara dela, que lhe mostrara sem a necessidade de palavras que ela era muito mais importante do que qualquer trabalho que ele pudesse estar fazendo.

Naturalmente, ele foi ao Hartford, vários dias antes, para ver Eleanor. Embora Danica não tenha tido muito tempo para ficar a sós com ele, ficou profundamente comovida com sua consideração.

Quanto a Blake — seu caro buquê de flores jazia agora, murcho, no parapeito da janela —, não dera maior importância ao episódio.

Por ironia, os momentos em que Danica gozava de maior liberdade eram durante o horário de visitas, quando um fluxo constante de amigos do casal Marshall entrava e saía do quarto. Danica pedia licença, prometendo à mãe que voltaria em seguida, e dava uma volta pelo hospital ou pelo comércio próximo, perguntando-se por que estava sendo tão atenciosa. No final, sabia apenas que não poderia agir de outra forma. O que acontecera no passado não lhe parecia mais tão importante, uma vez que o que fazia agora lhe dava satisfação. Eleanor, apesar de todas as suas falhas, era sua mãe e tinha deixado bem claro — pelos olhares assustados que lançava para Danica quando ela saía, pela forma como lhe segurava a mão, pela forma como parecia mais relaxada quando a filha estava por perto — que precisava dela.

Mais de uma vez, Danica imaginou se a recente atenção da mãe não fora um aviso de que alguma coisa não andava bem. Os médicos lhe disseram que há anos ela sofria de pressão alta, embora Danica nunca tivesse sabido disso. Seu pai, por outro lado, tinha sua própria opinião sobre o AVC da esposa.

— Ultimamente ela tem andado preocupada com você, Danica.

Danica e o pai estavam na cafeteria, no terceiro domingo. Eleanor teria alta na semana seguinte.

— Não há nada para ela se preocupar — comentou Danica, o mais indiferente que pôde, dada a súbita premonição que sentiu.

— Não é o que ela acha. Ela voltou do Maine no verão passado muito preocupada com você e o Blake.

— Comigo e o Blake? Acho que não estou entendendo. — Com certeza entendia, mas queria saber exatamente o que o pai tinha a dizer.

— Vocês não ficam mais juntos. Moram em cidades diferentes e você o deixa sozinho. Isso não é jeito de se administrar um casamento.

— Não me parece muito diferente do jeito como você e a mamãe administram o de vocês.

William ficou sério.

— É claro que *é* diferente. A sua mãe sempre esteve ao meu lado, fosse em Washington, fosse no Hartford. Só ultimamente é que ela tem ficado mais aqui, e apenas porque se sente cansada.

— Então acho que a mamãe é uma pessoa melhor do que eu. Ela não é exigente e não se importa em se sacrificar.

— Ela tem sido uma boa esposa. Eu esperava que você seguisse o exemplo dela.

— Os tempos mudaram. Hoje em dia é mais fácil viajar.

— Isso é besteira. Viajar sempre foi fácil quando se estava disposto. Você é que, obviamente, não está. Qual o problema com você?

Danica se forçou a falar em um tom de voz tranqüilo:

— Tenho interesses que a mamãe nunca teve.

William Marshall nunca fora de se controlar quando havia algo martelando em sua cabeça.

— Você tem esse amigo, esse tal de Buchanan. Que diabo anda fazendo com ele? Foi isso que deixou a sua mãe tão perturbada. Ela anda muito preocupada, achando que está acontecendo alguma coisa de que você vai se arrepender um dia.

— Calma aí, pai — Danica alertou-o. — Se você está tentando pôr a culpa desse AVC da mamãe em mim, isso não é justo. Segundo o médico, ela sofre de pressão alta há anos e isso poderia ser atribuído tanto à tentativa dela de acompanhar o seu ritmo de vida quanto à preocupação dela comigo. Não vamos ficar trocando acusações, porque nunca vamos saber o que causou o derrame.

— Você não respondeu à minha pergunta, mocinha. Eu perguntei o que está acontecendo entre você e esse seu amigo no Maine.

Danica ficou um bom tempo olhando para o pai.

— Ele é um bom amigo, talvez o melhor que já tive. Você devia ficar satisfeito por ele passar o tempo dele comigo. Deus sabe que mais ninguém faz isso.

— Que diabo você está querendo dizer?

Ela suspirou.

— Ah, isso não é hora e nem lugar.

Em respeito ao seu lembrete, ele baixou a voz, mas sua condescendência não passou daí.

— Nada disso, menina, fale logo.

— Isso não tem importância. O que *importa* agora é tirar a mamãe daqui, e andando.

— Isso vai acontecer de qualquer jeito. Ela está sendo assistida pelos melhores médicos e terapeutas, e eu já contratei uma enfermeira em tempo integral para cuidar dela quando chegar em casa.

— Vou passar um tempo com ela. Ela precisa de alguém que a ame.

Se Danica estava tentando passar algum recado, não conseguiu. William ainda estava pensando na pilha de fotografias que Morgan Emery lhe tinha entregado.

— Você está me evitando, Danica. Eu perguntei o que você anda fazendo com Michael Buchanan.

— E eu respondi. — Foi tudo o que pôde dizer para não se acovardar diante do olhar cortante de William, mas conseguiu. Amava-o por ser seu pai e sempre tentara agradar a ele, mas, se não soubesse mentir deslavadamente, teria se danado naquele momento, não importa a resposta que desse.

— Então me ouça, e ouça bem. Quero você longe dele. Ele e a família dele *sempre* foram um problema. Não há nada que ele gostaria mais de fazer do que nos constranger, e, se você fizer alguma coisa que possa comprometer o Blake, estará fazendo exatamente o que ele quer. Sinceramente, Danica, nunca pensei que teria uma conversa dessas com você. — Como ela permaneceu de boca fechada, ele continuou: — Fique longe desse Buchanan. Essa sua "ligação" com ele por todos os cantos do Maine é indecente. Blake Lindsay é um bom homem e é seu marido. Pelo bem da sua mãe, se não por qualquer outro motivo, comporte-se.

Danica sentiu-se como uma criança que acabara de ser repreendida. Seu ressentimento quase afetou profundamente a noção de onde estava e por quê. Nada lhe daria mais prazer do que mandar o pai cuidar da própria vida, arrumar a própria casa antes de se preocupar com quem arrumava a dela, mas não disse coisa alguma. Uma parte dela temia as repercussões de tal impulsividade e, mais pelo bem da mãe, se não por qualquer outro motivo, controlou-se.

Pegando a bolsa, pôs-se de pé.

— Acho que vou voltar e ver como a mamãe está.

William a segurou pelo cotovelo.

— Estamos entendidos, Danica?

— Você disse o que queria. Pode confiar que vou fazer o que eu julgar correto.

— Esse é o tipo de resposta que não diz nada — resmungou o pai. — Talvez eu a tenha conduzido pelo caminho errado. Você devia ter seguido a carreira política.

— Deus me livre — respondeu Danica, com um toque proposital de humor.

Infelizmente, William não estava convencido, ou melhor, particularmente, não confiava em Danica. Sentiu que mal a conhecia, que várias coisas poderiam estar acontecendo em sua vida sem o seu conhecimento. Em geral, não se importava com o que ela fazia. Decerto não estava interessado em obter um relatório detalhado do seu trabalho voluntário, nem mesmo do trabalho que estava desenvolvendo com James Bryant. O problema com Michael Buchanan, no entanto, era outro. Estaria em maus lençóis se algum escândalo abalasse sua família.

Vira aquelas fotos e as analisara repetidas vezes. Embora não houvesse qualquer evidência de que Danica estava tendo um caso, havia evidências de sobra de que o teria em breve. Ele a tinha avisado, mas não podia ter certeza de que ela o escutaria. O que ele precisava era de provas concretas tanto para o sim como para o não, e a única maneira de obtê-las seria mantendo Emery no caso. Era apenas uma questão de dinheiro, um preço pequeno a ser pago, se viesse a evitar que Danica fizesse a todos de tolos. De posse de provas, de alguma coisa comprometedora, ele a confrontaria. Melhor ainda, poderia confrontar Buchanan, até mesmo o velho, se preciso fosse.

Mas isso ainda estava longe de acontecer. Primeiro, começaria pelo começo, contando com os serviços de Emery. Uma vez feito isso, e com Eleanor já seguramente instalada em casa, poderia voltar toda sua atenção para assuntos mais importantes em Washington.

Novembro na capital tendia para o frio, mas Cilla sempre preferira o frio à primavera, quando centenas de turistas vinham em bando apreciar as cerejeiras em botão e a profusão de monumentos históricos que a cidade oferecia. Mas, também, ela sempre fizera o tipo rebelde. Gostava de torcer pelo azarão no jogo de beisebol, de comer espinafre em vez de ervilhas, de usar saias longas quando os estilistas diziam que a bainha estava subindo. Adorava fazer o inesperado; portanto, não foi surpresa alguma para ela ver-se feliz da vida na cama com o ex-marido.

— Ahhh, Cilla, a gente sempre se deu muito bem juntos — sussurrou Jeffrey, quando seu pulso finalmente começou a acalmar.

Ela levantou a cabeça do travesseiro para olhar para ele.

— Na cama, sim. Por que será?

— Química?

— Acho que tem alguma coisa a mais. Nós dois somos pessoas intensas, que mergulham de cabeça em tudo na vida. Fazer amor com você é sempre uma experiência excitante. É um desafio, porque sempre surge alguma partezinha nova sua que eu não conhecia.

— É como um quebra-cabeça. Nós dois somos loucos por quebra-cabeças.

— Hummm. Parece ironia, não é? A mesma coisa que nos faz fogosos na cama nos separa fora dela.

Jeffrey inspirou profundamente e puxou a cabeça dela para o seu ombro.

— Não vamos falar sobre isso.

— Teremos que falar em algum momento. Isso já vem acontecendo há dois meses. Temos passado juntos várias noites por semana, mas, ainda assim, há uma barreira.

— Exatamente como nos velhos tempos.

— Certo. Isso não te incomoda?

— É claro que me incomoda. Por que você não ganhou os seus milhões fazendo biscoitos de chocolate?

— E por que você não ganhou os seus inventando o Trivial Pursuit?*

Ele deixou cair o queixo ao olhar para ela.

— Você já jogou?

Ela empinou o dela.

— Claro. Sou imbatível.

— Isso é porque você nunca jogou contra mim. Nunca erro uma pergunta de história, geografia, ciência ou esportes.

— Ainda tem arte e entretenimento. Esqueceu que eu tenho uma memória de elefante?

— Humm. Aposto que poderíamos formar uma dupla e vencer campeonatos por todo o país. Ei, é uma boa idéia. Por que nós dois não pedimos demissão dos nossos empregos e botamos o pé na estrada como especialistas em Trivial?

Ela bufou.

— Com certeza iríamos brigar para decidir quem iria jogar o dado.

— Não, nós nunca brigamos por coisas sem importância. — Ele ficou pensativo. — Só por causa de assuntos sérios, como os casos em que estávamos trabalhando.

Ela rolou sobre ele e se debruçou em seu peito.

— Está bem. Vamos ver até que ponto chegamos. Me conte o que anda fazendo.

— Cilla...

— Está vendo? Você ainda não confia em mim. Confia em mim para eu fazer todo o tipo de perversão com o seu corpo, mas não me confia os seus pensamentos.

— Meu Deus, já falamos sobre isso tantas vezes...

* Jogo de perguntas e respostas fabricado, no Brasil, pela Grow Jogos e Brinquedos S.A.

— E vamos continuar falando. A não ser que... — ela fez menção de se levantar da cama — ... você queira dar tudo por acabado logo de uma vez.

Ele a deteve.

— Não quero isso. Você sabe como me sinto em relação a você.

— Não sei. Fale.

— Você sabe.

— Eu... eu quero... ouvir... as... palavras.

Ele lhe dirigiu um sorriso enviesado.

— Você gosta quando fico vulnerável, não gosta? Faz você se sentir por cima.

— Aí é que você se engana. Não tem nada disso de eu "ficar por cima". Estamos falando de igual para igual. Sei que me sinto no auge da vulnerabilidade quando estou com você. Apenas preciso saber que não sou só eu.

— Não é. — Ele hesitou por mais um minuto. — Eu te amava quando estávamos casados, e ainda te amo... Droga, me sinto tão nu quando digo isso.

— Você está nu.

Ele olhou para a pele clara de suas costas.

— Você também.

Ela prendeu a respiração diante de sua carícia iminente.

— Parece que sim. Eu também te amo, Jeff. Portanto, me ajude, pois eu tenho tentado não te amar. Tenho namorado bastante desde que nos divorciamos, mas sempre volto para você. Pelo menos, na minha imaginação.

— Não só na sua imaginação.

— Bem...

— Venha cá. Me dê um beijo.

Os olhos de Cilla brilharam maliciosos.

— Onde?

— Aqui, como entrada. — Apontou para a boca e a abriu quando ela se aproximou. Mas foi apenas como entrada mesmo, pois a combinação da química, do desafio e do amor que sentiam um pelo outro era potente, tinha desejo próprio e, em poucos instantes, eles estavam se esparramando um sobre o outro numa busca mútua pelo prazer.

Algum tempo depois, quando estavam novamente descansando nos braços um do outro, Jeff suspirou.

— E estamos exatamente onde começamos, não é mesmo? Com um obstáculo à nossa frente.

Cilla esfregou o rosto nos pêlos encaracolados de seu peito. Fechou os olhos e inspirou profundamente.

— Estou trabalhando numa matéria sobre o vazamento de lixo tóxico na Baía de Chesapeake. O problema é que a origem desse lixo é uma companhia química que pertence a um contribuinte muito proeminente e politicamente ativo.

Jeff ficou parado por um momento, não por causa do que ela tinha falado, mas pelo fato de ter falado. Ela lhe oferecera uma parte de seu trabalho que, em outra ocasião, teria guardado a sete chaves. Ele se sentiu muito bem.

— Há relatórios anteriores sobre esse vazamento?

— Ah, sim. Há anos que as autoridades sabem dos problemas da Baía de Chesapeake. Ela já chegou a ser considerada o estuário mais produtivo do país, mas isso está mudando. Os detritos industriais da Pensilvânia são levados para lá através do Rio Susquehanna. O Kepone* chega pelo Rio James, que vem de Richmond e de Norfolk. Até mesmo o esgoto tratado com cloro acrescenta toxicidade à baía. — Ela se forçou a continuar: — A indústria química em que estou de olho fica no porto de Baltimore. O proprietário já gastou uma fortuna para manter a infração da empresa por baixo dos panos.

— Você tem provas?

— Do vazamento? O Corpo de Engenheiros do Exército tem tudo documentado.

— E quanto ao dinheiro? Alguma prova?

* Substância química sintética usada como princípio ativo de um poderoso agrotóxico, o Mirex.

Cilla ergueu os olhos, pois suas perguntas estavam ficando mais incisivas e rápidas. Sentiu uma prudência conhecida começar a surgir. Jeffrey percebeu logo sua reação.

— Desculpe. Meu lado interrogador entrou em ação. E não sou assim por causa do meu trabalho. É mais o contrário: sou bom no que faço por ser assim. Mas agora sou apenas eu, Cilla. Apenas eu. Isso não vai sair daqui. Por favor. Confie em mim.

Cilla viu a sinceridade em seu rosto e soube que, se era para terem alguma esperança de um futuro juntos, precisava fazer o que ele pedia. Ela concordou.

— Estamos conseguindo provas do dinheiro, mas o processo é lento. As coisas foram feitas bem escondido. Precisamos tomar cuidado, porque, se a notícia de que estamos investigando se espalhar, as portas vão se fechar de repente na nossa cara.

— Isso é familiar para mim. Estou tendo o mesmo problema. — Em linhas gerais e com a cautela de sempre, contou-lhe da investigação que estava conduzindo na área da espionagem high-tech. — Sabemos que a Bulgária recebeu as mercadorias. Sabemos que elas entraram via Áustria. Chegamos até a identificar a firma austríaca que fez o embarque e, então, nada. Tem que haver uma empresa americana como origem, mas não conseguimos encontrá-la. Arquivos foram destruídos; fachadas de lojas foram demolidas. É frustrante pra burro quando você *sabe* que a operação é ilegal, mas não consegue fechar o cerco com provas concretas.

Cilla refletiu sobre a frustração dele e falou em seguida com base em sua própria experiência:

— Acho que essa é a pior parte. O tempo passa, você sabe que o bem público está em perigo, mas tem uma responsabilidade a cumprir e não diz nada até poder fundamentar suas palavras.

— Mas não pode desistir porque *sabe*. Você *sabe*. E há certa responsabilidade nisso também. Talvez seja algum complexo de bom garoto pra lá de piegas, mas, droga, isso entra no seu sangue.

Ela lhe lançou um sorriso enviesado e compreensivo.

— Eu sei. E é bom saber que você sabe também.

Ele lhe retribuiu o sorriso, surpreso de que aquela troca de confidências tivesse sido relativamente indolor.

— Mais alguma notícia do seu maníaco sexual?

— Qual deles?

Ele beliscou o bumbum dela.

— Aquele que te ligou outro dia, querendo falar sobre sexo e poder, lembra?

— Ah. Aquele. — Ela suspirou. — Não. Nenhuma ligação. Mas eu o encontrei. Foi numa recepção diplomática. Ele estava parado perto da parede, parecendo meio desgostoso da vida, como se não estivesse morrendo de felicidade por estar ali, mas como se simplesmente não pudesse deixar de estar. Quando começou a conversar comigo, pude jurar que era a mesma voz.

— A mesma do homem ao telefone?

— Hum-hum. — Ela encolheu os ombros. — Pode ser que eu tenha me enganado. Quer dizer, o telefone normalmente deturpa os sons.

— Não a esse ponto. O que ele disse na recepção?

— Ah, ele fez um discurso sobre o poder dos ricos e sobre como se é obrigado a fazer o jogo deles se se quiser sobreviver nesta cidade.

— Ele está certo.

— Mas com certeza estava furioso.

— As pessoas que são obrigadas a jogar dentro das regras estipuladas por outros normalmente estão. Qual era a posição dele?

— Ele resmungou alguma coisa sobre trabalhar num dos departamentos. No departamento de Estado ou do Trabalho, talvez do Comércio... Não sei bem qual e, quando comecei a lhe fazer mais perguntas, ele desviou a conversa para mim. Simplesmente achou o máximo o fato de eu trabalhar para a imprensa. Começou a fazer todo tipo de perguntas sobre a glória do trabalho. Tratei de dar o fora rapidinho.

Jeffrey riu e a abraçou mais forte.

— Como é estar do outro lado da linha de fogo?

— Mui-to chato. Eu gosto de fazer o interrogatório, não de dar respostas.

— Me parece que você fez um pouco de cada esta noite.

Ela sorriu e se esticou para beijá-lo.

— Fiz, não fiz?

— Doeu?

— Doeu para você?

— Lá vem você fazendo perguntas de novo. Cilla, Cilla, Cilla, o que vou fazer com você?

Deslizando a boca para seu ouvido, pôs-se a fazer-lhe várias propostas indecentes, após as quais Jeffrey não teve tempo nem força para fazer qualquer outra pergunta.

Treze

Eleanor se recuperou devagar, mas a um ritmo estável. Danica a visitava com freqüência, indo e voltando de carro de Connecticut, duas vezes por semana, sempre nos dias em que sabia que o pai estaria ocupado. Dizia a si mesma que a mãe gostaria mais de companhia nesses dias, mas, no fundo, sabia que não queria outro confronto com ele.

Para sua surpresa, a cada visita ficava mais à vontade com a mãe. Enquanto o tempo que passara com Eleanor no hospital tivera o propósito de lhe dar suporte numa fase de grande insegurança física, os dias que passava com ela em sua casa eram mais voltados para a descoberta de que a mulher que sempre julgara como um mero apêndice de William Marshall era um ser pensante e com sentimentos próprios. Conversavam sobre várias coisas e, conforme Danica ia adquirindo confiança, começava a fazer perguntas sobre sua vida:

— Você nunca parou para pensar... sobre a vida política?

Embora o sol estivesse fraco e o calor viesse principalmente do sistema de aquecimento, as duas descansavam no solário. Eleanor sentava-se numa poltrona reclinável com um cobertor sobre as pernas. Enquanto sua mão direita, debilitada, repousava inerte no colo, ela gesticulava livremente com a esquerda, e, diante da recuperação dos movimentos em seu rosto, falava apenas com o mínimo de dificuldade. Por sorte, seu cérebro não sofrera seqüelas.

— Eu adorava. Desde o início, achava tudo excitante. Você precisa se lembrar de que sou de uma família humilde. As coisas às quais você está acostumada desde pequena eu nunca tive. Acho que, no início, era novidade. Mas também enfrentei a primeira campanha do William ao lado dele. Você era muito novinha para perceber, mas ele concorreu a uma vaga no Congresso com poucos partidários fortes, um bocado de determinação e não muito mais do que isso. Portanto, houve certo triunfo em ir para Washington e ocupar o lugar que nós tínhamos conquistado.

— Você diz "nós".

— E é o que quero dizer. Ah, tenho certeza de que o William teria conseguido sozinho, mas trabalhei tão duro quanto ele. Acompanhei-o em todas as suas viagens de campanha. Discursei nos almoços para as mulheres enquanto ele discursava nos almoços para os homens. No dia da votação, eu estava tão cansada quanto ele.

— Eu não tinha percebido — disse Danica, devagar. — Tudo o que eu sabia era que você nunca estava ao meu lado. Acho que eu não sabia direito o que, exatamente, você fazia.

Eleanor ficou pensando alguns instantes no que Danica dissera.

— Culpa minha, talvez. Eu achava que você não queria saber dos detalhes. Você era muito criança e nós andávamos muito ocupados. Achei que seria melhor mantê-la aqui, onde sabíamos que estava segura. Então, com o tempo, passamos a desejar outras coisas para você.

— O tênis.

— Isso, e a escola. Não há lugar para uma criança pequena na política. Nós estávamos sempre viajando, fazendo uma coisa ou outra.

— Nem todas as esposas de políticos são assim.

— É verdade. E talvez eu tenha errado em deixá-la para trás. Eu me preocupava com isso.

— Sério?

— Qualquer mãe se preocuparia — respondeu Eleanor, na defensiva. — Mas eu precisava fazer escolhas, como qualquer outra pessoa. Por um lado, era esposa do William. Por outro, era sua mãe.

— Você escolheu a primeira opção.

Eleanor olhou na direção do quintal.

— Não era simples assim, Danica. Havia uma terceira pessoa envolvida. Eu. Eu precisava pensar no que queria da vida. Precisava pensar no futuro e me perguntar onde estaria dali a dez ou vinte anos. Eu sabia que um dia você viveria a sua vida, como vive agora, e não precisaria de mim. Percebi que o William sempre precisaria. A posição do seu pai é muito segura hoje, mas gosto de pensar que eu ainda a complemento. Talvez o que eu tenha feito ao longo dos anos sirva para consolidar minha posição como secretária em nível pessoal. Mas não tem sido ruim, porque gosto do que faço. — Como Danica ainda parecia cética, ela continuou: — Sei que você me acha uma parasita...

— Não...

— Talvez não seja exatamente esta a palavra, mas você não é a única. Para as pessoas de fora, pode parecer que não sou nada além de uma peça decorativa pendurada no braço do William. Só as pessoas mais chegadas sabem que o que eu faço, que tudo o que a esposa dedicada de um político faz é importante. Nós oferecemos a serenidade em meio à turbulência, a presença tranqüila no final de cada dia. Às vezes não fazemos perguntas, mas até mesmo nessas horas é disso que o nosso homem precisa. Em ocasiões sociais, agimos como amortecedores. Conseguimos ser encantadoras e diplomáticas. Conseguimos atenuar uma rixa entre o nosso homem e outros. Acho — disse, com um suspiro profundo — que, como várias outras mulheres, somos muito subestimadas. — Riu em seguida, mas seu maxilar começou a pesar. — Estou ficando cansada. Acho que estou exagerando.

Sentindo-se subitamente culpada, Danica entregou a Eleanor o copo d'água que estava numa mesinha próxima.

— Desculpe. Eu deveria tê-la feito parar, mas estava gostando de ouvir. Por que você nunca me contou essas coisas antes?

Eleanor bebeu a água com um canudo, recostou a cabeça na cadeira e falou bem baixinho:

— Acho que porque você nunca perguntou, porque nunca passamos tanto tempo juntas e porque demorou muito tempo para vermos uma à outra como iguais. Talvez, também, porque sei que não vou viver para sempre, e há algumas coisas que eu gostaria de te contar antes de morrer.

Inclinando-se para a frente, Danica abraçou a mãe. Não podia falar, pois estava com um nó na garganta, e não era apenas a idéia da mortalidade de Eleanor que a entristecia. Era também o fato de que havia algumas coisas que, da mesma forma, gostaria de lhe contar, mas ainda não tinha coragem.

Danica via Michael todas as quintas-feiras à noite. Jantavam em diversos restaurantes a cada semana e faziam amor em hotéis diferentes. Ela nunca passava a noite com ele e, ao mesmo tempo que ele tentava desesperadamente não pressioná-la, sua frustração crescia. Durante um tempo, sublimou-a, entregando-se com mais dedicação tanto ao seu trabalho como professor quanto ao de escritor. Funcionou, embora o resultado final tenha sido o de autoderrota. Terminou o livro e o enviou para Nova York pouco antes do Natal. Na mesma época, suas aulas acabaram. Como seu compromisso se resumia àquele seminário de meio de ano, ele não tinha nada mais a fazer, a não ser dar nota aos trabalhos que solicitara aos alunos, em vez de provas.

Exausto pelo ritmo que mantivera, desencorajado pelo fato de seu amor por Danica estar aumentando enquanto suas esperanças de que ela se separasse de Blake minguavam, decidiu que precisava viajar. Não para fazer pesquisa para outro livro. Simplesmente para dar um tempo.

Tinha começado a estudar literatura sobre viagem numa manhã de segunda-feira, em meado de janeiro, quando a campainha soou. Rusty alcançou a porta antes dele.

— Tudo bem, garoto. — Esfregou as orelhas do cachorro enquanto abria a porta. Então, numa fração de segundo, percebeu que nada estava bem. Nunca tinha sido formalmente apresentado ao homem à sua frente, mas seu rosto era bastante familiar até para o observador mais alienado, grupo do qual ele, definitivamente, não fazia parte.

— Michael Buchanan?

— Senador Marshall.

— Estava à minha espera?

— Não. Reconheci o seu rosto dos jornais e da televisão. — Não conseguia ver nenhuma semelhança com Danica, ou, talvez, simplesmente preferisse não ver. — Acho que sabia que um dia iríamos nos encontrar.

William Marshall permaneceu onde estava, sério, com uma pequena pasta sob o braço.

— Posso entrar?

Assentindo, Michael afastou-se para o lado. Uma rápida olhada na entrada de carros revelou que ele viera em um carro alugado — um modelo muito pequeno e popular para pertencer àquele senador americano — e sem motorista. Michael deduziu que William tinha pegado um avião para Portland e dirigido até lá. Esse não seria um indício nada animador, se ele tivesse esperado por uma conversa amigável; mas não esperara. Poderia haver somente uma razão para William Marshall procurá-lo e o senador, ao que parecia, não tinha a menor intenção de medir suas palavras.

— Tenho comigo — começou — algumas fotografias que, acredito, você gostaria de ver. — Ele já havia soltado o elástico da pasta e estava dela tirando um punhado de fotos.

Michael as pegou, olhou primeiro para uma, depois para outra, e então para uma terceira, o tempo todo se esforçando para conter a náusea que começava a revolver seu estômago.

— Onde o senhor as conseguiu? — perguntou, embora sua voz estivesse rouca e claramente revelasse seu choque.

— Foram tiradas por um detetive particular.

As palavras de Michael saíram devagar e carregadas de descrédito e desprezo:

— O senhor contratou um detetive para seguir a sua própria filha?

— E você — acrescentou o senador sem remorso — não vai perguntar por quê?

— Acho que não é necessário — respondeu Michael. — As fotos falam por si. O fato de o senhor ter mandado tirá-las diz o resto.

— Então você é mais inteligente do que eu pensava. Não que eu esperasse menos do filho de John Buchanan — apontou para as fotos que Michael segurava sem firmeza —, embora você tenha sido muito idiota ao fazer uma besteira dessas.

— Meu pai não tem nada a ver com isso. O senhor está falando comigo.

— Exatamente, e quero que você me ouça. Quero que se afaste da minha filha. Que nunca mais a veja.

— Não sou nenhum moleque, senador, e a sua filha não é nenhuma criança. O senhor acha mesmo que pode decretar leis e fazer com que as pessoas obedeçam a elas num estalar de dedos?

— Não fui eu que decretei a lei que você violou. Você está tendo um caso com a esposa de outro homem. Isso é adultério.

Não havia como tentar negar. As fotos em suas mãos mostravam-no beijando Danica dentro do carro dela, segurando sua mão por baixo de uma mesa que ele julgara protegida pela luz pálida do restaurante, mostravam Danica entrando em um quarto de hotel e, depois, ele próprio entrando pela mesma porta. Apesar de não mostrarem os dois na cama, as fotos eram comprometedoras.

— Sei exatamente o que isso quer dizer. Sei também que a sua filha se encontra amarrada a um casamento infeliz e que eu tenho sido capaz de dar a ela o amor que ela jamais teve.

— Você não sabe o que está falando, garoto. Não *sabe* o que ela tem ou deixa de ter.

— Conversamos sobre várias coisas, senador Marshall. E, qualquer que seja a sua opinião sobre o assunto, é a percepção dela do que está acontecendo que me interessa.

— Isso não vem ao caso — afirmou William, arrogante. — O que importa é que estou disposto a usar essas fotos. Vou mostrá-las para o marido da Danica, que pode muito bem utilizá-las num processo contra você. Vou mostrá-las à imprensa no momento em que estiverem saindo as críticas sobre o seu novo livro. Vou mostrá-las ao seu pai, se necessário. O importante é você sumir da vida da minha filha, e para sempre.

A ira foi crescendo lentamente dentro de Michael.

— O senhor está me ameaçando.

— Pode ter certeza de que estou!

As narinas de Michael se dilataram quando inspirou. O esforço para não afastar o braço e acertar o nariz daquele homem era imenso. Seus dedos se fecharam sobre as fotos, amassando-as, sem que se desse conta.

— Não vai adiantar — respondeu em um tom de voz baixo e ameaçador. — Não vou me deixar intimidar como um de seus subordinados em Washington. O senhor tem poder lá, senador, mas está fora da sua jurisdição aqui. A verdade é que, ao tornar essas fotos públicas, o senhor vai prejudicar muito mais a si mesmo e à sua família do que a mim. Tenho pouco a perder. Meus leitores vão comprar os meus livros independentemente de qualquer sujeira que o senhor espalhe, e os meus editores vão continuar a publicá-los porque eles são bons. Quanto ao meu pai, há anos que ele desistiu de me controlar. Na verdade, a pessoa, a *única* pessoa que vai sofrer de verdade com isso é a Danica. Se o senhor a ama de verdade, acho que deveria poupá-la desse sofrimento.

William era astuto:

— Eu poderia dizer o mesmo a você. Se *você* a ama de verdade, acho que deveria poupá-la desse sofrimento.

Acertara no ponto e, por um momento, Michael ficou sem resposta. Mas por um breve momento apenas, quando então foi tomado pelo mais completo nojo pelo homem à sua frente.

— Amo a Danica mais do que o senhor seria capaz de imaginar. Ela é afetuosa e inteligente. É carinhosa e boa. A única coisa que não entendo é como uma pessoa tão bonita assim pode ser filha de alguém tão sem escrúpulos quanto o senhor. Vá em frente, senador Marshall. Faça o que quiser com suas fotos. — Estendeu-as bruscamente. — Posso lhe prometer que no dia em que tanto o casamento da Danica quanto o seu relacionamento com vocês desmoronar, estarei aqui para recolher os caquinhos. Aliás, até que não é uma má idéia. Há muito tempo que tenho vontade de cuidar dela. Vá em frente, senador.

Espalhe a lama. Mas não se surpreenda quando ela cair de volta no seu rosto.

Não estando totalmente preparado para tal demonstração de força, William ficou em silêncio, encarando o homem de olhar duro à sua frente. Não era obstinado o bastante para negar que parte do que Michael dissera era verdade, mas *era* obstinado o bastante para não dar o braço a torcer.

— Você acha que ela vai vir correndo para os seus braços — arriscou, confiante. — Pois eu digo que ela vai correr para a direção oposta. Então, onde isso nos deixa?

— Isso nos deixa com a Danica bem no meio. — Michael fez uma pausa e prosseguiu com o que esperava ser um tom conciliador: — Veja, senador, não quero causar nenhum sofrimento ou constrangimento à sua família. Nunca tive qualquer envolvimento nas diferenças entre a sua pessoa e os nossos jornais. Quando me apaixonei pela sua filha, não sabia quem ela era e, quando descobri, já era tarde demais. Para nós dois. Já estávamos envolvidos, mesmo que de uma forma inocente.

Michael inspirou cansado e continuou:

— Se o senhor acha que é divertido ou fácil estar apaixonado por uma mulher casada, enlouqueceu. Eu daria tudo o que tenho para que as coisas fossem diferentes. Nas atuais circunstâncias, decidi ir para o exterior por alguns meses. A Danica precisa de tempo. Eu também... Isso o faz se sentir um pouco melhor?

— O que me fará sentir melhor é a sua palavra de que não tentará vê-la de novo quando voltar.

— Não poderei dá-la ao senhor. Sinto muito.

William se empertigou ao máximo, cerimonioso.

— Então você terá que se lembrar de que tenho essas fotos. Pense nelas quando telefonar para a Danica, quando planejar suas escapulidas, quando for entrar e sair escondido de hotéis com ela. Se já achava difícil antes, vai ser ainda muito mais difícil no futuro. Porque eu sei o que está acontecendo. Essas fotos vão ficar martelando na sua cabeça e você nunca vai saber quando vou utilizá-las. — Virou-se para ir embora, gesticulando por cima do ombro. — Pode ficar com essas cópias. Tenho outras e os negativos estão muito bem guardados.

Michael apertou os lábios. Não tinha mais nada a dizer, a não ser *Patife! Filho-da-puta! Chantagista barato!* Com o olhar duro feito pedra, observou o homem que se intitulava pai de Danica entrar no carro e ir embora. Somente quando o carro desapareceu de vista foi que fechou a porta. Então, com a força do ódio, da raiva e da frustração, deu um soco na madeira, recebendo aquela dor como um desvio da outra mais profunda e mais cortante que sentia por dentro.

— Oi, meu amor.

Danica se aninhou em seus braços, sem se preocupar com quem estivesse vendo.

— Michael, estou tão feliz por você ter vindo. — Recuou. — Você parece tão cansado! — Deslizou as mãos de seus ombros até os braços, quando então encontrou o que ele estava escondendo. — O que aconteceu com a sua mão?

Ele olhou constrangido para as ataduras.

— Foi só um pequeno acidente. Nada de mais.

— Michael, isso é gesso! Não pode ser "nada de mais". E é a sua mão direita. Como está conseguindo fazer as coisas?

— Estou me virando. Meio devagar, talvez, mas estou me virando. — Segurando a mão machucada de Michael contra o peito, Danica o olhou nos olhos. — Tem alguma coisa errada, não tem? Posso sentir pela sua voz. Alguma coisa está errada.

— Danica, não posso ficar esta noite. Preciso voltar.

— Mas achei que...

— Vim apenas entregar o restante das notas que faltavam, mas queria te ver. — Estava se arriscando e sabia disso. Marshall tinha razão, as ameaças que fizera ficaram pesando em sua cabeça. Não que elas pudessem afastá-lo de Danica. Ele era sério no seu compromisso. Mas estava preocupado e manteve uma leve atitude de vigilância diante do restaurante antes de Danica chegar. Mais de uma vez pensou no fotógrafo que os seguira e culpou-se por não ter visto ninguém. Se isso tivesse acontecido no Vietnã, teria sido punido, se não afastado de suas atribuições. Mas não estava no Vietnã e não fora preparado para aquilo. Não ficara olhando. Não quisera ficar olhando. Isso teria sido paranóico e atribuído algo de feio ao que ele e Danica vinham fazendo.

— Michael, o que foi? — Danica sabia que havia algo que ele não estava dizendo e ficou apavorada.

Ele pôs a mão esquerda sobre o seu ombro.

— Vou ficar fora por um tempo.

Por um minuto, ela ficou sem fala. Engoliu em seco e então inspirou.

— Como assim... ficar fora?

— Vou a Lisboa. Vou visitar uns amigos e explorar o continente por um tempo.

— Por um tempo?

— Alguns meses.

Danica ficou com o fôlego curto.

— Mas por quê?

Mesmo que seus olhos lhe pedissem desculpas e implorassem pelo seu perdão, ele começou a dizer as palavras que ensaiara com tanta dor.

— Preciso me afastar, meu amor. Você precisa que eu me afaste.

— Eu não...

Ele pôs um dedo sobre seus lábios.

— Você precisa ficar um tempo sozinha. Tem o livro para terminar e muitas outras coisas para fazer.

— Mas quero ficar com você. As outras coisas não têm importância.

— Entre a sua mãe e eu você perdeu um bom tempo. Você precisa pensar no Blake e em nós. *Eu* preciso pensar em quanto tempo mais consigo esperar.

— Não... Michael... sem ultimatos.

— Não é isso, meu amor. É apenas uma oportunidade para respirar, para reavaliar, para planejar. Passei todo o outono indo de um lado para outro. Estou cansado. É isso. Preciso de tempo para me recuperar.

— Poderíamos passar este tempo juntos. Eu poderia ir para o Maine e...

— Você tiraria um tempo e iria para a Europa comigo?

— Não posso — ela sussurrou. — Você sabe disso.

— Eu sei. E este é o motivo. Precisamos encontrar um outro caminho, Dani. Não adianta ficarmos nos encontrando às escondidas assim. Talvez, quando eu voltar, alguma coisa tenha mudado. Talvez o Blake aceite o divórcio. Talvez você decida seguir em frente de qualquer jeito e enfrentá-lo. Talvez eu me sinta renovado o bastante para retomar de onde paramos. Mas, Deus do céu, estou muito cansado. Você não está?

— Estou, mas posso viver assim porque a alternativa é pior. Ficar com você é o ponto central da minha vida. — Confusa, ela balançou a cabeça. — Alguns meses. Não sei o que vou fazer se não puder vê-lo durante todo esse tempo.

— Você vai se sair bem. Na verdade, vai se sair mais do que bem. Será forçada a ver a mulher forte que é. Uma coisa é eu dizer essas palavras, outra é você conseguir entendê-las por si mesma. E você precisa disso. Precisa disso se um dia quiser ser capaz de lutar contra as dificuldades que ainda enfrentamos.

Sentindo-se derrotada, Danica encostou a testa em seu peito.

— Vou sentir saudades.

— Eu também. Mais do que você pode imaginar.

Quando Danica levantou o rosto, seus olhos estavam cheios de lágrimas.

— Você vai se cuidar? — perguntou, num sussurro.

— Vou. Se cuide você também, meu amor. — Abaixou a cabeça e lhe deu um beijo suave, terno e demorado. Seus olhos também lacrimejavam quando ele chegou para trás. Engoliu em seco uma única vez e dirigiu-se a ela: — Agora vá. Vai ser difícil demais se você ficar.

Sabendo que ele tinha razão, Danica começou a andar na direção do carro. Olhou uma vez para trás, mas a figura de Michael se tornara uma mancha indistinta vista por entre as lágrimas. Abaixando a cabeça, pôs-se a correr. Apenas quando chegou ao carro e se trancou lá dentro foi que deu vazão aos soluços que saíam sem controle. Ainda chorando, deu a partida no carro e foi para casa. Quando viu que as lágrimas não cessariam após várias voltas ao quarteirão, acabou estacionando e entrando. Longas horas se passaram noite adentro, até que as lágrimas deram lugar à pura exaustão e ela adormeceu.

Durante uma semana Danica não foi capaz de fazer muita coisa além de se deixar levar pelas obrigações do dia-a-dia. Às vezes, quando menos esperava, começava a chorar de novo. A sensação de tristeza que a dominava era pior do que qualquer outra coisa que tivesse conhecido — pior do que a solidão que sentira quando criança, pior do que a infelicidade que sentia antes de conhecer Michael, pior do que a frustração constante que sentia com relação a Blake.

Dizia a si mesma que Michael voltaria, que vários meses não era tanto tempo assim. Lembrava-se das mulheres que, em tempos de guerra, despachavam seus maridos para os campos de batalha por períodos indeterminados de tempo, sem saber se eles voltariam com vida. Dizia a si mesma que Michael precisava daquela viagem, que trabalhara demais, que merecia umas férias. Mas, a despeito do quanto racionalizasse, nada parecia ajudar. Sentia-se separada dele e, conseqüentemente, separada de uma parte de sua alma. Sentia uma saudade devastadora dele.

Após um bom tempo, atirou-se ao trabalho, percebendo-o como sua única salvação. Visitava James várias vezes por semana e escrevia furiosamente quando estava em casa. Extravasava toda sua energia física no balé, a ponto de a professora ter de lembrá-la de que os objetivos do exercício eram a graça e o controle; depois disso, passou a descarregar suas frustrações no asfalto, caminhando energicamente pelo parque, durante uma hora todas as tardes.

Uma vez por mês pegava um avião até Washington, a fim de cumprir suas obrigações com Blake. Ele nada falava sobre o divórcio; na verdade, agia como se o assunto jamais tivesse surgido. Embora ele houvesse feito algumas tentativas de se mostrar mais solícito, ela sabia que aquilo era algo forçado para ambos e sempre ficava aliviada ao voltar para Boston.

Em sua maioria, as pessoas que via diariamente estavam alheias ao seu tormento. Ela dava um jeito de manter o controle quando saía. A mãe, mais uma vez, mostrou maior sensibilidade.

— Tem alguma coisa te incomodando, querida. Gostaria de conversar?

Eleanor tinha se recuperado maravilhosamente. Embora ainda caminhasse com certa dificuldade, não havia outros sinais visíveis do AVC. Tinha até mesmo viajado para Washington na semana anterior, embora se sentisse mais confortável na tranqüilidade do interior de Connecticut.

Aceitando a sugestão de Danica, as duas foram a um pequeno restaurante em Avon, onde, sem a menor pressa, terminaram o almoço. Ouvindo a pergunta da mãe, sentindo que simplesmente precisava falar sobre o assunto e que chegara a hora de confiar nela como amiga, Danica começou a falar baixinho:

— É sobre o Blake e eu... e o Michael.

Eleanor apertou os lábios.

— Acho que eu já suspeitava disso.

— Até onde você sabe?

— Sei que você e o Blake estão cada vez mais distantes, e que o que você sente pelo Michael é muito forte.

— Eu o amo.

Eleanor ficou parada por um bom tempo. Danica podia ver sua decepção e teve dúvidas se, afinal de contas, devia ter lhe contado alguma coisa. Mas precisava falar. Começara a respeitar a mãe nos últimos meses. Por menor que fosse a possibilidade de ela ter palavras de conforto para lhe dizer, o risco valia a pena.

— E o Blake? — perguntou-lhe Eleanor, com a voz calma.

— Eu... não, o que sinto por ele não é amor.

— O que aconteceu? Como acabou?

— Não tenho muita certeza de que tenha acabado. Não sei nem se algum dia existiu. Ah, eu queria me casar com ele e achei que era amor. Mas, olhando para trás, acho que o que vi no Blake foi a perpetuação do estilo de vida que todos nós queríamos para mim. Quando comparo o que sinto pelo Michael com o que sinto, ou sentia, pelo Blake... bem, não há comparação. Ambos são homens, mas muito, muito diferentes.

— Entendo. — Eleanor baixou os olhos, franzindo a testa. — O que você pensa em fazer?

— Não sei. Falei com o Blake sobre a possibilidade de divórcio. — Quando Eleanor fez uma careta, ela estendeu a mão e pegou a da mãe. — Também não gosto da idéia, mãe. O simples fato de pensar nisso me dá um nó no estômago. Mas então olho para o que restou entre mim e o Blake, e é muito pouco. Não consigo acreditar que ele esteja mais feliz do que eu com o que temos, embora ele diga que sim.

— Ele sabe o que você sente pelo Michael?

Danica recolheu a mão.

— Não. Não tive coragem de contar.

— Por que não?

— Ele vai ficar magoado. Vai se sentir traído.

— Então você ainda sente alguma coisa por ele.

— Eu o respeito e sinto compaixão.

— Dois requisitos básicos e muito importantes para um casamento.

— Mas não sinto amor! Eu amo o Michael! E isso está acabando comigo, levar uma vida dupla assim.

Mais uma vez, Eleanor ficou em silêncio.

— Há quanto tempo isso vem acontecendo?

— Vai fazer dois anos nesta primavera que vi o Michael pela primeira vez. Mas as coisas vêm se deteriorando entre mim e o Blake há muito mais tempo.

— Por que elas estão piores agora?

Danica analisou a colher de prata ao lado do seu prato.

— Porque o Michael está viajando agora. Porque percebo que ele não vai ficar esperando para sempre e que se eu não fizer alguma coisa vou perdê-lo.

— Então é o divórcio o que você quer?

Ela olhou para a mãe.

— O que eu quero é ser feliz. Não sou feliz com o Blake. Com Michael, eu me sinto como se cada sonho meu pudesse se tornar realidade. Ele me ama tanto quanto eu o amo. Ele me encoraja a crescer, a fazer as coisas. E está sempre ao meu lado quando preciso dele.

— Não está aqui agora — disse Eleanor, com a voz suave. — Querida, talvez você não esteja sendo justa com o Blake. Talvez você não tenha dado uma chance ao seu casamento.

— Faremos dez anos de casados agora em junho. Se isso não é dar uma chance, então não sei o que é.

— Mas o Blake amadureceu também. Talvez você não tenha se esforçado o bastante para amadurecer ao lado dele. Ele é seu marido. Você tem certas obrigações com ele.

— E quanto às obrigações *dele* comigo? Ele tem me encorajado muito pouco.

— Os homens são assim às vezes, principalmente homens como o seu pai e o Blake. Eles se envolvem muito consigo mesmos. Precisam de umas cutucadas de vez em quando.

Danica estava balançando a cabeça.

— Eu cutuquei, mas não cheguei a lugar nenhum. Tentei mais ainda depois que conheci o Michael, porque fiquei com medo do que estava sentindo. Eu não queria sentir isso. Você precisa acreditar, mãe. Eu não queria me apaixonar pelo Michael. Só que... aconteceu. E não importa o que qualquer pessoa tenha a dizer, isso foi a coisa mais maravilhosa que *já* me aconteceu na vida. — Interrompeu-se. — Eu tinha esperanças de que você entendesse um pouquinho o que estou sentindo, mas acho que é pedir demais.

— Estou procurando entender, querida. Só que vejo as coisas por outro ângulo. Lembra do dia em que conversamos sobre como eu via o meu papel na vida do seu pai? — Danica fez que sim. — Sou feliz, mas isso não quer dizer que não houve momentos em que desejei que algumas coisas tivessem sido diferentes. Havia a culpa por deixá-la tanto tempo sozinha. Há a culpa que sinto hoje por deixar o William sozinho em Washington e o desejo egoísta de tê-lo aqui comigo. Todos temos uma cruz para carregar na vida. É apenas uma questão de saber aceitá-la.

— E quando a cruz se torna pesada demais? Quando você fica exausta de tanto carregá-la e ela se torna ainda mais pesada?

— É tudo uma questão de força de vontade. Você pode fazer tudo o que quiser na vida, se realmente se esforçar.

Danica fez um esforço para terminar o livro de James Bryant. No final de fevereiro, ele já estava nas mãos do editor. Concentrou-se, então, em outro projeto que talvez viesse a desenvolver. Por acaso, James deu a ela o contato e as recomendações de que precisava. Por indicação sua, ela telefonou para alguém chamado Arthur Brooke, que acabou manifestando grande prazer pela sua ligação e perguntou se eles poderiam discutir uma proposta que ele tinha em mente.

Dias depois, durante um almoço no Bay Tower Room, Arthur Brooke ofereceu a ela a vaga de entrevistadora de um programa semanal que sua estação de rádio queria produzir.

— Sei que a senhora nunca fez nada assim antes — explicou, enquanto Danica permanecia em estado de choque —, mas o James me contou, entusiasmado, como a senhora está por dentro dos fatos atuais, e eu mesmo posso ver, depois de termos conversado por quase uma hora, o quanto é segura e articulada. Queremos uma voz nova nos nossos programas. Acho que a sua será o ideal.

Pressionando a mão em seu coração acelerado, Danica se forçou a falar:

— Estou tão surpresa. Não esperava nada parecido com isso quando o James sugeriu que eu lhe telefonasse.

— O James é um moleque por não ter lhe adiantado o assunto. Ele certamente está em casa agora, rindo sozinho.

— Ele é um homem maravilhoso.

— Concordo. Bem, o que a senhora acha?

Ela inspirou pela boca e soltou o ar por entre os dentes.

— Acho a sua proposta... muito interessante. Apenas não tenho tanta certeza quanto o senhor parece ter de que eu possa fazer o trabalho.

— Não há nada de extraordinário nele. Durante uma hora, toda a semana, a senhora vai ao estúdio e conversa com uma ou outra figura pública da cidade. No início, vamos deixar tudo já preestabelecido. Depois de um tempo, se quiser, poderá fazer suas próprias escolhas quanto a quem gostaria de entrevistar. A senhora terá de se preparar antes, estudar o máximo que puder um determinado assunto. Gostaríamos de nos ater a questões atuais, o que significa que uma parte desta preparação poderá ser de última hora. Em uma ou outra ocasião, se não houver nada de interessante nos jornais, podemos convidar um escritor para o programa, e, neste caso, a senhora terá de ler o livro dele antes. Mas, com o conhecimento que já tem do que está acontecendo no mundo, acho que se sairá bem.

Danica ainda tinha dúvidas, mas estava sorrindo.

— Quando o senhor pretende começar?

— Daqui a um mês. Temos uma brecha nas quartas-feiras à noite que será perfeita. Isso quer dizer sim?

Enquanto uma pequena parte dela desejava implorar por tempo para pensar, a maior parte era movida por puro impulso. Ela concordou em seguida.

— Isso quer dizer sim.

Danica sentiu-se melhor naquela noite do que vinha se sentindo há semanas, e passou horas andando pela casa com um sorriso no rosto. Telefonou para a mãe para lhe dar as notícias. Sentou-se e escreveu uma longa carta para Reggie, mas, quando pensou em ligar para Blake, seu sorriso se desfez. Não era para ele que queria ligar. Era para Michael. Só que não sabia onde ele estava e nem quando voltaria.

Naquele fim de semana, conforme combinado, ela foi para Washington. Blake ficou feliz por ela da mesma forma distante como ficara com seu trabalho com James Bryant. Ela esperou pela ligação do pai, mas ela não ocorreu. Apenas uma parte sua, a que esperava que ele sentisse orgulho da filha, foi que ficou triste. A outra parte, a maior, estava aliviada por ele não a ter desencorajado no que, para ela, era um projeto desafiador.

Após voltar para Boston, Danica pôs-se a ler os jornais locais com tanta minúcia e atenção que acabou dando um jeito de preencher boa parte de seu tempo. Ainda assim não conseguia parar de pensar em Michael, imaginando onde ele estaria, o que estaria fazendo, se estaria bem, se sentia tanta falta dela quanto ela dele. Estava ansiosa para lhe contar sobre o programa de rádio, dividir sua empolgação, falar de suas inseguranças e receber seu encorajamento.

No final de semana seguinte, sentindo que iria explodir se não encontrasse uma forma de extravasar seus sentimentos, foi para o Maine. Mas não foi na casa à beira-mar, em Kennebunkport, que ela parou. Continuou até Camden.

Gena, entusiasmada por vê-la, deu-lhe uma bronca por não ter aparecido antes.

— Mas você é muito ocupada. Eu nem sabia se devia ter vindo aqui hoje.

— Ocupada? Bobagem. Sempre tenho tempo para aqueles que amo.

Ao ouvir tais palavras ditas com tanta espontaneidade e sinceridade, algo dentro de Danica se partiu. Ela mordeu o lábio, mas seus olhos se encheram de lágrimas e, antes que pudesse perceber, estava sendo abraçada por Gena afetuosamente.

— Calma, Dani. Calma. Vai ficar tudo bem — sussurrou Gena, acariciando-lhe os cabelos.

— Sinto tanta saudade dele, tanta... — desabafou, a voz entrecortada. — Achei que... que tudo ficaria melhor com o tempo, mas não ficou. E agora com... com essa novidade, sinto mais falta dele ainda.

— Calma. — Gena acariciou-lhe as costas e secou gentilmente as lágrimas de seu rosto. — Que novidade?

Aos poucos, ao se recompor, Danica contou-lhe sobre o programa de rádio. A empolgação de Gena foi tão sincera quanto fora sua expressão de amor, mas esta última é que ficou mais gravada na mente de Danica.

— Gena?

— O quê, minha querida?

Danica se esforçou para escolher as palavras, mas, sem saber quais seriam as certas, simplesmente pôs-se a falar:

— Nós nos encontramos só uma vez, e nem eu nem o Michael dissemos nada, mas, mesmo assim, você parecia saber.

Gena sorriu.

— Conheço o meu filho. Pude logo ver que ele te amava. Ele não chegou a vir aqui com a cara e a coragem para me contar alguma coisa, talvez por medo da minha reação. Ele te contou do meu casamento, não contou? — Danica concordou. — Bem, o que talvez ele não saiba é que o pai dele é feliz com a segunda esposa. Ou melhor, talvez ele não queira saber. Ele é muito leal comigo, o que é bom, só que ainda não percebeu que eu já superei o que aconteceu. — Gena estendeu a mão para Danica. — A única coisa que me entristece é que vocês dois têm muitos obstáculos a transpor. Sei que você o ama. Desde o início, vi a afinidade que há entre vocês. — Ela sorriu. — Vê-los conversando, as cabeças tão próximas, os cabelos de cores tão parecidas, os olhares, sorrindo um para o outro... foi lindo. Eu não poderia ter desejado mulher melhor para o meu filho. Você fará a vida dele muito rica e plena.

— Você parece tão otimista, como se nós dois fôssemos mesmo ficar juntos um dia.

— Eu sei que vão, Danica. Eu disse que havia obstáculos a transpor, mas não que eles eram intransponíveis. Se você tiver força de vontade para enfrentá-los, irá se sentir segura e feliz.

Danica lembrou-se do que a mãe lhe dissera com relação à força de vontade e pensou na ironia de aquelas duas mulheres expressarem pensamentos tão parecidos com significados tão diferentes. Eleanor sugeria que Danica se esforçasse para que seu casamento desse certo, e Gena, que ela procurasse se livrar de um casamento que, obviamente, era uma fonte de sofrimento.

— Você tem notícias dele? — perguntou Danica, hesitante.

Gena abriu um sorriso.

— Claro que tenho. — Deu uma batidinha carinhosa no joelho de Danica. — Espere aqui. — Em questão de minutos, reapareceu segurando um maço de cartas.

— Mas elas são para você — argumentou Danica. — Eu não deveria lê-las.

— Bobagem. Você o ama tanto quanto eu. Acho que ele as escreveu para você tanto quanto para mim.

— Ele não escreveu para mim.

— Tenho certeza de que não foi por falta de vontade. Vamos lá. Leia as cartas. Você vai ver. — Como Danica ainda hesitasse, Gena incentivou-a com um rápido aceno de cabeça. — Leia.

Com cuidado, Danica desdobrou a primeira carta e leu sobre as aventuras de Michael em Portugal, depois na Espanha. Embora sua caligrafia estivesse irregular, o que ela atribuiu à sua mão machucada, seu estilo era familiar e fluente, e ela se deleitou com sua descrição das pessoas, das cidades, do interior que conhecera. Mas o que lhe deu novo fôlego foram as pausas ocasionais na narrativa atraente. "Eu gostaria que a Dani pudesse ver isso comigo", escreveu sobre Barcelona. "O porto é muito diferente daqueles que vimos juntos." Então, em uma segunda carta, quando cruzara o Vale do Loire, na França: "Tenho andado por todos os lugares de bicicleta. A Dani, com certeza, ia adorar isto aqui. Há longas extensões de estrada plana com vista para o horizonte distante. Por outro lado, acho que ela ia achar que sou maluco. Tem dias em que o frio está de matar."

No total, eram cinco cartas. Após deixar a França, ele tinha passado pela Bélgica e a Holanda, dois países nos quais tinha amigos, antes de seguir para a Dinamarca. Ela se demorou na última carta, relendo várias vezes suas linhas finais: "Estou com saudades de você, mãe. Nunca fui do tipo caseiro, mas desta vez é diferente. Ou estou ficando velho ou simplesmente sentimental, mas continuo comparando as coisas que vejo com as que tenho em casa. Fico pensando como estará a Danica. Tem notícias dela?... Está vendo? Devo estar ficando caduco mesmo. Você não tem como responder às minhas cartas, já que não sabe onde estarei a seguir. Fico me lembrando de uma coisa que li uma vez, aliás, numa das etiquetas dos saquinhos de chá da Danica. 'Se você não sabe aonde vai, qualquer estrada te levará lá.' Quando comecei esta viagem, acho que não sabia ao certo para onde ia. Mas tenho certeza agora. Estarei em casa até meados de abril. Mal posso esperar para vê-la. Como todo amor, Michael."

Finalmente abaixando a carta, Danica enxugou os olhos.

— Ele é um homem sábio e maravilhoso — sussurrou.

— Também acho. Ajudou um pouquinho?

Danica sabia que Gena estava se referindo às mensagens que diziam respeito a ela nas cartas. Assentiu.

— Ele sempre ajuda. Até mesmo quando não está aqui. Posso ver isso agora. Ele tinha razão em partir. Eu precisava de tempo para analisar minhas prioridades.

— E analisou? — perguntou Gena, com a voz branda.

Com confiança crescente, Danica sorriu.

— Sim, acho que sim.

Dois dias depois, Danica pegou um avião para Washington e, sem meias palavras, pediu o divórcio a Blake.

Quatorze

— Ele não vai aceitar, Michael. Fui taxativa ao pedir o divórcio e ele disse "não".

Eles estavam em Kennebunkport, na casa de Michael, para onde Danica tinha ido correndo assim que ele lhe telefonara, dizendo que tinha voltado. Fora um reencontro feliz das duas partes, com lágrimas escorrendo pelo rosto de Danica, e Michael contendo as suas à custa de muito esforço. Conversaram sobre a viagem dele com o entusiasmo de duas crianças, embora ambos soubessem que tal entusiasmo provinha muito mais do fato de estarem juntos novamente. Ele lhe contou que seu livro sobre esportes chegaria às prateleiras mais dia menos dia, e ela lhe informou que já havia chegado, que já o havia lido e adorado. Quando ela lhe contou sobre seu programa de rádio, cujo primeiro bloco já havia ido ao ar e recebido boas críticas na semana anterior, ele não coube em si de tanto orgulho, abraçando-a, dizendo-lhe que sempre soubera que ela conseguiria tudo o que quisesse, pedindo para ver a fita que ela havia levado. Mas Danica estava ansiosa para lhe contar que, finalmente, tinha decidido pedir o divórcio a Blake.

— Ele recusou mesmo quando você disse, com todas as letras, que não o amava? — Apesar de seus sentimentos ligeiramente tendenciosos a respeito, Michael não conseguia compreender por que um homem se apegava a uma causa perdida.

— Ele recusou. Simplesmente recusou. Foi uma repetição do que aconteceu no inverno passado, quando falei do divórcio como uma opção para nós dois.

— Ele disse por que era contra?

— No primeiro momento, limitou-se a sair da sala pisando duro, como tinha feito da primeira vez. Quando fui atrás dele e o pressionei, ele me disse que precisava de uma esposa, que eu tinha assinado os papéis do casamento há quase dez anos e que isso colocava um ponto final no assunto. Continuei argumentando, mas ele não quis ouvir. Eu estava furiosa, quer dizer, nem parecia eu mesma. Normalmente sou mais doce. Acho que ele ficou chocado. Ficou perguntando o que havia de errado comigo. Quando contei a ele sobre você, ele nem piscou.

— Você contou a ele sobre mim?

— Eu não tinha nada a perder. Eu disse que te amava. Estranho, ele nem sequer ficou surpreso. Ou vai ver, só disfarçou. Quer saber o que ele disse?

— Claro.

— Ele disse que não se importava se eu tivesse uma dúzia de amantes, contanto que fosse discreta e mantivesse as aparências do nosso casamento.

— Ele disse *isso*?

— Disse mais. Disse que estava feliz por eu ter encontrado alguém e que, se isso facilitava as coisas para mim, ele ficava feliz. Que *tipo* de marido diria uma coisa dessas? — Não havia qualquer sinal de mágoa em sua voz, apenas perplexidade.

— Sei lá — respondeu Michael. — Então, onde ficamos?

— Não muito longe de onde estávamos antes. Quando eu ameacei contratar um advogado e entrar com um pedido de divórcio, ele me garantiu que iria lutar contra mim. Ficou falando como eu era cruel só de pensar em magoar os meus pais daquela forma; mas vou te dizer uma coisa, Michael, isso está chegando a um ponto em que eu realmente não me importo.

— Você está zangada, meu amor.

— Você não? Não é justo que ele consiga nos manipular dessa forma. O que ele espera ganhar? Que benefício isso pode trazer para ele?

Michael pensou por um minuto.

— Se ele tivesse uma amante de quem gostasse, mas com quem particularmente não quisesse se casar, continuar casado com você seria uma desculpa conveniente.

— Já fiz essa pergunta uma vez e ele disse que não tinha outra mulher. Pareceu repudiar tanto a idéia que acreditei nele.

— Você acha que a recusa dele em considerar o divórcio pode ter algo a ver com a amizade com o seu pai?

— Não vejo por quê. Eles já eram amigos muito antes de o Blake me conhecer. Tenho certeza de que o meu pai fez todo o possível para o Blake conseguir sua nomeação, mas isso é fato consumado. O Blake tem poder de sobra agora.

Michael suspirou irritado.

— Então, *estamos* de volta à estaca zero.

— Não — disse ela. — Não mesmo, porque eu me decidi. — Sorriu com ternura para Michael. — Ficar sem você me ajudou de certa maneira, como tenho certeza de que era a sua intenção.

— Dani...

— Shhh. Não estou te criticando. Estou te admirando. Você estava certo. Eu me virei sozinha. A editora está empolgadíssima com o meu livro e do James. A rádio está satisfeita com o meu programa. Sei agora que consigo me virar sozinha, mas acontece que não quero simplesmente "me virar". Há muitas outras coisas a fazer. Faz sentido o que estou falando?

Ele deslizou os dedos por seus cabelos e acariciou seu rosto com os polegares.

— Faz muito sentido. Acho que percebi muitas dessas coisas quando estive fora. Não foi o mesmo sem você. — Seus olhos exploraram os traços de Danica. — Ficar longe me fez mais corajoso, ou talvez apenas mais desesperado. Não me importo com quem, neste mundo, quiser lutar contra a gente; de alguma forma, vamos encontrar uma saída. — Ele a beijou uma vez, depois outra, e desta vez seus lábios não quiseram se separar. Por fim, recostaram-se de mãos dadas.

— Talvez o Blake caia em si depois de pensar no que eu lhe disse — Danica aventou a possibilidade.

— Talvez, mas duvido. Não foi a primeira vez que você falou do divórcio como uma possibilidade; portanto, ele não pode ter ficado muito surpreso.

— Simplesmente não entendo esse homem. Seria de esperar que ficasse com o orgulho ferido demais para me querer agora.

— Mas também dá para entender de outra forma. Ele pode ser orgulhoso demais para admitir que o casamento dele fracassou.

— Mas, se isso fosse verdade, seria natural que ficasse furioso quando eu contei sobre você. Não consigo entender! Ele está tornando tudo isso tão difícil!

— Ninguém nunca disse que a vida era fácil.

— Acho que não. Michael?

— O quê, meu amor?

— Você vai esperar junto comigo? Se nada acontecer até o fim do verão, vou cumprir minha palavra e contratar um advogado; mas eu gostaria que o Blake resolvesse fazer as coisas de uma forma amigável.

— Eu também. E é claro que vou esperar. Foi para isso que voltei.

Ela levou as mãos dele até seus lábios.

— Você é tão especial, Michael. Você sabe o quanto eu te amo, não sabe?

— Eu poderia ser lembrado de vez em quando.

— A hora é essa.

— Onde?

Ela deu uma olhada ao redor.

— Acho que o sofá dá conta do recado.

— Certo. Como?

Ela abriu um sorriso e deslizou para o seu colo.

— Acho que você vai descobrir logo, logo.

* * *

Cilla se encontrou com Jeffrey no restaurante em Georgetown, onde eles vinham se encontrando todas as sextas-feiras para jantar. Acomodaram-se a uma mesa em um canto tranqüilo e pediram dois drinques. Trocaram sorrisos.

— Então — disse ele baixinho —, quais as novidades?

Ela encolheu os ombros.

— Pouca coisa. E com você?

— O mesmo.

— Nada de novo no Pentágono?

— Não. A redação ainda está a mil por hora?

— Hum-hum. — Ela bebeu um longo gole de seu drinque.

Jeffrey fez o mesmo e em seguida baixou o copo.

— Encontrei o Stefan Bryncek ontem.

— Como vai ele?

— Ótimo. A Sheila teve outro bebê. O terceiro deles. Um menino desta vez.

— Ele deve estar feliz.

— Pareceu que sim. Ele estava querendo um menino.

Cilla assentiu com a cabeça. Espalhou um pouco de queijo num biscoito e o deu para Jeffrey, depois preparou um para si.

— Você leu sobre a promoção do Norman?

— Hum-hum. Passou de gerente de edição para diretor associado, não foi?

— Hum-hum. O Jason Wile saiu para ser editor-chefe de uma revista em Minneapolis, então surgiu a vaga. Estou feliz pelo Norman. Ele merecia.

— Você alguma vez já pensou em editar?

— Eu? Eu seria uma péssima editora. Me envolvo demais. Além disso, gosto da agitação de sair à cata de histórias. Não consigo me ver na posição de editora. — Ela entrecerrou os olhos. — E se você está pensando que eu poderia ter o cargo que quisesse só porque o meu pai é o dono do jornal, está enganado. Ele é machista. Para ele, as mulheres são emotivas demais. Muitas pessoas pensam assim.

— Pare com isso.

— Não, Jeff. Pare para pensar um minuto. Você também não pensa assim?

— Eu nunca disse isso.

— Não, mas de vez em quando isso surge de uma forma muito sutil. Você acha que as mulheres não têm o... o profissionalismo necessário para os cargos mais altos.

— Você está colocando palavras na minha boca.

— Mas elas não são verdadeiras? Pense na época em que éramos casados. Grande parte do medo que você tinha em confiar em mim não era pelo fato de eu ser mulher?

— Você é uma mulher *jornalista.*

— E se eu fosse um homem *jornalista* não teria sido diferente?

— Claro. Eu não teria me casado com você.

— Você está fugindo do assunto.

Ele levantou o copo e bebericou o drinque, pensando em como Cilla estava coberta de razão.

— Está bem, está bem. É possível que o sexo tivesse algo a ver com isso. Mas estou tentando mudar. Já faz seis anos que a gente se divorciou e, nesse meio-tempo, as mulheres apareceram em algumas posições de muita responsabilidade. Eu teria de ser cego para não ver, tolo em não tentar aceitar. Mas as atitudes não mudam da noite para o dia. Cresci numa casa dominada por homens. Pode ter sido errado, mas era assim que era. Quando eu estava na faculdade, as mulheres ainda estavam à procura, acima de tudo, de um título de S.R.A.

— Isso porque diziam para elas que era aí que elas tinham mais chance de sucesso. O que não quer dizer que não eram inteligentes ou responsáveis.

— Eu *sei* — Jeffrey afirmou baixinho. — Eu *sei.*

Ele abriu o cardápio e o analisou. Cilla fez o mesmo. Depois de cada um ter feito sua escolha, os cardápios foram postos de volta sobre a mesa.

— O que você vai pedir? — perguntou Jeffrey.

— Carne de vitela com limão. Estava boa da última vez. E você?

— Bife.

Ela assentiu, percebendo que ele tinha escolhido o prato mais machão. Imaginou o que ele diria a seguir, se ele planejava discutir o seu trabalho com ela naquela noite.

Jeffrey tomou mais um drinque e apertou os lábios umedecidos. Não tinha intenção de falar nada, caso ela não fizesse o mesmo. Se queria ser uma mulher liberada, jurou para si mesmo, *ela* que desse o primeiro passo.

Cilla ficou olhando para Jeffrey, vendo aquela mesma expressão fechada que ele tantas vezes exibira durante o casamento deles. Foi lamentável. Para os dois, o trabalho era nove décimos da vida. Quando não podiam discuti-lo, pouco sobrava. Mas se ele não tinha intenção de discutir assuntos de peso, por que ela teria?

Jeffrey ficou olhando para Cilla, querendo que ela começasse. Ela era teimosa às vezes. Encantadoramente teimosa. Enlouquecedoramente teimosa. Ele achava que não lhe ficava atrás, mas, droga, ela devia ser mais flexível. Estavam num impasse de novo, dividindo nada mais do que o mesmo silêncio que tinha arrasado a vida conjugal deles. Mas ele queria mais. Já lhe dissera isso. Queria outra chance. Havia tantas coisas para amar em Cilla. Talvez se ele cedesse um pouquinho...

Cilla começou a esmorecer quando percebeu o que estava acontecendo. A mesma história de sempre. O mesmo muro. Nenhum dos dois cedendo, portanto nenhum dos dois se beneficiando. Um deles teria de dar o primeiro passo. Um deles teria de dar uma demonstração de confiança.

Ela abriu a boca e inspirou fundo, exatamente no mesmo momento que ele. Os dois sorriram. Ele abaixou a cabeça, deferente.

— Primeiro as damas — disse, emendando em seguida, quando ela o olhou zangada: — Tudo bem, eu começo, se você prefere assim.

Determinada a não parecer a frágil, Cilla ergueu a mão.

— Não, não. Eu começo. — Empinou o queixo. — Tive notícias dele de novo, do cara do sexo e poder.

Jeffrey arregalou os olhos.

— Que maravilha!

— Hum-hum. Ele ligou há dois dias.

— O que disse?

Cilla hesitou apenas o tempo suficiente para se lembrar de que Jeffrey estava interessado e não espionando.

— Não foi tanto o que disse, mas como disse. Ele não estava murmurando, nem sua voz estava pastosa. Parecia sóbrio e muito furioso.

Jeffrey reformulou a pergunta para parecer menos direto:

— Então ele foi coerente desta vez?

— Muito. Disse que sabia que eu era uma jornalista responsável e que tinha certeza de que eu me interessaria pela história dele. Coisa de primeira página, segundo ele.

— Só isso?

Ela sacudiu negativamente a cabeça.

— Ele disse que havia concessões sendo feitas nos altos escalões. Que havia troca de favores sexuais em algumas facções muito poderosas.

— E onde está a novidade?

— Foi o que *eu* disse, só que não com essas palavras. Mas, quando tentei pressioná-lo para saber detalhes, ele ficou nervoso. Quando sugeri que a gente se encontrasse para conversar, ele não respondeu. Infelizmente, deixei a minha ansiedade passar do limite e perguntei o nome dele. Disse que a ligação dele não teria credibilidade se ele não se identificasse.

— E o que ele respondeu?

Cilla suspirou.

— Ele desligou.

— Ah. Você sabe, Cilla, isso não é nenhuma novidade. Todo mundo já ouviu falar de Elizabeth Ray.* Escândalo sexual não é nada do outro mundo.

* Mulher que, durante aproximadamente dois anos, constou da folha de pagamentos da Câmara dos Deputados dos Estados Unidos como secretária do republicano Wayne Hays, quando, na verdade, lhe prestava serviços sexuais.

— Não. — Pôs-se na defensiva. — Mas e se estivermos falando de uma rede de espionagem? E se estiver havendo uma concessão *de verdade*? Sei lá, a divulgação de informações sigilosas que possam ameaçar a segurança do país?

Ele ergueu uma sobrancelha.

— Esse camarada deu alguma pista de que era isso que estava acontecendo?

— Não, mas também não disse que não era. Estou te dizendo, Jeff, estou sentindo alguma coisa. Chame isso de instinto ou intuição, mas tem alguma coisa por trás disso. Você tem razão, todo mundo sabe das Elizabeth Rays da vida, e tenho certeza de que esse camarada também, mas, ainda assim, ele sente que o que tem a oferecer é coisa de primeira página.

— Vai ver, ele é meio maluco.

Cilla sabia que Jeff estava bancando o advogado do diabo e não ficou ofendida. Ele não estava dizendo nada além do que seu editor tinha dito. Ela não concordava, é claro.

— Pode ser. Mas tenho esse pressentimento. Mais do que isso, ainda acho que era a mesma voz daquele homem com quem conversei na recepção, há um tempo. Tenho vasculhado pilhas de fotografias, tentado reconhecer algum rosto, tentado imaginar quem pode ter estado lá naquela festa.

— Você telefonou para a embaixada onde foi a festa?

— O adido com que falei não ajudou muito. Ele tinha a lista dos convidados oficiais, mas não mostrou interesse em cedê-la. Disse ainda que cada convidado tinha recebido *vários* convites; portanto, as possibilidades eram muito maiores. Expliquei-lhe que precisava desesperadamente localizar um homem que eu tinha conhecido lá, mas o adido não foi muito prestativo. Acho que ele pensou que eu estava querendo me dar bem, tentando ir atrás de algum amante em potencial, maravilhoso e desconhecido.

Jeffrey riu.

— Acho que eu pensaria isso também se tivesse recebido uma ligação dessas de você. Você tem uma voz pra lá de sexy, Cilla.

Ela estava se sentindo mais solta e mais forte agora que tinha dado o primeiro passo na comunicação com Jeff.

— Você só pensa naquilo.

— Não necessariamente. Consigo apreciar a sua voz sexy, mesmo enquanto estou pensando na sua ligação e na minha pista.

— Sua pista? — perguntou ela. — No caso Maris? — Quando ele negou com a cabeça e abriu um sorriso satisfeito, ela se endireitou na cadeira. — Está bem. Sua vez: que pista?

— Lembra que eu te falei dos roubos de alta tecnologia que vêm acontecendo?

— Claro.

— Bem, acho que finalmente estamos vendo uma luz no fim do túnel. Uma carga de microprocessadores de alta sensibilidade, ou seja, mercadoria que consta da lista de restrições para exportação, foi apreendida na fronteira da Suécia antes de chegar à União Soviética. Nós a seguimos por várias empresas intermediárias de exportação e importação até uma, na África do Sul, que realmente existe.

— Desta vez, nenhum endereço fantasma?

— Não. Isso é que é o mais promissor. Temos uma equipe em Capetown que está trabalhando no caso agora. Pode levar um tempo, pois o nosso pessoal está trabalhando à paisana, mas suspeitamos que essa empresa, em particular, possa ser a origem de toda uma série de carregamentos similares.

— E é tudo o que você quer.

— Com certeza. É possível que apenas uma empresa americana esteja envolvida em todas as transações, embora eu não acredite que uma empresa possa ser tão estúpida. O mais provável é que a firma sul-africana tenha vários contatos aqui: cientistas, executivos, diplomatas, estudantes. Cada um deles com uma lista dos itens que o Leste Europeu quer. Isso é uma loucura, se a gente for pensar bem.

— É assustador.

— Muito. O problema é que, se a gente se apressar e fechar logo o cerco à firma sul-africana com base simplesmente no único embarque

que apreendemos, os contatos vão vender a mercadoria para um cliente diferente. O dinheiro fala alto e tem muita grana envolvida na exportação ilegal.

— Então os motivos não são políticos?

— Em alguns casos, são. Em muitos, são financeiros. Um patriota de verdade não se sentiria tentado, qualquer que fosse a quantia de dinheiro oferecida, mas não estamos lidando com patriotas de verdade aqui.

Cilla balançou a cabeça, concordando.

— É horrível quando você pensa no assunto. Há tantas formas legítimas de se ganhar a vida. Eu estava conversando com um amigo, na semana passada, que era um dos maiores agenciadores de apostas que existem por aí. Ele ganhou uma fortuna, até que um dia lavou as mãos e caiu fora. Ele está no mercado imobiliário agora e, embora eu deteste o que ele fazia e o fato de ter montado o próprio negócio com dinheiro sujo, tenho de respeitá-lo mais do que uma pessoa que, em sã consciência, colocaria em risco a segurança do país. Agenciamento de apostas pode ser ilegal, mas pelo menos suas vítimas se envolvem por livre e espontânea vontade. Num caso como este de que você está falando, *todos* nós temos a perder.

Jeffrey suspirou.

— Bem, isso é o que tenho esperança de evitar, pelo menos de evitar que aconteça de novo. Eu gostaria que o Departamento de Comércio estivesse encarregado do assunto, mas, sei lá, não tenho muita certeza. O Lindsay pode ser eficiente, mas os interesses dele claramente residem nos grandes negócios.

— Então isso deve explicar — observou Cilla. — Ando de olho nesse camarada e ele sempre parece correto e distinto. Não acredito que ele tenha uma só parte flexível no corpo, menos ainda um lado caloroso e sensível.

— Deve ter. Ele é casado e, segundo me disseram, com um mulherão.

Cilla olhou para Jeffrey com ar ressabiado. Começou a falar, interrompeu-se, e então se forçou a continuar:

— Você não sabe nada sobre ela?

— Só o que ouço é que é linda e que é filha do Bill Marshall.

— Mais nada?

Foi a vez de Jeffrey parecer ressabiado:

— Você sabe de alguma coisa que eu não sei.

— Quando foi a última vez que você viu o Mike?

— O seu irmão? No verão.

— Mas você tem falado com ele.

— Às vezes.

— E ele não te contou nada sobre a mulher com quem estava saindo?

Jeffrey franziu a testa.

— Pensando bem, perguntei várias vezes se ele tinha alguma novidade no departamento das pernas, e ele, com toda habilidade, evitava o assunto cada vez que eu perguntava. Tem alguém?

Cilla perguntou-se se não teria dado com a língua nos dentes, mas, por outro lado, confiava em Jeffrey. E sabia que ele confiava em Michael e vice-versa.

— Talvez ele estivesse tentando protegê-la — murmurou ela.

— Proteger quem?

Cilla encheu as bochechas de ar e o soltou por entre os lábios.

— Ele está apaixonado, Jeff. Meu irmão Michael está completa e lamentavelmente apaixonado.

— Por que "lamentavelmente"?

— Porque a mulher que ele ama é Danica Lindsay.

— A esposa? Você está brincando!

Cilla negou.

— Quem dera estivesse. Não que a Danica não seja tão maravilhosa quanto ele acha que é. Passei um tempo com ela na casa do Mike, no verão passado. Ela é uma mulher fantástica, perfeita para ele.

— Mas é casada.

— Hum-hummmmm, embora não seja feliz, segundo o Michael. É por isso que ando de olho no marido dela. Ele parece inteiramente, estou dizendo inteiramente mesmo, dedicado ao trabalho. Fico tentando descobrir se há outra mulher, mas ele parece a anos-luz de qualquer coisa assim. A não ser que esteja sendo muito discreto.

— O que é provável, dada a posição dele. Caramba, o Mike está apaixonado pela mulher *dele*? Preciso me acostumar com a idéia. Nunca pensei que ele fosse do tipo que sai com uma mulher casada.

— Por causa do nosso pai, você quer dizer.

— E porque ele é muito conservador. Pô, quando a gente estava na escola, ele nem olhava para a namorada de outro garoto.

— Jeffrey...

— Está bem, ele olhava. Nós dois olhávamos. Mas, se eu gostasse do que via, chegava junto e conversava. O Mike, não.

— Bem, acho que a situação agora é um pouco diferente. Ele se apaixonou por ela antes de saber que era casada. Ela o ama também.

— Caraaaamba. Ela vai se divorciar do Lindsay?

— Sei tanto quanto você. Blake Lindsay era um executivo bem-sucedido antes de vir para cá. Ele banca a Danica no estilo a que ela está acostumada e ainda é muito amigo do pai dela.

Os pensamentos de Jeffrey estavam a todo o vapor.

— O Lindsay trabalhava com microeletrônica, não é?

— Hum-hum. Imagino que você gostaria de conversar com ele sobre o seu trabalho.

— E com mui-to cuidado. O Departamento de Comércio e o de Defesa têm tido suas diferenças, mas, se eu conseguisse puxar uma conversa informal com o camarada num contexto extra-oficial, talvez conseguisse pegar alguma coisa.

— Para você ou para o Michael?

— Para ambos — respondeu Jeffrey, pensativo, gostando cada vez mais da idéia. Em seguida, abriu um sorriso. — Eu também gostaria de conhecer a mulher dele. Ela deve ser um avião para ter fisgado o Mike.

Cilla retribuiu o sorriso.

— Posso arrumar um encontro assim que começar o verão. É quando ela passa a maior parte do tempo no Maine. A casa dela fica exatamente do outro lado da praia onde fica a casa do Michael. Obviamente, você teria de viajar comigo por vários dias.

Jeffrey descobriu que gostava daquela idéia quase tanto quanto a de encontrar Blake Lindsay dissimuladamente. Mas, enquanto deixou o primeiro encontro por conta de Cilla, tentou ele mesmo conseguir o segundo. Durante várias semanas procurou por uma brecha, e finalmente a encontrou, quando um de seus superiores comentou por alto que os secretários da Agricultura, dos Transportes e do Comércio estariam presentes em um grande jantar comemorativo e que não haveria mal algum em ter um representante do Departamento de Defesa presente também. Jeffrey se ofereceu em seguida.

Havia quase trezentas pessoas no jantar que foi oferecido no gramado de uma mansão na Virgínia, mas Jeffrey não teve o menor problema em localizar o rosto que procurava.

— Bonitão ele, não?

Cilla, que comparecera ao evento em parte porque Jeffrey a convidara e em parte porque estava morrendo de curiosidade de ver o que ele iria conseguir, concordou:

— Ele se sobressai na multidão. Cabelos escuros, traços clássicos, um sorriso estonteante, um smoking que...

— Já entendi, Cilla. Não precisa ficar falando.

Cilla já estava de braço dado com Jeffrey e, em parte por estar tendo problemas para se equilibrar com os saltos altos no gramado, apertou-o ainda com mais força.

— Eu não disse que preferia a aparência dele à sua. Há alguma coisa de intocável nele. E eu gosto de tocar.

Jeffrey abriu um sorriso.

— Já percebi. A propósito, você está maravilhosa.

Ela usava um vestido tomara-que-caia cuja bainha tinha um corte irregular e era ligeiramente provocante.

— Eu ia usar vermelho, mas achei que rosa-claro ficava mais discreto.

— Discreto? — repetiu ele com a voz rouca, pigarreando em seguida. — Tudo bem, se você acha. — Ele não conseguia tirar os olhos da afrontosa reentrância dos seios que se insinuava pelo decote.

Cilla se aproximou ainda mais e levou os lábios ao seu ouvido.

— Lembra daquela vez em que a gente estava na casa dos Dittrich, se enfiou no galpão do jardineiro e...

— Pelo amor de Deus, Cilla — ele a interrompeu. — O que você está tentando fazer comigo? Tenho uma missão aqui, você se esqueceu?

— Eu não. Eu queria ter certeza de que *você* não se esqueceu.

— Eu não. Eu não. — Limpou a garganta mais uma vez e olhou pelo gramado. — Vamos lá. Vamos por aqui que é melhor. — Ele viu Blake Lindsay ao longe; era para lá que iria. Então, parou de súbito.

— O que foi?

— Droga — xingou, por entre os dentes.

— O que foi, Jeff?

— *Você*. Meu Deus. Devo estar fora do meu juízo normal. Ou isso ou você me levou na lábia.

Cilla apertou os olhos.

— Do que você está falando? Não fiz nada.

Ele acariciou a mão delgada que segurava o seu braço.

— Não, querida. A culpa não é sua. *Eu* é que devia ter percebido. — Ele baixou ainda mais a voz: — Não foi muito inteligente trazer você aqui.

— Por que não? Quase todos os homens estão acompanhados.

— Não é isso. No íntimo, eu penso em você como Cilla Winston. Mas você não é, é? Você é Cilla *Buchanan*. Tudo o que precisamos é que o Lindsay ouça esse nome e, se souber de alguma coisa sobre o que a mulher dele vem fazendo, fique desconfiado.

Cilla ficou preocupada.

— Não tinha pensado nisso. Droga, eu devia ter pensado.

— Nós *dois* devíamos ter pensado. Mas, veja, não há nada que a gente possa fazer agora, a não ser ficar longe um do outro. Deve haver uma ou duas pessoas aqui que sabem que fomos casados, mas se nos afastarmos um pouco, outras pessoas não vão fazer a ligação.

— Por mais que eu odeie a idéia, acho que você tem razão.

— Boa menina. — Deu uma palmadinha no seu traseiro e saiu, confiante de que Cilla poderia se cuidar sozinha. Era uma mulher forte, pensou ele, e, embora houvesse momentos em que desejasse que fosse um pouquinho menos durona, sentia-se grato agora por ela.

Jeffrey continuou a andar em um passo relaxado, parando de vez em quando ao encontrar um rosto conhecido, mas mantendo sempre a mesma direção. A sorte lhe sorriu. Conhecia o homem que estava com Lindsay, o que lhe daria a desculpa perfeita para se aproximar.

— Thomas? Como vai?

Thomas Fenton virou a cabeça e sorriu.

— Jeff Winston! — Estendeu-lhe a mão e, com a outra, deu-lhe um tapinha no ombro. — Que bom te ver. Por onde tem andado?

— Longe das quadras, infelizmente. — Os dois homens eram sócios do mesmo clube de tênis. Ocasionalmente, quando estavam sem parceiros, jogavam um com o outro. — Preciso voltar a jogar. — Deu uma batidinha na barriga. — Senão, tudo vai começar a cair. — Deu uma olhada em Blake, induzindo Thomas a fazer as apresentações.

— Blake, este é Jeff Winston. Ótima pessoa. Bom sacador. Jeff, secretário Lindsay.

Jeff estendeu a mão para o cumprimento frio e maquinal de Blake.

— Tenho acompanhado o seu trabalho, sr. secretário. É admirável.

Blake lhe agradeceu e, por vários minutos, os dois homens conversaram sobre assuntos relativamente gerais e inofensivos com relação à vida em Washington e ao mandato de Claveling. Quando Thomas Fenton pediu licença e se retirou, Jeffrey começou a apertar o cerco. Tinha esperança de saber tudo o que pudesse sobre a hierarquia decisória em uma corporação como a que Blake dirigira antes de sua nomeação.

— Sei que o senhor teve experiência na área administrativa em Boston.

— Tem razão. A minha empresa acabou crescendo mais do que eu esperava desde o início. Foi preciso muita supervisão.

Jeffrey lhe lançou um sorriso ligeiramente confuso.

— Sempre fui fascinado pela hierarquia burocrática. Acredito que o senhor tivesse assistentes para lhe auxiliar.

— Precisava ter. Havia quatro divisões diferentes, cada uma com um chefe. Eu tinha reuniões constantes com eles, embora administrassem sozinhos os detalhes da produção do dia-a-dia.

— O senhor ditava as regras, é claro.

Quase imperceptivelmente, Blake ergueu uma sobrancelha com a devida modéstia.

— Era a minha empresa.

— Era o senhor mesmo que fazia os contatos de vendas ou tinha uma equipe especial para isso?

— Tínhamos uma equipe especial, mas os contatos eram meus.

Jeffrey suspirou, admirado.

— Nada mau. Mas uma responsabilidade enorme nos ombros. O senhor é que devia dar a palavra final sobre que produtos iam para que lugar.

Blake teve tempo apenas de concordar, antes de dois casais se unirem a eles, e Jeffrey soube que sua oportunidade tinha chegado ao fim. Sentiu vontade de perguntar se, alguma vez, algo acontecera sem o seu conhecimento, como, por exemplo, um dos chefes das divisões decidir uma venda por conta própria. Seria interessante saber se, em sua investigação, deveria ir mais a fundo na burocracia da empresa, em vez de simplesmente se limitar ao alto escalão. Mas havia perdido a chance, por ora. Estava maldizendo o seu destino quando aguçou o ouvido. Uma das mulheres estava perguntando sobre sua esposa.

— Não vi a sra. Lindsay aqui. Ela não pôde vir?

Blake sorriu com a dose certa de pesar e balançou a cabeça.

— Ela está em Boston. Tem um programa de rádio lá agora.

— Que interessante!

— Muito. É um programa de entrevistas sobre atualidades. Infelizmente ela precisa passar horas por semana se preparando para o programa; portanto, não pode ficar tanto tempo aqui como gostaria.

— O senhor deve sentir falta dela — comentou a outra mulher.

— Sinto. Mas ela é uma mulher moderna que trabalha. Eu me orgulho dela.

Um dos homens deu-lhe um tapinha nas costas.

— Deve se orgulhar mesmo. Ela seria motivo de orgulho para qualquer homem. Falando de motivo de orgulho, o senhor deve estar muito satisfeito com a lista de restrições de importação que a Casa Branca anunciou esta semana...

Quando a conversa tomou novamente o rumo da política, Jeffrey ficou por perto, observando Blake. Após alguns minutos, quando outros se aproximaram, pediu licença da forma mais discreta possível e saiu pelo gramado, falando com qualquer um que lhe fosse mais próximo, esquadrinhando a multidão em busca de Cilla. O tempo todo tentava traduzir a impressão que tivera de Blake Lindsay com base naqueles poucos minutos com ele. Bem mais tarde, a caminho de casa, falou de suas impressões para Cilla:

— Estranho, Cilla. Ele me deixou intrigado. Você estava certa quando disse que ele era correto e adequado. Diz todas as coisas certas, faz os gestos certos. Quando lhe perguntaram sobre sua esposa, ele deu uma resposta totalmente plausível para a ausência dela e ainda preparou o terreno para justificar o prolongamento dessa ausência. Disse que sente falta dela, mas parecia mais feliz quando falava sobre trabalho.

— Você conseguiu alguma coisa nesse sentido?

— Não tanto quanto eu esperava, talvez tenha sido mesmo uma idéia meio idiota. Certamente eu teria me saído melhor conversando com um executivo de menor notoriedade. Precisei ser cauteloso com o Lindsay; não quis parecer curioso demais.

— Você consegue fazer isso, sr. Winston.

— Hum-hum, tenho melhorado nesse sentido, não tenho?

— Tem. — Ela se aconchegou mais para o lado dele. — Acho que nós dois temos.

* * *

— Tenho uma proposta, Dani.

— Opa. Mais uma.

— Esta é mesmo empolgante.

— Está bem, manda.

Era início de julho. Danica estava passando vários dias no Maine, antes de retornar a Boston para ajeitar as coisas para o verão. Não mantinha contato mais todas as semanas com Blake, somente naquelas ocasiões em que ele ligava para dizer que queria sua companhia em algum evento em particular. Várias vezes ela se recusara a encontrá-lo, deixando-se convencer apenas quando ele dizia claramente que seu pai estaria presente em alguma ocasião especial.

Não que o pai ainda a intimidasse; falara sério quando dissera a Michael que tinha chegado a um ponto em que se encontrava acima disso. Desta vez, sua deferência era estudada e sua determinação, inabalável. O divórcio era assunto dela e de Blake. Quando chegassem a um acordo — tinha certeza de que isso acabaria acontecendo, pois não acreditava que Blake agüentasse sua hostilidade para sempre —, ela simplesmente comunicaria a William sua decisão. Não queria lhe dar motivos para se envolver antes, e, na reta final, seus argumentos não teriam mais efeito.

— É sobre uma caça ao tesouro — disse Michael.

— Parece interessante.

— Tenho um colega, na verdade um companheiro do exército, que lida com salvatagem.

— "Caça ao tesouro" soa melhor.

Michael abriu um sorriso.

— Você é romântica, sabia?

— Acho que sim. Engraçado, quando me casei, achei que não havia nada mais romântico do que os cartões, as flores e os presentes que o Blake me dava.

— E agora?

— Agora eles parecem sem graça. Dados por obrigação. Ele jamais se esquece de uma data, mas os presentes são uma farsa, em vista dos problemas que temos. Não sei por que ele chega a se importar. Não há sentimento. Para falar a verdade, acho que a secretária dele é que faz tudo. Ela deve ter todas as datas especiais marcadas na sua agenda.

— Então, o que te seduz?

— Romanticamente falando? As horas tranqüilas que passamos juntos, como agora. As conversas, as coisas que dividimos. — Ela se inclinou e lhe deu um leve beijo. — *Isso* é que é um tesouro de verdade.

— Por falar nisso, me deixe terminar a minha proposta.

— Sua proposta. Certo. Estou ouvindo.

— Esse meu colega, o nome dele é Joe Camarillo, está convencido de que localizou os destroços de um pequeno navio naufragado em 1906 na costa de Nantucket. Ele suspeita que deve haver mais de um milhão em moedas de ouro a bordo.

— Você está brincando!

Michael balançou a cabeça em negação.

— Ele passou meses estudando relatórios do governo e pesquisas submarinas no Arquivo Nacional e está convencido de que encontrou o *SS Domini* enterrado seis metros abaixo de um banco de areia. Ele e uma equipe vão mergulhar neste verão. Seremos bem-vindos para acompanhá-los, se quisermos.

— Acompanhá-los? O que faríamos?

— Observar, mais do que tudo. Acho que posso tirar uma idéia interessante de lá. Estaremos acompanhando a atividade diária da tripulação, entrevistando e, é claro, lendo tudo que pudermos encontrar sobre o *Domini*.

— "Nós"?

— Você pode ser a minha assistente. Se estiver interessada.

— Você *sabe* que estou interessada, Michael! Nunca fiz nada assim!

— Então, você irá?

— Eu adoraria! Mas e quanto ao meu programa? Acho que daria para gravá-lo antes, mas ele precisa ser sobre um assunto atual. Acho que não vou poder hibernar num barco durante *todo* o verão.

— Sem problema. Ficaremos livres todos os finais de semana. Posso levá-la de carro de volta para Boston, para você gravar o seu programa. Se demorarmos a voltar, poderemos pegar um barco menor que nos leve até o do Joe.

Danica foi ficando cada vez mais empolgada.

— Talvez funcione. Terei uma desculpa perfeita para não ir a Washington. Não que o Blake espere que eu vá durante o verão, mas meu pai pode fazer perguntas. Se eu estiver *trabalhando*, ele não vai poder armar muita confusão.

Diante da menção ao nome do pai de Danica, Michael, que até então estava exultante com a perspectiva tanto de trabalhar quanto de morar com ela no barco, ficou sério.

— Ele tem dificultado as coisas para você? — Michael se lembrava muito bem da visita de William Marshall. Fora há meses e, mesmo após ter regressado do exterior e voltado a se encontrar com Danica, não ouvira falar nada sobre ele. Com freqüência se lembrava do que o senador tinha na manga e, mais de uma vez, abriu a porta temendo encontrar dois brutamontes prontos para lhe quebrarem as pernas. Era possível que o senador tivesse recuado e jogado a toalha. Por algum motivo, ele duvidava e isso o deixava nervoso. Exatamente como William Marshall havia planejado.

— Ele não tem sido muito carinhoso — disse Danica —, mas também ele e eu nunca fomos muito próximos. Ele tolera a minha presença. Tenho certeza de que, aos olhos dele, sou uma grande decepção.

Michael sabia que William não tinha feito uso de suas fotos por causa de Danica, e isso já era um alívio. Ainda assim, talvez de uma forma mais sutil, ele estava se fazendo lembrar.

— Como você se sente com relação a isso?

— A decepcioná-lo? Não da mesma forma como me sentia antes, com certeza. Você tinha razão. Não acho que vou *conseguir* satisfazê-lo. Ele e eu funcionamos em níveis completamente diferentes. Gosto de pensar que o meu chega mais alto com relação a coisas como satisfação pessoal, felicidade e amor, mas quem sabe? O dele é tão diferente...

— Sempre foi. O que você acha que ele vai dizer quando você finalmente deixar o Blake?

— Eu já deixei o Blake, pelo menos em todos os aspectos práticos. Quando a separação for oficializada, tenho certeza de que o meu pai vai ficar furioso. É isso o que estou esperando. Quando o Blake cair em si...

Suas palavras foram sumindo como se, ao mesmo tempo, ela e Michael tivessem pensado na palavra *se*. Mas nenhum dos dois queria considerar aquela possibilidade, uma das razões pelas quais um trabalho com uma equipe de salvatagem parecia tão bom. Para Danica, seria mais um passo para longe de Blake. Para Michael, seria mais um laço com Danica.

— Posso avisar ao Joe que topamos?

— Pode.

— Tem certeza?

— Absoluta.

Michael a abraçou em seguida, apreciando tanto o compromisso que ela assumia quanto o risco nele envolvido. Embora não achasse possível, seu amor por ela aumentava ainda mais.

Quinze

— Ele se intitula Red Robin e temos um encontro marcado para amanhã! — exclamou Cilla, mais do que empolgada ao abrir a porta para Jeff. Qualquer sentimento de reserva que ainda pudesse ter quanto a revelar suas informações com tamanha liberdade fora varrido pela sua empolgação.

Jeffrey entrou e fechou a porta.

— Red Robin?

— Sexo e poder?

— Ahhh, *Red Robin*. Muito dramático. Ele se vê como outro Garganta Profunda,* não vê?

— Não sei, mas com certeza não vou perder essa oportunidade. Fico pensando no que ele tem a dizer e minha cabeça começa a girar. Você pode me imaginar conseguindo uma exclusiva num caso realmente grande?

— Você já fez isso antes. Talvez seja por isso que ele te escolheu.

Ela franziu a testa.

— Já pensei nisso. Desde o início ele quis falar diretamente comigo. Deve haver alguma razão específica.

— Você é responsável, como ele disse. Onde você vai encontrá-lo? — Quando Cilla hesitou, ele fez uma expressão aborrecida. — Não

* Tradução de *Deep Throat*, fonte anônima que ajudou a expor a corrupção de Richard Nixon no escândalo de Watergate. (Fonte: Observatório da Imprensa.)

estou à procura de ação, Cilla. Só que ainda tenho imagens gravadas na memória do Garganta Profunda e de uma garagem escura, tarde da noite, e a idéia não me agrada muito. Me dê um pouquinho de crédito por eu me sentir protetor e *não* me venha com essa história de que estou sendo machista.

— Está bem — murmurou ela, percebendo que uma parte sua, a mais suave e feminina, gostava de se sentir protegida. — Vou me encontrar com ele às nove, num estacionamento na estação do metrô de Bethesda.

Jeff reconheceu com facilidade o endereço que ela lhe deu.

— É um lugar bem aberto, mas deve estar deserto a esta hora.

— Ficarei bem. Não há por que ele querer me fazer mal.

— E se ele for um maníaco sexual andando esse tempo todo atrás de você?

— Ah, Jeff, duvido. E, de qualquer forma, não posso deixar de ir. Não posso me arriscar a perder uma oportunidade como essa.

— Poderia, se isso significasse que você seria ferida. Nenhuma história vale este preço.

— Não vou ser ferida. E, se isso faz você se sentir melhor, vou levar um spray de pimenta comigo.

Jeffrey bufou.

— Isso vai adiantar muito. Ele pode arrancá-lo da sua mão e virá-lo para você, depois te estuprar e fazer um monte de coisas terríveis.

— Ele *não vai* fazer nada. Mas que droga, Jeff! Achei que você ia ficar animado por mim. Vai ver eu não devia ter te contado nada.

— Não, não, querida. Sinto muito. Só estou preocupado. Talvez eu deva ir com você.

— Está bem. Uma olhada em você e ele dá no pé, sem dizer uma palavra. Você é grande, Jeff, e pode ser intimidador.

— Essa é a idéia.

— Não, a idéia é a que eu quero essa história.

— E se eu me esconder no banco traseiro do carro? Você poderia deixar os vidros abertos e gritar se houver algum problema.

Ela cruzou os braços.

— Acho que você quer mesmo é se intrometer. Este caso é *meu*, Jeff. Você tem vários só seus.

Ele sentiu que iam chegar a um impasse e não queria que isso acontecesse. Gostava de pensar que iriam mais adiante. Passando os dedos pelos cabelos, suspirou.

— Tenho, e é exatamente por isso que não quero "me intrometer", como você disse tão bruscamente. Quero apenas me certificar de que você estará segura.

— Estarei. Confie em mim.

— Eu confio — respondeu ele, impaciente. — É o outro cara que me preocupa.

Por um lado, Cilla estava determinada a ir. Por outro, respeitava os temores de Jeffrey, porque, na verdade, temores semelhantes tinham dado sinal de vida em uma parte escondida lá no fundo de sua mente. Ela também — ao contrário do que dissera — respeitava as razões dele. Queria chegar a um acordo.

— E se você me seguisse e estacionasse a alguns quarteirões de lá? Se eu levar um bipe dentro do bolso, poderei acioná-lo em caso de perigo.

Jeffrey nem precisou pensar.

— Isso faria eu me sentir melhor.

— Você consegue os bipes?

— Facilmente... Cilla? Obrigado.

Ela logo se sentiu confortável com a própria decisão. Tinham chegado a um acordo. Era mais um passo na direção certa. Sorrindo, concordou:

— De nada.

O estacionamento estava escuro quando Cilla parou o carro às oito e cinqüenta e cinco da noite seguinte. Sem ver qualquer outro carro, estacionou e esperou. E esperou. As nove horas vieram e passaram, então as nove e quinze e as nove e meia. Às dez horas ela teve a clara impressão de que tinha levado um bolo. Esperou até dez e meia, então ligou o carro e ficou esperando com ele em ponto morto por mais cinco minutos antes de finalmente ir embora.

Jeffrey foi compreensivo, mas não ficou surpreso. Sabia muito bem que não deveria lembrá-la da teoria dos malucos e sugeriu, como prêmio de consolação, que ela o levasse de volta para casa e descarregasse todas as suas frustrações em seu corpo. Ela gostou da idéia, e não somente por se sentir culpada por tê-lo arrastado até o que terminara por se revelar um tremendo engodo. Ele era uma ótima diversão, pelo menos por pouco tempo. Na manhã seguinte, no entanto, lá estava ela de volta à sua mesa na redação do jornal, olhando pensativa para a tela de seu processador de texto. Quando Red Robin telefonou, pouco antes do meio-dia, ela precisou se esforçar para não ser grosseira.

— Esperei por você ontem à noite — disse-lhe.

— Não pude ir.

— Você disse que a sua história era urgente.

— E é. Eu simplesmente não pude ir.

Ele parecia muito nervoso. Ela não sabia ao certo quanto desse nervosismo se devia ao fato de precisar lhe telefonar depois de ter lhe dado bolo.

— Tudo bem — mentiu. — Passei o tempo pensando em outras histórias. Escute, se você refugou, não deveria. Respeito minhas fontes de informação. Não revelo nomes. Nem sequer sei o seu.

— Red Robin é o suficiente e a minha história é melhor do que as outras que você tem.

— Quero acreditar em você. Por isso fui lá ontem à noite.

A voz dele ficou abafada:

— Hoje à noite. À mesma hora. No mesmo lugar.

— Como vou saber que você...

A linha deu um estalo e caiu. Ela logo ligou para Jeffrey e marcou de se encontrar com ele em seu apartamento, às sete. Mas, quatro horas depois, estavam de volta.

— Droga! É inacreditável! — Cilla atirou a bolsa com toda a força em cima do sofá. — Duas vezes seguidas. Quem ele pensa que é?

— Ele acha que é um homem que tem uma história que ninguém mais tem, e que você vai sair correndo quando ele ligar.

— Bem, ele tem razão. Talvez você também. Talvez ele não tenha mesmo nada a dizer. Eu estava tão *confiante*! Meus instintos não me deixam na mão desse jeito desde... desde... desde quando aceitei me divorciar de você.

Jeffrey pôs um braço em seu ombro, para confortá-la.

— Nós dois erramos na época. Foi uma questão emocional. Isso, por outro lado, é uma questão intelectual. Eu não faria nada diferente do que você fez.

— Não?

Ele sacudiu negativamente a cabeça.

— Há a possibilidade de isso ser uma brincadeira de mau gosto. Mas, se não for, se o cara tiver mesmo alguma coisa séria para te contar, ele pode apenas estar nervoso.

— Ele é um covarde, isso sim. Por que está me procurando, então? Poderia ir às autoridades.

— Talvez ele ache que não vão acreditar nele, que eles mesmos são corruptos. Pode estar com medo de que, se procurar as autoridades, perderá o anonimato. Talvez acredite que as pessoas que vai expor tenham poder suficiente para silenciá-lo.

— Talvez ele queira a história dele nas manchetes — ela falou com desprezo.

— E você não? Quer dizer, não é o seu nome que você quer ver nessa reportagem?

— Golpe baixo, Jeff. Você sabe que quero o meu nome lá, mas tem também a história. Me dê o crédito de um pouquinho de responsabilidade civil.

— Eu dou, querida. Eu dou. — Pegou-a gentilmente pelos ombros. — Ouça, vamos relaxar. Se ele ligar de novo, você poderá encostá-lo na parede. Diga que acha que ele não diz coisa com coisa, e que, se marcar de novo e te der outro bolo, você não vai mais atender as ligações dele. Diga que não acredita mais nele. Isso deverá assustá-lo mais do que qualquer outra coisa.

— Ou pode simplesmente levá-lo para um jornal concorrente.

— Não. Ele quer você. Ele foi bem específico ao procurar por você. Se tem algo a dizer, é para você que vai contar. Portanto, anime-se. Ele vai ligar de novo. E, se não ligar, bem, você não vai precisar passar mais nenhuma noite num estacionamento escuro.

Por acaso, houve uma outra noite logo no início da semana seguinte; no entanto, não foi preciso esperar muito. Cilla mal teve tempo de estacionar, apagar os faróis e trincar os dentes quando uma silhueta escura se materializou no asfalto. Não um carro, mas um homem. Ela ficou olhando espantada, de início se recusando a acreditar que ele tinha mesmo aparecido. A descrença logo se transformou em empolgação, quando ele seguiu na direção dela, sendo prontamente acalmada assim que seu lado profissional falou mais alto. Cilla percebeu que ele era esperto por ter ido a pé, não permitindo assim que ela anotasse a placa de seu carro, o que, obviamente, tinha toda a intenção de fazer.

Ele se aproximou com cuidado. Ela abriu a porta e saiu, sentindo-se protegida pelo peso do bipe de Jeffrey no bolso da saia. Ficou em silêncio, esperando que Red Robin fosse o primeiro a falar, *se* aquele homem fosse mesmo quem dizia ser.

Ele parou a alguns centímetros dela e arriscou um cumprimento hesitante.

— Srta. Buchanan?

Ela sentiu vontade de responder que não conhecia nenhuma *outra* idiota capaz de ir lá pela terceira vez, mas, em vez disso, disse apenas:

— Sim?

— A senhorita chegou na hora. Cedo, na verdade.

A noite não podia esconder o corpo bem-feito e musculoso de Red Robin, nem os seus óculos, nem seus abundantes cachos escuros que contrastavam fortemente com sua palidez. Tampouco podia disfarçar seus traços o suficiente para que ela não percebesse ser ele, de fato, o homem que encontrara na recepção, várias semanas antes.

— Cheguei cedo todas as noites. Eu não queria perdê-lo.

— Olhe, sinto muito. É que isso é difícil.

— Tenho certeza que sim, sr...?

— Red Robin é o suficiente.

Precisava tentar, mas não ficou surpresa quando falhou. Pelo menos o homem não parecia perigoso, concluiu. Ela certamente encararia uma boa briga se ele investisse contra ela, ao menos que ele tivesse uma arma ou uma faca. Mas ela tinha o bipe. Estava muito escuro.

Ela se esforçou para ordenar os pensamentos.

— O senhor tem algo que gostaria de me contar?

— Acho que já lhe dei uma vaga idéia.

— "Vaga" não adianta. Meu jornal não vai publicar.

— Que tal "corpo diplomático"?

— Ainda muito vago.

— "Senado americano" ou... ou "gabinete".

Ela sacudiu a cabeça.

— Preciso ser específica.

— Que tal "admissões e demissões diferenciadas"?

Mais uma vez Cilla objetou.

— Experimente "assédio sexual".

— Nenhuma novidade. Tente de novo.

Ele inspirou fundo.

— Experimente "assédio *homo*ssexual".

Cilla ficou imóvel. Percorreu o banco de dados de sua mente em busca dos casos que conhecia. Eles eram poucos, espaçados e tinham envolvido apenas um, talvez dois nomes famosos. Mas ele havia mencionado três grupos poderosos e isso implicava vários nomes para lhe oferecer. Homossexualismo era uma novidade em um antigo esquema da corrupção.

— O senhor tem toda a minha atenção — disse-lhe. — Vá em frente.

Ele mexeu repetidas vezes na gola do paletó; então, nervoso, enfiou as mãos nos bolsos.

— Há homens poderosos nesta cidade que mantêm outros homens em sua folha de pagamento para não fazerem simplesmente nada.

— Todo burocrata tem seus pesos mortos — observou Cilla.

— Certo, mas não deveria! Há outros de nós que estão mais do que dispostos a trabalhar, e, no entanto, somos postos de lado para dar lugar aos favoritos.

Cilla percebeu sua ira e imaginou se ele estaria fazendo acusações por pura vingança.

— O senhor se sente prejudicado?

Ele começou a responder e então parou. Quando voltou a falar, sua voz estava cuidadosamente modulada:

— A verdade é que muitas pessoas têm sido prejudicadas. Não só os contribuintes vêm pagando alto pelo comportamento bizarro de alguns de seus líderes mais proeminentes, como estes líderes têm sido influenciados por pessoas que estão fazendo uso de suas... de suas habilidades sexuais exatamente com este propósito.

— Estamos correndo perigo.

— Exatamente.

— O senhor pode me dar um exemplo?

Ele desviou o olhar e apertou os braços contra o corpo.

Cilla o incitou a falar:

— Preciso de detalhes, Red Robin. Eu já lhe disse isso.

— Já lhe dei detalhes.

— O senhor me deu uma visão geral do tipo de crime. — Interrompeu-se. — O que quer de mim?

— Quero que a senhorita exponha essas pessoas.

— O senhor é quem sabe quem elas são. Não posso liderar uma caça cega às bruxas, principalmente se estamos lidando com pessoas tão importantes como o senhor está sugerindo. Preciso de detalhes... nomes, datas, lugares, provas. — Cilla analisou-lhe o perfil. Estava com as sobrancelhas baixas, os lábios apertados. — Olhe, isso acontece o tempo todo. Uma fonte vem a nós, diz tudo o que sabe; nós verificamos e então publicamos. Posso lhe garantir que o senhor continuará anônimo. — Estava começando a ter dúvidas se ele estaria envolvido no esquema. Se tivesse perdido o emprego ou sido rebaixado, sua teoria de vingança poderia se encaixar. Mas, se havia algo a mais, uma vingança pessoal, ela precisava saber. — Por que o senhor me procurou? Por que quer tudo isso exposto ao público?

Ele virou a cabeça.

— Porque está errado.

— Mas por que o senhor se sente tão mal com isso? O senhor perdeu o emprego?

— Não. Eu tenho emprego.

— Onde? — Não queria dizer que se lembrava de tê-lo encontrado, antes com medo de que ficasse mais nervoso.

— Isso não importa.

— Importa, se o senhor quiser que eu dê crédito ao que está me contando.

— Não importa.

— Então serei levada a concluir que o senhor é gay, que levou um fora e está em busca de vingança. — Foi uma variação do seu pensamento anterior e saiu espontaneamente, em parte devido à sua frustração por ter de fazer algo tão desagradável.

Ele ficou mais agitado:

— Conclua o que quiser. A minha vida pessoal não vem ao caso.

— Virá, se for esta a razão pela qual o senhor me arrastou para cá. — Sabia que o estava provocando, mas se lembrara do que Jeffrey havia dito sobre encostá-lo na parede. Precisava mesmo de detalhes, droga, e, se tivesse que atormentar Red Robin para consegui-los, ela o faria.

Ele deu um passo para trás.

— A senhorita não quer a história?

— Claro que quero, mas o senhor não me *deu* nada ainda. Vamos lá, Red Robin. Me conte algo de concreto.

Ele sacudiu a cabeça, deu as costas para ir embora e parou. Olhou inseguro para os próprios pés, então se virou rapidamente para ela.

— A senhorita sabia que muitas das informações secretas que temos do Oriente Médio vêm de gays que se infiltram nos mais altos escalões daquelas embaixadas?

— Que embaixadas?

— A senhorita sabia que um dos assistentes do secretário do Departamento do Trabalho está tendo um caso com um lobista de um sindicato?

— Que assistente?

Mas Red Robin apenas sacudiu a cabeça e deu as costas para ir embora. Não se virou desta vez e, quando Cilla gritou por ele, ele correu mais rápido. Em questão de minutos ela ficou sozinha no estacionamento, as mãos caídas ao longo do corpo.

— Preciso de mais! — gritou para a noite. — Preciso de provas!

Mas a noite não as tinha. E tudo o que ela podia fazer era esperar que Red Robin a tivesse ouvido e pensasse no que ela lhe dissera.

William Marshall caminhou determinado pelos escritórios do Departamento de Comércio e anunciou sua presença à secretária de Blake.

— Ele está à minha espera — disse, com rispidez, e ficou esperando enquanto ela interfonava para Blake. Se pudesse ter escolhido, William não teria solicitado essa reunião. Passara semanas pensando nela, encontrara Blake socialmente inúmeras vezes durante aquele período, mas fora incapaz de conversar francamente com ele tendo outras pessoas à volta.

— Bill! — Blake apareceu à porta e gesticulou. — Entre. — Os dois apertaram as mãos e se trancaram no escritório. — Fiquei surpreso quando você telefonou. Está tudo bem?

William sentou-se em uma poltrona de espaldar alto e encostou a pasta na mesa.

— Acho que não. É por isso que eu queria falar com você.

Recostando-se em uma poltrona do mesmo estilo, Blake franziu a testa.

— Sobre o quê?

— Sobre a Danica. Quando foi a última vez que você a viu?

Os traços de Blake ficaram tensos, embora tenha mantido o sorriso inalterado.

— Ela veio no mês passado. Você a viu comigo na recepção do Weigner.

— Você não a viu desde então?

— Ela anda ocupada, agora que tem aquele programa de rádio. É uma oportunidade maravilhosa para ela, não acha?

William ignorou a pergunta.

— Você vai passar bastante tempo com ela este verão?

Blake hesitou, cada vez mais ressabiado.

— Duvido. Ela sempre passa o verão no Maine.

— Seria uma boa idéia se você procurasse ir para lá.

Esta era a última coisa que Blake queria fazer.

— Por quê?

William apertou os lábios, na dúvida se estaria cometendo um erro ao confrontar o genro, mas não sabia mais o que fazer. Ameaçara Michael, mas Michael também o ameaçara e ainda continuava a se encontrar com Danica. Quanto a Danica, ela era extremamente reservada quando ele estava por perto, e ele nem sequer tinha lhe *mostrado* as fotos. Por algum motivo, achava que ela não lhe daria mais atenção do que Michael dera. William não gostava de se sentir impotente e era exatamente assim que começava a se sentir nessa questão.

— Porque — começou a falar, irritado — acho que ela está envolvida demais com esse amigo, o Buchanan, e, se você não fizer alguma coisa para acabar com isso, ela é capaz de constranger a todos nós. Você sabe que ela se encontra com ele, não sabe?

Blake manteve a expressão inalterada enquanto escolhia as palavras com cuidado. Não fazia idéia de quanto o sogro sabia, mas tinha certeza de que Danica não teria lhe contado o que dissera a ele.

— Sei que são bons amigos. Gostam um do outro. É natural que passem algum tempo juntos, principalmente porque a casa dele fica muito perto da nossa.

— Eles são mais do que amigos. São amantes.

Por um minuto Blake ficou chocado, não por estar ouvindo algo que já não soubesse, mas porque William o tinha dito.

— Como você sabe? — perguntou, com frieza.

— Tenho fotos!

Isso foi um verdadeiro choque para Blake.

— Deles? *Fazendo amor?*

— Não exatamente, mas só um imbecil não conseguiria ler nas entrelinhas.

Blake recostou-se, completamente rígido.

— Você está com as fotos aí?

William tirou o envelope da pasta e o entregou para Blake, aguardando enquanto ele as analisava.

— Sinto muito em ser a pessoa a...

— Como você as conseguiu? — perguntou Blake, irritado.

— Contratei um detetive particular.

— Com autorização de quem?

William percebeu que Blake estava furioso com *ele* e concluiu que era um mecanismo de defesa. Sendo assim, amansou a voz:

— Sou o pai dela. Tenho a observado de uma distância muito maior do que você; portanto, é compreensível que eu tenha desconfiado primeiro. Eu queria saber se havia algum motivo para alarme, por isso contratei uma pessoa para segui-la por um tempo.

— Você não devia ter feito isso, Bill. — Jogou as fotos para o canto da mesa. — Isso não é da sua conta.

— Acho que é sim. Ela é minha filha. O que ela faz reflete em mim. Até onde sei, ela traiu a nós dois.

— Ela é adulta e eu sou o marido dela. Isso é assunto entre mim e a Danica.

— Você não a vê com freqüência. Não faz idéia do que ela anda fazendo.

— Sei mais do que você imagina.

A conversa não estava tomando o rumo que William esperara. Achara que estaria trazendo informações chocantes para Blake; mais ainda, provas chocantes; no entanto, ele sequer parecia surpreso. Estava mais furioso com William do que com a própria esposa!

— Você está querendo dizer que sabia disso o tempo todo?

— Sabia. A Danica me contou.

— *Contou?* — Para alguém acostumado a julgar e a controlar os outros, William imaginou se estava perdendo sua autoridade.

— Contou.

— E o que você vai fazer com relação a isso? — esbravejou William.

Blake tratou de se controlar ainda mais.

— Nada.

— *Nada?* Blake, que loucura é *essa*? Sua esposa está saindo com outro homem, *com* o seu conhecimento, e você vai simplesmente ficar de braços cruzados e deixar acontecer?

Blake experimentava uma certa satisfação em ver William tão agitado. Perto dele, sentia-se ainda mais no controle.

— A Danica é discreta. Você jamais teria descoberto isso por conta própria se não tivesse contratado um detetive. A maioria das vezes que ela sai com o Buchanan é no Maine, onde ninguém vai ver ou se importar.

— *Você* não se importa? — perguntou William, ofegante, incapaz de acreditar no que ouvia.

Blake inspirou fundo, num ritmo estável, e soltou o ar devagar.

— É claro que me importo. A Danica é minha esposa. Mas procuro entendê-la. Ela está passando por algum tipo de crise, talvez tendo experiências sexuais que nunca teve antes de nos casarmos. Mas confio nela. Ela sabe o que é bom para ela. E vai se cansar logo do Buchanan. Você vai ver.

William olhou desconfiado para o genro.

— Você parece confiante demais. Se fosse comigo, eu estaria fazendo um escândalo daqueles, para fazê-la entrar na linha.

— E ela apenas se rebelaria ainda mais. Você não vê, Bill? Quanto mais eu me exasperar, mais ela vai insistir com isso. A Danica sabe quais são as responsabilidades dela. Quando preciso que esteja aqui, ela vem.

— Você sabe o que ela vai fazer neste verão? — William o encarou com os olhos entrecerrados.

— Ela vai sair de barco à procura de ouro. — Blake riu. — Bem divertido, para falar a verdade.

— Não vejo nenhuma graça. Você sabe com quem ela vai, não sabe?

— Com o Buchanan. Ele tem esperança de escrever um livro a partir dessa experiência. Ela vai trabalhar como assistente de pesquisa dele.

William bufou.

— É bem pouco provável.

— Acredito nela. Ela fez um bom trabalho para o Bryant. Tenho certeza de que não fará menos pelo Buchanan.

— Meu Deus, homem, mas você é mesmo ingênuo! Será que acredita, sinceramente, que ela está trabalhando? Não lhe passa pela cabeça que um barco é o lugar perfeito para um romance?

— Haverá mais quatro homens no barco. Duvido que ela vá ter privacidade para fazer grandes coisas. Aliás, a minha opinião é que ela vai voltar dessa temporada sem nunca mais querer pôr os pés em um barco novamente. Com certeza não será uma vida de luxo, e nós dois sabemos que a Danica está acostumada a isso.

William inclinou-se para a frente.

— Se você fosse esperto, entraria com uma ação civil contra o Buchanan.

— E por que eu faria isso? Por um lado, haveria publicidade; por outro, se eu entrasse com um processo, isso só serviria para eu me indispor com a Danica. — Levantou a mão, satisfeito com sua demonstração de autoconfiança. — Confie em mim, Bill. Sei o que estou fazendo.

— Duvido muito — resmungou William ao se levantar da poltrona. — Bem, eu disse o que vim aqui para dizer. Está nas suas mãos agora.

— Está bem. — Blake levantou-se para acompanhar o sogro até a porta. — E, Bill? Sem novas investigações, por favor. Deixe administrar isso à minha maneira. Somos amigos há muito tempo. O comportamento da Danica eu consigo tolerar, a sua intervenção, não. Aprecio tudo o que você tem feito, mas agora é por minha conta. Certo? — Isso fora o mais perto que já chegara de repreender William Marshall, e gostara muito de fazê-lo. Tornara-se um homem de peso por mérito próprio. Já estava na hora de Bill aceitar isso.

William levantou as mãos com as palmas para a frente.

— Como quiser. Só não venha chorar no meu ombro quando ela fizer a nós dois de bobos, porque vou lembrá-lo do que você me disse hoje. Se ela magoar a mãe, não será porque não tentei detê-la. — Abaixando as mãos, abriu a porta e saiu a passos firmes, determinado a ficar com a última palavra.

Blake deixou-o ir, pois sabia que tinha sido claro. A última coisa que precisava era de Bill enfiando o nariz onde não era chamado, tentando mudar uma situação que era perfeitamente confortável para ele.

Tão logo fechou a porta, recostou-se sobre ela e massageou a ponte do nariz para aliviar a tensão. Deus sabia como já tinha muito com o que se preocupar sem ter Danica no seu pé, pensou. Em seguida, desencostou-se da porta, cansado, e voltou para a escrivaninha.

Danica estava mais feliz do que nunca. Michael tinha alugado um pequeno iate para o verão — não um tão luxuoso quanto aquele que tinham alugado no verão anterior, pois não queria ostentar, atracando um barco caro ao lado do modesto barco-salvatagem de Joe Camarillo.

Na verdade, um barco menor estava ótimo para eles, já que passavam a maior parte do tempo com a tripulação a bordo do barco-salvatagem. Embora Michael mergulhasse de vez em quando com a equipe, Danica preferia ficar no convés. Barco-salvatagem ou não, ele lhe dava a mesma sensação de liberdade que ela tanto ansiava. Longe da terra, não pensava em Blake ou no pai, concentrava-se simplesmente em ajudar Michael no que fosse possível.

Uma vez por semana, navegavam de volta até a costa e iam de carro para Boston, onde Michael aguardava orgulhoso, enquanto Danica gravava seu programa. Mas Danica sempre ficava feliz em voltar para o mar, adorando a cabine apertada onde ela e Michael conversavam por horas a fio durante a noite, faziam amor com mais freqüência do que dormiam e eram quase inseparáveis.

No final de julho, retornaram para Kennebunkport para passar um final de semana com Cilla e Jeffrey. Gena, que ficara tomando conta de Rusty, juntou-se a eles e os cinco passaram várias horas conversando animadamente. Foi um período feliz para Danica; o vislumbre de um sonho se tornando realidade. Sentiu-se como alguém da família e usufruiu do amor e da intimidade que a envolviam de forma muito aconchegante. Para seu prazer, Cilla e Jeffrey sentiram-se à vontade com ela, incluindo-a nas conversas sobre seus casos de uma forma que estimulou seu coração tanto quanto sua mente.

— Red Robin. — Abriu um sorriso. — Adorei!

— Ele é maluco — observou Cilla, os lábios apertados. — Acho que eu gostaria de torcer o pescoço dele. Ele é o pior tipo de provocador.

— Você não o vê há um mês? — perguntou Michael.

Ela concordou.

— Nós nos encontramos duas vezes, e ele liga de vez em quando querendo saber por que eu não publiquei a sua história. Vivo dizendo que preciso de mais dados, mas quase posso ouvi-lo tremer de tão nervoso.

— O que você vai fazer se não conseguir mais informações? — perguntou Danica. — Dá para ir adiante com o que tem?

— Estou trabalhando para checar as poucas coisas que ele me contou, mas é difícil. O tipo de relacionamento ilícito do qual estamos falando é bem camuflado. Já fui a uma série de bares gays, mas um figurão do governo não vai freqüentar esses lugares, e, de qualquer forma, quando começo a fazer perguntas, todo mundo pára de falar. Preciso ser muito cautelosa, muito vaga. Não posso perguntar se fulano e beltrano alguma vez foram vistos lá, porque, diante do nível de poder envolvido, vou me meter na maior encrenca se começar a apontar o dedo. Enfim, os gays se protegem.

— Não o Red Robin — lembrou-lhe Michael.

— Hum-hum. Finalmente admitiu que era gay, o que já foi uma vitória. Acredito que tenha sido rejeitado. Ele está com raiva, mas também assustado. Minha esperança é que, num dado momento, sua raiva supere o medo e ele me dê o que preciso. Vai ser outra coisa se eu tiver pistas concretas para trabalhar. Dá para imaginar como seria horrível acusar um inocente?

— Sempre é — observou Gena.

— Bem, neste caso seria ainda pior. O homossexualismo não é algo que se consegue provar, e as insinuações, por si só, já podem acabar com um casamento. Gosto de pensar que sou uma jornalista responsável o bastante para evitar esse tipo de constrangimento.

— E o que você vai fazer na seqüência? — perguntou Danica.

— Tenho tentado seguir cada pista que o Red Robin me dá. Se eu tiver sorte, vou encontrar outras testemunhas, pessoas que vão confirmar o que ele disse. Se esperar mais um tempo, talvez encontre outros amantes rejeitados. As alegações do Red Robin de uma política de favorecimento são satisfatórias até certo ponto, preciso de datas de admissão e demissão, provas de decisões suspeitas, talvez até mesmo depoimentos de terceiros que venham a confirmar que um acordo escuso foi feito.

— Vai ser difícil — alertou Jeffrey. — O Capitólio é um lugar esquisito. Na aparência, é tudo maravilhoso e apaixonante. Lá dentro, é um antro de inveja e desconfiança.

— Boa frase, Jeffrey. "Antro de inveja e desconfiança"... Boa frase. — Michael se desviou do copo descartável que Jeff atirou em sua direção. — A questão é se você pode usá-la no seu próprio trabalho. Como ele está indo, a propósito?

Jeffrey franziu a testa.

— Nada mal. Estamos chegando lá.

Michael percebeu que Jeffrey chegara a um estágio no caso do roubo de alta tecnologia em que não poderia mais discuti-lo abertamente; então, em vez de insistir no assunto, mudou o rumo da conversa. Ficou surpreso quando o próprio Jeffrey retomou o assunto, mais tarde.

Tendo deixado as mulheres conversando em casa, foram caminhar na praia, por sugestão de Jeff. Rusty, também macho, trotava ao lado deles.

— Acho que temos um problema, Mike.

— Que tipo de problema?

— A investigação em que estou trabalhando. Temos conseguido rastrear alguns embarques ilegais de mercadorias sob restrição de exportação até sua origem, que são várias empresas americanas. Estamos no aguardo de mais informações, de forma a não estragar toda a operação cedo demais.

— Parece sensato.

— E é. — Ele estava claramente sofrendo.

— Não faça suspense.

Jeffrey lhe lançou um olhar de pesar, detendo mais significado do que Michael podia entender no momento.

— Nós rastreamos um dos embarques até a Eastbridge Electronics.

Michael parou de repente.

— Eastbridge? — repetiu, com a voz fraca.

Jeffrey concordou.

— Este embarque, em particular, foi feito há mais ou menos dois anos. Ele continha computadores com circuitos integrados de alta velocidade que eram severamente controlados pelo governo e, desnecessário dizer, altamente cobiçados por Moscou.

Michael estava tentando assimilar a informação. Tudo o que pôde fazer foi sussurrar:

— Merda.

Jeffrey continuou, falando baixinho:

— O Lindsay aprovou o embarque, mas o contato principal foi um dos seus fiéis seguidores, um cara chamado Harlan Magnusson, que dirigia sua divisão de computadores. A mercadoria foi vendida para uma empresa em Capetown, depois passou por duas empresas fantasmas, até, finalmente, chegar à União Soviética. Temos provas concretas de toda a transação.

— Merda! — Michael pôs as mãos nos quadris, depois mudou de posição levando uma delas à nuca. — Lindsay! Meu Deus! Por que ele *faria* uma coisa dessas? O cara não precisa de dinheiro. Você está dizendo que o embarque foi feito há dois anos?

— Vários meses antes da eleição de Claveling. Houve apenas um embarque, mas pra lá de comprometedor.

— Pelo menos não se trata de duplo delito. Se ele tivesse deixado a empresa obter alguma vantagem depois de ter sido nomeado para o gabinete, estaria duas vezes mais encrencado. Como ele conseguiu uma licença, afinal de contas? Ele não tinha nada a ver com o Departamento de Comércio naquela época.

— Não. O formulário de licença não falava nada sobre circuitos integrados de alta velocidade.

— E a alfândega não conseguiu reter a mercadoria na saída?

— Eles não conseguem pegar tudo. Neste caso, o gabinete dos computadores era mais antigo e sugeria um tipo diferente de equipamento daquele que acobertava. Apesar da Operação Exodus, esta foi uma daquelas remessas que escaparam. — Jeffrey suspirou. — Quanto às razões do Lindsay para fazer isso, não tenho a menor idéia.

Michael praguejou pela terceira vez e ergueu os olhos para as nuvens.

— Não acredito. — Olhou nos olhos de Jeffrey. — O que você vai fazer agora?

— O Departamento de Justiça deverá ir ao grande júri qualquer dia desses. Vai levar um tempo, talvez algumas semanas, até que a decisão sobre a denúncia seja tomada. Como eu já disse, a Eastbridge é apenas uma do que deve totalizar oito ou nove empresas. Estamos indo atrás de todas elas ao mesmo tempo.

Com um gemido aflito, Michael virou-se para o mar.

— Coitada da Danica. Ela podia não amá-lo, mas com certeza o respeitava.

Continuaram a caminhar em silêncio por um tempo, enquanto Michael se esforçava para digerir o que tinha acabado de ouvir. Por fim, Jeffrey parou e olhou para ele.

— Você vai acabar se beneficiando com tudo isso.

— Eu sei. Mas eu teria escolhido qualquer outra forma. — Balançou negativamente a cabeça. — Ainda não consigo acreditar.

— Bem, eu queria avisá-lo. Quando as coisas estourarem, não vai ser nada bom. A Danica vai precisar de apoio.

— Ela tem o meu. Sempre teve. Eu gostaria é de poder poupá-la.

— Não há como, Michael. E eu gostaria de não ser o líder da investigação. Gosto dela de verdade. Ela é capaz de me odiar depois de tudo isso.

— Não. Ela vai entender que você fez o que era preciso.

— Espero que sim, por várias razões. As coisas têm andado muito bem entre mim e a Cilla. Se ela levar isso em consideração, quero lhe propor casamento de novo.

— Ei, Jeff, isso é ótimo! — disse Michael com sinceridade, embora precisasse se esforçar para soar entusiasmado.

— Também acho. E se você e a Danica algum dia forem ficar juntos, bem, eu não gostaria que isso nos afastasse.

— Não vai afastar. Estou te falando.

— Já pensei em tudo. Não há como alguém acusá-la de me ajudar. — Quando Michael lhe lançou um olhar confuso, ele explicou: — Você conhece a imprensa melhor do que ninguém. Tenho certeza de que um dos tablóides sensacionalistas vai se esbaldar sugerindo que a Danica deve estar vibrando com o destino do ex-marido.

Michael não conseguia nem começar a imaginar as manchetes sensacionalistas, com a mente a todo vapor.

— Qual você acha que vai ser a sentença dele?

— Ele pode pegar mais de vinte anos de prisão e ainda ter de pagar meio milhão em multas. Pode também ser considerado inocente. Não sei a natureza exata do relacionamento dele com o Magnusson. Tenho certeza de que um bom advogado de defesa pode encontrar provas satisfatórias de que foi passado para trás.

— Isso ainda está longe de acontecer. Teremos muito a enfrentar até lá. Você me avisa antes de as coisas estourarem? Não quero falar nada para a Dani agora. Ela vai apenas ficar triste e não há nada que possa fazer.

— O Lindsay talvez seja chamado para depor diante do grande júri. Ele certamente vai ser avisado antes.

— Acredito que não contará nada a ela. Pelo que a Danica fala da autoconfiança dele, ele certamente vai achar que se livrará da denúncia, e, sendo assim, nem sequer dirá que foi interrogado. Ela não fala com ele desde junho. Você vai me avisar, Jeff? Como amigo?

Jeffrey pôs a mão no ombro de Michael.

— Claro que vou. Ligo para você assim que tiver uma definição.

Michael expeliu o ar com força.

— Obrigado. Fico agradecido.

— Ainda me sinto o vilão.

— O Lindsay é que é o vilão, ele que vá para o inferno. Espero que receba o que merece!

— É o seu "outro lado" falando, Michael. Pessoalmente, concordo com você. Mas, no fim, fica por conta do juiz decidir.

Michael ficou se lembrando de que cabia ao tribunal decidir, quando, nas semanas seguintes, viu-se o tempo todo fervendo de raiva por achar que fora Blake quem havia traído Danica e não o contrário. Sabia que estava sendo injusto, que o homem era inocente até que se provasse o contrário, que talvez ele tivesse sido mesmo enganado pelo seu homem de confiança. Mas estava emocionalmente envolvido e, mesmo sem esta última virada do destino, tinha motivos de sobra para não gostar de Blake.

Seu maior desafio era manter uma fachada tranqüila para Danica. Ah, ficava feliz quando estava trabalhando com ela, jantando com ela, fazendo amor com ela. Nessas horas, logo se rendia ao seu encanto deixando o amor que sentiam um pelo outro encobrir todo o resto. Mas nas horas em que ficava sozinho, quando olhava para ela sem ser visto, do outro lado do barco, quando a abraçava adormecida nas primeiras horas da manhã, não podia deixar de se preocupar, de sentir toda a dor que ela certamente sentiria quando recebessem a ligação fatídica de Jeffrey.

Duas semanas se passaram, então três. Michael e Danica iam para Boston todas as segundas-feiras e voltavam. Michael mantinha Jeffrey informado de como se comunicar com eles a qualquer momento, mas, como nada ouvira até então, estava começando a ficar tenso. Em sua cabeça, o tempo estava se esgotando. Ele queria pará-lo, retrocedê-lo, dar a Danica e a si mesmo mais um pouquinho de prazo, mas não podia.

Como era de esperar, Danica sentiu sua preocupação.

— Alguma coisa está te incomodando — disse-lhe, certa noite, com a voz amorosa, sentando-se ao lado dele na pequena cozinha do barco e afastando-lhe o cabelo louro da testa. — Sei que você está tentando esconder algo de mim, mas não vai conseguir. Qual o problema, Michael?

Michael a olhou, pensativo, finalmente optando por preservar a felicidade dos últimos dias que passariam juntos no barco.

— Nada, meu amor. Estou apenas pensando como este verão tem sido maravilhoso. Não estou nada ansioso para devolver o barco na sexta-feira.

Ela sorriu e beijou-lhe a ponta do nariz.

— Mas o Joe vai dar uma parada por um tempo. Ele quer dar uma limpeza nas coisas que encontrou e voltar ao arquivo. — A equipe não tinha encontrado ouro algum no fundo do mar. De fato, o navio provara ser o *SS Domini* e continha alguns belos artefatos náuticos, mas nada de ouro.

Michael pôs o braço em seu ombro e a aconchegou em seu corpo.

— Você está decepcionada por não termos descoberto um tesouro?

— Mas nós descobrimos. — Abriu um sorriso. — Você e eu, pelo menos.

Fechando os olhos, ele a apertou o mais que pôde.

— Você é tão maravilhosa. Meu Deus, como eu te amo. — Suas palavras foram sussurradas com um desespero que Danica provavelmente teria percebido, caso não estivesse tão enfeitiçada pela força contida nelas.

— Adoro quando você fala assim. — Ela ergueu a boca e foi ao encontro de seu beijo ansioso. Quando acabaram de se beijar, chegou a cabeça para trás. — Vou procurar um advogado logo depois do Dia do Trabalho. Tenho o nome do melhor especialista em divórcios de Boston. Acho que já passou da hora do Blake e eu ficarmos de briguinhas.

— Não vamos pensar nisso agora — disse ele. Aninhando o rosto de Danica em suas mãos, beijou-a de novo, um beijo intenso e demorado. Moveu a língua dentro de sua boca, lutando com a dela até ficarem sem fôlego. — Faça amor comigo, Dani — disse, ofegante, precisando sentir a força de seu amor, pois estava apavorado, muito apavorado.

Ela não hesitou. Enquanto seus lábios continuavam a brincar com os dele, suas mãos passaram para os botões de sua camisa, soltando-os todos, abrindo-a. Em seguida, abaixou a cabeça e passou a boca sobre a pele firme que tinha despido. Umedeceu-lhe os pêlos louros com a língua e chupou-lhe os mamilos até fazê-lo gemer. Soltando-o apenas pelo tempo necessário para levá-lo para a cama, sentou-se na borda do colchão e pôs-se a abrir o cinto e o zíper de suas calças. Devagar, abaixou-lhe os jeans até a altura dos quadris e inclinou-se para a frente, para beijar cada centímetro da pele que despia.

Agora já conhecia aquele corpo com tanta, não, com mais intimidade do que o seu. Sabia o que lhe agradava, o que o levava ao ápice do prazer. Lançando mão desse conhecimento, empurrou-o de costas para cima do cobertor, levando-o quase ao orgasmo. Quando percebeu que ele chegara ao seu limite, levantou-se e foi despindo-se, devagar, peça por peça.

— Você está me levando à loucura — acusou-a Michael, com a voz rouca de desejo.

— Não. — Deitou-se sobre ele, roçando os seios em seu peito. — Estou amando você, Michael, e muito.

Não havia parte dele que ela não amasse, tanto em sua fantasia quanto na realidade. E Michael, que não era disciplinado a ponto de ficar deitado aproveitando passivamente o prazer, trocou de posição e amou-a da mesma forma, venerando todos os lugares secretos naquele corpo que ela guardara para ele.

Quando por fim Danica colocou-se por cima e recebeu aquele sexo rijo, o fogo que sentiam ardeu além de seu controle. Embora Danica estivesse na posição de domínio, Michael arremeteu repetidas vezes. Nunca tinham se amado com tamanho abandono, com tamanha fúria. Mais tarde, quando seus corpos suados repousavam entrelaçados, Michael jurou que, a despeito do que viesse a acontecer nos próximos dias, Danica seria sua.

Dezesseis

Após darem um adeus carinhoso para Joe e sua tripulação na sexta-feira pela manhã, Michael e Danica devolveram o barco e voltaram para Kennebunkport. Era a terceira semana de agosto. Como a maioria das celebridades de Boston estava viajando e os produtores de seu programa haviam sugerido que tirasse duas semanas de férias, ela decidiu ficar no Maine até depois do Dia do Trabalho, quando então voltaria para Boston e abriria um processo de divórcio contra Blake.

Após desistirem de toda e qualquer pretensão de viver separados, Danica e Michael concordaram que morariam na casa dele. Acordaram tarde na manhã de sábado, usufruindo do conforto da cama após semanas na outra menor e mais dura do barco. Tão logo levantaram, tomaram banho, vestiram-se e foram juntos para a cozinha preparar o *brunch*. Tinham acabado de comer quando a campainha tocou.

Michael olhou para Danica.

— Você está esperando alguém?

— Eu não. Esta casa é sua. *Você* está esperando alguém?

— E dividir você por um minuto? Nem pensar.

A campainha tocou de novo. Dando um beijo de despedida em seu rosto, Michael foi atender à porta. Mesmo antes de abri-la, sentiu um arrepio de frio. O frio virou gelo quando ele viu Cilla e Jeffrey, este carregando de modo estranho uma pasta debaixo do braço. Ele olhou para um e outro e percebeu a aparência tensa em seus rostos.

— Oi, Mike — murmurou Jeffrey. — Podemos entrar?

Danica chegou por trás de Michael e abriu um sorriso.

— Cilla! Jeff! Chegaram na hora certa. Acabamos de voltar.

Jeffrey olhou para Michael e Danica, e novamente para Michael.

— Eu sei. Tentei fazer contato com vocês no barco e soube que tinham voltado.

— Voltamos. Ontem.

Danica ficou surpresa com o tom de voz firme de Michael.

— Michael...

Ele pôs um braço protetor sobre seu ombro.

— O que você está fazendo aqui, Jeff? — Sua voz estava baixa e enraivecida. — Pensei que tinha dito que cuidaria disso sozinho.

— Cuidar do quê? — perguntou Danica, sendo mais uma vez ignorada.

Cilla e Jeffrey estavam concentrados em Michael, sendo Jeff o interlocutor.

— Eu queria estar aqui. Em parte, o feito é meu. Gostaria que fosse eu o culpado.

— Michael, o que está acontecendo? — O tom de voz de Danica, até então calmo, havia subido para outro, de extrema confusão.

— Está tudo bem, meu amor — disse ele, abraçando-a mais forte. — Cilla, você não podia tê-lo impedido? Tudo o que eu precisava era de uma ligação.

— Concordo com ele, Michael. O argumento dele faz sentido.

Sabendo que representava a minoria e que era tarde demais para remediar a situação, Michael afastou-se para dar passagem aos dois.

— O que *significa* isso, Michael? — perguntou Danica, temerosa.

Ele a estava levando para o sofá.

— Vamos sentar.

Ela aceitou sentar-se, pois não sabia o que mais fazer. Cilla estava pálida, Jeffrey, abatido. Michael, evidentemente mais a par do que ela, estava tenso como ela jamais o vira.

Jeffrey começou com muita calma, dirigindo-se a Danica:

— Quero te contar sobre o caso em que tenho trabalhado. — Contou do que se tratava, em linhas gerais, hesitando na parte difícil. A partir do momento em que decidira que seria ele a lhe dar as notícias, ficou tentando encontrar uma forma fácil de dizer o que precisava ser dito, mas seus esforços foram em vão. — Danica, a Eastbridge Electronics é uma das empresas que tiveram seu embarque rastreado por nós. As decisões sobre as denúncias serão feitas na segunda-feira. O seu marido vai ser intimado a responder por várias acusações.

— Como?

Michael passou levemente o braço em volta de sua cintura.

— O Blake está muito encrencado, Dani. Pode ser que não tenha feito nada de errado, mas o Jeff, e eu, achamos que você devia se preparar.

— Para o quê? — perguntou, ainda sem conseguir assimilar o que Jeffrey tinha lhe dito.

— Ele vai ser acusado de vender itens vetados pelo governo para a União Soviética — explicou Jeffrey, da forma mais branda e calma que podia. Estava também simplificando as acusações, mas sentia que ela não precisava saber dos detalhes. — Quando as denúncias forem feitas, ele vai ser intimado a depor e depois será posto em liberdade sob fiança até o julgamento.

O corpo de Danica estava completamente imóvel, exceto pelo seu coração, que batia descompassado.

— Você deve estar enganado — sussurrou. — O Blake jamais faria uma coisa dessas.

— Estamos acompanhando a operação há bastante tempo — Jeffrey argumentou com a voz mansa. — Temos provas concretas. A questão não é se a Eastbridge fez ou não o embarque, porque sabemos que ela fez. Temos documentos de várias fontes que provam isso. Mais exatamente, a questão é se o seu marido sabia do conteúdo do embarque e, se sabia, por que o aprovou.

Ela sacudia negativamente a cabeça.

— Ele não faria isso.

— Acredite em mim, o Departamento de Justiça jamais acusaria um homem tão proeminente quanto o seu marido se não tivesse um bom motivo.

Danica virou-se para Michael.

— Deve haver algum engano — contestou.

— Eu gostaria que sim, meu amor. O Blake pode ser exonerado, mas vai ter de enfrentar o tribunal.

Pela primeira vez naquele grupo, Danica se sentiu deslocada. Afastou-se alguns centímetros de Michael.

— Você já sabia.

— O Jeffrey me contou na última vez que veio aqui.

— E você não me contou — ela acusou-o, precisando de um bode expiatório para o horror que sentia. Quando Michael tentou segurar-lhe a mão, ela a puxou.

— Não vi razão para contar. Não havia nada que você pudesse fazer, a não ser ficar sofrendo.

Jeff interrompeu:

— O Blake se apresentou diante do tribunal há mais de uma semana. Ele também não pareceu disposto a te contar.

Mas Danica estava olhando para Michael.

— Você devia ter me contado! Eu tinha o direito de saber! — Levantou-se bruscamente do sofá e foi para o quarto.

Michael estava prestes a ir atrás dela, quando Cilla segurou-o pela mão.

— Deixe-a, Michael. Ela precisa ficar um pouco sozinha.

Ele sabia que era verdade. Apesar de tudo o que dividiam, havia ainda o passado com o qual Danica precisava se conformar agora. Deixando-se cair novamente no sofá, Michael se manteve cabisbaixo.

— Eu preferia que você tivesse me deixado contar para ela, Jeff. Teria sido mais fácil sem uma platéia.

— Deixe disso — censurou Cilla, com brandura. — Nós nos preocupamos com ela, e ela sabe disso. Ela vai voltar daqui a pouco. Você vai ver. E, além do mais, *não há* jeito fácil de dar uma notícia dessas para uma mulher. Melhor o Jeff segurar o rojão do que você.

— Estou segurando, de qualquer maneira.

— Ela está aborrecida. Está procurando um vilão e você está aqui. Ela não vai ficar contra você, não quando puder pensar mais friamente. Ela sabe o quanto você a ama e que tudo que fez foi em nome desse amor.

Michael inspirou ofegante e ergueu o olhar para Jeff.

— Vai sair nos jornais na segunda-feira?

Jeff concordou.

— Não vou escrever uma linha a respeito, se isso servir de consolo — disse Cilla. — Já estou mais do que emocionalmente envolvida nessa história. Droga, como é que o Blake foi fazer isso com ela!

— Duvido que estivesse pensando nela — disse Michael. — Duvido que ele *algum dia* tenha pensado. Este era um dos grandes problemas do casamento deles. Ele colocava a carreira na frente de todo o resto. Infelizmente, a Dani vai sofrer as conseqüências.

Jeff franziu a testa.

— Ainda não consigo encontrar uma razão. Várias das outras empresas que pegamos fizeram isso pelo dinheiro; os relatórios mostram que elas estavam afundadas em dívidas. Uma terceira empresa tem laços conhecidos com o Leste; analisando melhor agora, o Departamento de Comércio devia ter pensado duas vezes antes de lhe conceder qualquer tipo de licença. Mas a Eastbridge... não consigo entender.

— Quem vai ser indiciado nas denúncias? — perguntou Michael. — O Lindsay e o Magnusson?

Jeffrey ficou imóvel.

— Mais a empresa propriamente dita. Pelo menos, foi o que pensamos. Infelizmente, o Magnusson foi encontrado num beco há dois dias, com uma bala na cabeça.

— Ele foi *assassinado*? — perguntou Michael, atônito.

— Parece que sim. — Jeffrey vasculhou dentro da pasta e espalhou uma série de fotografias na mesinha de centro. Cilla e Michael inclinaram-se para a frente para analisá-las. — Alguém queria silenciá-lo. A polícia ainda não tem pistas.

Uma das fotos mostrava o corpo no local do crime; uma segunda, a tradicional marca feita em giz em torno do cadáver; uma terceira, o corpo estendido no necrotério. Quando Cilla se aproximou mais, Jeffrey a pegou pelo braço.

— Talvez você não deva, querida. Elas são muito chocantes.

Mas ela já olhava para a foto do cadáver no necrotério e estava pálida por outras razões que nada tinham a ver com o horror ali exposto.

— Meu Deus! — exclamou baixinho. — É ele!

Jeffrey concordou:

— Harlan Magnusson. O ex-chefe da divisão de computadores de Blake Lindsay. Ele veio para Washington com o patrão, mas vinha sendo jogado de um cargo para outro no Departamento de Comércio.

— Não, Jeff. — Agarrou-o pelo braço. — É *ele*. O *Red Robin*!

O silêncio se instalou dentro da sala, sendo quebrado apenas por um fraco:

— Red Robin?

Três cabeças viraram para Danica se aproximando. Michael logo juntou as fotografias e as colocou, viradas, na mesa, mas o estrago já havia sido feito.

Danica estava olhando para Cilla.

— Harlan Magnusson é Red Robin? — perguntou, com uma voz distraída. — Mas Red Robin é... — Seus olhos baixaram para as fotografias e ficaram petrificados. — Era o braço direito do Blake — murmurou. — Eles iam a todos os lugares juntos... a reuniões, a viagens de negócios... — Engoliu convulsivamente e parecia respirar com dificuldade. Michael correu para o seu lado e ela se apoiou em seu braço. — Nunca gostei dele. Ele era nervoso demais, agressivo demais. Costumava ficar me encarando. Eu tinha ciúmes do tempo que o Blake passava com ele... — Vacilou, como se fosse cair. Michael segurou-a com mais força, mas ela estava olhando novamente para Cilla. — Você disse que o Red Robin era... era... — Levou a mão trêmula ao pescoço e sussurrou: — Acho que... Michael, acho que vou vomitar...

Tremendo quase tanto quanto ela, Michael a levou ao banheiro, onde a segurou enquanto ela aliviava o estômago. Quando não havia mais nada a sair, ele lhe umedeceu a testa com uma toalha embebida em água fria e a ajudou a enxaguar a boca. Depois, levou-a para a cama e deitou-a carinhosamente. Danica apertava sua mão.

— Está tudo bem, querida — tranqüilizou-a. — Tudo vai acabar bem.

Após um tempo em silêncio, disse:

— Estou me sentindo tão enjoada! Tão... suja, tão usada! Não é de admirar que ele nunca tenha me procurado. — Michael sabia que ela falava de Blake. — Não era *eu*, afinal de contas. E sim o fato de eu ser mulher. Ele deve ter sofrido todas as poucas vezes em que estivemos juntos, quando o tempo todo queria estar com... com... — Teve uma nova ânsia de vômito, mas não havia mais nada para sair. Michael correu ao banheiro para buscar a toalha e a pôs com delicadeza em sua nuca.

— Calma, Dani. Tudo vai acabar bem.

A inércia de seu corpo na cama contradizia o tormento de sua mente.

— Tudo faz sentido agora... por que ele não ficou chateado quando comecei a vir para cá, por que ele odiava este lugar, por que pareceu quase aliviado quando lhe contei sobre você.

— Ele pode não ter demonstrado, mas certamente estava sob um forte estresse.

— Você é mais compreensivo do que eu.

— Eu não era casado com ele. É natural que você se sinta magoada, e não estou tentando fechar os olhos ao que ele fez. — Pelo contrário. Michael sentiu uma raiva ardendo lentamente por dentro. — Ele te usou. Você era a chave que abria as portas da sociedade para ele. Não é de admirar que tenha sido tão veemente ao negar o divórcio.

Você era a proteção dele. Enquanto a tinha, não precisava sentir medo de que alguém descobrisse a verdade.

Danica virou-se de lado e dobrou os joelhos. Estava tremendo por dentro numa reação pós-choque.

— Não consigo acreditar — sussurrou, apertando os olhos como se, ao fazê-lo, apagasse as imagens ruins que dominavam seus pensamentos. Então riu, mas uma risada irônica. — Espere só até o meu pai saber. Justiça divina.

— Ele vai ficar tão chocado quanto você. Ele não tinha como saber, Dani. Ninguém tinha.

— Ele *vai* saber? Isso irá à tona no tribunal?

— Depende do advogado de defesa do Blake. As acusações formais não fazem menção a isso. Não há nada de ilegal no relacionamento homossexual entre dois adultos. Até onde me consta, só nós quatro aqui é que sabemos do relacionamento entre o Red Robin e o Blake. A Cilla, com certeza, não vai falar nada, e ela é a única pessoa que pode identificá-lo. Agora que ele está morto, o caso dela se encerra... Faz sentido agora. A Cilla sempre se perguntou por que o Red Robin procurou por ela, em vez de ir a outro jornal. Ele deve ter achado que os nossos jornais estariam muito mais interessados na história dele por causa do relacionamento do Blake com o seu pai e do histórico de animosidade entre o seu pai e os nossos jornais.

Mas, no momento, Danica não estava pensando nem em seu pai nem nos Buchanan.

— Você acha que o Harlan queria, especificamente, expor o Blake?

— Se o Blake o deixou de lado quando eles vieram para Washington, é possível que sim. Mas ele nunca revelou o nome a Cilla. E há ainda a possibilidade de que o relacionamento deles não tivesse nada a ver com isso.

A cabeça de Danica estava funcionando com clareza suficiente para perceber a pouca probabilidade dessa opção.

— Não. Havia evidências demais.

Michael concordou, mas tinha de ser realista.

— Nunca vamos saber a verdade, agora que o Harlan morreu. Quanto à abrangência do julgamento, duvido que a questão de homossexualismo seja mencionada, a não ser que o advogado de defesa sinta que essa é a melhor forma de provar que o Blake estava sendo enganado.

— Meu Deus, espero que isso não venha à tona. — Desta vez, sua risada continha um toque de histeria. — Não consigo acreditar na ironia de tudo isso. Quando o meu pai me avisou para eu não me envolver com você, ele insistiu que não queria a família exposta a nenhum tipo de constrangimento. Ele vai *morrer* se o... se o caso do Blake for revelado. — Sua voz falhou e ela se encolheu numa bola ainda mais apertada, cobrindo a cabeça com as mãos como se estivesse com vergonha até mesmo de Michael.

Ele não admitiria isso. Vencendo com facilidade sua resistência, aconchegou-a em seus braços e falou com ternura:

— O que o Blake fez não reflete nada em você. Talvez ele não tenha percebido como de fato era quando vocês se casaram. Os gays só saíram mesmo do armário nos últimos dez anos. Ele deve ter reprimido esses instintos por muito tempo. — Quando ela se aconchegou mais a ele, Michael continuou: — Há muitos homens que levam uma vida dupla durante anos, que são felizes no casamento mesmo quando têm amantes por fora.

— Nós não tínhamos um casamento feliz. Ele me usou.

— No final, sim. Mas deve ter havido um momento em que ele te amou de verdade. E ainda pode amá-la, do jeito dele.

— O jeito dele me dá náuseas.

— Eu sei, meu amor.

— Me sinto suja.

— Não te vejo assim. Sabendo o que sabemos agora, respeito você ainda mais. Durante anos você lhe deu todos os benefícios da dúvida. E merece reconhecimento por ter ficado tanto tempo com ele.

— Eu não sabia! — gritou, furiosa consigo mesma.

— Como não?

— Eu devia ter percebido, mas isso nunca me ocorreu. Eu ficava perguntando sobre outras *mulheres*. Não é de *admirar* que ele tivesse repulsa pela idéia. — Gemeu baixinho. — Fui muito idiota. Eu praticamente me impus a ele da última vez.

— Você o quê?

Ela levantou a cabeça.

— A última vez que fizemos amor foi há dois anos, em maio. Há meses que ele não me procurava; eu tinha acabado de te encontrar e fiquei assustada com a atração que estava sentindo por você. Então fui para casa ficar com o Blake e o seduzi. — Seus olhos se encheram de lágrimas. — Fiquei fantasiando com você o tempo todo, Michael. Com quem você acha que *ele* estava fantasiando?

Michael apertou a cabeça dela contra o peito, incapaz de agüentar o sofrimento estampado em seus olhos.

— Não se atormente, meu amor. Não vale a pena.

A voz de Danica saiu abafada:

— Não que eu o quisesse naquela época mais do que agora. Nunca tivemos uma vida sexual ativa. Agora consigo entender por quê. Só que me sinto furiosa! Ele devia ter sido honesto. Quando lhe contei sobre você, ele devia ter me deixado partir. Ele não tinha o direito de fazer isso comigo, com a gente.

— Também estou com raiva. Acredite. Mas a raiva não vai nos levar a lugar nenhum. Precisamos pensar no futuro. *Você* precisa pensar no futuro.

— Não quero. Você sabe por quê.

Ele sabia. Conhecia Danica. Ela iria pensar na via-crúcis que Blake teria de enfrentar e se sentiria na obrigação de ficar ao lado dele, pelo menos até o final do julgamento. Michael não gostava da idéia; em sua opinião, Danica já havia sofrido muito nas mãos de Blake Lindsay. Mas sabia também que, para ela, deixar Blake agora seria muita falta de sensibilidade. Tinha de admirá-la por isso.

Os dois ficaram no quarto até Danica se sentir melhor; em seguida, juntaram-se a Cilla e Jeff, que tinham arrumado a cozinha e acabado de preparar café. Cilla insistiu em levar uma xícara de chá para

Danica, conduzindo-a depois para o deque, enquanto os homens conversavam dentro de casa.

— O que você acha? — Michael perguntou baixinho.

— Acho que podemos ter a nossa própria versão dos fatos. Se o Lindsay e o Magnusson estavam sexualmente envolvidos, o Magnusson pode muito bem ter usado da sua autoridade para liberar aquele embarque. Sabemos que ele era o contato. O Lindsay talvez nunca tenha ficado sabendo. Por causa do relacionamento deles, ele dava a Magnusson muito mais liberdade do que o normal. — Interrompeu-se, pensando. — Conversei rapidamente com o Lindsay, numa festa, vários meses atrás. Ele disse que a responsabilidade pela empresa era dele, que sabia de tudo o que se passava lá. É claro que isso pode ter sido mera arrogância dele.

— Então você acha mesmo que ele foi enganado pelo Magnusson?

Jeffrey balançou negativamente a cabeça.

— Acho que o cara sabia exatamente o que estava acontecendo. A assinatura dele está lá nos documentos incriminatórios. Mas tenho certeza de que essa vai ser a defesa dele. E nós nunca vamos saber a verdade, vamos?

Michael dissera palavras parecidas para Danica. O fato era que Harlan Magnusson, peça-chave no caso, estava morto. Michael não sabia bem se gostava das implicações que isso teria.

— Você acha que o Lindsay pode ter alguma coisa a ver com o assassinato do Magnusson?

— Não. Isso não se encaixa. Até onde sei, o Lindsay tem sido estritamente correto como secretário de Comércio. Com certeza ele já sabia da investigação quando o Magnusson foi assassinado, mas não posso acreditar que seria tão estúpido. Ele tem uma posição de poder. É muito respeitado. Mesmo se estivesse preocupado com as denúncias, deveria saber de antemão que sua palavra teria mais peso que a do Magnusson. O assassinato é outro assunto completamente diferente. Não há nenhuma razão lógica para que ele corresse este risco.

— Quem você acha que o matou?

— Talvez alguém a mando do camarada de Capetown, que não é nada mais, nada menos que um detetive contratado da KGB. Tenho certeza de que foi trabalho de um profissional, o que é mais uma razão para descartar o Lindsay. Para fazer um serviço assim tão limpo, ele precisaria ter contratado um pistoleiro, o que apenas lhe daria *mais* um nome com o qual se preocupar. Não, o Lindsay não iria cair nessa.

— E você acha que a polícia cairá?

— Tenho certeza de que vão considerar a possibilidade na segunda-feira, quando a merda for jogada no ventilador, mas duvido que passe disso.

Michael suspirou e recostou-se na cadeira.

— Deus do céu, tomara que não. Isso é a última coisa de que a Danica precisa. — Olhou para o deque. As duas mulheres estavam apoiadas no parapeito, Cilla com o braço no ombro de Danica, conversando em voz baixa. — O julgamento vai acontecer em Washington?

— Hum-hum. Foi onde o Lindsay fez o requerimento para a licença de exportação. Falsificação das informações constantes no formulário será uma das acusações. — Sua voz ficou ainda mais baixa: — Você não está mais com raiva de mim, está, companheiro?

— Não. Já passou. Talvez tenha sido melhor assim. Acho que a Danica vai precisar de toda e qualquer ajuda que puder ter nos próximos dias.

As emoções de Danica irrompiam em um círculo vicioso. Ficava furiosa, depois magoada, assustada, resignada, então furiosa de novo e assim por diante. Cilla e Jeffrey ficaram até a noite de domingo. Eles a animaram o mais que puderam falando abertamente, porém com delicadeza, sobre cada aspecto do que tinha acontecido, concordando com Michael que, quanto mais ela desabafasse, melhor. Conversaram sobre o que ela poderia esperar quando se encontrasse com Blake, em Washington — como todos sabiam que ela faria —, e tentaram prepará-la para qualquer surpresa desagradável que pudesse vir a ter.

Cilla viu o sofrimento nos olhos de Danica e, como jornalista cujas histórias tinham mais de uma vez causado sofrimento a outras pessoas, acabou vivenciando a experiência como um exercício de humildade. Jeffrey, investigador que já havia visto muitos de seus alvos irem para a cadeia, teve uma impressão parecida com a de Cilla sobre o outro lado do processo e o considerou um valioso aprendizado. Michael, que amava Danica, sentiu a dor dela como se fosse sua e imaginou se as coisas, algum dia, voltariam a ser como antes.

Quando a manhã de segunda-feira finalmente chegou, Danica abraçou Michael por um longo tempo.

— Tem certeza de que quer fazer isso? — perguntou-lhe baixinho.

— Eu preciso. É a única saída.

— Você poderia ficar aqui.

— Se eu fosse outra pessoa, sim. Mas não sou.

— Está aborrecida por termos te contado?

— Não. Isso ajudou. Se o Blake fosse homem, ele mesmo teria me contado. Vocês todos foram maravilhosos neste fim de semana. Agora consigo pensar com mais clareza. Preciso estar com a cabeça fria, se pretendo enfrentar toda essa situação.

Michael se sentiu extremamente impotente.

— O que posso fazer?

Ela passou os braços pelo seu pescoço e apertou o rosto contra seu pescoço.

— Vou telefonar. Saber que você está aqui... é a maior ajuda.

— Você vai ligar? Vai me contar o que estiver acontecendo?

Ela concordou com a cabeça, incapaz de falar.

— Eu te amo, meu bem.

Ela afastou a cabeça, analisou os traços que tanto conhecia e adorava, deu-lhe um beijo suave e em seguida desvencilhou-se dele, correndo para o carro. Michael lembrou-se do inverno anterior, quando Danica fizera praticamente a mesma coisa depois que ele lhe contara que iria viajar. Não queria uma reprise daquela experiência. Droga, queria Danica ao seu lado!

Mas o carro foi desaparecendo do caminho, deixando para trás um leve ronco do motor e então um ronco mais forte que foi sumindo aos poucos. Ele andou devagar em torno da casa de Danica e ao longo da praia, sabendo que não havia mais nada a fazer além de sentar, esperar e nutrir esperanças de que ela fosse forte naquele momento difícil.

A sra. Hannah nada disse sobre o retorno antecipado de Danica. A casa, como sempre, estava em ordem, mas tudo o que ela conseguiu fazer foi olhar para os lados e imaginar a farsa que ela e Blake tinham vivido ali. Uma parte dela não queria tocar em uma mesa sequer, em nenhuma luminária, nenhuma peça da mobília. Uma outra parte sentou-se cautelosa na sala de tevê e esperou pela chegada da inevitável ligação.

Eram quase duas da tarde quando o telefone tocou. Cerrando os punhos sobre o estômago embrulhado, Danica tentou manter-se calma. Quando a sra. Hannah foi até a porta avisá-la de que o sr. Lindsay estava ao telefone, ela assentiu educadamente com a cabeça, esperou que a governanta fosse embora e então, com vagar e frieza, tirou o telefone do gancho.

— Alô?

— Danica? Graças a Deus eu te encontrei. Tentei a casa no Maine, depois a casa do Buchanan. Ele me disse onde você estava. Danica, estou com problemas. Preciso de você aqui comigo.

Embora pensasse estar emocionalmente preparada, a raiva entrou em cena. Auxiliada pela satisfação perversa que sentiu ao ouvir a voz alterada de Blake, esforçou-se por controlar a raiva:

— Assim de repente, Blake? O que aconteceu?

— Prefiro não tocar no assunto agora. Houve um terrível mal-entendido. Escute, já fiz contato com o Hal Fremont. Ele vai te apanhar aí e pegar um avião com você para cá.

Nervosa, Danica torceu um botão na almofada do sofá de couro.

— O Hal? Seu advogado? Algum problema jurídico?

— Depois, Danica. Você consegue fazer as malas e se aprontar em uma hora?

— Consigo.

— Ótimo. Te vejo mais tarde.

Ele estava prestes a desligar, quando Danica falou sem pensar:

— Você não acha que deveria me contar agora? — Estava pensando na imprensa, que, se já soubesse das denúncias, com certeza a estaria esperando no aeroporto. Não era todo dia que um membro do gabinete era levado a juízo por acusações beirando a traição.

— Não posso. O Hal te explica no avião. A gente se vê daqui a pouco.

Desligou o telefone, restando a Danica a única opção de fumegar de raiva diante da idéia de que ele estava passando o seu trabalho sujo para outros. Com muito esforço, ela se controlou e subiu para arrumar a mala que a sra. Hannah tinha acabado de esvaziar. É claro, pensou com cinismo, que as roupas que precisaria usar em Washington seriam completamente diferentes daquelas que tinha levado para o Maine. *Washington* era completamente diferente do Maine, onde gostaria de estar agora mais do que em qualquer outro lugar do mundo. Mas tinha uma missão, uma última missão com seu marido, e esta convicção deu-lhe força para pôr seus próprios desejos em espera.

Cerca de uma hora mais tarde, Hal Fremont estava à sua porta, parecendo tão lívido e sério quanto Cilla e Jeff, dois dias atrás. A única diferença era que, desta vez, ela sabia o motivo e foi capaz de manter a postura tanto durante o curto trajeto até o aeroporto quanto depois, durante o vôo que Hal tinha reservado.

Danica não teve qualquer discussão com o advogado, que, o mais gentilmente possível, revelou as notícias sobre as denúncias contra Blake conforme o jato dirigia-se para o Sul.

— Eu mesmo ainda não conheço todos os detalhes — explicou —, mas acho que você devia se preparar para o pior. É claro que o Blake é inocente, mas terá de enfrentar as acusações.

Danica ouviu seu monólogo em absoluto silêncio. Sua preocupação inicial de precisar parecer surpresa provou-se desnecessária, pois, a despeito do quanto Cilla, Jeff e Michael a tivessem preparado, toda a história lhe soou chocante e muito mais real quando vinda do advogado pessoal de Blake.

Um carro os aguardava no aeroporto e Danica chegou mesmo a desejar que tivessem despistado a imprensa, quando o carro virou a esquina próxima à casa de Blake e ela se deparou com uma infinidade de repórteres nos degraus da porta da frente.

— Ah, meu Deus — murmurou. — O que vamos fazer?

— Vou entrar com você. Mantenha a calma e não diga nada.

O carro mal tinha parado quando a multidão o cercou. Hal saiu primeiro, protegendo Danica com as costas.

— A sra. Lindsay tem algum comentário quanto às acusações contra o seu marido?

Hal respondeu com um breve "não", estendeu a mão para Danica e a abraçou com firmeza quando ela saiu do carro. Não era um homem grande, mas sabia o que estava fazendo. Ela se deixou conduzir até os degraus da entrada.

— A senhora sabia dos negócios do seu marido em Boston, sra. Lindsay?

— Como a senhora se sentiu ao saber das acusações?

— O seu marido vai renunciar ao gabinete?

Hal abriu caminho pela multidão.

— A sra. Lindsay não tem nenhum comentário a fazer no momento.

Eles já tinham subido apressados metade dos degraus, mas as perguntas continuaram:

— Qual era a relação do sr. secretário com Harlan Magnusson?

— A senhora acha que há alguma ligação entre a morte do sr. Magnusson e as acusações feitas hoje?

— Já houve algum contato com o senador Marshall?

A porta da frente se abriu e Danica e Hal entraram apressados. No silêncio repentino que se seguiu após a porta ser fechada, Danica deixou-se cair trêmula numa cadeira próxima.

— Não acredito no que ouvi — murmurou, abalada. — "Como me senti quando soube das acusações"? Como eles *acham* que me senti?

Hal deu-lhe um tapinha no ombro e afastou-se. Ao erguer os olhos, Danica viu Blake em pé na escada.

— Sinto muito por você ter precisado passar por isso, Danica — disse ele, sem alterar a voz.

Ela hesitou por um minuto, mas seus olhos nem sequer pestanejaram.

— Eu também.

— Obrigado por ter vindo.

Ciente de que estava sendo observada não apenas por Hal, mas pelo empregado de Blake e pelos outros dois homens que tinham se aproximado e parado no alto da escada, ela simplesmente assentiu com a cabeça.

Foi quando a voz de Blake pareceu perder um pouco de sua força:

— Por que você e o Hal não vêm aqui para o escritório? Seria bom que ouvissem o que estamos discutindo.

Sem ter muito o que escolher, Danica seguiu Blake até o topo da escada, onde foi apresentada a Jason Fitzgerald e Ray Pickering, os advogados locais que Blake escolhera para defendê-lo. Quando chegou ao escritório, ela recusou o convite para se sentar e empoleirou-se no peitoril da janela aos fundos, numa tentativa de se excluir da conversa. Quando, uma hora depois, o empregado de Blake, John, comunicou a Danica que havia uma ligação para ela, ela ficou satisfeita por ter uma desculpa para deixar a sala.

Mais do que qualquer outra pessoa, ansiava por Michael, pois se sentia gelada até os ossos e carente de apoio, mas sabia que ele não ligaria para lá.

— Alô?

— Querida?

Danica sentiu os olhos se encherem subitamente de lágrimas.

— Mãe — suspirou —, ah, mãe, obrigada por ligar. — Não tinha sequer pensado em ligar para Eleanor. Durante muito tempo condicionada a não contar com a ajuda da mãe, percebeu de repente que, no lugar de Michael, Eleanor podia ser um conforto. — Onde você está?

— Peguei um avião assim que o seu pai ligou para mim. Querida, estou tão triste por causa de toda essa situação!

— Não é sua culpa, mãe, mas as coisas estão muito ruins.

— Quando você chegou?

— Há mais ou menos uma hora. Vim para cá com o Hal Fremont. Os jornalistas estão por toda a parte. Tivemos que abrir caminho para entrarmos em casa.

— Ah, querida, estou tão, tão triste! Como você está se sentindo?

— Mal. — Estava para dizer que tinham sido três dias estafantes, porém se controlou. — Mas vou dar conta. Vou ficar bem. Não precisa ficar preocupada.

— Não estou. Confio em você. Querida, o seu pai quer falar.

— Mãe? — pediu Danica, com urgência na voz. — Mãe, eu... eu não quero passar a noite aqui... com a imprensa do lado de fora e tudo o mais. — Não era uma boa desculpa, mas era a única que achava que podia dar a Eleanor. — Posso ficar com você?

— Claro, querida. Tenho certeza de que o Blake vai passar horas com os advogados dele. Por que você não me liga quando quiser vir? Eu mando um carro.

— Vou ligar. Obrigada, mãe.

— Não me agradeça, querida. Estou feliz por finalmente poder fazer alguma coisa por você. — Abafando a voz, soltou num tom de impaciência inédito: "Um minuto, William", e voltou a falar com a filha: — Você vai ligar quando estiver pronta?

— Vou. — Forçou um débil sorriso. — Por que você não coloca o papai na linha antes que ele faça um escândalo?

— Acho que eu devia...

— Danica? — A voz do pai beirava a agressividade. — Graças a Deus você está aí, garota. Eu estava com medo de que você ficasse enclausurada lá no Maine.

Esforçando-se para se adaptar à súbita mudança de tom, ela trincou os dentes.

— Eu estava em Boston. Vim assim que o Blake telefonou.

— Quem sabe você está, finalmente, recuperando o juízo. — Seu tom de voz ficou ainda mais autoritário: — Agora, quero que você saiba que não há nada com que se preocupar. Estamos lidando com falsas acusações.

— Pai, o governo tem provas de que a Eastbridge fez esses embarques.

— Bem, o Blake não fez. Tem alguém querendo prejudicá-lo, não sei quem, mas essa pessoa não vai conseguir ir muito longe. Os advogados dele vão garantir que nada aconteça. Ele está com o Fitzgerald e o Pickering, não está?

— Está com eles agora.

— O que estão falando? Ele não vai renunciar, vai?

— Não. Ele falou com o presidente, mais cedo, e eles concordaram que ele deve apenas tirar uma licença. O Blake dará uma entrevista à imprensa, amanhã, explicando que não se sente capaz de se dedicar inteiramente ao departamento enquanto estiver se preparando para o julgamento, e que o suplente de secretário ficará no lugar dele até que essa situação chegue ao fim.

— Ótimo. Soa forte. Não sugere culpa. Que linha de defesa o Fitzgerald e o Pickering estão planejando?

— Não sei. Estão discutindo isso agora. Acho que ainda levará algum tempo até que tenham as informações de que precisam do Departamento de Justiça.

— Talvez eu possa agilizar estas informações.

— Você terá que falar com o Blake. Quer que eu o coloque na linha?

— Não. Não o atrapalhe. Ele não gosta da minha interferência.

— Tenho certeza de que não se importaria com a sua ajuda.

— Bem, ele sabe onde estou, se quiser falar comigo.

Danica sentiu uma raiva sutil nas palavras do pai e imaginou se ele também estaria irritado por Blake ter colocado a todos nessa confusão.

— Os jornalistas estão te cercando? — perguntou ao pai.

— Alguns. Sei lidar com eles.

Ela concordou com a cabeça.

— Bem, então acho melhor eu voltar para o escritório. Até mais tarde.

— Seja compreensiva, Danica. Ele precisa de você neste momento.

— Não se preocupe, sei qual é o meu lugar. — Ela de fato sabia, e não era ali. Ao desligar o telefone, ficou parada durante vários minutos. Estava na dúvida se ligava para a mãe, pedindo que mandasse o carro em seguida. Afinal de contas, já havia marcado presença. Blake a vira. A imprensa também. Seu pai, no entanto, esperava que ficasse pelo menos mais um pouco. Como toda aquela via-crúcis seria sua última colaboração, pensou, poderia, sem maiores esforços, engolir o próprio orgulho e agüentar mais um pouco.

Em vez de voltar em seguida para o escritório, foi até a cozinha preparar um chá. Quando John se ofereceu para fazê-lo, ela sugeriu que ele perguntasse aos outros se queriam comer ou beber alguma coisa. Os poucos minutos que se permitiu ficar sozinha eram tudo de que precisava. Quando voltou à reunião, sentia-se mais forte.

Infelizmente, ficar trancada em uma sala com três advogados e Blake era enervante. Tentou concentrar-se na discussão, que ora tendia para como lidar com a imprensa, ora para antecipar a reação do governo; no entanto, após algum tempo, acabou se desligando, mentalmente exausta. Quando o grupo foi para a sala de jantar, pouco lhe restou a fazer além de servir-se do frango oriental que John havia preparado. Seus pensamentos se voltaram para Blake, para a aversão que sentia por ele, para a raiva, o ressentimento. Ficou pensando que se ele fosse um homem decente teria lhe dado o divórcio, meses atrás, e ela teria sido poupada de tudo isso. Perguntou-se por que ele fizera aquilo, *se* tinha deliberadamente autorizado o embarque e, em caso positivo, se tinha mesmo esperado sair impune.

Quando os homens se prepararam para retornar ao escritório, Danica chamou Blake em um canto.

— Você precisa de mim agora? — perguntou baixinho.

Ele pareceu surpreso.

— Aonde você está planejando ir?

— Vou dormir na casa dos meus pais.

Ele a encarou, torcendo os lábios quando virou a cabeça para o lado.

— Não vai causar boa impressão se você sair daqui, na frente de todo mundo. Eles vão se apegar a qualquer coisa, inclusive ao fato de minha esposa não dormir comigo.

— Não dormimos juntos há meses, Blake, nem aqui e nem lá. Você pode seguramente informar aos jornalistas que, *por causa* deles, sinto que não posso ficar aqui. Diga-lhes que eles me deixam nervosa, o que é verdade. Diga que estou esgotada com o que aconteceu, o que também é verdade. Diga que a minha *mãe* está esgotada e que vou confortá-la enquanto você trabalha com os seus advogados.

— Isso pode funcionar por um dia. Em algum momento, no entanto, teremos que formar uma frente unida.

— Estou em Washington. Isso não basta?

— Não. Quero você comigo quando eu aparecer para depor no tribunal, amanhã de manhã. Quero você ao meu lado na entrevista coletiva que vai acontecer em seguida. E, é claro, quero você no tribunal durante o julgamento.

Tomada de raiva, sentiu vontade de lhe dizer vários desaforos, mas mordeu a língua, tentando se controlar. Seu dia chegaria, disse a si mesma. Naquele exato momento, ele estava dando o primeiro passo para sua libertação.

— Está bem, Blake — disse pausadamente. — Estarei ao seu lado em todas essas ocasiões que você mencionou. Mas não vou morar com você nesta casa pequena durante os próximos quatro meses. Se quiser que eu fique em Washington, teremos que montar um esquema diferente.

Ele esfregou a testa.

— Danica, não posso pensar nisso agora. Já estou com muita coisa na cabeça para ter de lidar com seus caprichos.

— Chame-os do que quiser — ela respondeu, mantendo a voz baixa e tranqüila, um milagre diante da raiva que sentia —, mas você terá que lidar com eles. — Saiu na direção das escadas. — Vou ligar para a mamãe mandar o carro agora. Estou exausta. Foi um dia difícil. Você pode me pegar amanhã de manhã, quando estiver indo para o tribunal. Sabe onde me encontrar. — Ela já estava no meio da escada, quando Blake tornou a chamá-la:

— Danica? — Ela olhou para trás. — Eu... eu posso contar com o seu apoio durante esse período, não posso?

Ela quase se sentiu penalizada por ele, naquele momento, parecer tão inseguro. No entanto, não experimentou qualquer sensação de vitória, apenas uma grande tristeza por ele ter causado tudo aquilo a si mesmo.

— Sim, Blake. Você pode contar comigo. Prometo não fazer nada que possa comprometer a sua situação.

Ele deu vários passos em sua direção e baixou a voz:

— E quanto ao Buchanan?

Ela ficou surpresa.

— O Michael? Ele jamais faria alguma coisa...

— Você ainda está saindo com ele?

— Sim. Eu o amo. Eu te disse isso na primavera passada.

— Mas, enquanto estiver aqui, você não vai...

Não precisava terminar. Danica sabia que, mais uma vez, ele estava pensando em si mesmo.

— Não. Não vou vê-lo enquanto estiver aqui. Ele concorda com o que estou fazendo. Ele é um bom homem, Blake, um homem decente, honesto e generoso. E confia em mim muito mais do que você jamais confiou.

— Sempre confiei em você.

— Não como ele. Ele não precisaria perguntar se poderia contar com o meu apoio. Na verdade, jamais precisaria fazê-lo, pelo menos não pelos mesmos motivos que você.

Blake ficou parado, olhando para ela, e Danica percebeu que ele aparentava cada um dos seus quarenta e seis anos.

— Bem, de qualquer forma, estou feliz em saber que você ficará comigo. Te pego amanhã, às nove.

Ela aquiesceu uma vez com a cabeça e desceu as escadas até a sala de estar para ligar para a mãe. Uma rápida olhada pela janela lhe mostrou que a multidão de jornalistas havia diminuído, embora não estivesse nem um pouco ansiosa por passar por eles. Mas não havia outra saída. Avistou o motorista do pai virando a esquina, quando Blake desceu as escadas.

— Vou acompanhá-la até o carro — disse ele.

Danica reparou que ele tornara a vestir o paletó, ficando bem elegante. Imaginou se um de seus advogados teria sugerido que um pouco de carinho conjugal poderia impressionar a mídia. Teria dispensado sua companhia caso não temesse desesperadamente a idéia de ter de se esquivar sozinha dos microfones.

Dando uma olhada pela janela, viu que o carro estava esperando. Inspirando fundo, deixou Blake abrir a porta e conduzi-la rapidamente pelas escadas.

— Senhor, secretário, o senhor pode nos falar sobre as acusações contra a sua pessoa?

— Senhor secretário, o senhor falou com o presidente?

— Senhor secretário, o senhor está para renunciar?

Blake abriu a porta do carro para Danica, vendo-a se acomodar ali dentro, antes de se virar, com a porta do carro ainda aberta, e encarar seus inquisidores.

— Darei uma entrevista coletiva, amanhã, e então suas perguntas serão respondidas. Agora, se me derem licença, minha esposa está de saída para ver os pais e eu gostaria de me despedir. — Antes que Danica pudesse prever seu movimento, ele se inclinou para dentro do carro e a beijou. Mas as palavras que murmurou contra seus lábios não foram dirigidas a ela: — Obrigado, George. Agradeço por ter vindo buscar a sra. Lindsay. Dirija com cuidado.

Danica não olhou para trás quando o carro se pôs em movimento. Simplesmente pressionou o dorso da mão na boca e imaginou se conseguiria chegar até o fim daquela última farsa.

Dezessete

Blake foi chamado para depor na manhã seguinte, no Palácio da Justiça, em Washington. Vestindo um discreto terninho cinza, Danica entrou no tribunal e ficou ouvindo o marido jurar inocência em relação a cada uma das quatro acusações contra ele. Da mesma forma que fizera quando entraram no prédio, ele segurou-lhe a mão na saída sem que ela lhe oferecesse resistência. Danica ficara conversando com a mãe até tarde na noite anterior e percebeu que, se ia prosseguir com a farsa, tinha de fazê-lo com perfeição. As aparências eram tudo o que importava ali. Quando ela e Blake ficavam sozinhos, a realidade era outra.

Do tribunal, foram para o Departamento de Comércio, onde Blake deu a entrevista que prometera. Danica postou-se à sua direita, seus advogados, à sua esquerda. Ela e Blake trocavam sorrisos; parecia calma, quando não apropriadamente triste, durante o restante do tempo; em suma, comportou-se como se comportaria a devotada esposa de um homem que estava enfrentando um sério desafio.

À tardinha, quando ela e Blake estavam a sós em casa, pela primeira vez desde que ela chegara de Boston, Danica levantou as questões que atormentavam sua mente:

— O que aconteceu, Blake?

Estavam tomando alguns drinques na sala de estar e mal tinham trocado duas palavras um com o outro desde que voltaram do almoço com Fitzgerald e Pickering.

Ele a encarou.

— O que você está querendo dizer?

— Como aquele embarque de circuitos de alta velocidade foi parar na União Soviética?

— Você ouviu o que eu disse para o Jason e o Ray — ele respondeu, indignado. — Eu desconhecia tanto o fato de que aqueles computadores continham circuitos com restrição para exportação quanto o fato de que tinham ido para a Rússia.

— Mas foi você quem preencheu o formulário solicitando uma licença de exportação.

— Achei que estava embarcando uma mercadoria sem restrições.

— Você sempre esteve no controle dessas coisas.

— Achei que sim. Evidentemente, eu estava errado.

Sua afirmação foi arrogante, destituída do menor vestígio de humildade que tais palavras deveriam sugerir. Danica o pressionou:

— Então o Harlan era o responsável?

— Exatamente.

— Como ele conseguiu fazer isso?

Blake tomou um bom gole de seu drinque e apoiou o copo no braço da poltrona.

— Pergunte a ele.

— Não posso. Ele está morto.

— Exatamente.

— Isso deve facilitar as coisas para você. Um homem morto não pode se defender.

Ele a encarou novamente.

— Aonde você quer chegar, Danica?

— Ele foi assassinado. Eliminado com eficácia. Você não teve nada a ver com isso, teve?

Blake pulou da poltrona e andou a passos pesados pela sala. Danica viu seus punhos fechados ao lado do corpo, a tensão se irradiando pelos seus ombros. Quando ele finalmente se virou, seus traços estavam rígidos.

— Vou fingir que você não fez essa pergunta.

— Tive de fazer. Alguém vai perguntar a mesma coisa, e eu quero saber a resposta.

— A resposta é não. Inequivocamente, *não*. Veja bem, Danica... — Levantou uma mão, que tremia —... sei que temos as nossas diferenças, sei também que esse negócio de julgamento não pode ser prazeroso para você; agora, mesmo que você não acredite em mim neste caso do embarque, nesse outro você *precisa* acreditar: eu *não* matei o Harlan! Eu *jamais* poderia fazer uma coisa dessas. Pode me considerar um escroque, se quiser, mas não um assassino!

Ela hesitou por um minuto apenas.

— Acredito em você — murmurou. — Queria apenas ouvi-lo dizer isso. Nestes dez anos que ficamos casados, nunca o julguei capaz de um ato de violência. — Acabara percebendo que ele era capaz de outras coisas que nunca imaginara, mas precisava crer que violência não era uma delas.

— Graças a Deus. — Ele foi se acalmando aos poucos e voltou a tomar o drinque.

— Acho que devemos conversar sobre onde vamos morar até o fim do julgamento.

— Não há nada de errado com este lugar — ele resmungou por cima da borda do copo.

— É pequeno demais. Tem só um quarto e o escritório para dormir. — Ela não tinha a menor intenção de dividir a cama com ele. Sabia que Blake não oporia qualquer restrição a isso, e de fato não opôs.

— Eu durmo no escritório, se isso te deixa mais feliz.

Isso a deixaria na cama dele, para onde, depois de tudo o que soubera, ele tinha levado seus amantes mais de uma vez. O pensamento fez sua pele se arrepiar.

— Acho que deveríamos alugar uma casa em um bairro residencial. Isso daria bastante espaço para nós dois. Seja realista, serão alguns bons meses até o início do julgamento, e, já que você não estará trabalhando, ficará em casa mais do que nunca. Você vai enlouquecer aqui, e eu, bem, eu simplesmente não quero ficar nesta casa.

Ele olhou cauteloso para ela.

— Então você concorda que não pode ficar com o Bill e a Eleanor?

— *Posso, sim,* mas você tem razão. A mamãe me ajudou a ver isso ontem à noite. Não causaria boa impressão se morássemos separados.

— Santa Eleanor.

Ela ficou irritada.

— A decisão foi *minha*, Blake. Agora, você vai ou não levar adiante a idéia de alugar uma casa?

Ele encolheu os ombros.

— Se quiser começar a procurar uma, fique à vontade. Tenho certeza de que você entende que não estou em condições de fazer isso eu mesmo.

— Eu procuro. Vou precisar de *alguma coisa* para ocupar o meu tempo. — Largando o drinque, esticou a mão para pegar a bolsa. — Vou pegar um táxi e voltar para a casa dos meus pais, agora.

— Posso te levar.

— Não. Pensando bem, acho que seria uma boa idéia pedir ao Marcus para trazer o Audi para cá. Eu gostaria de ter um pouco de mobilidade.

— Você pode dirigir a Mercedes.

— Você vai precisar dela. Como vamos ficar longe da cidade, vai ser mais difícil arrumar um táxi.

— Mais um motivo para ficarmos aqui — ele murmurou.

Mas isso estava fora de cogitação.

— Vou ligar mais tarde para o Marcus — disse ela, de saída. Na verdade, sua cabeça estava em outra ligação, uma que ela acabou fazendo de um telefone público em uma esquina, a vários quarteirões do condomínio onde Blake morava.

— Michael?

— Dani! Meu amor, que bom te ouvir!

— É bom te ouvir também. — O som da voz dele era como um bálsamo. — Eu queria ter ligado antes, mas fiquei com medo de que os telefones estivessem grampeados. Eu precisava de privacidade.

— Como você está?

— Sobrevivendo.

— Vi tudo na televisão, no noticiário do meio-dia. O interrogatório e a entrevista coletiva. Você estava linda.

— Eu estava para morrer.

— Mas não pareceu. Acho que o Blake se saiu bem. Muito tranqüilo, muito profissional.

— É o jeito dele. Ele está fumegando por dentro, mas ninguém nunca vai perceber.

— Como ele está te tratando?

— Não muito diferente de como sempre tratou. Agradeceu muito por eu ter vindo, mas tínhamos uma platéia naquele exato momento. Ele é bom nas aparências. Não que eu me importe com o fato de me ignorar a maior parte do tempo. Não quero é que ele me toque.

— Ele tentou?

— Só para impressionar a mídia. Segurava a minha mão sempre que havia câmeras à volta. Me beijou uma vez na frente das câmeras, mas duvido que venha a tentar isso com muita freqüência.

— Você falou alguma coisa com ele sobre...

Ela sentiu o estômago se embrulhar e se acalmar em seguida.

— Não. Confrontei-o com relação a tudo, menos isso. É a minha carta na manga, Michael. Quando eu a usar, ela vai ter o seu peso.

— O que ele disse sobre o resto?

— Ele negou que soubesse o que havia de fato no carregamento. Está colocando a culpa toda no Harlan. Negou também que tenha tido algo a ver com o assassinato dele.

— Você perguntou *isso* a ele?

Ela deu um sorriso triste.

— Acho que fiquei atrevida. Eu queria que ele soubesse que, embora eu esteja aqui para ajudá-lo, estou longe de ser cega. Mas acre dito nele no que diz respeito ao assassinato do Harlan. Tenho certeza de que ele não teve participação nisso.

— Concordo, mas ainda não gosto da idéia de você morando com ele nesse condomínio.

— Eu disse a ele que não moraria aqui. Vou procurar uma casa para alugar nos bairros residenciais. Quero um jardim com algumas árvores, um pouco de ar fresco, muitos quartos e uma empregada como acompanhante. Até lá, vou ficar na casa dos meus pais. Foi onde dormi ontem. Minha mãe foi maravilhosa. Conversamos por um bom tempo. Quer dizer, ela estava mesmo *ao meu lado.*

— Fico feliz por isso. Se você não conseguir tirar nada de bom dessa provação, pelo menos vai fortalecer sua relação com ela. Já estava mais do que na hora.

— Acho que você tem razão... Michael? — Seus olhos se encheram de lágrimas e sua voz falhou: — Sinto muita a sua falta. Penso em você o tempo inteiro.

— Eu também. Ando sem saber o que fazer comigo.

— Você fez alguma coisa com as informações que a gente reuniu no verão?

— Não. Cada vez que olho para elas, penso em você e perco totalmente a concentração. Pelo menos consegui dar uma olhada nas provas do meu livro. Elas já estão aqui há algum tempo. Meu editor já estava ficando de saco cheio.

— E quanto às suas aulas? — Ele tinha sido indicado para dar mais um curso durante o outono, desta vez na School of Government, em Harvard, que capacitava profissionais para o setor público. — Você vai precisar preparar muita coisa diferente do que usou no ano passado?

— Terei que atualizar os dados, mas nada demais agora que tenho o programa básico preparado... E quanto a você? Vai vir a Boston para gravar o programa de rádio ou vai ficar o tempo todo em Washington?

— Preciso ligar para o Arthur. Eu gostaria de continuar com o programa. Ficar o tempo todo por aqui vai ser muito ruim. Durante o julgamento, terei que faltar de qualquer maneira. Não pegaria bem. — Prolongou as vogais com um sarcasmo ostensivo e revirou os olhos, mas, ao fazê-lo, avistou o táxi. — É melhor eu ir embora. Parece que o motorista do táxi está ficando impaciente.

— Motorista de táxi?

— Estou falando de um telefone público no caminho para a casa dos meus pais. Eu não queria que o Blake me levasse, por motivos óbvios. Ligo para você daqui a alguns dias.

— Vou ficar esperando. Eu te amo, Danica.

Ela sorriu, mas sua voz falhou novamente:

— Também te amo. Você é o meu porto seguro, sabia? Segure as pontas por mim, Michael.

— Vou segurar.

Ele lhe mandou um beijo, que ela respondeu com dois, então colocou devagar o telefone no gancho e voltou correndo para o táxi.

Vários dias depois, Danica encontrou a casa que queria. Ficava em Chevy Chase e era longe o suficiente da capital para lhe oferecer o descanso de que precisava, assim como perto o suficiente para que Blake não tivesse problemas em usar o carro para se encontrar com seus advogados. Não que o tempo fosse de suma importância, uma vez que tanto ela quanto ele tinham mais horas livres do que antes, mas Danica queria se mostrar atenciosa, já que a casa fora exigência sua.

A casa já estava mobiliada e pronta para ser habitada, tinha cinco quartos, uma suíte para a empregada e um jardim grande e bem protegido da rua por densos arvoredos. Se o custo do aluguel era exorbitante, Danica disse a si mesma que era um dinheiro bem gasto. Reservou para ela o quarto mais afastado do de Blake, contratou a acompanhante que queria e tomou as providências para que Marcus lhe trouxesse o Audi.

Duas semanas após o depoimento de Blake, pegou um avião para Boston para pegar mais coisas na casa. Enquanto estava lá, fez várias ligações, sendo a última delas para Michael.

— Fui afastada do programa de rádio.

— *O quê?*

— Me encontrei com o Arthur hoje. Ele explicou que a minha presença desviaria a atenção da do convidado.

— Isso é *absurdo*!

— Estou furiosa. Ele disse que as ligações dos ouvintes seriam para fazer perguntas sobre *mim* e que ele queria me proteger. Argumentei, mas ele estava decidido.

— Ele que se dane, então. Outras oportunidades surgirão para você e, quando tudo isso acabar, você vai gargalhar na cara dele.

Ela riu, agradecida por ele tomar o seu partido.

— Depois falei com o James. Ele ficou furioso também, o que me fez sentir um pouco melhor. Você não vai acreditar, Michael. Liguei para vários amigos, para ver como vão as coisas, você sabe, no instituto e no hospital, e eles foram frios, para dizer o mínimo. Grandes amigos.

Michael trincou os dentes.

— Um pouco de experiência quase sempre põe em xeque muita teoria.

— Como?

— Li isso outra manhã, num dos seus saquinhos de chá.

Ela abriu um sorriso.

— Você está tomando chá agora?

— Alivia o meu estômago.

Ela ficou logo alarmada:

— Você não está se sentindo bem?

— Só quando penso em você aí, o que acontece na maior parte do tempo.

— Ah, Michael.

— Eu gostaria de estar em Boston agora. — Uma lâmpada se acendeu em sua mente. — Ei, eu conseguiria chegar aí em uma hora.

— Você iria se matar na Interestadual 95 para fazer um tempo desses, e, de qualquer forma — ela ponderou, triste —, preciso ir para o aeroporto e...

Ele antecipou suas próximas palavras e falou com um tom brincalhão:

— E a gente se ver só vai piorar as coisas. Eu sei, eu sei. Mas já está tão difícil agora que às vezes acho que vou morrer.

— Não ouse. Preciso saber que você está aí.

— Acho que é isso que me dá forças para ir em frente. Você vai ligar de novo, logo?

— Assim que puder. Se cuide, Michael.

— Você também, meu amor.

Falar com Michael era sua salvação. Ligava para ele de vez em quando — Blake, por motivos particulares, checava regularmente os telefones, com medo de grampos, o que diminuía o seu receio — e, no intervalo entre as ligações, vivia com a lembrança de suas palavras, de sua voz gentil e da certeza do seu amor. Estas eram as únicas coisas que *a* faziam seguir em frente quando seus dias caíam na rotina de ver as horas passando.

A imprensa os abandonara; notícias mais novas tinham surgido na seqüência. Danica não era nenhuma tola para achar que a imprensa não estaria em peso lá fora, quando chegasse a hora do julgamento, mas estava feliz com a pausa.

Ela passava a maior parte do tempo no jardim-de-inverno do primeiro piso, cujas portas altas e envidraçadas que iam do teto ao chão deixavam entrar algum raio de sol que setembro tivesse a oferecer. Blake passara a aceitar aquela sala como dela e a deixava lá sozinha para ler, tricotar — o que jamais fizera antes, mas que o desespero a inspirara a fazer — e pensar.

Danica passava vários dias por semana com a mãe, almoçando, fazendo compras, às vezes apenas conversando. Eleanor se pôs à disposição da filha quando percebeu que ela não tinha muitos amigos em Washington, e que os poucos que porventura tivesse a evitariam neste momento.

— Você parece cansada, querida — comentou certa tarde, enquanto passeavam pelo Instituto Smithsoniano. — Talvez eu não devesse ter sugerido a idéia de virmos aqui. Há tanta coisa para se ver que pode ser cansativo.

Danica riu com ternura.

— Eu é que deveria estar preocupada, mas você parece estar agüentando bem.

— Estou, bata na madeira. A minha perna me incomoda de vez em quando, mas não é nada. Você não tem dormido bem?

— Ah, tenho, mas ainda me sinto cansada. Acho que é o tédio da espera. Ficar por aí sem nada para fazer, senão pensar onde estou e por quê, onde *quero* estar e por quê, onde estarei daqui a *seis meses* e por quê. Baixo os olhos e vejo que os nós dos meus dedos estão brancos, e então percebo que estava apertando as mãos sem me dar conta. Entre a tensão e o tédio, às vezes acho que vou perder a cabeça.

Eleanor deu o braço à filha.

— Não vai não. Você é forte. E está agindo certo. Sei que é difícil para você, ainda mais sentindo a falta do Michael como sente.

Danica sorriu e lhe agradeceu com doçura:

— Obrigada por entender. É uma ajuda saber que posso te contar as coisas.

— Só não me conte coisas *demais*. — Eleanor estava brincando, mas apenas em parte. — Esconder as coisas do seu pai é algo novo para mim. Não tenho muita certeza se gosto disso.

— Desculpe por colocá-la no meio do fogo cruzado. Eu não queria isso.

— Você também não queria estar enfrentando um processo criminoso com o Blake, querida. A vida nem sempre se desenrola da forma que queremos.

Danica concordou com um leve resmungo.

— A vida é o que acontece quando se está fazendo outros planos. — Quando a mãe lhe lançou um sorriso confuso, ela explicou: — A sabedoria do chá. — Eleanor concordou com a cabeça.

— Como o Blake está lidando com tudo isso?

— Anda tenso. Agora que o tumulto diminuiu, ele está se concentrando no julgamento e no que pode, apenas pode, acontecer se alguma coisa der errado e ele for condenado. A idéia de ir para a cadeia, por mais improvável que seja, não o agrada em nada.

— Você pode culpá-lo?

— Não. Eu não gostaria de estar no lugar dele. Ele é um homem orgulhoso. Acho que o que mais teme é a humilhação.

— Ele fala sobre isso com você?

— Raramente nos falamos. Mas, também, nunca conversávamos mesmo.

— Ele não é grosseiro com você, é?

— Ah, não. Acho que não ousaria. Ele sabe que tenho uma alternativa a ficar com ele aqui em Washington.

Eleanor concordou. O único assunto sobre o qual ela e Danica não tinham falado era o futuro. Ela achava que Danica deixaria Blake assim que o julgamento terminasse, mas não queria pensar nessa possibilidade.

— Como a Thelma está se saindo?

— Bem. Ela é ótima cozinheira.

— Não sei não, parece que você perdeu peso.

— Não tenho andado com muita fome. Meu estômago anda embrulhado a maior parte do tempo. E o Blake, calado feito uma pedra do outro lado da mesa, não ajuda muito.

— É um momento difícil. Para vocês dois.

— Com certeza. — Suspirou. — Bem, pelo menos, estou fazendo um lindo suéter. Lembra daquele novelo de lã que comprei na semana passada?

— Aquele rosa encaroçadinho? É uma delícia.

Danica sorriu.

— Também é uma delícia de se usar, e só Deus sabe como tenho tido tempo para trabalhar com ele. Até onde sei, quando chegar a hora do julgamento, terei um guarda-roupa inteiro de suéteres.

— O julgamento ainda está marcado para novembro?

— Os advogados pediram que fosse transferido para dezembro, alegando que precisam de mais tempo para se prepararem. Na minha opinião, acho que é mais uma tática. Acho que eles têm a esperança de se aproveitar da época do Natal. Pode ser que comova o júri.

— Quanto tempo eles acham que vai durar?

Danica encolheu os ombros.

— Pode durar uma semana. Pode durar um mês. — Conforme imaginava, mesmo se permitindo imaginar o pior, estaria de volta ao Maine em meados de janeiro.

— Você faria um para mim?

— Um o quê?

— Um suéter. Eu gostaria de usar alguma coisa feita por você.

Danica apertou o seu braço.

— Claro. O seu será o próximo. — E depois dele faria o que tinha começado a visualizar, um apropriado para o clima da costa do Maine. Imaginou-se fazendo um igual para Michael, mas sabia que não seria tão cruel a ponto de fazê-lo na frente de Blake. Talvez um para Gena... ou para Cilla... ou até mesmo para Rusty...

Na primeira semana de outubro, Danica começou a suspeitar que alguma coisa estava errada. Bem, não *errada*, mas diferente. E as perspectivas eram boas. Muito boas.

Sabendo que as aulas de Michael eram às quartas-feiras, pegou um avião até Boston, para uma consulta com seu médico no início da tarde, e, em seguida, quase explodindo de orgulho, felicidade e empolgação, tomou um táxi para Cambridge.

Michael estava encerrando o debate do dia com a turma quando ela entrou, dirigindo-se para os fundos da sala. Ele parou no meio de uma frase para olhá-la. Embora estivesse usando óculos escuros enormes e tivesse prendido os cabelos louros por baixo de um elegante chapéu Fedora, não o enganou. Nem por um minuto.

Ele limpou a garganta e voltou a falar apenas para gaguejar feito um tolo e acabar perguntando à turma o que estava mesmo dizendo. Vários alunos olharam para os fundos da sala e estavam rindo quando tornaram a virar para a frente. Michael não percebeu a hilaridade deles.

A mulher com quem havia sonhado nas últimas seis semanas estava a menos de dez metros dele e ele ainda precisava terminar a aula. Afastando-se da cadeira onde estivera sentado como um cavaleiro, remexeu nas anotações sobre a mesa às suas costas, no entanto seus olhos pareciam não conseguir se concentrar mais do que sua mente. No final, acabou apenas seguindo o programa que tinha entregado à turma na primeira aula e a dispensou.

Ficou parado por vários minutos, até todos irem embora, depois andou silenciosamente até os fundos da sala, prendeu Danica contra a parede e deu-lhe o beijo mais forte, mais longo e enternecedor que ela já havia recebido. Em seguida, após dispensar sumariamente seu chapéu, enterrou a cabeça em seus cabelos, tomou-a em seus braços e a apertou até ela pedir clemência.

— Por que você não me avisou que estava vindo? Eu teria dito que estava doente, cancelado a aula, feito qualquer coisa se soubesse que você estava na cidade.

— Cheguei hoje de manhã. — Ela estava rindo de felicidade, os olhos brilhando. — Michael, é tão maravilhoso... Tentei esperar, tentei mesmo... Andei pela praça por horas a fio, e então vim correndo para cá. O homem lá embaixo deve ter achado que sou louca, pois eu não consegui me concentrar nas informações que ele me deu para encontrar a sua sala. Fiz com que repetisse três vezes... Estou tão feliz! — Ela bateu com as mãos nos lábios, mas seu sorriso estava maior do que nunca.

Sua euforia era contagiante.

— O que houve? Meu Deus, você está falando sem parar. Conte logo.

Ela pôs as mãos em seus ombros.

— Estou grávida, Michael! Estou grávida e é o *nosso* bebê! *Nosso* mesmo!

Aquela era a última coisa que Michael esperava. Ele arregalou os olhos e baixou o olhar para a barriga dela enquanto sua voz subia uma oitava:

— Grávida? Nosso bebê?

Ela balançou a cabeça com força, querendo gritar, pular, mas se controlava.

— Nosso bebê? — Havia encantamento em sua voz quando colocou a palma da mão no lugar onde seu olhar tinha pousado. — Você vai ter o nosso bebê. — Desta vez suas palavras soaram como uma afirmação e foram seguidas por um abraço apertado que a tirou do chão. — Ah, meu amor, que notícia *maravilhosa*! — Colocou-a no chão de novo. — Você tem certeza? — Quando ela confirmou, ele a ergueu novamente.

Nesse momento, a porta se abriu e um jovem entrou. Parando ao ver Michael e Danica, ficou vermelho. Estava para sair quando Michael o reteve lá.

— Estamos de saída. — Puxando Danica pela mão, precipitou-se pela porta e atravessou o corredor rumo ao escritório que lhe fora reservado para suas tardes na faculdade. Quando a porta estava bem trancada, ele insistiu para que ela se sentasse em uma cadeira e se ajoelhou. — Quando você descobriu?

Ela estava segurando as mãos dele e não conseguia parar de sorrir.

— Hoje à tarde. Tenho me sentido muito indisposta há algum tempo. Achei que era por causa de tudo o que está acontecendo lá... — fez um gesto vago com a mão — ... mas, quando a minha menstruação atrasou pelo segundo mês seguido, eu soube logo. Peguei um avião hoje de manhã para procurar o meu médico aqui em Boston e ele confirmou. Estou tão feliz! Você não faz idéia!

— Acho que faço. Você estaria saltitando por aí se eu não tivesse te empurrado para esta cadeira. Minha nossa, eu mesmo estaria saltitando se não tivesse que prendê-la aqui.

Ela segurou o seu rosto entre as mãos e o beijou suavemente.

— Eu te amo tanto, Michael. O nosso bebê vai ser muito precioso, vai ser inteligente, vai ser maravilhoso.

Michael fechou os olhos e imaginou se estaria sonhando.

— Sei que será. Ah, Dani, senti tanto a sua falta! — Sua voz falhou e ele pressionou a testa contra a dela. — Isso significa que você vai voltar para mim.

— Eu voltaria para você com ou sem o bebê.

Ele a olhou com uma expressão aflita.

— Você pode fazer isso agora. O Blake não vai esperar que você fique sofrendo por lá enquanto carrega o bebê de outro homem na barriga.

— Mas eu vou ficar — disse ela, não com menos urgência. — Você não está vendo, Michael? O fato de eu estar grávida vai ajudá-lo ainda mais.

— Você quer *ajudá-lo*?

— Quero ficar livre dele! Essa é a razão de toda esta farsa. Ao ficar ao lado dele durante o julgamento, estarei me livrando da última das minhas obrigações como esposa.

— Você não deve nada a ele.

— Mas você me conhece, Michael. Sabe como me sinto e que fui criada para acreditar em certas coisas. Esta é a solução perfeita para mim. Quando o julgamento acabar e eu o deixar, ninguém vai poder dizer que não fiz o que devia por ele.

— O seu pai vai.

— Não quando ele ouvir o que tenho a dizer. E, se ainda assim ele insistir que o meu lugar é ao lado do Blake, bem, isso é problema dele. Não vou sentir nem um pouquinho de culpa.

Michael se pôs de cócoras.

— Esta é a razão de tudo, não é? Culpa.

Ela esticou o braço para lhe tocar o rosto.

— Não quero que nada interfira no nosso casamento ou na felicidade que vamos ter quando ficarmos juntos com o nosso bebê. Se fizermos as coisas do meu jeito, nada vai interferir.

Michael ficou de pé e andou devagar pela sala.

— Ainda não gosto disso. Talvez eu não confie no Blake. Quem pode *saber* como ele vai reagir quando você lhe contar do bebê?

— Ele vai vibrar, principalmente sabendo que *é* do jeito que é. Ele vai adorar a idéia de me ver sentada no tribunal com roupas de grávida. Os advogados dele vão adorar também. O júri vai se solidarizar. Assim como a imprensa.

— Minha nossa, não quero você passando por tudo isso! Este estresse pode causar problemas para você... e para o nosso bebê.

Danica não seria dissuadida de seu objetivo.

— Você está pensando naquele aborto, mas perguntei ao médico sobre isso e ele não vê problema nenhum. Em primeiro lugar, ficarei em casa a maior parte do tempo, fazendo praticamente nada durante os próximos dois meses e, quando o julgamento começar, já terei passado do período crítico. Em segundo lugar, o médico não viu nada que pudesse indicar algum problema.

— Ele também não viu problemas da última vez.

Danica levantou da cadeira e foi até onde ele estava.

— Da última vez não era para ser. Veja o que aconteceu desde então e você vai saber que estou certa. — Pegando-lhe a mão, colocou-a sobre sua barriga. — Desta vez é diferente. Eu sei que é. Posso sentir. E o fato de eu estar me sentindo tão enjoada é um bom sinal.

— É?

Ela concordou.

— Assim disse o médico. Disse que, justamente quando o bebê está bem, é que a mulher sente mais coisas como enjôos matinais.

— E você tem sentido?

— Foi o que me deu a pista. Mas não é nada demais agora que sei a causa. — Seu coração transbordava de amor tanto pelo homem à sua frente quanto pelo bebê em sua barriga. — Me sinto muito bem agora. Muito feliz. Você não pode estar comigo durante o julgamento, mas, pelo menos, estarei com o seu bebê. Você sabe o que isso significa para mim?

Ele olhou para os traços em seu rosto e passou os dedos trêmulos por eles.

— Sei que você é a mulher mais maravilhosa do mundo — murmurou, com a voz rouca. — Sei também que os próximos meses serão um tormento para mim. Agora, tenho duas pessoas com quem me preocupar.

Com os olhos arregalados, ela abriu um sorriso.

— Não é maravilhoso?

Ele prendeu a respiração por um minuto, então riu e balançou a cabeça.

— Você é surpreendente.

— Mais uma variação de "a mulher mais maravilhosa do mundo". Me dê um beijo, companheiro. Preciso voltar para o aeroporto.

Ele a beijou então, depois de novo e mais de uma vez enquanto a levava para o aeroporto. Ela estava nas nuvens, e ele, feliz por vê-la daquela forma. Saber que ele era tanto biológica como psicologicamente responsável por aquela felicidade já era um conforto, dadas as inúmeras dúvidas que tinha sobre deixá-la voltar para Washington.

Após aterrissar em Washington, Danica foi direto ver a mãe. Ainda estava muito agitada e sabia que teria de se acalmar antes de encarar Blake.

A criada atendeu a porta.

— Ruth, onde está a minha mãe? — perguntou, entrando apressada.

— Lá em cima, sra. Lindsay. Ela e o senador Marshall já estavam se sentando para jantar.

Somente Eleanor apareceu no alto da escada.

— Querida! Eu não estava te esperando!

— E eu não tinha idéia de como já é tarde. Mas precisava te ver. — Danica interrompeu-se e, pela primeira vez em horas, seu sorriso vacilou. — Onde está o papai?

Eleanor pôs-se a descer as escadas.

— No telefone do escritório. O que aconteceu? Você está parecendo... — Fez um gesto eloqüente com as mãos.

— E estou. — Pegando-a pelo braço, Danica levou a mãe para a sala de estar. — Estou grávida, mãe. Confirmei hoje.

Eleanor virou-se para a filha, os olhos arregalados, dominados por toda a empolgação de que Danica precisava.

— Grávida? Querida, isso é maravilhoso! — Abraçou-a e afastou-se em seguida. — O que o Blake disse?

Não ocorreu a Danica que a mãe não perceberia a verdade logo de imediato.

— O Blake ainda não sabe. Contarei para ele daqui a pouco. — A frieza em sua voz foi uma pista.

Eleanor encarou a filha por um minuto e então expirou suavemente.

— É do Michael, não é?

Danica concordou, sorrindo de novo.

— Você não faz idéia de como ele tem me feito feliz. Primeiro, por me amar, segundo, por me dar um filho dele. É exatamente do que eu precisava para conseguir passar por tudo que está acontecendo aqui.

— Você contou para ele?

Mais uma vez Danica concordou.

— Peguei um avião para Boston hoje de manhã, para ir ao médico lá.

— Você disse que ia de carro passar o dia na Virgínia.

— Eu não queria dizer nada. Não até ter certeza. E o Michael dá aulas em Cambridge às quartas-feiras, então peguei um táxi para vê-lo depois da consulta. Não tivemos muito tempo para ficar juntos, mas eu queria que ele fosse o primeiro a saber.

— Como ele recebeu a notícia?

— Ele vibrou, mas ficou preocupado. Tem medo de que o julgamento seja estressante demais. Queria que eu voltasse para o Maine com ele, mas eu disse que não.

— Não voltaria?

— Não. Devo isso ao Blake, mãe. Você e o papai não me educaram para ser resignada à toa. — Ela apertou a mão de Eleanor. — Estou tão animada. Fique feliz por mim.

Eleanor a abraçou.

— Eu estou, querida. De verdade.

— É a Danica? — A voz firme de William soou no andar de cima. Momentos depois, ele descia apressado as escadas e se unia a elas na sala de estar.

— William, a Danica tem a melhor notícia que poderíamos receber em meses. Ela está grávida!

— Bem, já estava na hora... mais uma vez. — Ele se inclinou para a frente e beijou a filha no rosto. — Parabéns, querida. Pelo menos agora o Blake vai ter algo para ajudá-lo a seguir em frente.

— Obrigada, papai — respondeu ela baixinho, lançando um olhar de advertência para a mãe. — Preciso correr agora.

— O Blake ainda não sabe, William — explicou Eleanor, percebendo que o marido poderia muito bem pegar o telefone e, sem querer, revelar o segredo. — Danica vai contar para ele esta noite.

— Jantar especial, hein? Bem, então vá correndo. Ele vai estar à sua espera.

Danica beijou a mãe, acenou para o pai e saiu pela porta sentindo-se como uma garotinha indo para o colégio. Evidentemente, poucos dias tinham se passado desde que seus pais a tinham visto sair como uma menina. Pela primeira vez, ela percebeu que seu ressentimento havia passado e achou que isso tinha algo a ver com a melhora de seu relacionamento com a mãe e com a compreensão que se seguira. Pelo menos agora Eleanor a via como adulta. Perguntou-se quando o pai a veria assim também, *se* isso viesse a acontecer.

Mas isso, também, parecia não importar mais. Seu pai sempre seria seu pai, mas, após o término do julgamento, ela pretendia viver a própria vida.

Blake estava na porta quando ela chegou.

— Onde você estava? Fiquei preocupado.

Danica passou por ele e pôs a bolsa na mesa do corredor.

— Falei para você que passaria o dia fora.

— Você poderia ter ido ao médico aqui. Não havia necessidade de se arrastar para Boston.

— Eu queria ir ao médico que conheço. Esta cidade já é bastante estranha para mim por si só. — Olhando-se no espelho, tirou o chapéu e afofou os cabelos.

— Bem, qual é o veredicto? Você terá saúde o bastante para ficar ao meu lado durante o julgamento, conforme prometeu?

— Não vejo por que não. — Virou-se para encará-lo. — Estou grávida.

— Você está *o quê*?

Ela riu alto, em parte porque a expressão dele traía um imenso descrédito, em parte porque estava se sentindo muito, muito bem.

— Estou grávida, Blake. O bebê é para maio. — Como ele a ficou encarando, Danica não resistiu a uma espetada: — Você não está feliz? Se eu der sorte, estarei usando roupas de grávida durante o julgamento. Pense em como isso vai contar a seu favor.

— Não preciso do seu sarcasmo, Danica.

Como era de esperar, Danica se penitenciou na mesma hora pelo que dissera. Apesar do desprezo que sentia por Blake, ele estava passando por uma fase difícil.

— Desculpe — retratou-se. — É que essa foi a melhor coisa que me aconteceu nas últimas sete semanas e estou muito feliz.

Olhou desconfiado para ela.

— É do Buchanan?

Ela controlou uma raiva súbita.

— Não andei com nenhuma outra pessoa.

— E você nem se preocupou em tomar anticoncepcional?

— Sinceramente? Não. Você e eu fomos casados por oito anos antes de eu engravidar. Nunca precisei pensar em anticoncepcionais.

— Talvez você estivesse querendo. Talvez quisesse este bebê.

— Inconscientemente, acho que sim. Agora, com certeza.

— Ele sabe?

— Sabe. — Estava preparada para lhe contar como Michael ficara encantado, mas ele não perguntou.

— Quem mais sabe?

— Que estou grávida? Só os meus pais.

— Que é filho do Buchanan. — Blake foi mais específico.

— Só a minha mãe.

— Você pretende deixar assim?

Ela não podia acreditar no que ele estava perguntando.

— Você quer saber se estou planejando contar para todo mundo que esse filho não é seu? Que tipo de pessoa você acha que sou, Blake? Por que diabo você acha que estou fazendo tudo isso?

Ele olhou com estranheza para ela.

— Acho que nunca a ouvi praguejar antes.

— Há *muitas* coisas que você nunca me ouviu dizer ou fazer antes, porque passei os primeiros vinte e oito anos da minha vida num casulo e os últimos dois tentando sair dele. Estou amadurecendo, Blake. É melhor você e o meu pai perceberem isso. Tenho idéias e sentimentos próprios. Fico furiosa quando alguém insulta a minha inteligência, que foi o que você fez há um segundo. A verdade é que eu jamais estaria aqui com você, se não fosse pela encrenca em que você se meteu.

— Eu não *me meti* em encrenca nenhuma.

— Está bem. A encrenca em que *o Harlan* te meteu... Você acha que eu vim para cá em nome do grande amor que temos um pelo outro?

Sua negativa totalmente mansa foi mais poderosa do que qualquer xingamento alto, pois, mais uma vez, lembrou-a de que estava enfrentando um período difícil, o que a fez se sentir imediatamente culpada.

— Blake — suspirou, falando baixo —, estou aqui porque sinto que a minha presença pode ajudar no seu caso. Chame isso de "por conta dos velhos tempos" ou de qualquer outra coisa que achar melhor, mas quero fazer isso. Por você e pelo meu pai. — Sorriu com tristeza. — É difícil abandonar hábitos antigos, mas eles serão abandonados. Enquanto ainda houver um resquício deles, vou usá-los para ajudá-lo. Um anúncio público de que este filho é do Michael *não* vai ajudá-lo. — A discussão a cansara e ela falou calmamente: — Por favor. Tenha confiança de que farei o que é certo.

As palavras dele também soaram tranqüilas, com um traço de derrota:

— Acho que não tenho outra alternativa, tenho?

— Não. — Ela endireitou os ombros e se encaminhou para as escadas. — Estou cansada. Acho que vou me deitar um pouco.

Danica estava no meio das escadas quando ele perguntou:

— Está tudo bem... com o bebê e tudo o mais?

Ela sorriu e respondeu confiante:

— Sim. Está, acho que está tudo bem. — E continuou a subir.

Dezoito

— O que aconteceu?

— Contei para ele ontem à noite.

— Ele ficou com raiva?

— Um pouco, no início. Mas depois passou.

— Por conta própria?

Danica suspirou.

— Com um pouquinho de ajuda. Perdi a paciência. Lembrei-o, sem meias-palavras, o que exatamente estou fazendo em Washington. Minha objetividade ajudou. Ele não pôde rebater nada do que eu disse e deixei tudo muito claro. Acho também que ele finalmente se deu por vencido em relação a mim.

— Já estava na hora.

— Ele até perguntou se estava tudo bem com o bebê.

Michael apertou o telefone com mais força.

— E está? Como você está se sentindo?

— Nada mal. O enjôo vai e vem. É sempre pior quando estou com o estômago vazio, então procuro comer um pouquinho de alguma coisa sempre que posso. Também dormi até tarde esta manhã. Isso ajuda.

— Que bom. Como o Blake se comportou hoje?

— Ele tem sido incrivelmente cordial. Veio falar comigo no meio da manhã para saber se eu precisava de alguma coisa.

— O que você disse?

— Senti vontade de dizer que eu precisava de *você*, mas me controlei. Não faz sentido passar sal na ferida. O Blake sabe que perdeu a batalha.

— Apenas não o deixe esquecer — resmungou Michael.

Assunto semelhante surgiu na conversa deles, vários dias depois.

— É como se de fato estivéssemos vivendo uma trégua, Michael. O que acho que é muito melhor para nós dois. Conversamos mais do que conversávamos antes e ele tem se mostrado solícito quando fico enjoada.

— Não solícito *demais*, espero.

Ela riu.

— Isso jamais aconteceria, não com o Blake. Um leopardo não muda suas manchas. Elas podem ficar mais brandas em uma época ou outra, mas...

— Isso é verdade?

— Não sei, mas parece apropriado para a analogia que quero fazer, você não acha?

— Você é impossível — disse ele, com carinho.

— Bem, só não quero que você fique preocupado, mas você fica mesmo assim, não é?

— Preocupado, achando que o Blake está tentando reconquistar você? Claro que fico. Sou um mero ser humano e me sinto particularmente assim sentado aqui sozinho, de braços cruzados.

— Você não está sozinho. Você tem o Rusty.

— Humm, o filósofo labrador. Deixe eu te dizer uma coisa: ele pode ser ótimo para me ajudar a descontar a agressividade na praia, mas como confidente ele deixa um pouco a desejar.

Danica riu e fez uma pausa.

— Você não devia se preocupar, pelo menos não com isso, Michael. Não há a menor possibilidade de o Blake me reconquistar. Sou sua. O tempo que estou passando aqui é por obrigação. O Blake não faz nada minimamente sugestivo. E, com certeza, não encosta em mim. Acho que sua demonstração verbal de preocupação é o mais perto que ele consegue chegar de um pedido de desculpas por tudo o que tem me feito passar.

— E tem mais coisa pela frente. É isso o que realmente preocupa. Os advogados dele conseguiram a data que queriam em dezembro?

— Hum-hum.

— O Blake fala sobre isso?

— Está começando a falar, mas às vezes acho que não está ciente da minha presença quando o faz. É quase como se estivesse falando sozinho, como se o que passa pela cabeça dele simplesmente precisasse sair. Acho que daria no mesmo se estivesse numa sala vazia. Ele não espera nenhuma resposta de mim. Talvez esteja constrangido demais para me olhar nos olhos.

— Ele falou da sua gravidez para alguém?

— Para os advogados. Eles ficaram satisfeitos.

— Eles sabem a verdade?

— Não. O Blake e eu concordamos que seria assim. Por todas as razões práticas, pelo menos até o fim do julgamento, este filho é dele.

— Não gosto da idéia.

— Faz parte do esquema. Se eu não seguir com o meu plano, *tudo* terá sido uma perda de tempo.

— Concordo, mas ainda não gosto da idéia.

Ela sorriu com ternura.

— É porque você me ama.

— Espertinha.

Na semana seguinte, Danica ligou para Michael com uma novidade interessante.

— Você *nunca* vai adivinhar o que aconteceu hoje de manhã.

— Você sentiu o bebê chutar?

Ela riu.

— Ainda não. É muito cedo. Ele ainda é muito, muito pequeninho, Michael.

— Ah... você pegou o Blake falando com as paredes?

— Talvez isso venha a acontecer daqui a um tempo, mas ainda não é isso.

— Está bem. Desisto. O que aconteceu hoje de manhã?

— Recebi uma ligação da revista *Boston*. Eles querem que eu escreva um diário relatando o que estou passando enquanto espero pelo julgamento, e depois outro do julgamento propriamente dito. Eles acham que isso pode resultar numa matéria bombástica.

Michael ficou tenso.

— Você vai aceitar?

— Claro que não! Eu disse para o camarada que isso era um assunto extremamente pessoal, que eu não poderia nem pensar em escrever sobre os meus sentimentos para uma revista. Quando ele me ofereceu uma boa soma em dinheiro, eu disse que seria muito imoral da minha parte sequer pensar em lucrar com a infelicidade do meu marido. Isso não bastou; ele ainda teve a coragem de perguntar se poderia mandar um repórter de vez em quando para me entrevistar. Dá para acreditar?

— Ah, dá para acreditar muito bem. *Sei* como os repórteres trabalham.

— Nem todos são assim. A propósito, almocei com a Cilla ontem.

— Eu sei. Ela me telefonou à noite. Ela sabia que eu estava preocupado com você e fez questão de me dizer que você estava maravilhosa.

— Passamos horas muito agradáveis juntas. Ela disse que ela e o Jeff estão procurando uma casa.

Cilla contara isso a Michael também.

— Mas ela esta resistindo à idéia de casar de novo.

— Eu sei. E me sinto mal por isso. Acho que o Jeff quer muito se casar, mas a Cilla sente que eles estão numa fase muito boa e acha que deviam dar mais um tempo antes de se "enrolarem" legalmente de novo. Acho que ela vai ceder depois que já estiverem morando juntos por um tempo.

— Como você se sente com relação ao Jeff?

— Eu o acho ótimo!

— Você não ficou com raiva dele, ficou?

— Por causa da investigação na Eastbridge? Claro que não. Ele estava fazendo o trabalho dele. Mas foi bom não ter aparecido ontem. Não sei se o Blake teria gostado. Ele não é do tipo compreensivo.

— Então ele não sabe da ligação entre a Cilla e o Jeff?

— Ainda não.

— Ele fez alguma crítica por você ter se encontrado com a Cilla?

— Ficou nervoso no início. Ele sabe que a Cilla é jornalista e ficou com medo de que ela me enrolasse e que eu, sem querer, falasse alguma coisa que não devia. Eu disse a ele que o nosso encontro tinha sido pessoal e não profissional. Lembrei a ele que a Cilla é minha amiga e *sua* irmã.

— Ele deve ter adorado — gracejou Michael.

— Isso o fez calar a boca. Mas preciso lhe dar um desconto. Ele tem sido compreensivo com relação à minha necessidade de sair. Tenho a liberdade de sair e voltar a hora que bem entender.

— Você sai muito?

Ela suspirou e ajeitou o telefone no ombro.

— Para falar a verdade, não. Aonde eu iria? Não tenho amigos aqui. Saio com a mamãe, agora com a Cilla, e com mais ninguém.

Michael lembrava-se de como, quando estavam juntos, eles tinham saído todos os dias, de como ela gostara de fazer novos amigos e rever os antigos.

— Deve estar sendo solitário para você. O que tem feito?

— Dormido. — Deu um sorriso malicioso. — Tenho dormido muito. Tenho tricotado também. Você precisa ver o cobertorzinho de bebê que estou fazendo. Está quase pronto e ficando uma gracinha. Acho que vou fazer muitos outros... Tenho me sentido muito feliz trabalhando nele, pois assim penso no bebê, em você e em como tudo vai ser maravilhoso quando chegar a primavera.

— Gosto quando você fala assim. Às vezes fico desanimado.

— Você sabe que é só uma questão de tempo.

— Sempre foi uma questão de tempo. Acho apenas que estou ficando impaciente. Fico pensando no quanto quero estar ao seu lado. Quero ver cada mudança no seu corpo conforme o bebê vai crescendo.

— Ainda não tem muita coisa para ver. Meus seios estão maiores. Só isso.

— Só *isso*. — Michael fechou bem os olhos diante das imagens que surgiam à sua frente. — Ah, meu amor, isso não está fazendo nenhum bem para a minha paz interior, menos ainda para a minha condição física.

A voz dela soou muito íntima:

— Então estamos empatados. Eu me deito à noite, lembrando de todas as formas como você me toca e fico querendo que você faça tudo de novo. Eu te amo tanto, Michael!

Ele inspirou com força, o peito trêmulo.

— Eu te amo ainda mais. E vou fazer tudo isso de novo. Prometo.

— Adivinhe só! A Greta também está grávida!

Danica abriu um grande sorriso.

— Isso é maravilhoso! Ela sabe do nosso bebê?

— Contei para ela. Contei para os dois. Não teve jeito, Dani. Somos amigos há muitos anos e fiquei tão animado quando ela me contou a novidade que, simplesmente, não consegui guardar segredo. Ela e o Pat não costumam estar com muita gente, pelo menos não com as pessoas que a gente conhece. Eles não vão falar nada...

— Tudo bem! Estou feliz por você ter contado para eles. Não é justo que tenha de esconder tanto. Me sinto péssima com relação a isso. Posso ter me comprometido a, por enquanto, deixar todo mundo acreditar que este bebê é do Blake, mas não gosto dessa idéia tanto quanto você.

— Entendo por que você está agindo assim.

— Mas tenho muito orgulho do meu bebê ser seu filho. Me sinto mal só de pensar que é o Blake que está levando o crédito... A propósito, os advogados já deixaram a notícia vazar para a imprensa. Saiu uma notinha na coluna social há uns dois dias.

— Alguma reação?

— Não que eu saiba. — Danica hesitou por um minuto, pensando na discussão que tivera com o marido sobre esconder a verdadeira paternidade de seu filho. Mas havia momentos em que era preciso abrir exceções, em que era seguro abrir exceções, como no caso de Greta e Pat, e da pessoa na qual estava pensando agora. — Michael, eu gostaria que você contasse para a Gena. Ela vai ficar tão animada! Acho que vai entender a minha atitude.

Michael sorriu e soltou um suspiro.

— Sei que vai. Obrigado, meu amor. Eu estava com vontade de contar para ela, mas não tive coragem. Talvez eu até vá à casa dela amanhã.

— Ela vai gostar.

— *Eu* também.

— Como estão... todos aí?

— Muito bem. Perguntam o tempo todo por você.

— Você percebe alguma hostilidade?

— Por causa das denúncias? Nenhuma. As pessoas aqui são diferentes, Dani. Elas nunca se deixaram impressionar por quem você é. Elas nunca fizeram muita ligação entre você e o Blake.

— Eu estava sempre com você. Elas talvez saibam mais da verdade do que qualquer um.

— Se sabem, não estão fazendo fofoca. Elas te adoram. Gostam de você como pessoa e têm sido muito solidárias. A maior preocupação delas é com o fato de você estar presa em Washington tendo de encarar o julgamento do Blake. Elas querem que você volte para cá.

— Eu também.

— E eu. Como você tem se sentido?

— Do mesmo jeito.

— Sem câimbras?

— Sem câimbras, graças a Deus. Só um enjôo constante. O médico disse que vai passar. Vou vê-lo de novo no início do mês. — Deu a ele o dia e a hora exatos. Era, obviamente, numa quarta-feira.

— Posso ir com você?

— Seria muito arriscado.

— E se eu fosse apenas como um amigo que te encontrou no aeroporto e te deu uma carona?

— Você não é só um amigo. Acho que a gente não consegue levar a farsa a tal ponto. Não venha me dizer que você ia ficar satisfeito em ficar quietinho na sala de espera, enquanto eu faço os exames. Conhecendo o seu jeito, sei que você vai querer entrar comigo e fazer um milhão de perguntas. Não daria certo, Michael. O médico, a enfermeira, a recepcionista, todos descobririam a verdade.

— Bem, pelo menos se encontre comigo para a gente almoçar antes da minha aula.

Ela sorriu.

— Quanto a *isso*, acho que posso dar um jeito.

— Ótimo. Descobri um restaurante indonésio fantástico. É escurinho lá dentro e você vai poder usar o seu disfarce, *sabe qual?* Chapéu e óculos escuros, e ninguém jamais vai descobrir quem você é. Caramba, eu mesmo sou capaz de esquecer e achar que estou com uma artista de cinema...

Danica estava se sentindo deprimida quando voltou a telefonar para Michael. Hesitou por um bom tempo, mas acabou digitando o número dele num ato de puro egoísmo.

— Estou te avisando de antemão, Michael — começou logo falando. — Sei que está esperando uma criança doce e inteligente, mas você está prestes a testemunhar algo muito diferente.

— O que aconteceu? — perguntou ele, alarmado.

— Estou ficando *maluca*! Uns dias são piores que outros, mas hoje foi um inferno! Comecei vomitando, o que não é nenhuma novidade, portanto não vou nem comentar. — Falou devagar então, claramente se esforçando para conter sua frustração. — Tenho andado o dia inteiro de um lado para outro nessa casa, entediada até a alma. Não estou com vontade de tricotar, não estou com vontade de ler, não estou com vontade de sair, porque não tenho para onde ir nem tenho companhia.

O Blake fica sentado na sala de estar, olhando para as paredes, e eu também não quero conversar com ele. A tensão dele é contagiosa. Ele está uma pilha de nervos e eu também vou acabar assim se ficar mais um minuto ao lado dele. Não tenho nada para fazer, Michael, pelo menos nada que distraia a minha cabeça. — Ela soltou um suspiro audível. — É por isso que estou te ligando... e me sentindo culpada por estar me queixando.

Ele estava tão aliviado por não se tratar de nenhum problema clínico que chegou a sorrir.

— Pode se queixar o quanto quiser, meu amor. É para isso que estou aqui.

— Não, não é. Você não merece. Não foi você que procurou por isso. Fui *eu*.

— Você não procurou.

— Mas fui eu que resolvi bancar a mártir.

— Isso é verdade — falou com a voz arrastada, numa tentativa de implicar com ela. Sabia que as grávidas tendiam a ficar deprimidas, mas não tinha pensado em mudanças de humor até então. Por outro lado, analisou, além da gravidez havia motivos de sobra para irritação. O melhor que ele podia fazer era tentar deixá-la desabafar.

— Por que o Blake está tão mal hoje? Aconteceu alguma coisa com relação ao julgamento?

— Não necessariamente hoje, mas a tensão está se acumulando. Os advogados estão começando a dar uma olhada nos documentos em poder do governo. A assinatura do Blake está bem ali no campo do Departamento de Comércio do formulário da licença, depois novamente no documento que libera o embarque. Ele ainda alega que não sabia que os circuitos integrados estavam dentro dos equipamentos e nem que eles estavam indo para a Rússia.

— Ele pode provar?

— Não. Mas os advogados vêem grandes possibilidades de uma dúvida razoável. Se quiser fazer alguma ligação, a procuradoria precisará provar a culpa dele sem qualquer margem de dúvida, só que a maioria das evidências que eles têm são provas circunstanciais.

Podem ser provas circunstanciais fortes, mas são apenas circunstanciais... Há muitas incertezas. Acho que é isso que está deixando o Blake aflito. Sei lá, talvez ele também esteja entediado. E ele não tem *você* para conversar.

— Ele conversa com alguém?

— Ah, conversa. Ele joga squash na academia, várias vezes por semana, e vê os velhos amigos. Mas ele foi aconselhado a não falar nada sobre o caso, e, como é isso que vem ocupando a cabeça dele ultimamente, não tem outra válvula de escape a não ser o Jason e o Ray. Estou ficando cheia deles também. Sempre dizem as mesmas coisas.

Michael riu.

— É porque você se desliga e não ouve as diferenças sutis. — Fez uma pausa e ficou mais hesitante. — Dani, e se o júri condenar o Blake, como você vai se sentir?

— Tenho pensado muito nisso. Acho que vou ficar triste. Eu detestaria vê-lo indo para a prisão. Mas isso não vai fazer a menor diferença nos meus planos. Minha obrigação é ajudá-lo durante o julgamento, ajudá-lo a apresentar a melhor imagem possível. Se não der certo, bem, isso não está nas minhas mãos.

— Eu estava só imaginando.

— Só se preocupando, você quer dizer. Não se preocupe, Michael. Isso é ou não a palavra de uma mulher que fala com convicção?

— Com certeza é, mas esta mulher também peca pelo excesso de compaixão.

— É por isso que estou rezando para que o Blake seja absolvido. Pelo bem *dele*, não pelo meu. Meu caminho está traçado.

— E ele sabe qual é?

— Ele já deve ter suspeitado. Não conversamos sobre o que vai acontecer depois do julgamento, mas sabe como me sinto com relação a você e ao bebê, e ele não é bobo.

— Ele sabe que a gente se fala?

— A conta de telefone chegou na semana passada.

— Eu já pedi mais de uma vez para você ligar a cobrar.

— Não é uma questão de dinheiro, e eu não quero ligar a cobrar. Não estou nem aí se o Blake sabe que a gente se fala, e ele não comentou nada. Vai ver ele sabe que eu iria enlouquecer se não tivesse você para conversar.

— Estou sempre aqui.

— Exceto nas quartas-feiras.

— Exceto nas quartas-feiras. Está tudo pronto para a semana que vem?

— Com certeza, mal posso esperar. Está custando tanto a... Michael?

— O quê, meu amor?

— Obrigada.

— Pelo quê?

— Por me deixar desabafar assim.

— Está se sentindo melhor?

Ela sorriu.

— Estou.

— Então valeu cada minuto.

Cedo, na quarta-feira seguinte, Danica pegou um avião para Boston. Tinha marcado sua consulta médica para o meio da manhã, de forma que ela e Michael dispusessem de mais tempo juntos. Embora achasse que pegaria um táxi até o restaurante que Michael tinha escolhido, vibrou de alegria quando saiu do centro médico e viu a Blazer estacionada na frente do prédio.

Apressando o passo, entrou pela porta que Michael se esticara para abrir e deslizou pelo banco da frente até seus braços. Ele a abraçou forte por vários minutos, nenhum dos dois capaz de falar por causa da torrente de emoções. Somente quando o motorista de um Mustang meio detonado, embora uma raridade, passou por eles, buzinou e levantou o polegar, foi que Michael a soltou.

— Camarada espertinho — murmurou, mas seus olhos logo voltaram para as feições de Danica. Seus dedos fizeram o mesmo, depois seus lábios, e quando ele recuou novamente, ela estava nas nuvens.

— Ahhh, Michael, isso foi tão bom!

— Pode abrir os olhos agora.

— Mas você vai estar aí? — ela murmurou, apertando os braços em torno de seu pescoço. — Posso senti-lo, mas ainda tenho medo de que seja um sonho.

— Não é um sonho, meu amor. Pode abrir.

Ela abriu os olhos devagar e, para seu constrangimento, eles estavam cheios de lágrimas. Enterrando a cabeça em seu pescoço, deixou-o confortá-la até se sentir mais equilibrada.

— Não há nada de errado, há? — ele perguntou, preocupado.

Ela negou.

— Apenas estou muito feliz em te ver.

Ele suspirou, aliviado.

— Foi tudo bem na consulta?

— Maravilhosamente bem. Voltei ao meu peso normal.

— Voltou?

— Perdi alguns quilos no início, quando eu não conseguia comer.

— Está conseguindo agora?

— Ah, estou. E não estou anêmica nem nada. Tenho uma receita de vitaminas. O médico se ofereceu para me dar um remédio para os enjôos, mas não quero tomar nada. Não confio em remédios. Daqui a dez anos é capaz de surgir alguma revelação terrível dizendo que eles causam bloqueio mental ou qualquer coisa parecida.

Michael riu.

— Que bom que você não está tomando remédios... desde que não esteja se sentindo enjoada demais.

— Só fico enjoada quando estou com fome, e estou com fome agora. Vamos almoçar, digo, tomar um café reforçado antes que eu vomite no seu carro todo. Quase não comi nada, além de um pedaço de torrada, antes de sair de Washington. Eu estava ansiosa demais para comer.

Trazendo-a para bem perto de si, Michael arrancou com o carro. Quando estavam no restaurante — ele mudara de idéia e optara por um restaurante simples, de comida americana, em vez do indonésio, em consideração à sensibilidade do estômago de Danica —, passou o braço dela pelo seu.

— Já almocei aqui uma vez, mas a companhia não chegava nem aos pés da que tenho agora.

— Ela era bonita?

— Na verdade, eram três.

— Três *mulheres*?

— Três professores. Um era gordo e careca, o outro era magro e careca e o terceiro era tão míope que ficou o tempo todo com a cara grudada no prato, sem dizer uma palavra.

— Coitado.

— Poupe sua bondade. Acredito que ele se torne uma pessoa interessante na sala de aula. O curso dele é um dos mais populares da faculdade. — Michael deu uma olhada para os lados, para os outros clientes, então se abaixou e puxou a cadeira de Danica ainda para mais perto da sua.

— Estamos nos arriscando ao ficar desse jeito — provocou ela, aconchegando-se a ele.

— Que nada. Ninguém vai reconhecer nenhum de nós. Com essa sua aliança, vão achar que somos um casal feliz. Poxa, o Blake já está pegando o meu filho emprestado; o mínimo que ele pode fazer é me emprestar a aliança dele só um pouquinho. — Seus olhos estavam vidrados em seu rosto sorridente. — A Cilla tinha razão. Você está mesmo maravilhosa. Um pouco cansada, talvez, mas está com uma ótima cor.

— Você também está maravilhoso, Michael. Me diga o que tem feito.

Primeiro, ele conseguiu pedir a uma garçonete para trazer palitinhos salgados para Danica. Enquanto ela comia, ele lhe explicou que finalmente tinha começado a organizar as anotações que eles haviam feito no verão anterior.

— Ainda há muita pesquisa pela frente, e eu quero entrevistar várias outras pessoas que trabalham com salvatagem. Como estão todas no litoral do Nordeste, não vai ser muito difícil. Se eu conseguir concluir tudo antes da primavera, todo o resto poderá ser feito em casa.

Danica sabia que ele estava pensando em quando ela iria morar com ele e apertou seu braço com uma gratidão silenciosa.

— O seu editor gosta da idéia?

— Muito. O livro não vai ser muito filosófico, mas vai resultar numa boa leitura. Ei, os editores marcaram uma data para o lançamento do *seu* livro?

Ela concordou, mas torceu os lábios, desapontada.

— Janeiro.

— Cedo assim? Achei que estavam pensando em março ou abril.

— Estavam. Mas resolveram acelerar. Eles acham que a publicação perto da data do julgamento, em dezembro, vai familiarizar o público com o meu nome. Querem tirar vantagem da situação.

— Exatamente o que você não queria.

— Hum-hum. Pode ser que eles tenham razão em termos de vendas, mas fiquei meio decepcionada. Principalmente por causa do James. Esse livro é dele. Detesto a idéia de sujar seu nome...

— *Não* é este o caso, Dani. Não há nada de *sujo* com relação a você. Você vai brilhar durante o julgamento como a mulher especial que realmente é. As pessoas vão te admirar. Espere e verá. A *Boston* não vai ser a única revista a ir atrás de você.

Ela revirou os olhos.

— Que os anjos me protejam, então. Não quero ver *nenhuma* delas. Quando esse julgamento terminar, vou embora de Washington, de Boston e morar definitivamente no Maine. Quando penso em ficar com você todos os dias, pelo resto das nossas vidas, percebo que sou uma pessoa de muita, muita sorte. — Ela parou de falar e uma expressão pensativa passou pelo seu rosto.

— O que foi?

— A Reggie foi me ver ontem.

— Foi?! — Embora Michael nunca tivesse encontrado Reggie Nichols, sentia-se como se a conhecesse, depois de tudo o que Danica lhe contara sobre ela. — Como ela está?

— Não está muito bem. É impressionante como a vida dá voltas. Num dado momento, achei que meu futuro dependia totalmente de ser a melhor jogadora de tênis do mundo. Quando abandonei a carreira, me senti aliviada, mas também que tinha perdido minha chance de imortalidade. Agora, olho para a Reggie. Ela esteve no topo, teve tudo isso e está sofrendo horrores. Decidiu se aposentar em março, depois do fim do torneio atual, e está entrando numa verdadeira crise profissional.

— Ela ainda não sabe o que fazer?

— Disse que talvez seja treinadora, mas não está muito animada. Quando se fica no topo pelo tempo que ela ficou, é difícil sair. Seria diferente se ela tivesse uma família, marido ou filhos para realizá-la, mas não tem.

— Muitas mulheres hoje em dia não precisam disso.

— Eu sei. Mas não acho que a Reggie seja uma delas. Sei que eu não sou. — Inclinou-se e deu-lhe um leve beijo na boca. — É por isso que tenho tanta sorte. Olho para a Reggie e depois para mim, e percebo que prefiro ter a vida que terei em breve. Meu futuro parece tão brilhante... bem, depois de dezembro, pelo menos.

Conversaram então sobre o que estava acontecendo em Washington e, quando a comida chegou, conversaram, entre garfadas, sobre todas as outras pequenas coisas que não tinham conversado pelo telefone. Michael sugeriu vários livros bons para ela ler. Danica sugeriu um bom filme.

— Quando você o viu?

— O Blake me levou ao cinema na semana passada.

— Ele está te levando para sair, agora?

— Nem sempre e só quando fica desesperado. Ele não sabe o que fazer para passar o tempo tanto quanto eu.

— Ele se preocupa em encarar as pessoas?

— Acho que no início, sim. Mas a depressão faz maravilhas. Quando as coisas chegam ao ponto em que você sabe que vai enlouquecer se não sair, o risco de encarar as pessoas se torna secundário. — Danica baixou os olhos para o seu suéter e franziu a testa. — Respinguei alguma coisa?

— Não. Por quê?

— Você não pára de olhar para os meus seios.

Ele enrubesceu.

— Eu queria ver se eles estão mesmo crescendo.

Ela riu.

— Michael Buchanan!

— Não me venha com essa de "Michael Buchanan!" — Encostou a boca em seu ouvido. — Se é o meu bebê que está fazendo isso, eu quero ver.

Ela levou a mão até a bainha sanfonada do suéter.

— Se você quiser, posso tirá-lo.

Ele deteve as mãos dela com as suas, então as abaixou para sentir sua barriga.

— Mal posso esperar para que ela cresça. Sonho com você deitada na sala de estar, daqui a alguns meses, não vestindo nada além da luz da lareira. Ela vai lançar um brilho lindo na sua pele. E eu vou aquecer as minhas mãos na sua barriga redonda, gorducha e quente.

Ela inspirou pela boca e gemeu baixinho.

— Eu sabia que isso não iria ser fácil.

— Não iria mesmo. — Antes que ela percebesse o que ele estava fazendo, Michael deslizou a mão dela até sua braguilha e pressionou-a. Fechando os olhos, inspirou fundo; sua expiração saiu como um gemido gutural.

— Michael! — ela sussurrou, olhando furtivamente para os lados. — Estamos num restaurante!

— Do jeito que estou excitado, faço isso em qualquer lugar.

— Você é um maníaco sexual.

Michael abriu um olho apenas.

— Mas isso é bom com a gente, não é?

Ela estava sorrindo.

— É.

Quando ele sentiu a mão dela fechando-se, devolveu-lhe o comentário.

— Danica! Estamos num restaurante!

— Hum-hum...

* * *

Michael achou difícil dar aula naquela tarde, não tanto pelo seu estado de frustração física, quanto pelo seu estado mental. Ficou o tempo todo pensando em Danica voltando para Washington, deprimida em casa, sem nada para fazer, e percebeu que tinha sido muito burro. Não podia ir de carro ao Maine a tempo de voltar para trabalhar.

Na noite seguinte, quando Danica ligou, ele estava todo misterioso:

— Estou mandando algo para você.

— Algo? O que é?

— Você vai ver. Você pode ir ao Lincoln Memorial amanhã, ao meio-dia?

— Você vai estar lá? — perguntou, animada.

— Eu não. Um mensageiro.

— Que tipo de mensageiro?

— Um portador para a minha surpresa.

— *Que* surpresa?

— Você vai ver. Vai poder ir lá?

— Claro que vou, mas o suspense está me matando. Você não pode dar uma pista?

— Não.

— Como vou saber quem é o seu mensageiro?

— Você vai saber.

— Michael... — advertiu-o, mas ele estava longe de ser persuadido.

— Faça o que estou pedindo. Amanhã ao meio-dia. No Lincoln Memorial.

Danica chegou cedo. Olhou para todos os lados, mas os rostos que viu eram estranhos e pertenciam a pessoas dos grupos que se concentravam na grande estátua de Lincoln, sentado. Acompanhando-os, observou a estátua. Sua expressão humana e seu toque de sabedoria sempre a atraíram. Michael sabia que de todos os monumentos de

Washington aquele era seu favorito. Ela percebeu que ele escolhera propositadamente aquele lugar como ponto de encontro.

Enfiando as mãos nos bolsos do casaco, analisou novamente os turistas, virando-se em seguida a tempo de ver um táxi que parava no meio-fio. Deu uma olhada no relógio. Ainda faltavam cinco minutos para a hora marcada. Estava para se virar de novo para a estátua quando uma senhora baixa e de cabelos grisalhos saiu do táxi. Após uma pausa, pôs-se a descer os degraus, animada.

— Gena! — gritou e depois acenou quando Gena ergueu o olhar e sorriu. Correndo pelo resto do caminho, Danica lhe deu um abraço apertado. — Que *bom* te ver!

Gena sorria, radiante, quando Danica finalmente recuou.

— Fique sabendo que esta é a primeira vez que saio do Maine em três anos.

— E você veio só para entregar a surpresa do Michael?

Concordando, Gena gesticulou para o táxi.

— Está lá dentro. Vamos. Encontraremos um lugar para almoçar e conversar.

Danica a acompanhou de volta ao táxi; então, seguindo a sugestão de Gena, deu ao motorista o nome de um restaurante tranqüilo onde sabia que poderiam conversar. Somente quando se recostou no banco do carro foi que Gena lhe entregou o pacote que Michael tinha enviado. Era um envelope grande, grosso, com o nome de Danica em negrito.

— O que tem aqui *dentro*?

— Documentos, anotações e tarefas.

— Tarefas?

— Michael achou que você poderia fazer alguma coisa para ajudar a passar o tempo. Estes documentos e anotações são alguns daqueles que vocês dois fizeram no verão passado. As tarefas são sugestões de coisas que você pode pesquisar no Arquivo Nacional. Ele pensou que, já que você está aqui, poderia ajudá-lo. Ele também disse alguma coisa quanto ao arquivo ser um lugar muito tranqüilo e inspirador para se trabalhar.

Danica riu encantada e abraçou o envelope.

— Tenho reclamado que ando muito entediada. Vai ser maravilhoso ter algo para fazer!

Gena acariciou-lhe levemente o rosto.

— Em parte, deve ser por isso que ele o enviou, mas tenho certeza de que você também o estará ajudando. É um trabalho que precisa ser feito e ele anda muito desligado.

— Eu sei. Tudo isso deve ser quase tão difícil para ele quanto é para mim.

— Ele se sente impotente. Ficou furioso por não ter pensado nisso antes. Só falta um mês para o julgamento, mas se isso te ajudar a passar o tempo, então você estará fazendo um favor *aos dois*... Você está mesmo linda, Danica. Como tem se sentido?

— Ótima! Bem, melhor, pelo menos. — Ela olhou para a divisória plástica que as separava do motorista e baixou a voz: — Vou entrar no terceiro mês daqui a duas semanas. Acho que as coisas estão se acalmando.

— Sinto muito por você. Eu fiquei tão enjoada quando estava grávida do Michael e da Cilla! — Fez uma pausa. — Alguma possibilidade de serem gêmeos?

— Perguntei ao médico, mas ele duvida. Gêmeos, normalmente, pulam uma geração. Nossos filhos podem ser os sortudos. No meu caso, ainda é cedo demais para saber, mas ficarei feliz com um único bebê saudável.

Gena apertou-lhe o braço.

— *Todo*s nós ficaremos. — Arrepiou-se e sorriu. — Acho que estou tão animada quanto o Michael e você. Não vai ser o meu primeiro neto, mas, bem, o Michael e eu sempre fomos almas gêmeas. E vocês estarão tão *perto*!

Danica sentiu-se gratificada e em seguida hesitou.

— Você entende por que estou agindo dessa forma?

— Eu a amo ainda mais por isso. A lealdade é uma qualidade muito bonita. Sei que há ocasiões em que você sente como se isso fosse uma pedra no sapato...

— O Michael te contou?

— Ele já me contou quase tudo agora, e estou feliz por ter contado. Na minha opinião, o único problema na sua vida é que a lealdade sempre foi uma coisa imposta. Agora que você escolheu que direção seguir no futuro, lealdade e responsabilidade serão forças positivas. Sei que já te disse isso antes, mas vale a pena repetir: eu não poderia esperar uma mulher melhor para o meu filho.

Emocionada, Danica a abraçou de novo.

— Sorte a minha ter uma sogra como você — murmurou. — Obrigada. Obrigada por ter vindo hoje, por ser mãe do Michael, por fazê-lo ser a pessoa que é.

— Não me agradeça — Gena bronqueou baixinho. — É o amor que faz a vida valer a pena.

Bem mais tarde, após terem almoçado, Danica pensou novamente nas palavras de Gena. Sorrindo, puxou a etiqueta do saquinho de chá que repousava úmida e estirada no pires. "O amor verdadeiro é o renascimento da vida", leu. Em seguida, enfiou a etiqueta dentro da bolsa, enquanto Gena sorria sabiamente.

O trabalho que Michael lhe mandara caíra do céu e Danica lhe disse isso.

— Não sei o que faria se não tivesse algo para ocupar a minha cabeça. Tem sido muito ruim aqui. O Jason e o Ray vêm todas as noites trabalhar com o Blake. Eles querem que ele fale no tribunal.

— Faz sentido. Ele tem uma presença marcante e é articulado. Vai passar a idéia de um executivo honesto e respeitável que foi enganado por um de seus funcionários.

— Isso é o que eles esperam, mas querem ter certeza de que ele está preparado. Eles repetem várias vezes o mesmo testemunho, dizendo a ele exatamente que palavras usar. Então trocam de lado e fazem o papel do procurador, tentando colocá-lo em situações difíceis, fazê-lo se contradizer ou dando um jeito de comprometer a credibilidade dele. Normalmente já estou dormindo quando eles vão embora, mas o Blake parece um zumbi pela manhã. Tento animá-lo, mas não há nada que eu possa dizer.

— Ele continua não pensando no futuro?

— Pelo menos não no meu. Ele falou uma vez em voltar para o departamento quando tudo acabar, mas, depois disso, ficou indiferente. Acho que mesmo *se* for absolvido, o presidente pode pedir sua renúncia.

— Isso seria ilegal. No nosso sistema judiciário, um homem é considerado inocente até que provem o contrário, e se o Blake for absolvido por um júri...

— Mas nós dois conhecemos aquela pequena frase,"sem que haja qualquer dúvida razoável," e nós dois também sabemos que o Blake talvez seja derrotado aí. Mesmo *se* for absolvido, vai sempre carregar um certo estigma. Não está certo, mas acho que esta é uma das coisas que o preocupam.

— E política é política — disse Michael, pensativo. — Processar o presidente dos Estados Unidos seria o mesmo que cometer suicídio político. O Blake pode estar bufando por dentro, mas vai ter de renunciar com elegância e rezar para que sua competência seja reconhecida no futuro.

— É isso aí. — Seus pensamentos mudaram de rumo. — Se ele vai querer voltar para a Eastbridge, isso é questionável. Ele fundou a empresa, começou do zero até transformá-la numa grande corporação, mas se desvinculou quase totalmente dela por causa da sua nomeação. Mesmo se ele for absolvido, a empresa, com certeza, receberá uma multa severa por causa daquele embarque. Duvido que o queiram de volta, mesmo se ele *quiser* voltar. É estranho, Michael. A Eastbridge foi tudo para ele durante muito tempo, e, ainda assim, ele foi capaz de se desligar inteiramente dela quando se mudou para Washington. Da mesma forma como se desligou inteiramente da família quando foi para a faculdade.

Michael já conhecia por alto aquela relação familiar.

— Ele falou com alguém da família desde que tudo isso aconteceu?

— Na noite em que as acusações vieram a público, ele ligou para lhes dizer que era inocente e que eles não deviam dar a menor importância para o que ouvissem na televisão. Até onde sei, não falou com a família desde então.

— Cara legal.

— Acho que esse comportamento é recíproco. Não os conheço o suficiente para falar. As coisas vão ser muito diferentes com a gente. — Interrompeu-se em seguida. — Você já falou com o seu pai?

— Já, mas não sobre nós. Quando o julgamento acabar e ficarmos juntos de novo, vou pensar em nós dois irmos vê-lo. Para minha surpresa, ele foi muito compreensivo com relação ao Blake. Talvez, por ele mesmo dirigir uma grande corporação, seja capaz de compreender como as coisas podem sair facilmente de controle.

— Ele já passou por algum problema parecido?

— Nenhum que envolvesse a lei, pelo menos no sentido criminal. Houve alguns processos por difamação, quando ele foi obrigado a responder por alguma coisa que um dos seus jornais publicou. Talvez ele tenha simplesmente se identificado com o Blake.

— E, com certeza, você não fez nada para encorajar esta atitude — provocou ela, sabendo que, apesar de tudo, Michael nunca falaria mal de Blake na frente de John Buchanan.

— De vez em quando eu falava alguma coisa a favor dele. Quando o meu pai finalmente souber da verdade, não quero que pense que eu o critiquei, sabendo que ele estava por baixo.

— Estou surpresa de que ele não tenha sido mais hostil, levando em consideração o relacionamento do Blake com o meu pai.

— Que nada. O meu pai às vezes pode ser um tirano, mas só com relação às coisas em que acredita. As diferenças que teve com o seu pai foram ideológicas. Bem, talvez haja um pouco de ciúme aí. Acho que se ressente do poder que seu pai detém, principalmente quando ele o usa para favorecer o lado oposto àquele em que o meu pai acredita. A rixa dele com o Blake nunca foi séria. E tenho *certeza* de que nunca teria nada contra você.

— Que bom. Eu não gostaria de pensar que estou interferindo no seu relacionamento com o seu pai.

— Meu amor, a *vida* é que interferiu no nosso relacionamento. Desde que cada um siga o seu caminho, ficaremos bem.

Ela suspirou.

— Talvez, com um pouquinho de sorte, o meu pai e eu possamos chegar a um entendimento semelhante.

— Mais uma coisa para você se preocupar. Por favor, Dani. Não há nada que você possa fazer quanto a isso agora, e você já tem muitas outras coisas com que se preocupar. Vai dar tudo certo. Você vai ver.

Danica não tinha tanta certeza se seu pai, algum dia, estaria disposto a um entendimento, mas Michael estava certo. Já tinha muito com o que se preocupar enfrentando, um a um, os dias que antecediam o julgamento, para ter de se preocupar com mais aquilo.

Todas as manhãs, ela trabalhava no Arquivo Nacional analisando gravações antigas e mapas, dirigindo sua atenção para os navios que tinham afundado com possíveis tesouros a bordo. Algumas tardes, a caminho de casa, parava na biblioteca pública para dar uma olhada nos livros, jornais e microfilmes, lendo tudo o que podia sobre naufrágios e operações de resgate. O ponto alto do livro de Michael seria a aventura e a emoção da experiência. Danica se identificava com isso. Quando trabalhava, voltava, efetivamente, para o barco de Joe Camarillo, no Maine, para o barco dela e de Michael durante a noite. Era uma escapada abençoada.

Mas o julgamento estava cada dia mais próximo e ela não tinha como evitar aquela ansiedade que era palpável na casa em Chevy Chase. Sua própria ansiedade estava misturada com uma impaciência crescente. Ligações para Michael não substituíam o contato real com ele.

Em dois de dezembro, pegou um avião para Boston, onde teria sua consulta médica. Tendo entrado no quarto mês de gestação, percebeu que todo o enjôo, até mesmo toda a fadiga que a atormentara tanto no início, havia desaparecido. O médico a considerara em excelente forma, exceto por uma leve elevação da pressão arterial, mas quando sugeriu que ela tomasse um calmante fraco para ajudá-la a passar pelo julgamento, Danica recusou. O pior era a espera, ponderou. O julgamento em si não poderia ser tão ruim.

Da mesma forma que no mês anterior, Michael encontrou-se com ela diante do centro médico. Desta vez, no entanto, levou o almoço e eles comeram no escritório que lhe fora reservado, em Harvard.

— Eu queria privacidade — explicou-lhe, após ter terminado seu sanduíche e posto os papéis de lado. Puxando-a da cadeira, apoiou-a contra a escrivaninha. — Privacidade de verdade.

Não foi preciso sentir a rouquidão em sua voz para entender o que ele tinha em mente; a forma como a ficara olhando ao longo da última hora denunciava o mesmo desejo que ela sentia. Danica deslizou os braços por seu pescoço quando ele abaixou a cabeça e encostou os lábios entreabertos em sua boca. Seus suspiros se misturaram em uma troca de expirações, como se um estivesse dando vida ao outro e isso fosse tudo de que precisassem... mas não era.

Quando ele começou a desabotoar seu vestido de lãzinha, ela ficou preocupada.

— Michael... aqui?

— A porta está trancada. Ninguém vai nos incomodar. — Ele já havia aberto o vestido até a altura da cintura e estava esticando a mão para abrir o fecho dianteiro de seu sutiã. — Quero te ver, te tocar.

Enquanto Danica prendia a respiração, ele fez as duas coisas: primeiro, tirou o sutiã para olhar seus seios aumentados e em seguida passar, admirado, os dedos pelas veias azuladas que tinham começado a surgir. Ela mordeu o lábio e fechou os olhos, sentindo prazer na gentileza de seu toque e no encantamento que este proporcionava.

Quando ele abaixou a cabeça e beijou-lhe os seios, ela enroscou os dedos em seus cabelos, tornando a gemer quando ele pôs a boca em seu mamilo e começou a sugá-lo. Com o polegar, acariciou o outro seio e alternou o toque. Ela estava instintivamente arqueando os quadris quando ele recuou. A umidade que passara para seus seios deixou-os frios e ainda mais arrepiados.

Quando ele pôs a mão no cinto, ela agarrou seus braços.

— Não, Michael. Não podemos...

— Podemos e faremos — disse vigorosamente e então suavizou a voz. Já havia aberto o cinto e estava tendo um pouco de dificuldade para abrir a braguilha por causa de sua ereção. — Ainda temos um mês infernal pela frente, meu amor. Vai ser bom.

Michael tomou posse de sua boca e enfiou ao máximo a língua, como carícia preliminar, enquanto começava a levantar seu vestido.

— Apenas abaixe a calcinha — sussurrou em seus lábios. — Preciso muito de você.

Todos os pensamentos de protesto desapareceram, pois Danica precisava dele tanto quanto ele dela. Seu corpo estava pulsando, seu sangue correndo aquecido. Ela se levantou apenas o necessário para fazer o que ele tinha pedido. Em seguida, Michael puxou seu vestido até a cintura, empurrando-a de volta para a escrivaninha. Tirando as calças, afastou-lhe os joelhos, levantou-os e penetrou-a.

Ela suspirou conforme ele investia impetuosamente para a frente.

— Tenho andado tão vazia... — então não conseguiu falar mais nada, pois ele começou a se mover devagar, entrando e saindo, e ela mal pôde respirar, menos ainda retribuir-lhe os beijos. Seus dedos se cravavam na frente de sua camisa enquanto ele lhe manejava os quadris. Tempo e espaço perderam a importância, a única coisa que importava era a união deles, seu calor e sua glória. Logo depois, Danica deu um grito alto e explodiu numa seqüência de arquejos estridentes. O grito de Michael foi ainda mais alto quando a apertou com força, ejaculando dentro dela.

Em seguida, estavam ofegantes um no ombro do outro, rindo e imaginando o que um transeunte no corredor teria achado dos efeitos sonoros.

— Isso foi totalmente devasso, Michael, mas tão... tão maravilhoso!

Ele concordou plenamente. Mantendo-a onde estava, ficando dentro dela por mais tempo que podia, ele percebeu por fim que havia justiça no mundo. Não era o sexo por si só, mas o amor que ele expressava que fizera daquele ato algo tão especial. Separados da forma como estavam, a tantos quilômetros e por tanto tempo, ele precisava confirmar o seu amor da forma mais básica que existia. Só Deus sabia como havia pouco que pudesse fazer naquelas circunstâncias.

Aos poucos e contra sua vontade, seus pensamentos se dirigiram para o futuro. Vestiram-se mais circunspectos. Os dois com o rosto sombrio, quando Michael a deixou no aeroporto.

— Se cuide, meu amor, e lembre-se de que eu te amo — disse, memorizando seus traços com olhos tristes e ternos.

— Vou me cuidar — prometeu ela, entre lágrimas. Danica sabia que a alegria da tarde perduraria, mas já estava com saudades. Sabia também que não havia escapatória do que viria pela frente. Dando as costas, a cabeça baixa, caminhou resignada na direção do avião.

Dezenove

Dois dias depois, começou o julgamento. Michael acompanhava os acontecimentos pela televisão e pelos jornais, mas as ligações de Danica, todas as noites, eram tudo de que ele esperava.

— Como você está se sentindo? — perguntou, naquela primeira noite.

— Cansada. Eu não tinha percebido que a seleção do júri seria tão lenta. Dois jurados escolhidos entre dezoito entrevistados. Pode levar quase uma semana para completar o júri. — O que representaria mais uma semana até ela ficar livre.

— Mas isso é de suma importância, meu amor. Você não vai querer um jurado com uma decisão já tomada quanto à culpa ou inocência do Blake. Opiniões preconcebidas mais sutis... tenho certeza de que os advogados do Blake estão procurando por isso. Eles vão querer formar o júri com profissionais por uma única razão: para que essas pessoas sejam capazes de se identificar com ele.

— Hummm. O chefe de seção de uma fábrica se identificaria com o Harlan. Uma pessoa de um nível socioeconômico mais baixo poderia se ressentir da riqueza do Blake. Por outro lado, esta mesma pessoa poderia ficar mais intimidada por causa da posição dele; portanto, tanto faz. Não sinto inveja do Jason e do Ray. É uma situação difícil.

— E quanto à imprensa? Isso te incomoda?

— Foi ruim quando chegamos ao tribunal hoje de manhã. Estavam todos esperando feito urubus rondando a carniça.

— Foi o primeiro julgamento de uma série — argumentou Michael —, e, como o Blake ocupa uma posição muito importante...

— O Jason acha que tudo vai melhorar com o passar do tempo, que as pessoas vão perder o interesse. — Suspirou. — Espero que sim. Já é muito ruim enfrentar o julgamento em si, mas enfrentar as perguntas da imprensa e aqueles microfones que enfiam na cara da gente...

— Fizeram perguntas para *você*?

— Tentaram. Mas não conseguiram nada mais de mim do que do Blake.

— Vi a reportagem na televisão e lá estava você. — Michael passou para um assunto mais leve: — O seu vestido estava perfeito, na medida certa para insinuar sua gravidez. — Quanto a ele, precisava apenas fechar os olhos para visualizar o aumento de volume de seus seios, sua cintura mais grossa e o leve, leve arredondamento de sua barriga. — Você foi a imagem mais bonita que apareceu na televisão durante toda a noite.

Ela gemeu.

— Eu preferia ter ficado em segundo plano, mas o Blake insistiu para que eu ficasse ao lado dele quando encontrássemos a imprensa. Você não faz idéia de como foi difícil ficar o dia inteiro no tribunal, aparentando calma e equilíbrio, e isso foi só o *primeiro* dia de julgamento.

— Vai melhorar assim que o julgamento começar de verdade. Haverá muito no que se pensar então.

— Não tenho certeza se isso é bom ou ruim.

Foi ruim. Após cinco dias úteis, o júri estava formado. Logo em seguida, a procuradoria abriu a seção.

— Você vai me dizer que está desanimada — arriscou Michael.

— Como você sabe?

— Vi o noticiário em dois canais. Conheço o suficiente de julgamentos para saber como você está se sentindo agora.

— É tão enervante ter que ficar lá de boca fechada, enquanto um camarada se levanta e faz todo o tipo de acusações. Apesar das diferenças entre mim e o Blake, nunca o imaginei como um "embusteiro inescrupuloso". Você ouviu as alegações iniciais?

— Só algumas partes.

— Foram pesadas, Michael.

— Com certeza. Mas isso não significa que o Fitzgerald não vá ser tão bom. As coisas só estão parecendo más agora porque você não pode *rebatê-las*.

— Espero que isso seja verdade. O Blake está muito deprimido. Raramente janta.

— E você?

— Um pouco. Por causa do bebê. Vou me sentir muito culpada se esta criança sofrer por causa de problemas dos quais não tem nenhuma culpa.

— Shhh. Você já é uma boa mãe, Dani. Esse bebê é uma criança de sorte.

Sorte teve muito pouco a ver com os eventos dos dias que se seguiram. Tudo o que Danica fez foi meticulosamente planejado, assim como cuidadosamente executado. Manteve a postura no tribunal, sem vacilar por um só momento, enquanto documentos e mais documentos surgiam como provas, e testemunhas após testemunhas subiam à banca.

O procurador da República que instaurou o processo detalhou impiedosamente o envolvimento de Blake com a Eastbridge Electronics, o procedimento de liberação que precedeu o embarque e o fato de os itens embarcados serem controlados pelo governo. Chamou testemunhas para confirmar que os circuitos integrados de alta velocidade tinham mesmo sido embalados e saído da Eastbridge, e depois mais outras testemunhas — felizmente não Jeffrey — para dar detalhes sobre a investigação que rastreara os embarques da União Soviética de volta para a Eastbridge.

Conforme ouvia os depoimentos, dia após dia, Danica ia ficando cada vez mais desanimada. Quando voltava para casa, forçava-se a comer a mais saudável das comidas e fazia o possível para garantir uma boa quantidade de horas de sono — bem, de descanso, pelo menos, porque havia noites em que, mesmo após falar com Michael, ainda continuava tensa e o sono a abandonava. A única coisa que parecia ajudar nessas noites em que ficava acordada na cama até altas horas era pousar a mão sobre a barriga e projetar seus pensamentos no futuro. Imaginava seu bebê recém-nascido, perfeito, e Michael ao seu lado, sorrindo, segurando sua mão, dizendo a ela o quanto a amava, o quanto amava o bebê. Imaginava um menino e tentava pensar em nomes masculinos; em seguida, imaginava nomes femininos. Ela e Michael falavam sobre isso de vez em quando, mas, a maior parte do tempo, a conversa deles girava em torno do julgamento.

À medida que o Natal se aproximava, Danica foi ficando mais inquieta.

— Ainda teremos vários dias antes da procuradoria terminar de apresentar as acusações — contou a Michael, no dia vinte de dezembro.

— Está demorando mais do que pensávamos. — No fundo, contava, assim como Danica, com a vaga possibilidade de que pudessem ficar juntos para o Natal. Tal possibilidade estava agora fora de cogitação.

— Como o ônus da prova está com a procuradoria, cada mínimo detalhe tem que ser explicado. Pelo menos, é isso o que o Jason e o Ray dizem. A mim, parece que só um imbecil não seria capaz de ir mais rápido e, até onde sei, não temos idiotas no júri.

— É o sistema judicial, querida. Um passo de cada vez.

— Um quarto de um passo de cada vez.

— Você está impaciente. E eu também. Mas vamos chegar lá. De grão em grão a galinha enche o papo.

A última testemunha chamada pelos procuradores foi uma surpresa e um choque. Tratava-se de um homem que fora empregado da Eastbridge na época do embarque, alguém que dizia ter presenciado uma conversa em que Blake se referira especificamente aos circuitos integrados de alta velocidade, provando, assim, que ele sabia de sua existência. Durante o interrogatório da testemunha pela parte oposta, Jason conseguiu comprometer a credibilidade do homem, ressaltando que a testemunha poderia ter confundido o ponto da conversa em questão e, principalmente, que ela havia sido demitida da Eastbridge por incompetência pouco antes de Blake sair.

Ainda assim, o testemunho em si era contundente.

* * *

Aquele foi um Natal que Danica quis esquecer. Embora ela e Blake tivessem concordado em não trocar presentes, ele lhe deu um relógio de ouro — um "obrigado", segundo ele, pelo seu apoio. Ela se sentiu mesquinha, e não por ter deixado de lhe comprar um presente.

Jantaram com os pais dela, mas pouco havia a ser dito que não fosse deprimente, e, como falar do bebê era constrangedor, uma vez que William não sabia da verdade, Danica evitou o assunto. Mais do que tudo, ela queria estar com Michael, que junto com Cilla, Jeffrey e Corey — com quem Danica ainda não havia se encontrado — tinha ido passar o dia na casa de Gena. Seu único consolo foi conversar com ele mais tarde, à noite.

— Feliz Natal, meu amor.

— Para você também. — Sabia que estava prestes a chorar e não queria fazê-lo; portanto, mordeu o lábio inferior com força.

— Como foi o seu Natal?

— Foi mais ou menos — deu um jeito de dizer, mas fungou. — Me anime um pouco. Me conte sobre o seu.

Ele contou, com todos os detalhes, e ela adorou cada minuto, pois imaginava como as coisas seriam no próximo ano, quando ela e o bebê estariam lá.

— A Gena mandou um beijo. Assim como a Cilla e o Jeffrey, *e* o Corey, muito embora ele tenha dito que você o achará um devasso muito pior do que já acha.

Ela riu. Corey era o editor da própria revista que em nada se adequava ao padrão dos outros Buchanan, uma vez que era uma versão sofisticada da *Penthouse*. Danica a vira na casa de Michael e a achara inspiradora.

— Não acho que ele seja um devasso. Mal posso esperar para conhecê-lo.

— Não sei não — provocou Michael. — Ele ainda está solteiro. Talvez eu deva adiar esse encontro para depois do nosso casamento. A propósito, ele jurou que o nosso segredo estava seguro com ele.

Pensamentos sobre o momento presente surgiram de súbito.

— Não estou preocupada — disse, carinhosa. — Não vai mais demorar muito mesmo.

— Mais umas duas semanas?

— No máximo. Então ficaremos... juntos... — Sua voz falhou e as lágrimas que se esforçara tanto por esconder a desafiaram.

— Não chore, meu amor. — Mas ele mesmo queria chorar. Por mais maravilhoso que aquele Natal tivesse sido ao lado da família, uma parte vital dele estava faltando. — Logo isso tudo terá acabado.

— É que eu queria estar com você ho-hoje.

— Teremos outros Natais juntos, Dani. O futuro é nosso. Fique repetindo isso para si mesma. Eu fico.

— O futuro é-é nosso. Eu sei. O futuro é nosso. — A frase seria a ladainha que ela iria repetir várias vezes ao dia.

O julgamento recomeçou logo após o Natal com as alegações iniciais da defesa e sua apresentação dos acontecimentos. De fato, fora mais fácil para Danica, pois agora as coisas soavam a favor de Blake.

Jason começou a contar a história da Eastbridge, descrevendo uma trajetória imaculada de vinte anos. Ele produziu um relatório independente para afirmar que, segundo sua análise, a Eastbridge não se encontrava em dificuldades financeiras nem tinha se beneficiado monetariamente da venda em questão. Ao contrário, alegou, os computadores haviam sido vendidos por um preço compatível com o das unidades mais antigas onde os circuitos foram instalados, levando a empresa a ter prejuízo no negócio — tudo para sugerir que Blake não sabia da presença de circuitos mais caros dentro dos computadores, como alegava a procuradoria.

Várias testemunhas deram depoimentos sobre o bom caráter de Blake. Outras disseram ser perfeitamente possível que um executivo como ele não estivesse em contato direto com o que acontecia na produção em matéria de embarque.

No dia três de janeiro, Blake subiu à tribuna para falar em defesa própria.

— Ele foi bárbaro, Michael. Tenho de reconhecer. Mesmo após três dias na tribuna ele não se deixou abalar durante o interrogatório da procuradoria.

— Foi o que ouvi nos noticiários. Os advogados estão otimistas?

— Sim, mas cautelosos também. É difícil julgar a reação do júri Eles pareciam solidários quando o Blake estava sendo interrogado, mas também se mostraram solidários durante algumas partes da apresentação da procuradoria.

— As alegações finais começam amanhã?

— Hum-hum. Não estou ansiosa por elas. A procuradoria fala por último. *O que é* capaz de se fixar mais na mente dos jurados.

— Não. As instruções do juiz vêm por último. Se ele trabalhar direito, e eu acho que vocês deram sorte com o Bergeron, vai dar um bom parecer. Quando o júri se reunir, estarão todos olhando para as provas. É nisso que devem basear o veredicto deles, nas provas, não na encenação dos advogados. — Michael sabia que estava sendo simplista, sabia que os jurados quase sempre vacilavam diante da encenação de um advogado ou outro, mas sentia que Danica precisava de toda a força que pudesse receber. — Ao que me parece, a cobertura da mídia foi relativamente imparcial.

— Mas eles estão fechando o cerco de novo. Podem sentir a hora da verdade se aproximando.

— E a notícia, meu amor. Você não pode culpá-los por persegui-la. A propósito, você ligou para o médico, não ligou?

— Hum-hum. Ele foi fantástico. Disse que arrumaria um horário para mim assim que eu pudesse voltar a Boston. Deixei uma consulta marcada para a semana que vem. Com sorte, o julgamento já terá acabado até lá.

A voz de Michael ficou séria:

— No fundo, como você está se sentindo?

— Apavorada. Quero muito que ele seja considerado inocente, Michael. Partindo de um ponto de vista puramente egoísta, isso vai facilitar muito as coisas para mim.

— Menos culpado?

— Menos culpado.

— Bem, fazendo um pouco de esforço, embora eu ache que jamais irei perdoá-lo pelo que fez com você, também estou torcendo pela absolvição. Você vai me ligar assim que isso acabar, não vai?

— Ligo do tribunal, prometo.

— A cobrar? — ele provocou-a.

Ela deu uma risada suave de rendição e concordou:

— A cobrar.

* * *

As alegações finais foram dramáticas e incendiaram os dois lados. A procuradoria retratou Blake como um oportunista, um homem tão impulsionado pelo poder e pela ganância que se considerava acima da lei. A defesa o retratou como um ser humano, um homem cuja autoridade fora burlada por um empregado movido por uma ambição descomunal, a ponto de levá-lo a um envolvimento com a KGB e ao seu assassinato subseqüente por facções internacionais.

Quanto às instruções do juiz, Danica não soube como interpretá-las. Os advogados de Blake achavam que elas tendiam para o lado deles, mas tudo o que Danica ouvira fora o muitas vezes repetido "certeza absoluta de culpabilidade".

O júri se reuniu durante três dias inteiros. Se Danica tinha achado a primeira etapa do julgamento difícil, aquilo não fora nada em comparação com o inferno da espera. Todas as manhãs, conforme vinham fazendo há mais de um mês, ela e Blake iam de carro até o Palácio da Justiça, encontravam-se com seus advogados e eram conduzidos à sala de audiências, onde ouviam o juiz dispensar o júri para deliberação. Todo final de tarde, eles voltavam ao palácio e ouviam o juiz dispensar o júri quando nenhuma decisão havia sido tomada. Nos intervalos, Danica e Blake ficavam no escritório de Fitzgerald e Pickering, tendo pouco a falar um com o outro. De vez em quando, tanto Jason quanto Ray se uniam a eles para oferecer apoio, mas, com o passar dos dias, suas palavras eram mais de índole paliativa.

O ideal seria que o júri, de tão convencido da inocência de Blake, tivesse anunciado um veredicto daquela magnitude em questão de horas. Na realidade, como mostrou Jason, não havia como o júri conseguir rever com muita rapidez a montanha de provas apresentadas em quatro semanas de testemunhos. Ainda assim, conforme passavam os dias, minuto a minuto, hora a hora, Danica e Blake começaram a pensar nas sérias dúvidas que o júri aparentava ter.

Já era tarde no terceiro dia quando a ligação finalmente chegou. Jason, o rosto tenso, entrou na sala de audiências onde Danica e Blake estavam sentados sozinhos.

— O júri chegou a um veredicto — anunciou, em voz baixa. — Estão esperando por nós.

O coração de Danica disparou. Seu olhar foi ao encontro do de Blake, que estava pálido e com olheiras.

— Você sabe de alguma coisa, Jason? — perguntou ele, sua voz uma sombra de seu antigo eu confiante.

Jason deu um sorriso triste e sacudiu negativamente a cabeça.

— Tanto quanto você. Teremos de ouvi-lo juntos no tribunal.

Blake concordou e pôs-se de pé. Alisou o terno, estando o resto imaculadamente arrumado como sempre.

Por uma fração de segundo, Danica vacilou quando se levantou da cadeira. Seus joelhos estavam bambos, braços e pernas, fracos. Mas ela se controlou e, quando segurou o braço de Blake, não o fez por causa própria. Mais propriamente, estava se lembrando do Blake com quem se casara e dos dias melhores que tinham passado juntos. Sua expressão facial dizia que, apesar de tudo que acontecera, ela não lhe desejava mal.

Blake olhou-a nos olhos, analisou-os por um momento e ofereceu um sorriso tímido em agradecimento. Em seguida, tomando-a pela mão, conduziu-a atrás de Jason.

Eles entraram no palácio pela porta dos fundos, obrigados a forçar caminho por entre a multidão de repórteres durante o curto trajeto entre o elevador e a sala de audiências. Uma vez lá dentro, ocuparam os lugares já conhecidos: Blake à mesa da defesa, ladeado por Jason e Ray, e Danica, exatamente atrás de Blake, na primeira fila.

A sala estava lotada, a atmosfera pesada com a expectativa. Danica respirou devagar e profundamente para se acalmar, o que lhe pareceu inútil, pois começou a tremer quando o júri foi lentamente entrando em fila na sala. Como grupo, pareciam abatidos, o que poderia muito bem ser atribuído à fadiga, raciocinou, embora tivesse esperado ver um sorriso ou dois dirigidos à mesa da defesa.

Todos no tribunal se levantaram diante da chegada do juiz. Ao sentar-se, o juiz acenou para o escrivão, que se virou para o júri.

— Senhora líder do júri, o júri chegou a um veredicto?

A mulher que fora a líder do júri desde o início do julgamento pôs-se de pé.

— Chegamos. — Entregou ao meirinho um pedaço de papel. Ele o levou até o juiz, que o leu, aquiesceu e o devolveu.

Apertando as mãos sobre o colo, Danica imaginou como um mero pedaço de papel podia ter tanto peso. Anos de trabalho de Blake na Eastbridge, meses de investigação do governo, semanas e mais semanas de preparação para o julgamento, então o julgamento em si, sem falar do futuro de Blake — tudo dependia das palavras escritas naquele papel.

A voz monótona do meirinho soou pela sala:

— A defesa se ponha de pé, por favor.

Blake levantou-se, assim como Jason e Ray. Danica não podia fazer nada além de apertar os dedos no vestido de lã e prender a respiração conforme o escrivão prosseguia com vagar:

— Pela acusação número 85-2343, o réu é culpado ou inocente?

A líder do júri respondeu com clareza:

— Inocente.

Um burburinho varreu o tribunal e Danica engoliu em seco.

O escrivão continuou:

— Pela acusação número 85-2344, o réu é culpado ou inocente?

— Inocente.

Danica não ouviu o burburinho desta vez porque seu coração disparava.

— Pela acusação número 85-2345, o réu é culpado ou inocente?

— Inocente.

Danica arregalou os olhos quando o meirinho perguntou pela última vez:

— Pela acusação número 85-2346, o réu é culpado ou inocente?

A líder do júri ergueu o queixo e inspirou:

— Inocente.

Por um momento, seguiu-se um silêncio absoluto. Então o tribunal explodiu num vozerio de excitação. Blake, sorrindo de orelha a orelha, apertou vigorosamente as mãos dos advogados e depois abraçou cada um. Então se virou para Danica, e ela já estava em seus braços, abraçando-o com força.

— Estou tão feliz por você! — gritou, a voz falhando, à medida que lágrimas de alívio e de felicidade genuína brotavam em seus olhos.

— Nós conseguimos, Pook! Nós conseguimos de verdade! — Havia algo beirando o encantamento em sua voz, mas ela estava muito abalada emocionalmente para analisar sua causa, e Blake já estava se separando dela, a pedido dos advogados, para acenar seu agradecimento aos jurados conforme eles se retiravam em fila. Em seguida, ele apertou as mãos da equipe de procuradores.

Momentos mais tarde, Danica, Blake, Jason e Ray estavam enfrentando a imprensa do lado de fora.

— Como o senhor se sente, sr. secretário?

— Muito satisfeito — respondeu Blake. — Nosso sistema de justiça prevaleceu. Sinto-me completamente exonerado.

— O senhor tinha alguma dúvida com relação a qual seria o veredicto?

— Eu estava confiante de que os meus advogados conseguiriam transmitir a verdade para o júri.

— O senhor vai voltar para o departamento?

— Espero que sim. Conversarei mais tarde com o presidente.

— Sra. Lindsay, isso deve ser um grande alívio para a senhora.

Danica sorriu.

— Muito grande.

— Quais são seus planos imediatos? A senhora e o seu marido vão tirar alguns dias de férias antes de ele voltar ao trabalho?

Blake foi rápido e tranqüilo ao responder por ela, ainda que exibindo um sorriso suave e dos mais cintilantes.

— Acho que primeiro precisamos esperar essa nuvem pesada passar antes de fazermos qualquer plano.

Jason interferiu antes que a próxima pergunta pudesse ser feita:

— Senhoras e senhores, o casal Lindsay está feliz, mas cansado. Se vocês nos derem licença, acho que eles gostariam de um pouco de privacidade.

Danica sentiu-se conduzida às pressas na direção do elevador. Agarrando-se ao braço de Blake, aproximou-se de seu ouvido.

— Preciso encontrar um telefone.

— Vamos voltar para o escritório do Jason.

— Não, aqui. — Ela não fez qualquer esforço para esconder sua urgência. — Não há nenhum que eu possa usar?

Blake lançou-lhe um olhar desprovido de emoção e virou-se para Jason.

— A Danica precisa telefonar para os pais. Podemos seguir pelo corredor por um minuto?

Com um aceno de cabeça, Jason mudou a direção, conduzindo-os pelo corredor apinhado até a salinha que tanto tinham usado durante os recessos. Ele e Blake ficaram conversando à porta, enquanto Danica pegava o telefone e, com os dedos trêmulos, digitava o número do telefone de Michael. Quando a telefonista atendeu, ela disse simplesmente:

— Ligação a cobrar de Danica Lindsay.

Ele atendeu ao telefone após o primeiro toque.

— Sim?

— Chamada a cobrar da parte de...

— Ok. Aceito... Dani?

Ela se sentiu derretendo por dentro.

— Acabou. — Respirou fundo, levantando a mão para esconder os olhos cheios de lágrimas. — Absolvido de todas as acusações.

— Ah, meu amor, isso é maravilhoso! Estou emocionado! Parabéns!

Danica queria dizer muita coisa, mas estava com um nó na garganta e sabia que aquela não era a hora nem o lugar. Falou devagar e com dificuldade:

— O Blake e o Jason estão comigo agora.

— E você não pode falar. Entendo. Estou muito feliz por você. Por *nós*!

Ela sorriu por entre as lágrimas.

— Eu também.

— Quais são os planos agora? Quando vou vê-la?

— Terei que... ligo depois. Eu só queria te contar.

— Obrigado, meu amor. Ficarei esperando. Tudo vai ser maravilhoso. Eu te amo.

— Eu também — ela sussurrou. — Falo com você mais tarde. — Mandando um beijo, já que estava de costas para Blake e Jason, desligou silenciosamente o telefone e digitou o número da mãe.

Quando finalmente desligou o telefone e se virou, enxugou as lágrimas.

— Está tudo bem? — perguntou Blake, cauteloso.

Danica concordou e sorriu debilmente. Sabia que Blake certamente percebera que fizera duas ligações, mas não sentiu qualquer compulsão para falar da primeira, e sabia que ele jamais tocaria no assunto na frente de Jason.

— A mamãe ficou exultante. Pediu para te dizer como está feliz e que vai ligar agora para o papai. Perguntou se nós não gostaríamos de comemorar com eles durante o jantar, mas eu disse que, provavelmente, jantaríamos com o Jason e o Ray. — Lançou um olhar constrangido para Jason, que logo a pôs à vontade com um largo sorriso.

— É exatamente com quem vocês vão jantar. — Esfregou as mãos. — Foi uma vitória para todos nós. Vamos comemorar!

Já era bem tarde da noite quando Danica conseguiu ligar de novo para Michael.

— Desculpe por ligar tão tarde... — começou a falar, apenas para ser interrompida:

— Não seja boba... Você parece exausta.

— E estou. É como se tudo, toda a tensão, preocupação, excitação e alívio tivesse ficado em suspenso e, de repente, recaísse sobre mim. — Deitou-se na cama e jogou o braço sobre os olhos. — Voltamos para o escritório do Jason depois que falei com você e saímos para jantar. Estou com uma dor de cabeça terrível, mas feliz pelo Blake.

— Eu o vi na TV. Ele parecia vitorioso.

— Ah, sim. Agora que tudo passou, ele acha que o veredicto não poderia ter sido outro.

— Voltou a ser o mesmo de antes, não é?

— Exatamente o mesmo.

— Dani, quando você vem?

Num ímpeto de força, falou com mais vigor:

— Estou partindo amanhã, assim que acabar de fazer as malas.

— Já contou para o Blake?

— Vou contar amanhã de manhã.

— Você acha que ele vai causar algum problema?

— Acho que não. Apesar de toda sua arrogância, me tratou com luvas de pelica hoje. Ele já deve ter uma vaga idéia daquilo que vai acontecer. Tenho certeza de que sabe que foi para você que liguei hoje à tarde.

— Talvez eu devesse pegar um avião e ir para aí.

— Não, Michael. Preciso fazer isso sozinha. E não há nada que possa dar errado. Mesmo se o Blake quiser discutir, minha decisão já está tomada. Dei a ele mais do que ele merecia. E, além do mais, tenho aquela carta na manga.

— Você vai usá-la?

— Se ele criar qualquer problema, com certeza. Ele vai concordar com o divórcio, Michael. Acabou. O nosso futuro é que está começando.

Michael suspirou aliviado.

— Eu te amo tanto! Este futuro vai ser maravilhoso.

Ela sorriu.

— Eu sei.

— Vou pegar o carro e te encontrar no aeroporto.

— Não. Vou dirigindo o Audi.

— Desde *Washington*? Ah, meu amor, não é uma boa idéia. É uma viagem longa e na sua condição...

— Minha condição vai ficar maravilhosa assim que eu acabar de resolver tudo o que preciso por aqui. Além do mais, preciso deste tempo para refrescar a cabeça. A viagem vai me fazer bem.

— Então me deixe pegar um avião e voltar de carro com você.

— Não. — Amaciou a voz: — Fique me esperando aí. É tudo o que preciso, Michael. Estarei aí depois de amanhã. Apenas fique me esperando.

— Vou ficar, amor. Vou ficar.

Na manhã seguinte, Danica acordou cedo e fez as malas, enquanto aguardava a chegada de Blake, que tinha acordado ainda mais cedo para jogar squash. Ela sabia que ele ia se encontrar com o presidente mais tarde naquela manhã; no entanto, sabia também que o resultado desse encontro seria irrelevante para os seus planos.

Já havia carregado praticamente todo o Audi e estava levando sua bagagem de mão para o carro, quando Blake apareceu na porta da frente. Ele olhou para ela, para sua mala e sua bolsa, e então, com a expressão fechada, passou por ela a caminho do escritório.

Ela o seguiu, parando apenas dentro do escritório. Ele estava de costas para ela, olhando pela janela.

— Estou indo embora agora, Blake — disse em voz baixa, porém firme. Como ele nada respondeu, ela continuou: — Vou levar o Audi...

— Não, Danica. — Virou-se. — Não vá.

— Você sabia dos meus planos.

— Mas pensei que depois de tudo... bem, você pareceu tão feliz com a absolvição...

— Estou feliz, mas acabou. Tudo.

Ele não quis se prender ao significado mais profundo de suas palavras.

— Não precisa ser assim. Poderíamos tentar fazer dar certo.

Ela sacudiu a cabeça, sorrindo tristonha.

— Tarde demais. Não adianta.

— Nós já tivemos uma história.

— Mas ela está acabada agora. Acabou há muito, muito tempo. — Estava surpresa pelo tom manso, quase suplicante, de sua voz, mas não o bastante para se comover. — Vou esperar cerca de um mês até as coisas acalmarem, antes de procurar o meu advogado. Ele vai fazer contato com o seu para discutir o divórcio.

— Não quero o divórcio.

Ela o ignorou.

— Certamente vou procurar algum lugar onde ele possa sair mais rápido. Eu gostaria de tudo pronto antes do nascimento do bebê.

— Eu *não quero* o divórcio.

— Blake, esse filho não é seu.

— Posso conviver com isso. É com o divórcio que não vou conseguir conviver.

— Você não tem escolha.

— Claro que tenho. Sou seu marido. Além do mais, que impressão você acha que vai causar ao sair correndo desta forma um dia após o julgamento?

— Vai causar a impressão de que estou exausta e preciso me recuperar na nossa casa no Maine.

— E quanto ao divórcio? O que digo sobre o assunto?

— Você diz que o estresse do julgamento foi demais.

— Bobagem. Isso não tem nada a ver com o julgamento. Você já tinha se decidido quando veio para cá.

Danica levantou um pouco o queixo.

— Tem razão. Eu ia pedir o divórcio antes de tudo isso acontecer. Agora não preciso mais pedi-lo. Você o dará para mim. Rápido e sem reclamar.

Ele a analisou com uma expressão estranha.

— Como você pode ter certeza?

Tirando aquela bendita carta da manga, ela a revelou muito devagar:

— Porque eu sei sobre você e o Harlan, Blake. Fui enganada durante muito tempo, mas agora eu sei. — Danica encontrou uma certa satisfação em sua perda repentina de cor, mas nenhuma alegria em continuar com o assunto. No entanto, sentia que era necessário. — Eu gostaria que você tivesse me contado. Eu poderia ter entendido, se você o tivesse feito. Em vez disso, você me usou, mesmo quando sabia que eu tinha uma chance de ser feliz em outro lugar. Não vou ser usada de novo, Blake. Só isso.

Embora estivesse com o maxilar tenso, suas palavras saíram sem muito esforço:

— O Harlan falou com você.

— Indiretamente, sim. — Não viu razão para se estender.

A voz dele falhou um pouco:

— Já tinha acabado, Danica. Muito antes de ele ser assassinado.

— Mas houve outros e haverá outros novamente. E eu tenho uma nova vida pela frente, uma vida que eu quero e que está à minha espera.

Blake olhou para o chão e depois ergueu lentamente o olhar.

— E se eu decidir brigar?

— Tudo isso vai parar na justiça. Não acredito que você vá querer passar por outro julgamento, principalmente agora que sabe sobre o que serão os depoimentos.

Blake a encarou, debruçando-se em seguida sobre a mesa, no gesto mais próximo que chegaria de admitir sua derrota. Percebendo que restara pouco a dizer, Danica pôs a bolsa no ombro e pegou a mala no chão.

— A Thelma pode arrumar o resto das minhas coisas e enviá-las mais tarde. Tenho uma consulta médica em Boston, amanhã. Depois, estarei no Maine. Espero que dê tudo certo na sua reunião de hoje — disse, com a voz branda. — Tenho certeza de que vou saber do resultado, seja qual for.

Naquele último momento, ficou olhando para o homem que tinha sido seu marido por mais de dez anos. Para sua estranheza, não sentiu raiva nem ressentimento, apenas certa melancolia. Ele era tão bonito, tão talentoso! E tinham sido tão inapropriados um para o outro!

Curvando a cabeça em despedida, virou-se e foi embora, ciente do caráter irrevogável de seu gesto, do fato de que estava deixando uma fase longa — e dolorosa — de sua vida para trás. Somente após um descanso de alguns instantes dentro do carro foi que se sentiu capaz de dirigir. Tinha ainda outra parada a fazer e pensar nela a desconcertava ainda mais, porque, embora não afetasse imediatamente o seu futuro, seu resultado, sem dúvida, lhe tocava o coração.

Numa guinada do destino que Danica interpretou como um bom sinal, William Marshall encontrava-se disponível. Estava sentado à sua grande escrivaninha de carvalho, analisando os projetos que seus auxiliares tinham preparado, quando sua secretária interfonou para anunciar a chegada de Danica. Pondo-se de pé, ele se encontrou com Danica à porta.

— Bem, mocinha, você conseguiu. — Deu um largo sorriso. — Você e o Blake.

— Conseguimos quanto ao julgamento — ela murmurou.

William fechou a porta e ofereceu-lhe uma cadeira.

— Sente-se, Danica. Você não devia ficar muito de pé na sua condição. — Olhou para sua barriga. — Está começando a aparecer agora.

Ela pousou a mão na barriga de uma forma tranqüilizadora, talvez protetora, mas não se sentou.

— Não posso demorar. Quero dirigir o máximo que puder hoje.

Ele estranhou.

— Dirigir? Para onde você vai?

— Para casa.

— Para *casa*? — Estava de frente para ela, seus olhos ficando sombrios. — *Aqui* é a sua casa. Pensei que você finalmente tinha percebido isso.

— Casa, para mim, é no Maine. Com o Michael.

William explodiu:

— Com o *Michael*! Você perdeu a *cabeça*? O seu lugar é com o Blake. Você ficou do lado dele durante todo esse martírio e agora que tudo acabou vocês tinham mais é que tentar resolver as diferenças que ainda existem entre vocês dois. O Blake ainda tem um futuro sólido nesta cidade. Além do mais, você não pode deixá-lo. Você está carregando um filho dele na barriga!

Danica mordeu o lábio inferior.

— Não, papai. Não estou.

William olhou novamente para sua barriga e, em seguida, para seu rosto.

— Que diabo você está dizendo?

— Você entendeu. Pense. Como esta criança poderia ser do Blake se é com o Michael que passo a maior parte do tempo, se é o Michael o homem que eu amo?

— Esse filho é *dele*? — Quando ela concordou, ele esbravejou: — Vou matar aquele idiota!

— Não, não vai. Ele me ama, ama o filho dele e vai fazer a nós dois muito, muito felizes. Acho que você deveria agradecer a ele por isso. Afinal, sou sua filha e esta criança vai ser seu neto.

— Era para ela ser do Blake!

— Não — disse ela, com pesar. — Você *queria* que ela fosse do Blake, é isso.

— Ele sabe?

— O Blake? Sabe desde o início.

— E ele simplesmente cruzou os braços e aceitou?

— Eu convinha aos propósitos dele. Isso era tudo o que lhe interessava.

— Por que *eu* não fui informado?

— Porque não era da sua conta. Agora é, mas apenas porque quero que *você entenda* por que estou deixando o Blake. Você não vê? *Eu amo o Michael!* O Blake e eu não temos mais nada um com o outro. Nada!

— Ele não vai deixá-la partir. Ele precisa de você aqui.

— Ele está me deixando partir. Já conversamos e está tudo acertado.

William andou com arrogância até o outro canto da sala, então se virou para encará-la. Seus olhos estavam duros e Danica sentiu seu coração ficando apertado. Tivera a esperança de que ele cedesse, de que aceitasse suas decisões pelo menos uma vez na vida.

— Você está sendo muito idiota, Danica. O Blake tem uma posição de poder e destaque, o que pode vir a refletir em você. Ele dá de dez a zero no Buchanan.

Uma coisa era ele querer botá-la para baixo, outra coisa bem diferente era querer fazer isso com Michael.

— Você está enganado — disse, em tom de aviso. — Não conhece os fatos.

— Pois bem, esclareça-os para mim! — ele rugiu ao esticar os braços e voltar a passos pesados do fundo da sala. — Se você se acha tão esperta, me conte. Mas não me venha com essa baboseira sobre o amor, porque isso é passageiro, é coisa de mulher e não vai levá-la a *lugar nenhum* neste mundo.

— Isso — respondeu Danica, furiosa — depende de aonde se quer chegar.

— Você, com certeza, não vai chegar a lugar nenhum, mocinha. Poderia ter chegado ao topo jogando tênis e desistiu. Agora está fazendo a mesma coisa de novo. *Qual é o seu problema?* Será que você não aprendeu *nada* em trinta e poucos anos de vida nesta terra?

— Aprendi muito — rebateu Danica, os olhos voltando-se faiscantes para os do pai. — Aprendi que eu e você temos definições muito diferentes sobre o que significa "chegar ao topo" e que, enquanto a sua definição pode ser satisfatória para você, não é para mim. Aprendi que tenho opções na vida, que posso escolher o caminho que *eu* quiser em vez do caminho que outra pessoa queira que eu escolha.

Trêmula, fez uma pausa apenas para tomar fôlego.

— Há apenas uma única coisa que eu realmente quero na vida. Uma família. Uma família feliz, afetuosa e unida. Nunca tive isso quando criança, porque você e a mamãe estavam sempre ocupados demais com a sua carreira, a ponto de nem sequer pararem para pensar nas minhas necessidades. Nunca tive isso com o Blake, porque ele sempre esteve envolvido demais com a Eastbridge e... e... bem, nunca aconteceu. Eu estava pronta para abrir mão do meu sonho, porque vocês todos ficavam dizendo que coisas como dever e responsabilidade eram mais importantes. Então conheci o Michael e vi que não era maluca por querer as coisas que queria. Aprendi que seguindo um caminho de *minha escolha* posso ter tudo isso.

William fez um gesto de desprezo.

— Você está grávida, Danica. Está sendo emotiva. Não está pensando com clareza...

— Estou. É *você* que está viajando. — Semicerrou os olhos. — Sabe o que mais aprendi? Aprendi que você é suscetível a falhas. Que comete erros como todos nós. Que os seus julgamentos, em algumas questões, deixam muito a desejar.

William empertigou-se.

— Não admito que você fale comigo desta forma, Danica. Sou seu pai. Mereço respeito.

— Pois eu também, e o exijo! — Chegara a um ponto em que não havia o que a segurasse: — Você faz alguma idéia de por que o meu casamento faliu? *Faz?*

— Porque você desistiu dele.

— Eu não. O *Blake*. — Empertigou-se. — Você deve ter pensado que o conhecia quando o escolheu para ser meu marido, mas estava enganado. E durante dez longos anos eu também. No início, achei que estava fazendo alguma coisa errada. Ele passava cada vez mais tempo fora de casa e menos tempo comigo. Eu racionalizava e tentava compensar de alguma forma, mas não adiantava. No final, tínhamos praticamente apenas o mesmo sobrenome em comum. *E você quer saber por quê?*

— Quero — William provocou-a, indignado.

— Porque o Blake prefere os homens às mulheres! Ele estava tendo um caso com Harlan Magnusson!

William ergueu a mão e, por um minuto, ela achou que iria bater nela. Então a mão se fechou e ele a abaixou devagar.

— Não acredito em você — afirmou, com toda a calma.

— Não precisa acreditar em mim — disse ela, repentinamente mais calma do que ele. — O Blake confirmou. E isso explica certas coisas, como, por exemplo, por que o Harlan foi capaz de liberar aquele embarque ilegal da Eastbridge.

— Você está insinuando que o Blake foi persuadido a fazer aquilo, que ele sabia de tudo o tempo todo? Você está sendo muito atrevida, mocinha. Ele foi absolvido por um júri.

— Não estou fazendo nenhum tipo de acusação. Tudo o que estou dizendo é que sempre houve uma relação especial entre o Blake e o Harlan. Agora entendo a verdadeira natureza dela.

William não era homem de aceitar uma derrota com elegância. Danica podia ser sua filha, mas Blake sempre fora o seu braço direito.

— Talvez, se você tivesse sido uma esposa mais atenciosa, o Blake não tivesse sido obrigado a... a recorrer a algo mais.

Foi a gota-d'água. Agora era Danica que sentia vontade de bater, que precisava apertar os punhos ao lado do corpo para conseguir se conter. Todos os seus músculos estavam rígidos. Nada fez além de piscar os olhos, embora sua voz estivesse trêmula ao falar:

— Não vou ficar justificando os meus atos já que você está tão cego a ponto de não conseguir ver o que fiz até mesmo nestes últimos cinco meses de inferno. Durante toda a minha vida tentei te agradar, mas não foi o suficiente. Não para você, porque nunca cheguei mesmo ao topo, e não para mim, porque não quero chegar ao topo da forma como você o vê.

Ajeitou a bolsa no ombro e engoliu em seco.

— Vou embora agora. Vou passar na casa da mamãe para me despedir dela. A propósito, ela não sabe sobre o Blake e não quero que você conte. Como ela já teve um AVC, acho que pode ficar sem mais este estresse. Além do mais, ela me aceita pelo que sou e sabe que serei dez vezes mais feliz com o Michael do que já fui com o Blake. Graças a Deus, isso significa alguma coisa para ela.

Danica deu as costas e se dirigiu para a porta. Caminhou devagar, esperando, rezando para que o pai dissesse alguma coisa para acabar com as divergências entre eles. Como ele não disse nada, sentindo os ombros pesados, ela saiu em silêncio.

* * *

Eleanor insistiu em ir de carro com ela até Hartford e Danica ficou agradecida pela companhia. Contou a ela sobre a conversa com o pai, omitindo a parte que dizia respeito a Blake e à sua esperança fervorosa de que um dia William pudesse ver as coisas como ela via. Contou-lhe sobre seus planos de divórcio, seu desejo de vender a casa em Kennebunkport e mudar-se para a de Michael, assim que possível. Falou-lhe de suas esperanças para o futuro, de sua empolgação, dos sonhos que finalmente pareciam estar ao seu alcance.

E Eleanor ficou feliz por ela, o que já era um consolo diante da dor que sentira com a rejeição do pai.

Na manhã seguinte, sentindo-se mais descansada e animada com a expectativa de chegar, voltou para o carro, para a viagem até Boston, e depois para a etapa final do que tinha sido uma longa, longa jornada.

Vinte

Há um minuto, nada havia à sua frente, a não ser uma nuvem espessa de névoa; no minuto seguinte, lá estava ela, materializada a partir da neblina. Atônito, Michael parou de súbito.

Imaginou se estaria sonhando, pois sabia que já havia passado por aquilo uma vez. Daquela vez o clima estava igualmente inóspito, a imagem diante dele igualmente estonteante. Agora, no entanto, era o vento de janeiro que açoitava as pontas de seus cabelos louros e, em vez de uma saia longa, ela usava jeans. Seu casaco era tão largo e elegante quanto fora o outro naquele dia de março, há quase três anos, mas, desta vez, cobria uma barriga arredondada, que embalava seu filho.

Ela era a realização de seus sonhos. Quando Michael abriu os braços, ela se aproximou correndo, atirando-se em seu pescoço, enterrando o rosto na gola de seu casaco de lã.

— Dani... Dani... — ele murmurou, desafiando o estrondo das ondas ao pressionar os lábios em seu ouvido.

Ela estava chorando quando ele a afastou, mas rindo também, e era linda. Sem conseguir falar, ela simplesmente abriu um sorriso enquanto enxugava as lágrimas. Foi então que ele viu o dedo anular de sua mão esquerda. Tomando-o em sua mão, acariciou-o em toda sua extensão.

— Não está aqui — murmurou, com a voz rouca. — Sua aliança não está aqui.

Ela balançou o rosto com vigor, depois *riu* ao se dar conta de que ainda não conseguia conter as lágrimas.

— Você o deixou? — ele perguntou com cautela, sabendo que ela planejara fazê-lo, mas sem querer contar com isso até que fosse fato consumado.

Ela concordou e a voz dele aumentou de volume:

— Para sempre? — Ela concordou mais uma vez, e ele falou ainda mais alto: — E você está livre?

Desta vez, quando ela concordou, ele dobrou os joelhos, jogou a cabeça para trás e soltou um grito alto de alegria. Quando se pôs de pé, ela se aconchegou a ele novamente. Tomando-a forte em seus braços, Michael a ficou segurando até que ela levantasse a cabeça e procurasse por seus olhos.

— Estou... tão... feliz! — gritou.

Ele lhe deu um sorriso de viés.

— Eu também. Estava começando a ficar preocupado, achando que você tinha deixado a língua em Washington!

— Ah, não. Estou apenas feliz! Me beije, Michael. Nós conseguimos!

Ele a beijou uma vez, então outra e mais outra. Danica estava rindo quando ele finalmente a soltou. Abrindo o casaco, puxou-a para dentro dele, então se viraram e começaram a andar devagar pela praia. Quando, momentos depois, Rusty surgiu pulando na névoa, Danica ajoelhou-se para abraçá-lo, voltando em seguida para o homem de sua vida.

— Me conte, Dani. Me conte o que aconteceu.

Ela contou. Embora ficasse séria de vez em quando.

— Sinto muita pena dele, Michael. Li no jornal de hoje que ele vai reassumir o cargo de secretário, mas não o invejo pelo seu futuro.

— Você não o inveja porque não é essa a vida que quer. Você escolheu a sua própria vida, graças a Deus.

Danica olhou de soslaio para ele, cautelosa.

— Quando eu disse que estava livre... você entendeu que por enquanto é só em sentido figurado. Ainda tenho que dar entrada no divórcio. Falei para o Blake que iria esperar umas duas semanas até as coisas se acalmarem, mas vou consegui-lo rapidamente. Ele não vai criar problemas.

— Isso é tudo o que importa. E quanto ao seu pai? Você acha que algum dia ele vai mudar de opinião?

A expressão de Danica ficou ainda mais magoada.

— Não sei. A mamãe vai tentar convencê-lo. Sei que ela virá nos visitar, quer ele venha ou não. Quero que ele venha também, mas isso é com ele. Não posso ficar pensando nisso, Michael. Conquistei o direito de lutar pela nossa felicidade.

Ele a puxou para mais perto. Ficaram em silêncio por um tempo, antes de ele voltar a falar:

— Lembra daquela primeira vez que nós nos encontramos aqui na praia?

Ela estava pensando na mesma coisa.

— Como poderia esquecer? Isso mudou a minha vida. Você falou do sofrimento, de como às vezes a força vem do fato de encararmos o sofrimento e lidarmos com ele. Você estava certo. Acho que foi isso o que aconteceu comigo. Me sinto muito mais forte, muito mais *inteira.*

— Você sempre foi forte, Danica. E vinha lidando com o sofrimento bem antes de eu aparecer. A única diferença é que agora você vê isso, agora vê a força que tem dentro de si.

— Talvez. — Ela olhou para as ondas. — Você também falou sobre o mar. Lembra? Disse que tudo aqui era agreste e absolutamente puro, e que exigia o mesmo de nós. Você disse que se tornar vítima do mar significava despir a alma.

— Eu me lembro.

Danica virou-se para ele, deslizando os braços por dentro de seu casaco, em volta de sua cintura.

— Isso pode ser doloroso, como foi, ou pode ser belo, como está sendo agora. — Sua voz baixou de tom: — Eu te amo, Michael. Com o meu coração, com a minha alma, com todas as partes do meu corpo, eu te amo.

A maior parte do tempo ele só conseguiu usufruir da adoração que ela oferecia.

— Acho que sou o homem mais sortudo deste mundo — murmurou por fim. Sem perceber todo o amor que seu próprio olhar retribuía, ficou preocupado quando ela começou a tremer. — Você está com frio. Vamos. Vamos até lá em casa para tomar alguma coisa quente. — Quando ela riu, ele levantou o queixo. — Qual é a graça?

— Você disse a mesma coisa naquele dia. Eu me lembro de ter pensado que seria chocolate quente, como os seus olhos.

— E eu me lembro de ter pensado que você tinha os olhos violeta mais belos que eu já havia visto. Preciso fazer uma retificação. Eles estão ainda mais belos agora, só amor e paixão... E então?

— E então o quê?

— E quanto a algo para beber? Você recusou daquela vez.

— Eu estava apavorada. Você era muito atraente.

— Ainda está apavorada?

— Nem um pouquinho, companheiro. — Ela se afastou dele. — Vou apostar uma corrida com você até lá. — Com Rusty em seu encalço, ela começou a correr, mas a areia a fez perder velocidade e Michael a alcançou assim que ela deu pouco mais do que três passadas lentas.

— Ahhhhh, não, não vai. — Segurou-a firme ao seu lado. — Uma mulher no seu estado não corre.

Ela não discutiu, pois, diante da alegria em estar com ele, esquecera-se completamente de seu estado, e havia muitas coisas que queria falar com ele sobre isso.

— Michael, adivinhe só! — Arregalou os olhos. — Ouvi o coração do bebê!

Sua voz saiu no susto.

— Ouviu?

Ela concordou.

— Fui ao médico hoje de manhã, ele pôs o estetoscópio nos meus ouvidos e lá estava ele.

Os olhos de Michael se arregalaram também.

— E como foi o som?

— Tum-tum. Tum-tum. Uma batidinha alta e sadia. Você vai ouvi-la no mês que vem, quando me levar ao médico. — Ele deu um sorriso ainda maior, mas ela tinha mais a dizer: — E posso senti-lo mexer, agora. São como umas viradas de vez em quando, e então sinto uma agitação dentro de mim.

— Quando *eu* vou conseguir sentir isso?

Ela riu.

— Assim que a perninha dele tiver força para chutar e você estiver com as mãos em mim.

— Humm, é onde eu quero que elas estejam, meu amor. É onde eu quero que elas estejam. — Apertando o passo, foi para casa.

Decorrida uma hora, eles estavam no chão, diante da lareira, com outras intenções quanto ao chocolate quente. Tinham conversado sem parar desde que entraram, mas o encanto das chamas predominara e eles se deixaram envolver por um silêncio quente e acolhedor. Curvando-se sobre Danica, Michael descansou o queixo em seus ombros.

— É hipnótico, não é?

— Hum-hum. Mas talvez seja o momento, ou o lugar, ou você.

Ele pressionou os lábios em seu pescoço e murmurou contra sua pele:

— Acho que tudo isso junto. Você tem um cheiro tão bom...

Ela sorriu e encostou a cabeça na dele.

— Foi isso o que eu sempre, sempre quis. Uma casa, uma lareira, o homem que amo, o nosso filho...

Michael enfiou a mão por baixo da barra de seu suéter e acariciou-lhe a barriga.

— Sua pele *está* tão gostosa...

Fechando os olhos, Danica deleitou-se com o calor de seu toque. Quando ele subiu com a mão para lhe cobrir o seio, ela a apertou com a sua.

— *Isso* é que está gostoso — murmurou. Um tipo diferente de fascinação estava tomando conta dela; bem, não exatamente tomando conta, pois a que já existia ainda era forte demais, mas estava se misturando a esta e fazendo-a flutuar. Danica ainda estava pensando nessa sensação paradisíaca quando se sentiu sendo puxada para as almofadas que Michael tinha pegado de uma cadeira próxima. Abrindo os olhos, olhou para ele.

— Há muito tempo que espero por isso — sussurrou Michael, levando novamente a mão à barra de seu suéter. Desta vez ele o puxou para cima e ela se curvou, levantando os braços para ajudá-lo. O suéter foi jogado para o lado e os dedos dele partiram para os botões de sua blusa. — Me fale se sentir frio — avisou-a, com a voz grossa de desejo, mas ela sabia que não sentiria, porque, entre o fogo da lareira, o fogo que ardia em seu corpo e o que ardia no corpo de Michael, ela já estava derretendo.

Ele abriu-lhe a blusa e a tirou, levando em seguida as mãos até suas costas para abrir o sutiã. Ele também foi descartado e Michael sentou-se sobre os calcanhares para admirá-la. Seu olhar seguiu o fogo que se refletia em seu perfil, continuando a segui-lo várias vezes por sobre seus seios aumentados, seus mamilos arredondados, então mais uma vez pela curva de sua barriga. Com mãos que tremiam, abaixou o cós elástico de seus jeans até que a barriga ficasse totalmente despida; então, tocando-a, encantado, passou a palma das mãos por todos os lugares por onde passara o olhar.

— Tão... lindo — sussurrou, enquanto continuava a familiarizar os dedos com cada nuança de suas formas alteradas.

Danica estava com as mãos na cabeça e os olhos, enternecidos, nos dele. Um leve gemido saiu de sua garganta quando ele esfregou a ponta dos dedos em seus mamilos escurecidos e ela, deleitando-se com o momento, baixou os cílios e deixou a cabeça cair para o lado. Ele a tocou em todos o lugares, sempre com vagar e encantamento, sempre causando o mesmo efeito devastador em seus sentidos.

Danica o ouviu mover-se, sentindo quando ele lhe tirou os sapatos baixos e as meias chiques e estampadas. Em seguida, Michael puxou-lhe as calças jeans e a calcinha, e a despiu. Danica abriu os olhos e o viu de frente para seus joelhos dobrados; teria murmurado um protesto quando ele lhe afastou gentilmente as pernas, não fosse pela expressão de reverência em seu rosto.

Michael olhou para o que tinha aberto, estendeu a mão e a acariciou. Ela murmurou, mas não em protesto, pois sentiu o calor e a tensão que começavam a se acumular e queria que Michael a aliviasse de um jeito que só ele poderia fazer. Ele tinha a chave de seu coração e, por conseguinte, de seu corpo. Danica sabia que ele estava feliz por lhe dar prazer e isso o multiplicou por dez.

Seus joelhos se afastaram para os lados e ele se aproximou mais um pouco. Acariciando-a devagar, olhando ocasionalmente para os contornos suavizados de seu corpo, indo ao encontro de seu olhar, ele sorriu. Ela lhe retribuiu o sorriso enquanto pôde, mas estava ficando ofegante, sua capacidade de pensar com clareza desaparecendo.

— Eu te amo, Danica — murmurou, penetrando-a com o dedo. Ela se curvou diante da sensação, então fechou os olhos e mordeu o lábio quando ele introduziu o segundo dedo e começou a movê-los.

Ela sussurrou o seu nome em arquejos entrecortados e cerrou os punhos na borda da almofada sob sua cabeça.

— Eu te amo — murmurou novamente, e ela gritou, pois suas palavras, seus dedos, sua presença conspiravam para levá-la cada vez mais às alturas. Então ela inspirou pela boca, prendeu a respiração e a liberou, por fim, numa seqüência de fortes rajadas.

Michael observou-a, ouviu-a, sentiu os espasmos de seu corpo em seus dedos. Somente quando a tensão cedeu gradualmente e ela relaxou foi que ele retirou os dedos e se estendeu ao seu lado, acariciando-lhe o rosto, até que, sorrindo timidamente, ela abriu os olhos.

Ele falou com ternura:

— Sempre quis fazer isso, ver você gozando, mas nunca consigo quando estou dentro de você, porque não consigo pensar direito. —

Sorriu. — Você tem tanta paixão e a libera com a mesma graça, a mesma beleza com que faz tudo o mais na vida.

Ficando ruborizada, ela deu um jeito de levantar a mão para lhe acariciar o rosto e a barba que despontava em seu queixo.

— Você libera essa paixão — suspirou, com a respiração alterada. — Você libera muitas das coisas que tenho de bom.

— Então nós completamos um ao outro, que é como as coisas devem ser.

Ela ficou pensando naquilo por um tempo, até sua pulsação voltar ao normal.

— Uma vez li numa etiquetinha de chá...

Ele revirou os olhos.

Ela baixou a mão até seu peito.

— Não, é sério. Foi logo depois que te conheci, mas eu estava pensando no Blake na época. A etiqueta dizia alguma coisa sobre o amor ser um laço mágico que faz de um mais um mais do que dois, e eu me lembro de pensar que eu e o Blake estávamos tão separados que não havia a menor possibilidade de nos unirmos para produzir algo a mais, pelo menos não emocionalmente. Talvez, bem no fundo, eu estivesse fantasiando com relação a você e a como eu *sabia* que nós poderíamos fazer algo a mais. — Começou a acariciar-lhe o peito distraidamente, depois com mais propriedade, quando percebeu os músculos de Michael começarem a fremir sob seus dedos. — Mas é estranho. Quando estamos juntos, quando fazemos amor, estamos totalmente unidos, como um só, embora não haja nada de "só" nisso. É quando nos separamos, quando acabamos, que me sinto mais completa, porque ainda tenho uma parte sua dentro de mim, e me sinto mesmo uma pessoa muito mais plena por isso. Tire o suéter. Isso é absurdo.

Rindo alto, ele arrancou o suéter pela cabeça, passou o braço pelas costas de Danica, apoiando-a enquanto ela movia os lábios pelos pêlos de seu peito.

— *Você* é que tem um cheiro bom. O que está usando?

— Ou é o sabonete — ele a provocou, com sua voz mais grossa — ou *eau* de Michael. Você terá de ser a juíza.

— Não é cheiro de sabonete, mas de frescor. Adoro o seu cheiro.

— Graças a Deus — ele murmurou, deslizando a mão para cobrir sua barriga. — E um mais um é mesmo mais do que dois, se contarmos o bebê aqui.

— Esta é a parte óbvia — murmurou ela, umedecendo seus mamilos com a ponta da língua. — Eu estava tentando ser mais... mais hermética.

— Hermética. — Ele arqueou as costas e limpou a garganta, mas sua voz ainda saiu rouca: — Boa palavra, *hermética*... Dani, você está me levando à loucura. — *Seus* lábios se moviam em círculos lentos sobre as costelas dele, *seu* hálito lhe aquecia a pele. Ela abaixou a mão até *seus* jeans e segurou o membro rijo com a mão em concha.

— Tire as calças, então — sussurrou.

— Você tira.

— Não posso. Estou me sentindo fraca. Você me fez ficar assim. — Recuando, abriu um sorriso. — Vou ficar olhando.

Com um resmungo baixo, Michael se pôs de joelhos, abriu o cinto e abaixou as calças, pondo os sapatos e as meias de lado. Então levantou Danica, aproximou-a de seu corpo, gemendo quando os seios dela roçaram em seu peito. Deslizando as mãos pelas suas costas, segurou-a pelas nádegas e elevou-lhe os quadris até a altura dos seus. Ela estava com os braços em volta de seu pescoço, o que foi bom, porque, momentos depois, ele se abaixou junto com ela para que ficassem cara a cara, de frente para o fogo.

Beijou-a então, bebendo intensamente de seus lábios em goles longos e demorados. Ela lhe ofereceu a língua, que ele aceitou prontamente, puxando-a mais e mais para dentro de sua boca. Danica estava com as mãos nele de novo, usando os dedos e as palmas para estimular o que já estava tão estimulado. Quando ele não podia mais suportar a tortura que ela lhe impunha, Michael levantou-lhe a coxa, abrindo-lhe as pernas para penetrá-la.

Foi a vez de Danica murmurar palavras doces de amor, o que ela fez repetidas vezes, conforme ele penetrava em seu calor. Ela o beijou entre arquejos, acariciou-o onde sabia que o deixaria mais excitado e contraiu o ventre como que para segurá-lo para sempre.

Havia algo de ainda mais belo na intimidade deles do que jamais houvera antes, pois não existia qualquer toque de desespero desta vez, qualquer medo de separação. O amor deles era ilimitado e invencível, e o futuro estava ali, agora e sempre.

Epílogo

Blake Lindsay trabalhou como secretário de Comércio por mais um ano. Nunca mais se sentiu inteiramente à vontade em Washington depois do julgamento e, quando apresentou seu pedido de demissão, pouco antes do início da campanha para a reeleição de Jason Claveling, ele foi aceito com muita cordialidade. Mudou-se para Detroit, a fim de tomar as rédeas de uma indústria automobilística problemática. No devido tempo, graças ao seu talento apurado para os negócios e sua habilidade organizacional, foi capaz de dar uma guinada no rumo da empresa.

Embora estivesse morando na mesma cidade que a família, pouco a via. Nunca tornou a se casar.

Cilla Buchanan nunca chegou a escrever uma história como aquela que Harlan Magnusson lhe sugerira. Embora acreditasse que ele lhe dissera a verdade, perdeu o interesse pelo assunto. Outras histórias surgiram, sobre as quais ela escreveu com muito entusiasmo, mas, com o passar do tempo, outras coisas mais importantes foram tomando conta de sua mente. Após viver um ano com Jeffrey e perceber que a vida deles era muito mais rica quando tinham um ao outro, ela e Jeffrey Winston se casaram — de novo.

Jeffrey ficou satisfeito por, das oito empresas e dezessete pessoas acusadas como resultado de suas investigações, vinte e duas terem sido consideradas culpadas das acusações levantadas contra elas. Continuou a realizar outros trabalhos críticos para o Departamento de Defesa, sentindo-se muito feliz em dividir o que podia com Cilla ao final de cada dia. Machista que fora um dia, desempenhou um papel ativo na criação do filho que tiveram em seguida.

Gena Bradley revelou-se a avó maravilhosa que Danica sabia que seria. As duas mulheres partilhavam uma ligação especial, que se fortalecia a cada ano.

O pai de Michael, John, aceitou Danica com muita cordialidade. Parecia-lhe uma vitória ver um Buchanan roubar a filha de um Marshall. Michael não viu sentido em lembrá-lo que, em alguns pontos, havia sido o contrário.

Eleanor Marshall compensou, nos anos seguintes, tudo o que não fizera quando Danica era mais jovem. Sua saúde se manteve estável e, sendo assim, quase sempre visitava a filha e sempre aparecia quando ela a chamava. Logo passou a amar Michael e tornou-se tanto sua defensora quanto de Danica, a tal ponto que William, embora inicialmente contrariado, acompanhou-a até o Maine para o nascimento do bebê. Com o tempo, ele pareceu aceitar a atitude de Danica e, embora ele e Michael nunca tenham sido muito expansivos um com o outro, William mostrava afeto genuíno pelo filho deles.

Michael e Danica casaram-se em março, três anos depois do dia em que se conheceram. Foi uma cerimônia discreta, apenas com Greta e Pat McCabe como testemunhas, mas foi exatamente o que Michael e Danica queriam, e foi lindo.

Dois meses depois, Danica deu à luz uma filha. Michael estava a seu lado, segurando sua mão, dizendo a ela como a amava e à filha deles, exatamente como ela havia sonhado. Desde o início foi um pai amoroso, e mais amoroso ficou conforme a filha foi crescendo. E quando, dois anos depois, tiveram um menino, sua capacidade de amar pareceu simplesmente se multiplicar.

Profissionalmente, com o passar dos anos, os dois viraram um time, trabalhando juntos em vários livros, embora a literatura estivesse longe de ser o único interesse deles. Michael continuou a lecionar em Harvard, uma tarde por semana a cada outono, passando a noite em Cambridge apenas quando Danica podia ficar com ele. Danica, cheia da autoconfiança que conquistara como esposa guerreira e mãe, procurou uma emissora de TV a cabo em Portland e ofereceu-se para apresentar um programa similar ao que tinha apresentado em Boston. Michael e as crianças eram seus maiores fãs.

Quando Danica *parava para* pensar nos anos que tinham ficado para trás, os momentos que mais lhe tocavam o coração eram os que ela, Michael e as crianças passavam juntos diante da lareira nos dias frios e ventosos de inverno. O calor e a proximidade que dividiam resumiam tudo que ela sempre quisera na vida. Amava e era amada. Sentia-se em paz, realizada e muito, muito satisfeita com o caminho que havia escolhido.

Impresso no Brasil pelo
Sistema Cameron da Divisão Gráfica da
DISTRIBUIDORA RECORD DE SERVIÇOS DE IMPRENSA S.A.
Rua Argentina 171 – Rio de Janeiro, RJ – 20921-380 – Tel.: 2585-2000